# Joseph von Westphalen:
# Das schöne Leben

Roman



Deutscher
Taschenbuch
Verlag

dtv

Von Joseph von Westphalen
sind im Deutschen Taschenbuch Verlag erschienen:
Im diplomatischen Dienst (11614)
Das Drama des gewissen Etwas (11784)
Dreiunddreißig weiße Baumwollunterhosen (11865)
Das Leben ist hart (11972)
Die Geschäfte der Liebe (12024)

Von Joseph von Westphalen herausgegeben:
Der Gipfel (11766)
Der Termin (11954)

Ungekürzte Ausgabe
Oktober 1995
Deutscher Taschenbuch Verlag GmbH & Co. KG,
München

ISBN 3-455-08169-x
Umschlaggestaltung: Klaus Meyer
Gesetzt aus der Bembo 10/11'
Satz: IBV Satz- und Datentechnik, Berlin
Druck und Bindung: C. H. Beck'sche Buchdruckerei,
Nördlingen
Printed in Germany · ISBN 3-423-12078-9

Das Buch

In zwölf neuen Kapiteln aus seinem Leben versucht Ex-Diplomat Harry von Duckwitz den Zusammenbruch seines Vielfrauenimperiums zu verhindern und eine neue Weltordnung zu schaffen. Aber nicht nur das: außerdem »äußert Harry Erhebliches über die Zahnzwischenraumpflege, den modischen Dreitagebart, die Radfahrerpulks in Grünlila, die Vor- und Nachteile des Kondoms, die Verdauungsberatung durch Unbefugte, die Wiederaufbereitungsanlagen und Mülldeponien und über Sex, Sex und Sex. Harry nimmt kein Blättlein vor den Mund ... und deckt auf jeder Seite jene snobistisch-geschmäcklerische Eigenart auf, die fortschrittlich liberale Weltsicht mühelos mit eklatant konservativem Beharrungsvermögen verbindet. Aber man täusche sich nicht: Dieses so federleicht Dahingeplauderte ... artikuliert sowohl Zeitgeist wie auch Kritik an ihm. ›Das schöne Leben‹ ist mehr als nur ein witzig-unterhaltsamer Roman über das Leben und die Liebe.« (Toni Meissner, ›Abendzeitung‹)

Der Autor

Joseph von Westphalen, geboren am 26. Juni 1945 in Schwandorf, studierte Germanistik und Kunstgeschichte und lebt heute als freier Schriftsteller und Journalist in München. Buchveröffentlichungen u. a.: ›Warum ich Monarchist geworden bin‹ (1985), ›Warum ich trotzdem Seitensprünge mache‹ (1987), ›Sinecure. Ein Gedicht von David Elphinstone‹ (1989), ›Von deutscher Bulimie‹ (1990), ›Im diplomatischen Dienst‹ (1991), ›Das Drama des gewissen Etwas‹, ›Dreiunddreißig weiße Baumwollunterhosen‹, ›High Noon‹ (1994), ›Das Leben ist hart‹, ›Die Geschäfte der Liebe‹ (1995).

# I

*Wie Harry von Duckwitz im Eifelhaus nach einem Küchenmesser sucht und ihn dabei das ungute Gefühl befällt, daß es heutzutage Wichtigeres zu tun gäbe. Wie er zudem von einer neuen Musikbesessenheit drangsaliert wird, von seiner Sehnsucht nach Ines und dem Problem, Ordnung in sein Liebeswirrwarr zu bringen. Wie ihm sein Frührentnerleben mal verfehlt und mal gelungen erscheint und die Ankunft von Rita, Ines und Helene ihn endlich aus seiner Sackgasse erlöst. Außerdem Wissenswertes über Komposthaufen, CD-Player und das Aufwärmen von Gurkengerichten.*

Nach zehn Minuten gab er auf. Die Zeit war kostbar. Ein Mann von sechsundvierzig, dachte sich Harry von Duckwitz, hat schließlich Besseres zu tun, als stundenlang nach einem alten Messer zu suchen. Harry hat niemanden umgebracht. Das fehlte noch. Er mußte keine Mordwaffe finden, um sie endgültig verschwinden zu lassen.

Es handelte sich um sein Lieblingsküchenmesser, das einzige, mit dem er Apfelsinen und Kartoffeln schälen, Zwiebeln und Grünzeug schneiden konnte und wollte. Es stammte aus der Vorzeit. Aus den Frankfurter Wohngemeinschaftstagen, in denen er, der angehende Anwalt, mit Helene zusammen hauste oder zusammenzuhausen versuchte. Im Rückblick erschien die gemeinsam verlebte Studentenzeit manchmal als munter, manchmal als muffig, je nach Laune, Standpunkt und Taktik. »Schon damals lief es nicht reibungslos.« Wenn Harry diese Einschätzung äußerte, protestierte Helene sofort. Wollte sie umgekehrt Harry die Illusionen rauben, dann sagte sie: »Unser Grundfehler war damals, zusammenzuziehen.« Prompt verteidigte Harry die graue Vorzeit als höchst erfreulich. Wie es wirklich gewesen war, würden sie nie herausfinden. Zwei halbwegs intelligente Menschen mit einer ziemlich normalen, relativ gut erhaltenen Vergangenheit, kein Verrat, kein Mord, keine Leiche im Keller, keine Verbrechen, die man verbergen mußte und die das Gedächtnis zerstören – und doch war auch diese harmlose Zeit undurchschaubar und vieldeutig wie ein vor sich hinraunendes Gedicht. Der reine Himmel konnte es nicht gewesen sein, sonst hätten sie sich nicht für Jahre getrennt. Und die Hölle konnte es jetzt auch nicht sein, sonst wären sie nicht noch immer zusammen.

Wenn Harry von heute, von diesem trüben Samstag Mitte Februar 1992 zurückrechnete – nein, Ende Februar war es leider schon wieder –, dann mußte das Messer mindestens zwanzig, eher fünfundzwanzig Jahre alt sein. Es hatte Geschichte und somit verdient, daß man länger nach ihm suchte als zehn Minuten. Nach Frankfurt war es in Kamerun, später in Ecuador gewesen und spendete ihm nun seit langem Trost bei der entwürdigenden Küchenarbeit im Eifelhaus. Kein neues Messer lag so gut in der Hand, weil die Designer bei jedem Messergriff mitpfuschten. Vermutlich gab es schon den Beruf des Ergonomen. Das wäre dann einer, der die Ergonomie, also das Wissen von der Anpassung der Arbeitsbedingungen und Gerätschaften an den Menschen, anwendet, der dafür verantwortlich ist, daß die von den Designern verunstalteten Messergriffe und Fahrradlenkstangen noch unbenutzbarer wurden, nämlich »ergonomisch geformt«, wie es in den farbigen Prospekten hieß, die morgens aus den Zeitungen rutschten. »Designerpack!« zischte Harry. Wenn er allein war, konnte er in Selbstgesprächen vor sich hinwüten, ohne gleich als grantiger Pensionär bezichtigt zu werden. Der Verlust des Messers war in jeder Beziehung ein Unglück.

Vor einem halben Jahr hatte er das gute Stück schon einmal vergeblich in der ganzen Küche gesucht. Damals war Helene eindeutig die Täterin gewesen. Indizien. Gestanden hatte sie nicht. In letzter Zeit hatten Harry und Helene viel aneinander auszusetzen. Ein langsam älter werdendes Ehepaar. Dabei war Harry nicht mit Helene, sondern mit

Rita verheiratet. Nicht immer war die Ehe schuld an allem. Helene warf Harry neuerdings vor, er sei nicht sensibel. Lächerlich. Wie sollte man jemandem gegenüber Sensibilität zeigen, der so unverschämt war zu behaupten, man habe keine. Für verlorene Küchenmesser jedenfalls hatte Harry ein sensibles Gespür. Er hatte es geahnt damals, vor einem halben Jahr. Helene hatte das alte Messer mit den Kartoffelschalen auf den neu angelegten Komposthaufen geworfen, den sie mit der Inbrunst von Anfängern pflegte. Mit Inbrunst und Unverstand.

Harry beobachtete diese Art Umweltpflege mit Argwohn. Komposthaufen waren ihm seit seiner Kindheit vertraut. Seine Tanten hatten einen gehabt. Die guten Tanten. Er durfte sie nie vergessen. Nie vergessen, daß er bei ihnen in dieser schönen alten Villa am Alpenrand aufgewachsen war. Ein Waisenkind. Das war wichtig. Waisenkinder haben nämlich einen Bonus. Dürfen später Weiberhelden werden. Weil sie keine Mutterliebe hatten, die armen Würstchen. Und haben natürlich Verlustängste. Können sich nicht trennen von den Frauen. Darum sammeln sich im Leben eines Waisenkindes immer mehr Frauen an. Ein Naturgesetz.

Als Kind war Harry der Mann im Haus der Tanten gewesen. Mannhaft hatte er zweimal im Jahr den Komposthaufen umgegraben, wie es sich gehört. Auch jetzt war er der Mann im Haus, dem Wochenendhaus in der Eifel, wo er mit Rita und Helene nun die meisten Tage des Jahres verbrachte. Aber er hatte keine Lust mehr, sich mit dem Komposthaufen zu beschäftigen. Die Abfälle würden ohnehin nie zu Erde werden. Es waren zu viele geworden.

Auch Rita war skeptisch. Dann sah sie immer besonders koreanisch aus, wie auch beim Klavierspielen, wenn sie die Noten fixierte. Im Bett aber, schon auf dem Weg ins Bett, sah sie indisch aus. Leider ging Harry zu selten mit ihr ins Bett. Rita war halb Inderin, halb Koreanerin. Hatte es in ihrer fernöstlichen Heimat Komposthaufen gegeben? Sie wußte es nicht. Sie war zehn Jahre jünger als

Harry. Manchmal vergaß er, daß er mit Rita verheiratet war. Manchmal kam es ihm vor, als sei er eher mit Helene verheiratet. Dabei war die Hochzeit ein eigenartiger Tag gewesen, damals in Kamerun. Eine Aufwallung. Ein Scherz. Eine Ehe jenseits von Glück und Unglück. Auf diese Definition hatten sie sich bald geeinigt.

Ein paar Jahre, nachdem Harry und Rita geheiratet hatten, war Helene dazugekommen. Sie lebten inzwischen in Ecuador. Harrys zweiter diplomatischer Auslandseinsatz. Helene war seine alte Studentenliebe. Sie kam und blieb. Das ging nun auch schon wieder sieben Jahre so. Oft ging es nicht. Keine ganz einfache Konstellation. Wenn es gutging, brauchten sie nicht darüber zu reden. Wenn es nicht gutging, versuchten sie Aussprachen zu vermeiden. Freunde und Bekannte waren taktvoll. Selten wollten sie wissen, wie denn so ein Zusammenleben funktionierte. Harry kam eventuellen Nachfragen meist mit einem alten Witz zuvor. »Frag mal, wie es geht!« »Wie geht's?« Darauf Harry im zittrigen Ton eines Rentners: »Frag nicht!« Allmählich sah es so aus, als lebte man sich eher auseinander als zusammen. Und eben dieser Eindruck löste sich auf, kaum war er gewonnen.

Und dann war da noch Ines. Früher auch kein Problem. Harry hatte sein Leben im Griff gehabt. Aber seit seiner Suspendierung vom diplomatischen Dienst machte sich immer wieder einmal das Gefühl breit, als entgleite ihm alles. Alles. Die Frauen, die Freunde, die Küchenmesser, das Geld, die Lust, der Zorn, die Urteilskraft, sogar die geliebte Musik, also der Sinn des Ganzen, genauer: das übriggebliebene bißchen Restsinn.

Solche finsteren Anfälle unterdrückte Harry aus Leibeskräften. Bloß kein Theater. Das heißt, Theater war das Dasein bekanntlich sowieso. Bloß keine Dramen. Seit Monaten versuchte er, Ordnung in sein Leben zu bringen. Es gelang nicht. Er würde es weiter versuchen, aber nicht heute, so eilig war es auch wieder nicht.

Harry sah auf die Uhr. Mein Gott, gleich zwölf! Es war

alles ein bißchen viel. Nichts gelang heute. Immer häufiger gelang nichts. Wie, bitte, sollte man je mit dem Essenmachen fertig werden, wenn man mit dem Kochen nicht beginnen konnte, weil das Messer zum Schälen und Zerschneiden der Gurken verschwunden war. Und wie sollte man in diesem Wirrwarr gleichzeitig seine Erinnerungen ordnen. Fehlte bloß noch, daß man jetzt Kinder hatte, die an einem herumzogen, dann könnte man sich begraben lassen.

Das einzige, was das elende Kochen erträglich machte, war, daß man dabei mit Verstand Musik hören konnte. Gerade verglich Harry zwei Versionen des geliebten ›Empty Bed Blues‹. War das Original von Bessie Smith vom 20. März 1928 überbietbar oder nicht, das war hier die Frage. Nur drei Monate später, am Dienstag, den 26. Juni 1928, nahm ebenfalls in New York City King Oliver eine Version mit Clarence Williams am Piano und der ziemlich unbekannten Elizabeth Johnson auf. King Olivers Kornett war natürlich viel lebendiger als die Posaune von Charlie Green in der Bessie-Smith-Version. Auch daß die Stimme von Elizabeth Johnson nicht so dumpfmütterlich, nicht ganz so gewaltig war wie die von Bessie Smith, das hatte etwas für sich. Obwohl eben dadurch diese melancholische Laszivität fehlte. Das waren die Alternativen: hier die Löwin, knurrend und brüllbereit, dort die leichtere Pantherkatze mit einem weniger rigorosen Maunzen in der Stimme.

Harry hatte immer gern Musik gehört. Er hatte seine Phasen gehabt. Mal waren es grandiose Schlager aus den guten alten Fünfzigern, mal war es Jazz, dann Vivaldi. Ein Jahr lang hatte er Rita und Helene mit lateinamerikanischer Musik traktiert. Aber seine Neigung zu exzessivem Musikhören war immer wieder reguliert worden durch die täglichen Pflichten, die er in seinem seltsamen diplomatischen Dienst zu verrichten hatte. Seit seiner Suspendierung jedoch konnte er diese Leidenschaft ungebremst laufenlassen. Sie war zu einer Plage geworden. Eine

Plage, die keinen Namen hatte. Es fing mit einem CD-Player an. Das war ein Kapitel für sich. Jahrelang hatte er es stur abgelehnt, den alten Plattenspieler zugunsten dieses neuen Geräts auszubooten, doch dann war der Fortschritt nicht mehr aufzuhalten. Verspätet war der Rausch über ihn gekommen wie die Lust über eine Frau, die mit vierzig erst die Liebe entdeckt. Zügellos kaufte er die kleinen federleichten Platten und schwärmte von dem Gerät, das er eben noch als technischen Firlefanz verabscheut hatte.

»Du bist wie ein Konvertit, der endlich zum Glauben gefunden hat«, sagte die katholische Rita. Und Harry, der sich als Heide fühlte und es haßte, wenn ihm Rita religiöse Reflexe nachzuweisen suchte, war so berauscht von seiner neuen Erfahrung, daß er diesmal nichts dagegen hatte. »Ja«, sagte er, »mag sein, meinetwegen.« Und schon wandte er sich wieder dem neuen Spielzeug zu.

Leise fuhr der CD-Player seine Schublade aus. »Richtig«, sagte Harry, »sieh mal, wie der Gläubige, der seine Zunge aus dem Mund streckt! Und so wie der Pfaffe eine Hostie darauf legt, so legt man diese kleine silbrige Scheibe auf die Schublade«, sagte er und demonstrierte die heilige Handlung am Objekt. Wie immer, wenn Harry blasphemisch war, schüttelte Rita den Kopf. Sie tat es nicht mehr so entsetzt wie früher. Ein Knopfdruck, und die Zunge verschwand im Maul des neuen schwarzen Apparats. Während bei der katholischen Meßfeier vom Wunder der Verwandlung nicht viel zu spüren war, geschah es hier tatsächlich: Das Abtasten von Informationen durch einen Laserstrahl wurde zu Musik. »Wenn das kein Wunder ist!« rief der bekehrte Harry.

Da er Zeit und Geld hatte, versorgte er sich skrupellos mit diesen Wunderscheiben. In kurzer Zeit hatten sich Berge der neuen Oblaten, dieser herrlichen heiligen Hostien, angesammelt. Harry begann sie zu verstecken. Es war ihm vor den Frauen peinlich, soviel Geld dafür auszugeben. Immerhin gehörte er nicht zu jenen Ignoranten, die nur Platten besitzen, sie aber nicht mehr hören wollen. Er brauchte nicht viel Schlaf, hörte bis tief in die Nacht hinein seine Schätze ab, was das Interesse nur noch steigerte und die Lust auf mehr.

Daß diese Musiksammelleidenschaft, die bisher nur kostspielig war, zur Sucht und zum Terror wurde, lag an Helene. Indirekt. Weil sie irgendeinen obskuren französischen Sender empfangen wollte, der für ihre Übersetzungen französischer Bücher ins Deutsche wichtig war, wurde ein Kabelanschluß gelegt, durch den Dutzende neuer Radioprogramme in der Bonner Altstadtwohnung empfangen werden konnten. Damit begann der Wahn. Radiosendungen konkurrierten mit Stapeln von nagelneuen Wunderscheiben, die doch auch alle gehört werden wollten. Harry geriet unter Zeitdruck. Früher, als er noch ins Amt geschlurft war, hatte er sich über die Kollegen lustig gemacht, die Überarbeitung vorschützten oder sich vormachten, wie die Weiber die Hände rangen und seufzten: »Der Tag hat nur vierundzwanzig Stunden!« Jetzt lag ihm dieser Seufzer selbst immer wieder auf den Lippen. Natürlich hatte Harry, bevor dieser Musiksegen über ihn hereinbrach, die Verkabelung der gesamten Republik als größenwahnsinnige Postministeridee verflucht. Es gab doch schon von allem mehr als genug. Man war doch gegen Wachstum, sagte er sich, eine kraftlose Beschwörung gegen die hereinbrechende Flut. Wenn dann aus ungeahnten Sendern guter alter Jazz und guter alter Blues und gute alte klassische Musik strömten, dann mußte man diesem Scheusal von Postminister geradezu dankbar sein. Wenn man eine Sendung mit ausgefallenen Aufnahmen des Duke-Ellington-Saxophonisten Johnny Hodges oder der Beethovenschen Klavierquartette gehört hatte, war man ein anderer.

»Man wird reicher«, sagte Harry einmal, um sein manisches Herumdrücken am Tonbandgerät zu rechtfertigen.

»Davon merke ich nicht viel!« Helene zog die Schultern hoch, und Harry sah ein, daß er sich in der Wortwahl etwas vergriffen hatte.

Rita, ausgerechnet Rita, die so gut wie hauptberuflich Musikerin war, hatte für Harrys neue Leidenschaft überhaupt nichts übrig. Sie interessierte sich nur für Musik im Konzertsaal. »Du solltest lieber Trompete spielen!« Das sagten beide Frauen immer wieder, Rita und Helene, verdächtig einig und in ungut verkappter Besorgtheit. »Nur immer hören ist so unkreativ.« Das hätten sie nicht sagen sollen. Das Wort »kreativ« konnte Harry nicht ausstehen. Die Arschlöcher in der Werbung benutzten es dauernd. Sie nannten sich »Kreative«. Leider mit einem gewissen Recht. Sie hatten bessere Ideen als die Künstler.

Harry hatte seine Gründe, warum er die Trompete nicht mehr hervorholte. Er mochte alten Jazz. Aber heute alten Jazz spielen, das mochte er nicht. Heute im Stil des jungen Armstrong von 1927 zu blasen, und das nur halb so gut, das war ein furchtbarer Gedanke. Also blies Harry gar nicht und hörte lieber. Und mit dem vielen Hören erweiterte sich sein Interesse. Früher hatte er nur Jazz bis 1929 gemocht. Jetzt gefielen ihm bereits Stücke bis 1943. Bloß gut, daß in der klassischen Musik sein Interesse nicht wucherte. Mozart, Beethoven, Schubert und ab und zu Chopin. Orchestermusik nicht in Wohnräumen, das paßte nicht, da war Harry streng. Nur Klaviermusik. Klaviersonaten, Sonaten für Klavier und Violine und Klaviertrios. Nur nicht noch mehr mögen. Es gab schon genug, was einem die Seele aufmachte.

In kurzer Zeit hatte Harry heimlich mehrere Radios mit Aufnahmegeräten bestückt und unauffällig deponiert. Drei standen im Mansardenzimmer des Eifelhauses, drei in der Bonner Wohnung, in der man sich leider immer seltener aufhielt. Regelmäßig studierte er die Programmzeitung und nahm auf, was ihm auch nur ahnungsweise interessant erschien, Interpretationsvergleiche der Frühlingssonate ebenso wie Stücke irgendeines unbekannten Klarinettisten, der von 1927–1930 in Chicago ein paar Aufnahmen gemacht hatte und dann von der Bildfläche verschwunden war. Die Besessenheit stand schnell und kaum bemerkt in voller Blüte. Schon liebäugelte Harry mit einem weiteren Radio, schon reichten die zehn Kassetten pro Woche, die er sich zum Bespielen genehmigt hatte, nicht mehr aus, und er mußte die Ration auf fünfzehn erhöhen.

Nur Ines zeigte Verständnis. »Wie schön, für so etwas Zeit zu haben«, sagte sie. Dafür liebte Harry sie noch mehr. Aber sie war ja auch die einzige Nutznießerin seines Musikticks. Liebevoll stellte er ihr musikalische Delikatessen aus seinen besinnungslosen Fischzügen zusammen und versuchte, dabei die Musik mit ihren Ohren zu hören. Sie bekam nur Kassetten mit ausgewählten Ergebnissen, ohne zu ahnen, welches Ausmaß an Zeitverschwendung, welche Wutanfälle wegen technischer Katastrophen dahinterstanden.

Die Sucht, das Flüchtige zu halten und verfügbar zu machen, war möglicherweise noch entwürdigender als seine Kocherei, bei der wenigstens nichts entstand, was man aufheben mußte, sondern was man verzehrte und später ausschiß. Das Kochen machte ihm wenig Spaß. Es war ein Gebot des Anstands. Als »Frührentner«, wie Helene ihn seit seiner Suspendierung nannte, hatte er mehr Zeit als Rita, die regelmäßig in der Kölner Musikhochschule zu tun hatte, und Helene, der ständig Abgabetermine ihrer Übersetzungen im Nacken saßen. Harry kochte dreimal in der Woche, seit fast einem Jahr. Trotzdem kam er sich in der Küche immer noch deplaziert vor. Er weigerte sich vor allem, eine Schürze umzubinden, obwohl Hemd und Hose jedesmal unweigerlich bekleckert waren. »Das würde mich impotent machen«, sagte er zu Helene, als sie ihm wieder einmal das Umbinden einer Schürze empfohlen hatte. »Mit diesen Fettflecken siehst du jedenfalls nicht gerade potent aus«, sagte Helene und deutete mit dem Finger auf Harrys bespritzte Hose: »Schmuddelgreis!«

Es war jetzt zwanzig nach zwölf und das war eine Katastrophe. Um zwölf hatte eine Sendung mit Klavieraufnahmen von Rachmaninow begonnen. Seine Kompositionen hatte Harry in der Pubertät so exzessiv genossen, daß er sie längst nicht mehr hören konnte. Aber Rachmaninow war auch ein ausgezeichneter, eigenwilliger Interpret von Klavierwerken anderer Komponisten. Zu seinen legendären Aufnahmen, die es weder auf alten noch auf neuen Platten gab, die nur in den Archiven der Funkhäuser ruhten, gehörte die 2. Klaviersonate von Chopin, deren 3. Satz der berühmte Marche funèbre war, den man nicht mehr aushalten konnte, weil er immer wieder gespielt wurde, wenn dräuende Trauer angesagt war. Und eben diesen Satz, so war im Programmheft zu lesen, sollte Rachmaninow ganz und gar anders spielen, eben nicht dräuend, so daß die abgedroschene Melodie einen völlig neuen, wunderbaren Klang bekam. Harry hatte einen riesigen roten Pfeil in das Programmheft gemacht und sich seit Tagen darauf gefreut. Heute vormittag noch hatte er entschieden: nicht den Timer benutzen, sondern beim Hören aufnehmen. Und nun hatte er vergessen, das Radio anzustellen wegen dieses verdammten Küchenmessers, also vermutlich wegen der schlampigen Helene. Das hatte er davon, wenn er herumkochte und herumsuchte, anstatt seinen großen Aufgaben nachzugehen. Ein jederzeit wieder abspielbarer Trauermarsch war ja wohl mehr wert als ein läppisches Küchenmesser und ein Gurkengericht. Die ganze Küche zertrümmern und sie nie wieder betreten, dachte er in diesem Moment.

Ein Katastrophentag, nichts ging weiter. Alles halb Stillstand und halb Raserei, eine unerfreuliche Mischung. Nur Ines hätte ihn retten können, wenn sie dagewesen wäre, bevor die anderen kamen. »Wir könnten zusammen ins Bett gehen«, hatte er ihr geschrieben, »und dann in der Küche ein altes Ehepaar spielen.« Nach drei Jahren heimlicher Liebschaft war es an der Zeit für ein heimliches Ehepaarspiel. Sie war seinem Lockruf nicht gefolgt.

Harry war von Ines besessen, obwohl oder vielleicht auch weil sie die Freundin von Bruder Fritz war, dem Dichter. Rita und Helene wußten, daß er für Ines schwärmte. Auch Fritz wußte das. Keine Tragödie, so eine stille Liebe. Harry und Ines waren sich allerdings nicht sicher, ob die drei nicht doch wußten, daß ihr Verhältnis alles andere als eine stille Liebe war. Kann sein, daß sie es nicht wußten, kann sein, daß sie es nicht wissen wollten. Jedenfalls war die zerstörerische Kraft der Sache durch das Geheimnis oder die Geheimnistuerei tatsächlich nicht beängstigend. Ohnehin hatten Harry und Ines viel zu selten Gelegenheit, ihre Gefühle in das umschlagen zu lassen, was Ines als zerstörerische Leidenschaft bezeichnete. Sie sprach von sich wie von einer Gefahr, sie warnte vor sich. »Wenn wir uns wirklich aufeinander einlassen, geht alles andere kaputt«, sagte sie. Ein melodramatischer Satz, der doch glaubwürdig klang.

Harry wäre nicht so verrückt nach ihr gewesen, wenn er nicht diese bedrohliche Liebeskraft gespürt hätte. Ritas Zitterorgasmus in Ehren und auch Helenes fröhliche Obszönitäten in Ehren, aber mit Ines war es ernst. Oft erschraken sie über sich im Bett und wollten dann nichts lieber als nach Palermo fahren, in die Stadt, wo es heiß war, in die Stadt des Verbrechens gehörten sie hin, oft genug hatten sie es sich ausgemalt. Sie würden Unglück und Zerstörung zurücklassen, die Frage war nur, wie lange ihre Liebe in Palermo oder sonstwo halten würde. Ines tippte auf vierzehn Tage. In vierzehn Tagen wäre alles vorbei. Die alten Bindungen zerrissen und ihre Liebe verbrannt. Es gab Momente, da dachte Harry, daß es nach drei Tagen schon vorbei wäre, und dann glaubte er wieder, daß es vielleicht doch ein Leben lang so heiß weitergehen könnte. Es war ihr liebstes Thema. Vielleicht ein Leben lang? Manchmal wiederholte Ines diesen Satz, und einmal sagte sie: »Mein Gott, wir sollten es riskieren.«

Harry spürte, wie ihn die Gedanken an Ines beruhigten. Ines würde vermutlich sagen: »Ist doch völlig okay, daß du dich über diesen Kram aufregst.« Nein, »okay« würde sie nicht mehr sagen, nachdem er es ihr gründlich ausgetrieben hatte. Und doch vermißte er jetzt in seiner Vorstellung dieses Amerikanerwörtchen, das irgendwie auch zu Ines gepaßt hatte. »Ist doch in Ordnung«, würde sie also sagen, nachdem er ihr von seiner Messersucherei erzählt hatte, und sie würde hinzufügen, Beethoven habe sogar ein Stückchen komponiert: Die Wut über den verlorenen Groschen. Er würde ihr von dem versäumten Rachmaninow erzählen, und sie würde sagen »schade«, weil sie das wirklich auch gern gehört hätte, sie würde seine Hand nehmen und mit ihrem mädchenhaften kleinen Zeigefinger auf der Innenfläche herumfahren und sagen: »Wozu du alles Zeit hast!« Ines, die Anästhesieärztin, drei Kinder, geschieden, ein Freund, der peinlicherweise Harrys Bruder war, Halbbruder genauer, aber das machte ihre heimliche Schuld auch nicht geringer.

Harry kochte ein Gericht, das er Gurkengulasch nannte. Er wollte es kochen. Alle mochten es. Er hatte es eine Zeitlang zu oft gekocht, so daß die feine Helene die Nase rümpfte, wenn sie nur die Dämpfe aus der Küche roch, obwohl sie doch froh sein sollte, daß er überhaupt kochte. Rachmaninow hin, Küchenmesser her, er mußte jetzt anfangen. Fünf vor halb eins schon. Aber das Kartoffelschälmesser, mit dem man zur Not auch Gurken schälen konnte, war ebenfalls verschwunden. Verdammte Schlamperei. Er wühlte den Abfalleimer noch einmal durch. Nichts als dieser Wohlstandsschrott. Blieb nur noch die Mülltonne, wenn er überhaupt eine Chance haben sollte, das Essen auf den Tisch zu bekommen. Er holte eine Taschenlampe und ging zum Schuppen vor dem Haus. Die Tonne war randvoll. Aussichtslos, sich da im trüben Schein der Taschenlampe durchzugraben. Harry schob und drehte die Mülltonne ins Freie vor die Haustür. Entweder, oder. Entweder man steht zu seiner Vergangenheit, zu Tradition und alten Küchenmessern, oder man sagt sich, daß ohnehin alles vergänglich ist. Harry entschied sich für die Unvergänglichkeit, für die alten Werte, und kippte die Tonne um.

Das Haus stand allein am Rand des Eifeldorfes. Er war unbeobachtet, während er den Abfallhaufen sortierte, wenigstens das. Sahne, Milch, Salatreste, Zeitungen. Wenn Helene die Zeitungen gesehen hätte, die doch beim Altpapier liegen sollten! Und da, die Olivenölflasche! Er hatte sie nicht weggeworfen, und Rita war letzte Woche nicht hiergewesen. Also Helene! Sehr interessant. Ihn tyrannisierte sie, jede Scherbe mußte er in den Glasrecyclingcontainer tragen, weil es sonst aus wäre mit dem Globus, und sie warf eine ganze Flasche in den Müll! Gut, das zu wissen. Er sollte ein Foto machen und es Helene bei ihrer nächsten Ökopredigt hinhalten. Ich habe nie gesagt, daß ich perfekt bin, würde sie sagen. Schon recht, man mußte nicht fehlerlos sein, um Fehler zu kritisieren. Der Kritiker muß es nicht besser können als der Kritisierte.

Harry öffnete nun auch die letzten Mülltüten, die beim Herausfallen nicht von selbst aufgerissen waren. Er stocherte und wühlte. Immerhin tauchte das Kartoffelschälmesser auf und ein Teelöffel. Angeekelt stopfte er den klebrigen Abfall wieder in die Tonne und war dann so mit dem Problem beschäftigt, wie er die in den Kies gesickerte Sahneschweinerei beseitigen sollte, daß er seine Wut über die Vergeblichkeit der etwas sehr radikalen Nachforschungen vergaß. Zum Idioten machte man sich, wenn man die Vergangenheit retten wollte.

Harry hatte sich im Lauf der letzten Monate daran gewöhnt, im Dorf einkaufen zu gehen und mit den Leuten ins Gespräch zu kommen. Herr von Duckwitz hatte Zeit. Was hieß schon suspendiert! Vorzeitiger Ruhestand! Feine Worte, die den Makel nicht tilgten. Harry war Mitte Vierzig und unterschied sich in nichts von einem stinknormalen Arbeitslosen, einem Opfer der Vorruhestandsregelung, einem Frührentner, wenn man von seiner anständigen Pension absah, die man ihm nicht ansah. »Frührentner« war eine noch herabziehendere Bezeichnung als

»Arbeitsloser«. Frührentner hatten einen Spleen und nichts anderes im Sinn als Sex. Stahlkocher im Vorruhestand sammelten vielleicht Briefmarken und begannen, mit alten Freundinnen Kontakt aufzunehmen. Harry sammelte immerhin keine Briefmarken. Er kam auch nicht auf die Idee, nach Frankfurt zu fahren, um nachzusehen, was aus Carola geworden war, die vor mehr als zwanzig Jahren im Bäckerei-Café bedient hatte, als er noch Anwalt gewesen war. Übrigens, auf die Idee kam er schon, er führte sie nur nicht aus. Harry von Duckwitz führte ganz andere Ideen aus. Zum Beispiel, wo man nach verlorenen Küchenmessern suchen könnte.

Zehn vor eins. Es wurde langsam Zeit. Was heißt langsam. Harry reinigte das Kartoffelschälmesser, hobelte damit die Gurken ab, griff stöhnend zu einem ziemlich ergonomisch geformten Brotmesser, zerschnitt die Gurken und warf sie in die Pfanne. Jetzt, im Februar, waren die Gurken unverhältnismäßig teuer. Harry fand das weniger ärgerlich als beruhigend. Es war richtig schön altmodisch, daß in diesen durchorganisierten Breiten, wo es immer alles zu kaufen gab, die Preise von Obst und Gemüse mit den Jahreszeiten schwankten. Im Sommer kostete eine Gurke eine Mark und jetzt drei Mark fünfzig. Harry kaufte drei Stück. Der Gemüsehändler schüttelte mißbilligend den Kopf. Das gefiel Harry. Es gefiel ihm, daß es noch Gemüsehändler gab, die ihre eigenen Sachen zu teuer fanden. Natürlich wollte der Gemüsemann das überteuerte Zeug loswerden, sagte sich Harry, aber an die Frau des Reifenhändlers zum Beispiel, die blöde Schickse, und nicht an einen vernünftigen Menschen wie Herrn von Duckwitz. Manchmal fragte sich Harry, ob so einem wie dem Gemüsemann sein Zweifrauenhaushalt auffiel und was der denken mochte, »beneidenswert« oder »das kann nicht gutgehen«.

Fünf nach eins. Der Jazzsender begann mit seinem Programm. Heute war Samstag. Da brachten sie immer Bebop. Für die wahren Jazz-Freaks begann der Jazz erst mit dem Bebop, für Harry hörte er damit auf. Er versäumte also nichts. Vielleicht ein Vorurteil. Aber nur die Vorurteile bewahrten den Menschen vor der tödlichen Überflutung. Wenn man auch noch die klassische Musik nach Schubert gut finden würde, könnte man sich gleich aufhängen. Desinteresse und Vorurteile waren die einzigen Möglichkeiten, sich zu retten. Deswegen waren diese Selbsterhaltungsuntugenden so verbreitet. An seine Hauptfrührentnerbeschäftigung durfte Harry bei dieser Schlußfolgerung überhaupt nicht denken, sie war womöglich noch besessener als die Musiksammelei und womöglich noch zerstörerischer, als seine Liebe zu Ines je sein könnte. Es war sein manisches Zeitunglesen. Vier Tageszeitungen und drei Wochenzeitungen hatte er abonniert, dazu kamen Magazine und Illustrierte, es interessierte ihn fast alles. Er las drei bis vier Stunden am Tag, verschlang Nachrichten, Reportagen und Kommentare und nörgelte rentnerhaft über laue Berichterstatter und halbherzige Kritiker. Nur das Feuilleton las er selten, behauptete jedenfalls, es selten zu lesen, weil er Fritz, seinen Dichterhalbbruder, damit ärgern konnte. Auch Helene war in diesem Punkt reizbar. Sie war mit ihren Übersetzungen französischer Kultbücher auf das Feuilleton angewiesen.

Das Telefon riß ihn aus seinen Gedanken. Es war Rita. »Wir sind in einer Stunde da. Helene holt mich gerade in der Musikhochschule ab. Ines und Fritz fahren auch gleich los.« Harry war jedesmal gerührt, wenn Rita anrief und ihr Kommen präzise mitteilte. Rita war pünktlich und zuverlässig. Harry kochte, und wer kochte, mußte wissen, wann die Esser kamen. »Denkst du an Dill?« sagte er noch ins Telefon, »die Läden hier im Dorf sind schon zu.«

Harry fühlte sich nicht wohl, wie ein Hausmann in der Küche herumzustehen und in Mülleimern zu graben, aber der Gedanke, daß sich vier Menschen jetzt auf den Weg zu ihm und seinen Kochtöpfen machten, hatte auch etwas Erwärmendes. Er freute sich auf den Tag und den Abend.

So übel war das Leben nicht. Er freute sich auf Rita, die er eine Weile nicht gesehen hatte, und auf Helene, der er während Ritas Abwesenheit wieder etwas nähergekommen war. Einmal waren sie drauf und dran gewesen, miteinander zu schlafen. Aber ohne darüber gesprochen zu haben, war ihnen beiden klar, daß das Draufunddransein erst mal wieder als Liebesbeweis genügte. Er freute sich natürlich auch auf Ines, obwohl es anstrengend war, den harmlosen Schwärmer zu spielen. Er schnitt drei Putenschnitzel in Streifen, ekelte sich, als er an die Geflügelhaltung dachte, und überlegte, daß man Vegetarier werden sollte. Aber geschmorte Gurken schmeckten nun einmal nicht ohne scharf angebratenes Putengeschnetzeltes. Als das Fleisch in der Pfanne war und rasch goldbraun wurde, ging es ihm besser.

Eigentlich hatte Harry viel erreicht. Er war den diplomatischen Dienst los und kassierte dafür 3600 Mark im Monat. Bald würde es eine Erhöhung geben. Er hatte eine Frau, eine Freundin und eine Geliebte. Manchmal war seine Freundin seine Geliebte, seine Frau Geliebte und Freundin, wenigstens theoretisch, und die Geliebte verwandelte sich notgedrungen in die beste Freundin. Eine ideale Konstellation, sollte man meinen. Aber ein so reiches Leben fällt einem nicht in den Schoß. Alles war genau austariert: Wer darf in welchem Maß mit wem betrogen werden? Harry wollte keine Kräche. »Konfliktscheu«, nannte Helene diese Haltung. »Stil«, sagte Harry, »ich habe Stil.« Keine Auseinandersetzungen, keine Beziehungsgespräche. Das war das Kunststück: Wie brachte man es fertig, eine Beziehung zu drei Frauen aufrechtzuerhalten, ohne das Wort Beziehung auch nur in den Mund zu nehmen, geschweige denn, Beziehungsprobleme zu diskutieren. Verhandeln ja, diskutieren nein. Die Liebe war ein Geschäft. Vielleicht ging es auch nur so: mit aller Kraft nicht darüber nachzudenken.

Egal, es ging. Manchmal war es furchtbar, manchmal war es schön. Und was zum Teufel sprach gegen stundenlanges Zeitunglesen am Vormittag, was sprach dagegen, daß er sich glühend für die verschiedenen Fassungen der Beethovenschen und manchmal auch der Chopinschen Klavierstücke oder der alten Jazz-Standards interessierte. In immer kürzer werdenden Abständen kam ihm sein Leben armselig vor, dann machte er Bilanz, und die war doch erfreulich.

»Mein Gott«, sagte Helene, wenn sie Harry mittags noch immer das tun sah, was er beim Frühstück begonnen hatte, und sie in ihr Zimmer ging, um an ihrer Übersetzung zu arbeiten, »mein Gott, du gehst vor die Hunde!«

Harry sagte dann: »Ich war 15 Jahre im Auswärtigen Amt und vorher Anwalt, 17 Jahre Berufsleben, da werde ich mich doch mal ein Jahr ausruhen können.«

»Ein Jahr«, rief Helene, »es sind schon zwei!«

»Es sind genau dreizehn Monate, und dreizehn Monate sind für mich immer noch ein Jahr und nicht zwei«, korrigierte Harry und hielt die Zeitung trotzig vors Gesicht.

»Fehlt nur noch, daß du ›nach Adam Riese‹ sagst, du Oberlehrer!« rief ihm Helene zu, ehe sie wieder in ihrem Zimmer verschwand.

Am Abend lenkte er ein. Helene kam diese Zeit offenbar viel länger vor. Das verstand er gut. Auch er hatte oft genug das Gefühl, als wären drei oder vier oder fünf Jahre vergangen, in denen er mit nichts weitergekommen war. Weder hatte er Ordnung in seine Schallplatten und Musikkassetten gebracht, noch Ordnung in sein Liebesleben, wenigstens keine stabile. Wenn er sich, selten genug leider, morgens um drei aus dem Bett von Ines stahl, wenn er diesen warmen, nackten, schönen Körper verlassen mußte, den er eben noch vorbehaltlos und erlösend geliebt hatte, dachte sich Harry: Es muß etwas geschehen! Doch dann kam er nach Hause, Rita und Helene schliefen. Seine Abwesenheit war wieder einmal nicht aufgefallen. Niemand war verletzt. Er sammelte die Kassetten zusammen, die inzwischen, von den Timern geheimnisvoll gesteuert, die verschiedensten Sendungen aufgenommen hatten, legte sich aufs Sofa im Wohnzimmer, war glücklich, hörte ein bißchen den neuen Musikaufnahmen zu und schlief ein. Am Morgen frühstückte er friedlich mit Rita und Helene, Ines frühstückte allein. »Es wäre schön, wenn du die ganze Nacht und den ganzen Morgen hier wärst«, sagte Ines einmal, aber das klang eher höflich. Harry kannte ihren Rhythmus. Nach dem Aufstehen hatte sie nichts als ihre Kinder und ihre Klinik im Kopf. Kein Platz für ihn. War auch gut so. Er wollte nicht, daß sich Ines nach ihm verzehrte. Es reichte, wenn er es tat. So wartete er auf bessere Zeiten und tat alles, daß es blieb, wie es war.

Die Gurken waren soweit. Harry nahm Weißwein und löschte die Gurken in der einen und die Putenstreifen in der anderen Pfanne. Es zischte und dampfte. Er leerte beide Pfannen in einen Topf, hielt den Finger in die Soße, schmeckte ab und gab einen Brühwürfel, Salz und Pfeffer dazu. Wo waren die Lorbeerblätter? Während er vor dem offenen Kühlschrank kniend nach saurer Sahne suchte, fluchte er auf Helene, die offenbar wieder nur Crème fraîche gekauft hatte. Daß sie lieber mit Crème fraîche kochte als mit Sahne war ihre Sache. Aber sie wußte, daß er Crème fraîche verachtete. Die ganzen Hobbyköche und Hobbyköchinnen ließen sich diese »Modeschmiere«, wie Harry sagte, aufschwatzen, weil es offenbar nichts Schöneres gab, als den albernsten Verführungen zu folgen. Immer dasselbe. Der Widerstand fing bei der Crème fraîche an. »Du bist vernagelt«, sagte Helene, als sie wieder einmal darüber in Streit gerieten, »wenn ich bedenke, wogegen du früher losgezogen bist – und jetzt dieses kleine harmlose Molkereiprodukt!« Harry wehrte sich. Erstens seien Modeerscheinungen ernst zu nehmen und zweitens mache Crème fraîche das Essen schwer und schmantig, saure Sahne hingegen frisch. Helene glaubte ihm nicht und veranstaltete neulich einen Test, indem sie zweierlei Bratensoßen auftischte. Harry sollte entscheiden, welche mit saurer Sahne und welche mit Crème fraîche zubereitet war. »Beide mit Crème fraîche«, sagte er sofort, »widerlich!« Das hatte Helene sehr beeindruckt, aber offenbar ohne Konsequenzen.

Als Harry wütend den Kühlschrank schloß, sah er den Becher mit der sauren Sahne auf dem Küchentisch. Er hatte ihn dort schon vor einer Weile zurechtgestellt. Sofort verwandelte sich sein Zorn auf Helene in Reue. Dieser Dienst in der Küche machte zänkisch. Der diplomatische Dienst hatte wenigstens nicht zänkisch gemacht. Und da die meisten Weiber zuviel in der Küche stehen mußten, weil einfach zuviel Wert auf dieses blöde Fressen gelegt wurde, gab es so viel Streit in der Welt. Auch Helene wetterte, wenn er nicht das richtige saftige Vollkornbrot mitgebracht oder die Milch im Pappkarton statt in der Glasflasche gekauft hatte.

Es wurde höchste Zeit, Harry brauchte wieder einen Job. Das Niveau der Konflikte sank immer tiefer. Er rührte die Sahne in die Soße und probierte. Es schmeckte, fehlte nur noch der Dill, den Rita hoffentlich nicht vergessen hatte. Er ließ das Salzwasser auf der anderen Platte vor sich hinbrodeln, der Reis kam erst hinein, wenn die anderen da waren. Harry hatte nichts mehr zu tun, das heißt, er wollte nichts mehr tun, den Tisch sollten die Frauen dekken. Er zog seine Stofflatschen mit den aus Bast geflochtenen Sohlen aus, die früher »Espandrillos« hießen und in Spanien hergestellt wurden und die heute made in China waren. Es waren zwar keine richtigen Pantoffeln, aber sie wirkten doch etwas pantoffelhaft. Sein Leben war schon pantoffelhaft genug, darum zog er jetzt normale Schuhe an.

Kaum hatte er die Schuhe wieder ausgezogen, um es sich auf dem Sofa bequem zu machen und die Reportage in der Zeitung weiterzulesen, die er am Morgen unterbrochen hatte, hörte er das Auto kommen. Es war unverkennbar sein alter Türkenschlitten. »Jetzt, wo du selbst immer mehr vergammelst«, hatte Helene neulich gesagt, »brauchst du eigentlich kein vergammeltes Auto mehr.«

Harry sah aus dem Fenster. Zu seiner Überraschung war Ines dabei, die doch mit Fritz zusammen kommen sollte. Sie saß am Steuer, daneben Helene, auf der Rückbank Rita. Harry sah, wie Helene zum Lenkrad griff und übermütig hupte. Er hätte jetzt das Fenster aufmachen und winken können, das wäre die natürliche Reaktion gewesen, aber das war ihm im Augenblick zu frischfröhlich. Statt dessen nahm er noch einmal Platz auf dem Sofa, griff zur Zeitung, als könne er in der verbleibenden Minute mit dem Bericht weiterkommen, in dem es um einen Abgeordneten der Grünen ging, der heroisch gegen ein Schwein von Molkereibesitzer kämpfte. Harry liebte solche Heldengeschichten. Aber er konnte sich nicht konzentrieren, weil er sich fragte, warum Ines mit Rita und Helene gekommen war. Er gönnte sich eine Erlösungsphantasie: Ines hat Rita und Helene erzählt, daß sie schon seit Jahren etwas mit Harry hatte, und vorgeschlagen, die Sache allmählich zu legalisieren. Und natürlich haben Rita und Helene wie aus einem Mund gesagt: Logisch, nicht der Rede wert, du kannst von Harry haben, soviel du willst.

Die Haustür ging knarrend auf. Harry stellte sich schlafend und atmete tief. Vom Flur her hörte er Stimmen und Geräusche von hingestellten Einkaufstaschen, das Klappern von Kleiderbügeln. »Du hast recht, der Wagen zieht nach rechts«, sagte Ines zu Helene. Es war schön, mit geschlossenen Augen dazuliegen und zu hören, wie das Haus sich mit Leben füllte. Plötzlich war alles wieder in Ordnung, so wie es war. Daß er gekocht hatte, daß er ein lässiges Frührentnerdasein führte und sich über verschwundene Küchenmesser, Crème fraîche und versäumte Musiksendungen ärgerte. Und auch diese vertrackte Liebeskonstellation mit Rita, Helene und Ines erschien ihm wieder einmal nicht verbesserungsbedürftig.

»Harry!« rief Helene. Vermutlich sollte er helfen, den schweren Rest der Einkaufsbeute vom Auto ins Haus zu schleppen. Wahrscheinlich Säcke mit Blumenerde, denn da der Komposthaufen nicht zu Humus werden wollte, mußte Helene für ihre Topfpflanzenleidenschaft säckeweise Erde kaufen. Harry reagierte nicht. »Sag bloß, der ist gar nicht da!« hörte er Helene sagen und freute sich über eine gewisse Beunruhigung in ihrer Stimme. Sie öffnete die Wohnzimmertür. Harry hielt die Augen geschlossen und atmete tief. Offenbar sah es echt aus, denn sie ging leise zu den anderen im Flur und flüsterte: »Kommt mal, ich zeig' euch was.« Dann Schritte und Tuscheln dicht vor seinem Sofa, und er mußte an das Bild von Paris und den drei Schönen denken, das ihm Elizabeth Peach damals in der Kamerunzeit einmal zugesteckt hatte, als er sich nicht zwischen Rita und Helene entscheiden konnte. »Entschließen Sie sich, mein Herr!« hatte Elizabeth Peach auf das Bild von Lukas Cranach geschrieben. Drei Frauen standen vor einem liegenden Mann. Drei Frauen. Erst jetzt traf die Botschaft dieses Bildes restlos zu.

Harry schlug langsam die Augen auf und tatsächlich, da standen sie und betrachteten ihn sanft und amüsiert. »Ein Foto«, sagte Harry, »bitte bleibt so, bis Fritz kommt, der muß ein Foto machen.«

»Das könnte dir so passen«, sagte Rita. Oft sagte Rita Sätze, die von Helene stammen könnten. Manchmal sagten sie gleichzeitig dasselbe.

Der Zauber war verflogen. Harry stand auf und ging in die Küche, um das Essen fertig zu machen. Rita hatte den Dill vergessen. »Ohne Dill schmecken die Gurken nicht«, sagte er verdrießlich und machte den Hängeschrank auf, wo immer die Reispakete standen. Die Stelle war leer. Harry weigerte sich, Nudeln zu seinem Putengurkenessen zu machen, und Kartoffeln schälen und kochen dauerte zu lange. Es war Viertel nach zwei und Samstag. Alle Läden im Dorf längst geschlossen. Er schimpfte auf Deutschland mit seinen Ladenschlußzeiten und schlug vor, nach London umzusiedeln.

Rita setzte sich ans Klavier. Diesmal spielte sie nichts

Klassisches. Sie improvisierte einen Boogie. Selten tat sie Harry den Gefallen. »Damit du aufwachst«, sagte sie. Alle drei hatten also wirklich geglaubt, daß er eingeschlafen war. Harry war empört: »Ihr traut mir so viel Altmännerschlappheit zu!« Er tanzte ein paar Schritte zu Ritas Boogie, erst mit Helene, dann mit Ines. Sie tanzten viel zu selten. Mit Helene endeten solche Tänze immer in ausgelassenem Getrampel. Ines verwandelte sich schon nach den ersten Takten, sie tanzte sehr gut und federnd, aber mit einem irritierenden Ernst im Gesicht, als prüfe sie einen, als nehme sie nur den besten Tänzer zum Mann. Diese Beobachtung mußte ihr Harry demnächst mitteilen.

Die kurze Tanzerei hatte sie alle übermütig gemacht, und erst recht hatte jetzt keiner mehr Lust zum Kartoffelschälen und Tischdecken. Rita kam auf die erlösende Idee. »Wir gehen zum Italiener, und das Gurkenputengulasch essen wir morgen.«

»Gurken darf man nicht aufwärmen«, sagte Helene.

Wieder Helene mit ihrem Gesundheitsfimmel! Harry hatte genug davon. Er war kurz davor, das Haus zu verlassen, und zwar für immer. Er sagte scharf: »Seit wann darf man Gurken nicht aufwärmen! Ich bin mit aufgewärmten Gurken großgezogen worden!«

»Das merkt man«, sagte Helene.

Wenn Ines nicht gewesen wäre! Sie konnte das Problem richtigstellen. Helene verwechsele Gurken mit Spinat, sagte sie. Spinat solle man nicht aufwärmen, obwohl das nach allerneuesten Erkenntnissen auch nicht schädlich sei.

Die Sache war geklärt. Morgen gab es die aufgewärmten Gurken, ohne Dill und mit Kartoffeln. Harry war einverstanden unter der Bedingung, daß Rita, Ines und Helene nebeneinander vor dem Sofa saßen, einträchtig Kartoffeln schälten und dabei die politische Sonntagmittagsdiskussion im Fernsehen verfolgten. Schon vor Jahrzehnten gab es diese sonntägliche Diskussionsrunde im Fernsehen. In Harrys Kindheit hatten die Tanten sich vehement gegen die Anschaffung eines Fernsehapparates gesperrt, so wie Harry noch vor kurzem gegen einen CD-Player. Als die Tanten 1962 dann den Fernseher hatten, tönte jeden Abend um acht die Fanfare, die die Nachrichtensendung ankündigte, durchs Haus wie das Abendläuten, und die Tanten strömten aus ihren Zimmern in den sogenannten Salon. Jede hatte ihre eigene Zigarettenschachtel in der Hand, Nil, Pall Mall und Salem. Dann saßen sie von acht bis Viertel nach acht, schauten die Nachrichten an und rauchten wie die Indianerinnen. Danach machten sie den Fernseher sofort aus und beschimpften ihn als Dreckskasten. Jeden Sonntagmittag aber saßen sie vor dem geschmähten Apparat, betrachteten die politische Diskussionsrunde und schälten dabei Kartoffeln oder Spargel oder zogen Fäden von den grünen Bohnen, da damals die fadenlose Bohne noch nicht erfunden war. Dieses Bild wollte Harry morgen nachstellen. Er würde auf dem Sofa liegen und den matten Paris spielen, während die drei Frauen vor ihm ihr Kartoffelschälen und Fernsehen für einen Augenblick unterbrachen und ihn verführerisch ansahen. Dann sollte Fritz ein Foto machen, von dem Elizabeth Peach einen Abzug bekommen würde.

»Mal seh'n«, sagte Helene.

Endlich erschien Fritz. Er war in Bonn gewesen. Darum war Ines also mit Rita und Helene aus Köln gekommen.

»Was hast du in Bonn gemacht?« fragte Harry etwas zu forsch.

Ines deutete mit dem Finger auf ihn. »Hört ihr, Harry gönnt Fritz Bonn nicht! Er tut immer noch so, als ob das sein Bonn wäre!« Diese hinterhältige Bemerkung hätte Harry eher von Helene erwartet.

Beim Italiener im Ort gab es Mittagessen nur bis drei. Sie machten sich auf den Weg.

»Geht schon vor«, sagte Harry und stieg die Holztreppe hinauf zum Mansardenzimmer. Er drückte sich an den beiden Oleandertöpfen vorbei, die hier überwinterten. Irgendwo war die scheußliche Programmzeitschrift versteckt. Lange würde es ohne Brille nicht mehr gehen. Diese Schaltuhren, mit denen man den Aufnahmezeitpunkt bestimmen konnte, waren ein Geschenk des Himmels. Aber sie waren kompliziert, Harry konnte nur nüchtern mit ihnen umgehen. Da er beim Italiener gleich etliche Gläser Wein trinken würde, mußte er jetzt alles möglichst exakt einstellen. Radio eins sollte ab 20 Uhr eine Sendung über Hypochondrie aufnehmen, Radio zwei den Mitternachtsjazz und Radio drei schließlich früh um sieben eine historische Aufnahme der drei Klavierquartette von Beethoven. Dann gab Harry dem Oleander noch etwas Wasser, verließ das Haus und folgte den anderen, die schon nicht mehr zu sehen waren.

## 2

*Wie Harry von Duckwitz und die Seinen essen gehen, das Falsche bestellen, sich aber trotzdem nicht die Laune verderben lassen. Wie später ein hastiger Reporter auftaucht, dem Harry einiges aus seinem Leben erzählt. Wie der Sonntag verrinnt und Harry in einer Stunde der Besinnung einen einsamen Kampf gegen das Informationschaos führt, das Abbestellen der Zeitungen erwägt und warum er sich dann doch auf Montag freut. Nachdenkenswertes über das Färben grauer Haare sowie erste Erkenntnisse über den Zusammenhang zwischen dem Staatssicherheitsdienst in der ehemaligen DDR und der ehemaligen Hosenmode.*

Mario, der Italiener, kam aus der Nähe von Neapel, um sein Leben in der Eifel zu verbringen. Wie er den Tausch des einen Elends mit dem anderen so gutgelaunt hinnehmen konnte, blieb sein Geheimnis. Die Fisch- und Fleischgerichte schmeckten bei ihm langweiliger als in jeder Großküche. Die Pizza hatte regelmäßig einen verkohlten Rand und in der Mitte einen suppigen Boden. Das mußte man wissen. Auch Lasagne war nicht empfehlenswert. Aber Mario war ein netter Kerl. »Ein goldiger Gauner, zum Abknutschen«, sagte Helene. Und seine Spaghettigerichte waren gut. Und natürlich der Espresso, der war besonders gut. Mario kam an den Tisch. »Seeteufel ist heute spitze«, sagte er und preßte dabei Daumen und Zeigefinger in verdächtiger Selbstüberzeugtheit zusammen.

Helene und Ines fielen darauf rein. »Seit Jahren weiß ich es!« stöhnte Helene wenig später und betrachtete den Teller, den Mario ihr überschwenglich hingestellt hatte. Sie haßte Fisch mit Tomatensoße. Ines fand die Soße nicht so schlimm. Harry erbarmte sich und tauschte mit Helene. Er schob ihr seine stinknormalen Spaghetti mit Tomatensoße hin, auf die er sich gefreut hatte und sagte: »Mir egal, was ich fresse.« Das fand Helene auch empörend. »Da vergeht einem ja der Appetit«, sagte sie. Fritz hatte trotz Warnung eine Pizza bestellt, säbelte verzweifelt daran herum und hob ein lappiges Stück mit der Gabel hoch. »Wie eine eingepißte Kinderunterhose«, sagte er. Ines erklärte, Emil, ihr Jüngster, habe sich vor einiger Zeit einmal im Beisein von Fritz in die Hose gepinkelt, das habe Fritz offenbar so beeindruckt. Rita war die einzige, die klug gewählt hatte, einen großen Vorspeisenteller, nur mit Bohnen.

Harry sah heimlich auf die Uhr. Es war kurz nach drei. Er hoffte, daß jetzt in der Bonner Wohnung der Timer Radio und Bandgerät in Betrieb gesetzt hatte, um eine Sendung über klavierspielende Jazzsängerinnen der 30er Jahre aufzunehmen. Dann sah er Ines an, die heute nicht richtig aus sich herausging. Er ließ unter dem Tisch seinen Fuß nach ihrem Fuß suchen, aber anstatt mit einem Blick auf die kleine geheime Berührung zu reagieren, fragte sie Harry: »Und du, was machst du denn so den ganzen Tag?«

Um zu vermeiden, daß nun sein Frührentnerdasein zum quälenden Thema wurde, wich er aus. Er beschäftige sich schon seit einiger Zeit mit der Frage, wieso ein und dasselbe Musikstück, wenn es im Radio gespielt wurde, aufregender klang, als wenn man dieselbe Aufnahme von Platte oder Band hörte. »Ich glaube«, sagte er, »die Verfügbarkeit nimmt der Musik viel von ihrem Zauber. Wenn man ein schönes Stück, das man im Radio hört, nicht mehr wiederholen kann, hört man genauer hin. Man saugt es gieriger und nervöser und konzentrierter in sich auf, weil es gleich vorbei sein wird.« Die anderen hörten nicht zu. Diese Anspannung war es vielleicht, die der Musik einen zusätzlichen, unnachahmlichen Reiz gab. Und trotzdem setzte man immer wieder den Timer in Gang, um das Stück aufzunehmen, oder kaufte die Platte, die fast nie halten konnte, was die unbelehrbare Erwartung immer wieder versprach. Nach einer kleinen Pause sagte Harry: »Das Unwiederbringliche der Musik und ihre Verfügbarkeit, dieser Widerspruch ist es, der mich beschäftigt.« Vergeblich hatte er sich bemüht, bei diesem Thema nicht ins Dozieren zu verfallen.

»Oho«, sagte Fritz. »Harrys Arbeitslosigkeit hat ihn zu einem Musikphilosophen gemacht.«

Helene putzte mit einem Stück Brot die Tomatensoße auf ihrem Teller zusammen. »Das hätte auch keiner gedacht.«

Harry beschwerte sich. Man könne sich mit ihnen über solche Fragen einfach nicht unterhalten, immer kämen sie auf sein Frührentnerdasein zurück. Das habe er satt. Helene sagte, das Brot hier bei Mario sei jedenfalls noch das beste. Im übrigen interessiere sie Harrys musikalische Relativitätstheorie leider nicht besonders. Sie würde lieber von Fritz wissen, was er von diesen ehemaligen DDR-Dichtern halte, die ihre DDR-Dichter-Kollegen bespitzelt hatten. »Du mußt doch diese Leute von deinem Literaturtreffen her alle kennen.«

»Ich kenne die auch nicht«, sagte Fritz und nagte an einem unverkohlten Stück Pizzarand herum.

Mario erschien, rieb sich freudestrahlend die Hände und fragte wie immer: »Wie schmeckt es?«

»Wie immer«, sagte Rita.

Harry drückte Mario seinen halbvollen Teller mit dem Tomatenfisch in die Hand.

»Zu viel«, sagte Mario verständnisvoll.

Fritz kämpfte seinen letzten Kampf mit der Pizza. Harry sagte, die DDR-Dichter hätten sich vermutlich mit ihrem System so arrangiert wie Fritz mit der Pizza.

Fritz protestierte. »Wieso ich? Wir alle sind doch immer wieder blöd genug, hierherzukommen. Nach jedem Essen fühlen wir uns als Opfer. Dabei sind wir alle Mittäter. Freiwillig unterstützen wir immer wieder ein kriminelles gastronomisches System«, sagte er und schob den Teller, auf dem sich nur noch Schleim und Kohlereste häuften, endgültig beiseite. »Niemand hat uns zu dieser Kollaboration gezwungen.«

»Es ist einfach bequem«, sagte Ines, »es ist so wunderbar bequem.«

Das war das Thema dieser Wochen und Monate. Alle

paar Tage überraschten die Medien mit unglaublichen Meldungen aus der ehemaligen DDR, die man seit der Wiedervereinigung entweder freundlich »Neue Bundesländer« oder ziemlich kühl »Ostdeutschland« nannte. Eben noch unbescholtene Persönlichkeiten wurden als Mitarbeiter des Staatssicherheitsdienstes entlarvt. In jüngster Zeit waren auch noch Dichter in Verdacht geraten. Von denen hatte man das am wenigsten gedacht. Die sollten ihre Dichterkollegen bespitzelt haben? Wo alle Dichter doch so subversiv getan hatten. Es war immer das gleiche Ritual. Sie logen eine Zeitlang herum, und wenn sie nicht mehr lügen konnten, behaupteten sie, sie könnten sich an nichts erinnern. Wies man ihnen nach, daß sie sich doch erinnern konnten, dann beteuerten sie, daß ihre Spitzelei nur zum Schutz und Wohl der Bespitzelten gewesen sei.

Harry war bei diesem Thema noch weniger wohl als bei den Nachfragen über seinen Rentnerzeitvertreib. Wenn von der Infamie des Doppelspiels, von Lügerei und Verleugnung die Rede war, vermied er Ines' Blick. Schließlich trieben sie ja auch ein heimliches, konspiratives Spiel hinter dem Rücken von Fritz, Rita und Helene, und Harry war sich fast sicher, daß er, falls alles auffliegen sollte, nicht weniger dumm herumstammeln würde als die östlichen Dichter. Einmal hatte er mit Ines darüber geredet. »Du bist verrückt«, sagte sie, »wir sind doch keine Spitzel, wir verraten doch niemanden!« Richtig, sie verrieten niemanden. Betrug war kein Verrat, wobei noch nicht einmal feststand, daß überhaupt jemand betrogen wurde bei dieser Geschichte. Wer denn eigentlich? Niemand hatte einen Schaden. Wie auch immer, der Gedanke an seine eigene Falschheit hinderte Harry daran, sich über die Falschheit der DDR-Ganoven zu empören.

»Espresso?« fragte Mario im richtigen Augenblick.

Große Zustimmung. Abzählen. Eins – zwei – drei – vier – fünf. »Fünf Espressi«, sagte Helene in korrekt originalitalienischer Pluralform.

»Fünf Espressos«, sagte der originalitalienische Mario, während er die Tassen verteilte.

»So wird das Falsche zum Richtigen«, rief Rita, die etwas beschwipst war und gar nicht merkte, was für einen klugen Satz sie gerade ausgesprochen hatte. Auch die anderen waren beschwipst, so ging Ritas schöne Erkenntnis verloren.

Harry bestand darauf, den drei Frauen in den Mantel zu helfen. Nüchtern würde er das natürlich nicht tun, entschuldigte er sich, er sei ja schließlich kein Streikbrecher der Emanzipation. Aber besoffen könne man selbst heutzutage noch den Kavalier spielen.

»Rede nicht lange, hilf mir endlich«, sagte Helene.

Harry ging zwischen Rita und Helene und hängte sich bei ihnen ein, als er sah, daß Fritz seinen Arm um Ines legte. Rita schmiegte sich sogar ein wenig an Harrys Schulter, er neigte ihr den Kopf entgegen und fragte sich, was Ines, die jetzt wenige Meter hinter ihm ging, davon halten mochte.

»Dein Schnürsenkel ist offen«, sagte Rita, als führte sie mit Harry die normalste Ehe der Welt.

»Das war er vorhin schon«, sagte Helene. »Er läuft fast immer so rum. Er will es so. Es ist einer seiner letzten kindischen Versuche, nicht bürgerlich zu sein.«

Harry war überzeugt. Er blieb stehen, kniete sich hin und fädelte den Schnürsenkel in die beiden oberen Löcher. Das hatte er gestern schon tun wollen. Immer war etwas dazwischengekommen. Er band eine Schleife und ging den anderen nach. Sie waren bereits weit weg. Wie schnell sich doch auch langsam gehende Menschen entfernten – in so kurzer Zeit, in der man einen Schuh zuband. Sie warteten nicht auf ihn und sahen sich nicht um, als ob er nicht mehr zu ihnen gehörte. Er dachte an Ines' achtjährigen Sohn Erwin, nein, Egon hieß er wohl, Harry konnte sich den Namen nicht merken. Nein, elf war Egon, und Emil hieß der Kleine, der war sechs, und dann gab es noch den ältesten Lulatsch mit dem furchtbaren Stimmbruch, größer als Harry und Gott sei Dank auf einem Internat. Der mußte Erwin heißen. Und Ines mußte verrückt gewesen sein, sich von ihrem ersten Ehemann drei Kinder andrehen zu lassen. Drei Söhne. Entsetzlich.

Harry mochte Egon, weil der die Beatles mochte. Einmal, als Harry ihm eine alte Beatles-Platte schenkte, hatte ihm der Junge einen Zettel zugesteckt: »Rita und Helene reden über dich«, stand da in krakeliger Kinderschrift.

Harry rannte los. Immerhin konnte er noch rennen, ohne dabei ins Schnaufen zu kommen. Obwohl er keinerlei Sport trieb. So weit am Ende war er durchaus nicht. »Na, was habt ihr über mich geredet?« sagte er, als er die anderen eingeholt hatte.

»So wichtig bist du nun auch wieder nicht«, sagten Rita und Helene gleichzeitig und lachten sich an.

Sie gingen jetzt zu fünft nebeneinander mitten auf der Straße. Ein Auto kam ihnen entgegen. Der Fahrer hupte nicht und fuchtelte nicht mit der Faust herum. Er fuhr sie auch nicht tot. Ruhig wich er aus und nickte ihnen dabei verständnisvoll zu. Lauter freundliche Menschen, dachte Harry. Ein schöner Tag.

Helene atmete etwas übertrieben tief die gute Winterluft ein. Ein Haus in der Eifel zu mieten, war ihre Idee gewesen, die Harry sofort eingeleuchtet hatte, weil er sich mit Ines in der Bonner Wohnung ungestört wälzen sah. Nicht öfter als ein Mal im Jahr diente die Bonner Wohnung diesem höheren Zweck. Helene aber mußte ab und zu die Richtigkeit ihrer Entscheidung für das gesunde Landleben und gegen die kranke Stadt mit demonstrativem Durchatmen unter Beweis stellen.

»Ist euch eigentlich die Hose von Mario aufgefallen«, fragte Harry. Natürlich, diese Hose war allen aufgefallen. Vor zwanzig Jahren war sie große Mode gewesen. Unten weit ausgestellt, oben ganz eng und tief auf der Hüfte sitzend, unbequem, unfunktional, verstümmelte Hosentaschen, in die man nicht einmal ein Taschentuch stopfen konnte. Ungesund, hieß es damals, Vorsicht, Hoden und

Pimmel würden gequetscht, die hatten es lieber luftig. Eine ganz gefährliche Verirrung. Heute wirkten sie nur noch lächerlich. Man hatte auch ohne Mario reichlich Gelegenheit, sich an diese Hosen zu erinnern, da die privaten Fernseh-Dreckssender massenweise die billigen Filme der 70er Jahre ausstrahlten. In diesen Filmen wimmelte es von solchen Hosen. Harry geriet in Fahrt. »Auch passable Filme aus dieser Zeit«, sagte er, »selbst die wunderbaren Filme von Truffaut, kann man nicht mehr vorbehaltlos bewundern. Sie haben etwas Unglaubwürdiges, sind späte Opfer dieser lächerlichen Hosen.«

Alle lachten und erinnerten sich, und es fiel ihnen ein, daß man damals »Hose mit Schlag« gesagt hatte, aber Harry meinte, da gäbe es gar nichts zu lachen, das sei nämlich tieftraurig.

Rita gestand, sie könne nicht ausschließen, auch solche Hosen getragen zu haben, damals im Internat in England. Aber auch in Korea seien die Leute mit diesen schlackernden Hosenbeinen herumgelaufen. Dadurch hätten die ohnehin kurzbeinigen Koreaner noch kurzbeiniger ausgesehen. Eine weltweite Verirrung.

»Du hast Gott sei Dank die langen Beine deines indischen Vaters geerbt«, sagte Harry schwungvoll, obwohl das nicht ganz stimmte. Ritas Beine hätten ruhig ein paar Zentimeter länger sein können.

Fritz, Ines und Helene behaupteten, sie hätten nie solche schrecklichen Hosen getragen, niemals, und Harry sagte, das sei eben der verhängnisvolle, aber auch aufschlußreiche Irrtum, er werde sie jetzt überführen. Natürlich habe man damals beim Hosenkauf darauf geachtet, diese unsinnig weiten Stofflappen nicht an die Beine zu bekommen. Er auch. Er erinnerte sich genau. Kühn hatte er sich damals über den Verkäufer in einem Frankfurter Kaufhaus hinweggesetzt, der ihn beschworen hatte, der junge Mann von Welt trage heute solche Hosen, 28 Zentimeter Schlag müsse eine anständige Hose mindestens haben. Alles andere seien Altherrenhosen. Trotzdem hatte sich Harry standhaft geweigert und nach langem Suchen eine Hose mit nur 24 Zentimetern Schlag gefunden, die ihm der Verkäufer beleidigt überließ. Nun mußte man nur einen Blick in die Fotoalben tun, die man natürlich nie angelegt hat, mußte also in den Schubladen mit den alten Fotos wühlen, und es stellte sich heraus: Die damals unmodische Hose mit nur 24 Zentimetern Schlag sieht heute genauso ekelhaft aus wie die damals hochmodisch-topaktuelle mit 28 Zentimetern. Alles kein Unterschied. Alles nur grauenvolle Geschmacksverirrung. Und das Schlimmste: Selbst wenn man geglaubt hatte, Widerstand zu leisten, selbst wenn man nachweisbar Widerstand geleistet hatte, war man ein Mitläufer gewesen. Bilddokumente bewiesen die verhängnisvolle Verstrickung. Jeder Mensch war ein inoffizieller Mitarbeiter des Systems, in dem er lebte. »Wie also hätten wir uns in der DDR verhalten, wie in der Nazizeit«, sagte Harry, »und wie vor allem danach?«

»Sei nicht so moralisch«, sagte Helene, aber Harry war ganz erfüllt von der Schlüssigkeit seines seltsamen Vergleichs. Auch Fritz, der sonst immer so tat, als überhöre er Harrys Reden, oder der sie tatsächlich überhörte, lächelte amüsiert, und Harry merkte, wie ihn das zufrieden machte. Die schönste Theorie half nichts ohne Zuhörer. »Was schert mich diese verfluchte DDR-Vergangenheitsbewältigung«, rief Harry euphorisch, »erst muß die Vergangenheit des Hosenbeins bewältigt werden!«

Es war ein befriedigender Gedanke, gesund, guter Laune und intelligent zu sein und sich als Pizza-Esser und Hosen-Käufer der Systemerhaltung zu bezichtigen. Die meisten Leute waren dumm. Die Regierungen der tonangebenden Staaten dieser Erde waren ratlos, wie es weitergehen sollte. Das hatte es vorher nicht gegeben. Man warf ihnen die Ratlosigkeit natürlich vor, diesen Flaschen an der Macht. Aber eine ratlose Macht war andererseits gar nicht so unsympathisch, nur gefährlich. Eine Macht, die weiß, was sie will, war besser einzuschätzen. Harry jedenfalls wußte nicht, was er wollte. Noch nicht. Eigentlich hatte er es nie gewußt, obwohl er manchmal das Gefühl hatte, es zu wissen. In zweieinhalb Jahren würde er fünfzig. O Gott! Vorher mußte eine Entscheidung fallen.

Als sie sich langsam dem Haus näherten, quälte Helene Harry wieder mit der Bemerkung, daß in diesem Frühjahr endlich die Fensterläden gestrichen werden müßten. Schon drei oder vier Jahre lang nörgelte sie an den Läden herum, weil sie das fahle Braun an vergammelte Leberwurst erinnerte: »Wenn sie grün sind, sieht das ganze Haus schon besser aus.« Harry dachte nicht daran, für ein Haus, das ihm nicht gehörte, einen Pinsel in die Hand zu nehmen.

»Dann kauf doch das Haus«, sagte Helene.

Aber Harry wollte kein Haus besitzen. Altes Thema, alte Wunden.

»Du hast genug Geld«, sagte Helene, »laß es machen!«

Von wegen genug Geld. Helene hatte keine Ahnung, was sein Schallplattenfimmel kostete. Hunderte im Monat.

Bevor es wie üblich zum Streit kam, sahen sie ein fremdes Auto vor dem Haus stehen. Ein fremdes Auto, das konnte nur Ungutes bedeuten. Eine Störung. Eine Nachricht, die man nicht bekommen wollte. Bestenfalls Leute, die einem Versicherungen andrehen wollten. Es konnten allerdings auch Möchtegernhauskäufer sein, höhere Angestellte, die in der Eifel nach Wochenendhäusern schnüffelten.

Das Haus gehörte einer alten Frau. Harry hatte sie einmal auf Helenes Drängen gefragt, ob sie es nicht verkaufen wolle. »Was soll ich mit dem Haufen Geld«, sagte sie, »es ist mir lieber, es bleibt so, wie es ist.« Oh, wie gut Harry sie verstand. Er hätte sie umarmen können, die Gesinnungsgenossin! Was aber wäre, dachte Harry im nachhinein nicht ohne Sorge, wenn das Redakteursgesindel aus Köln und das Politikerpack aus Bonn in den Grundbüchern herumstocherte, die Alte aufsuchte, sie umschmeichelte und Harry plötzlich das Haus unterm Hintern wegkaufte. Es wäre schmerzloser, auch in diesem Punkt zum Mitmacher und Mittäter und zum Besitzer zu werden als zum Opfer. Das fremde Auto sah zwar nicht so aus, als gehöre es solchen Wochenendhausgeiern. Aber vielleicht tarnten sie sich bereits? Früher fuhren Käufer mit dem dikken Mercedes durch die Gegend, um Kreditwürdigkeit zu demonstrieren, trugen Anzüge und Kamelhaarmäntel. Heute kommen sie anbiedernd im Zweitwagen oder im Auto der studierenden Kinder und natürlich in Jeans. Fehlte bloß noch, daß Hausaufkäufer mit buntem Nylonrucksack angelatscht kamen.

Harry hatte noch Kontakte zu seinen ehemaligen Kollegen Sachtleben und Knesebeck, auch zu Willfort, der allerdings auch schon seit einiger Zeit nicht mehr im Amt war. Sie kamen hin und wieder zu Besuch ins Eifelhaus. Aber sie hatten andere Autos. Komisch, daß man sich überhaupt merkte, wer welches Auto hat. Solchen Blödsinn merkt sich der moderne Mensch. Da hat er einen regelrechten Instinkt entwickelt. Halbtote liegen auf der Straße und wissen, daß das fahrerflüchtige Auto ein metallicblauer Opel Kadett mit schwarzen Ralleystreifen war.

Fremde Autos brachten in der Regel Leute, die einen etwas fragten oder einem was anboten, und man mußte sich entscheiden. Nach wie vor stand Harry nicht der Sinn nach Entscheidungen. Neulich war ein Abgeordneter aus Bonn hier gewesen. Als aufrechter Sozialdemokrat arbeitete er im Auswärtigen Ausschuß ein Konzept aus. Es ging um Fragen irgendeines Wirtschaftsboykotts. Das Auswärtige Amt verhielt sich nach Ansicht des Auswärtigen Ausschusses zu halbherzig. Abgeordnete im Ausschuß hatten einen bestimmten Etat im Monat, um sich zuarbeiten zu lassen. Der herzensgute SPD-Abgeordnete hielt Harry als ehemaligen Diplomaten und Wirtschaftsreferenten für den idealen Zuarbeiter. Das Zwölftausend-Mark-Kontingent, das ihm monatlich zur Verfügung stand, um sich schlau machen zu lassen, war noch nicht ausgeschöpft. Er hatte noch dreitausend Mark pro Monat übrig, die er Herrn von Duckwitz für eine Beratertätigkeit anbieten könne. Dreitausend bedeuteten ungefähr hundert neue Wunderschallplatten, hatte Harry sofort ausgerechnet, aber auch noch weniger Zeit, die alle zu hören.

»Ich überlege es mir«, hatte er gesagt.

Jetzt hatten sie das Haus erreicht. Der Abgeordnete war in einem anderen Auto gekommen. Harry wußte nicht genau, was für eins, er konnte die Automarken nicht wie ein Verkehrsopfer auseinanderhalten, aber es war ein anderes gewesen.

Auf den Stufen vor der Haustür saß ein junger Mann von Anfang oder Mitte Dreißig. Er stand auf, als er den Duckwitz-Clan auf sich zukommen sah. Überstürzt ging er ihnen entgegen, sah Harry an und sagte fahrig: »Sie sind's, stimmt's?«

Harry dachte im ersten Moment, das ist ein Typ, der Geld braucht und sich eine raffinierte Schnorr-Methode ausgedacht hat. So sah er aus. Doch dann benahm er sich seltsam vertraulich. Vielleicht ein Kollege, an den sich Harry peinlicherweise nicht mehr erinnerte? Er war bestimmt zehn Jahre jünger als Harry. Man konnte sich nicht an alle Kollegen von früher erinnern, die zehn Jahre jünger waren. Davon gab es Hunderte.

»Wer soll ich sein?« fragte Harry.

»Duckwitz«, sagte der Mann, »Duckwitz, der berühmte Querschläger.«

Helene lachte laut heraus. Harry versuchte, nicht geschmeichelt, sondern verärgert auszusehen.

Der Mann redete schnell und haspelig, entschuldigte sich, so einfach hereingebrochen zu sein, aber auf drei Briefe an die Bonner Adresse habe er keine Antwort erhalten und es deshalb auf gut Glück hier versucht. Die Sache sei sehr eilig, sagte er, was man ihm unbesehen glaubte.

»Moment mal, ganz ruhig«, sagte Harry, »worum geht es denn?«

Es ging um eine Reportage für irgendeine Zeitschrift.

»Mein Name ist Stich«, stellte sich der Journalist mit reichlicher Verspätung vor, »Willibald Stich.«

»Wie?« fragte Harry.

»Stich, wie der Stich ins Wespennest«, sagte Herr Stich schnell und ungeduldig. So hatte er seinen Namen sicher schon oft erläutert.

»Ja, ja, immer im Streß«, bemerkte Fritz.

»Das Wort Streß wollte ich vermeiden«, sagte Herr Stich plötzlich sehr bestimmt. Von dem Augenblick an gefiel er Harry.

»Gehen wir rein«, sagte Helene und schloß die Tür auf.

Herr Stich redete hastig und nervös auf Harry ein, während sich nun im Flur alle gleichzeitig beim Ausziehen der Mäntel drängelten. Dieser enge, kleinbürgerliche Flur war auch ein Grund, warum Harry das Haus niemals kaufen würde.

»Was haben Sie denn«, sagte Helene, »machen Sie doch mal ein bißchen Pause.«

Als sie sich im Wohnzimmer verteilten, wußte Harry immerhin schon, worum es ging: um eine Artikelserie mit dem Titel ›Nestbeschmutzer‹. Wieder so eine typische Zeitschriftenidee, entschuldigte sich Herr Stich, fragwürdig, aber zugkräftig, so was bringe eben Auflage. Doch könne man innerhalb einer solchen Allerweltsserie natürlich auch ein wirklich gutes Porträt schreiben, sagte Herr Stich und ließ keinen Zweifel daran, daß er dazu in der Lage sei.

»Und Sie wollen über diesen Mann ein gutes Porträt schreiben?« sagte Ines und musterte Harry dabei von oben bis unten.

»Sind Sie seine Frau?« fragte Herr Stich.

»Leider nicht«, sagte Harry.

Alle setzten sich nun um den runden Couchtisch, der nach Helenes Ansicht von seinen Lackschichten befreit werden müßte, weil er aus bestem massiven Ahornholz sei. Harry hatte diese lästige ästhetische Großtat bisher mit dem Hinweis auf die Umweltgiftigkeit der Abbeizmittel verhindern können. Rita und Helene nahmen rechts und links von dem mitten auf dem Sofa vorgebeugt sitzenden Herrn Stich Platz und fixierten ihn von der Seite, was ihn kein bißchen von seinen hastig hervorgestotterten Redesalven abhielt. Harry fand ihn zwar ebenso entnervend wie die anderen, aber auch irgendwie rührend und überzeugend, wenn er sich fortwährend in Frage stellte, auch in Frage stellte, daß er sich in Frage stellte. Komischerweise redete er dauernd von sich selbst. »Ich denke, Sie wollen was von Duckwitz wissen«, unterbrach ihn Fritz.

Herrn Stich brachte diese Bemerkung nicht aus der Fassung. Er sah Fritz freundlich an und sagte, das sei eine bewährte Methode von ihm. Er dusche die Leute gleichsam mit seinem Wortschwall ab und betrachte deren Reaktion, dabei käme oft mehr raus, als wenn man sie selbst reden lasse. Im übrigen kenne er Fritz, den Dichter, wundere sich allerdings, daß Herr von Duckwitz Umgang mit Poeten pflege.

»Wir sind Stiefbrüder«, sagte Fritz. Herr Stich schrieb sich sofort seine Adresse auf. »Nur für den Fall, daß wir auch eine Serie über deutsche Autoren planen«, sagte er.

Harry, der mit der Espressomaschine aus der Küche kam, hatte den letzten Satz mitbekommen. »Wenn ich das Wort ›deutsch‹ schon höre!« sagte er angewidert. »›Deutsche Autoren‹! Fritz, da machst du doch nicht mit! Heißt unsere Serie etwa auch ›Deutsche Nestbeschmutzer‹? Dann müssen Sie auf mich verzichten.« Ein guter Vorwand. Er hatte ohnehin keine Lust mehr. Seine Gedanken waren längst woanders, bei seinen Tonbändern, die in der Mansarde hoffentlich fleißig liefen, bei den ungelesenen Zeitungen und der Vorstellung, mit Ines allein spazierenzugehen. Doch Harry war nicht geschaffen für mitleidlose Entschlüsse. »Also gut«, sagte er, »rufen Sie mich Montag an, ich werde es mir überlegen.«

»Am Montag muß der Text schon in der Redaktion sein.« Ein Entsetzensschrei und zugleich ein Befehl.

»Mach das doch, Harry, sei kein Frosch!« sagte Fritz. Plötzlich rieten ihm alle zu. Fritz kannte die Zeitschrift. »Sie ist in Ordnung«, sagte er.

»Los, raff dich auf!« drängelte Helene. »Wenn du schon nichts tust, dann wollen wir wenigstens lesen, was du getan hast!«

»Wie lange dauert das denn?« fragte Harry.

»Geht schnell«, sagte Herr Stich aufmunternd und sah auf die Uhr. »In zwei Stunden bin ich weg. Punkt sechs! Versprochen!«

Um sechs setzte sich Rita ans Klavier und legte los.

»Was ist das?« fragte Herr Stich.

»Rausschmeißmusik«, sagte Harry, »es ist sechs.« Herr Stich wollte wissen, welches Musikstück es war. Das konnte Harry gut verstehen. Rita spielte die Begleitung zu Schuberts ›Gretchen am Spinnrad‹ so rasant, daß man auf die Stimme gut verzichten konnte. »Wunderbar«, sagte Herr Stich und sah Rita verzückt an. Viele Männer sahen Rita verzückt an, wenn sie Klavier spielte. Dann war Harry jedesmal stolz.

Jetzt erst hatte Harry mit seiner eigenen Geschichte beginnen können. Er wollte, daß sich Herr Stich nicht auf Rita, sondern auf ihn konzentrierte, und ging mit ihm in sein Zimmer. Noch nie war ein fremder Mensch in diesem Zimmer gewesen. Es war mehr eine Studentenbude. Als ehemaliger Diplomat sollte man sich ein nobleres Refugium einrichten. Um halb acht machte Ines mit Helene ein paar Brote, um acht sahen sie die Fernsehnachrichten. Um halb elf ging Rita ins Bett, um elf Helene, dann Ines, dann Fritz.

Harry und Herr Stich waren bei der dritten Flasche Wein. Harry machte es mittlerweile Spaß, sich an die Zeit im Auswärtigen Amt zu erinnern, und er stellte fest, daß sein Leben so ereignislos nicht gewesen war. Er erzählte von diesem unsinnigen Amt, den laschen, feigen Kollegen, von der ganzen absurden Scheinbetriebsamkeit, er beschimpfte die Minister, Kanzler und Präsidenten wie in seinen besten Tagen als Verhöhnungskünstler, er beschrieb seine eigene lächerliche Rolle in dieser Maschinerie, und als er bei seiner Entlassungsgeschichte angekommen war, war es halb sechs.

Harry schraubte zum dritten Mal die Espressomaschine auf und stellte sie auf den Herd. Als er mit dem schwarzen Kaffee und den kleinen Tassen aus der Küche zurückkam, fragte er: »Welche von den Frauen gefällt Ihnen am besten?«

»Mir gefallen alle drei gut«, sagte Herr Stich, und Harry sagte, das sei das Problem. Herr Stich gähnte und schlief im Sessel ein. Es war halb acht. Gott sei Dank wurde es langsam hell. Auch dieser Winter würde vorübergehen. Harry war nicht müde und spürte das Bedürfnis nach frischer Luft. Vor dem Haus blieb er eine Weile stehen und blickte auf das Fenster, hinter dem Ines mit Fritz im Bett lag. Es befriedigte ihn, daß sie in zwei getrennten Betten schliefen. Fritz schwitzte nachts. »Das soll er allein tun«, fand Ines. Harry hoffte, daß sich ihre Härte nie gegen ihn richten würde.

An einem Sonntagmorgen in einer landschaftlich mäßig schönen Gegend allein spazierenzugehen, und das im Februar, war nicht gerade erhebend. Trotzdem gelang es Harry, einige angenehme Vorstellungen auszuprobieren, eine Erlösungsvariante natürlich wieder: wie er Fritz erzählte, daß er was mit Ines hatte, wie er es Rita sagte und dann Helene, und wie sie ihn daraufhin anlächelten und trösteten: Das kriegen wir schon hin.

Als er zurückkam, war das Haus in vollem Betrieb. Nur Herr Stich schlief noch in seinem Sessel. Ines hatte einen ihrer scharfen Röcke an. Kirschrot. »Eine Wohltat nach dieser Nacht«, sagte Harry.

»Hat jemand das Küchenmesser gesehen?« rief Helene laut aus der Küche.

Herr Stich wachte auf, sprang hoch, sah auf die Uhr und sagte: »Um Gottes willen!« Er fuhr mit den Händen durch das dünne blonde Haar, das nach dem Schlaf im Sessel wirr vom Kopf wegstand. Dann griff er sich theatralisch ans Herz: »Morgen um diese Zeit muß das Ding in der Redaktion sein. Achtzehn Seiten!« Wie ein zerstreuter Detektiv suchte er in seinen Taschen nach dem winzigen Block, auf dem er sich einige Notizen gemacht hatte. »Achtzehn Seiten in vierundzwanzig Stunden – Kleinigkeit«, murmelte er, verabschiedete sich hastig und verschwand.

Jetzt betrat Helene das Zimmer. Sie hatte das gute alte Küchenmesser in der erhobenen Hand und ging damit auf Harry zu wie eine unbeirrbare Mörderin.

»Und wo war das Messer?« sagte sie langsam und leise: »In deinem verdammten Zimmer! Neben der Post! Mit unserem alten Messer hast du deine langweiligen Briefe geöffnet.«

Rita legte die Zeitung beiseite. »Wie soll das erst im Alter werden!« Ihrem fernöstlichen Gesicht sah man den Spott nicht an.

Ines sagte in ihre Zeitung hinein: »Wieso? Das Alter ist doch schon längst da.«

Harry ließ die Zeitung sinken. »Was habt ihr denn, ihr seid doch zehn Jahre jünger.«

»Gewesen«, sagte Ines.

Da war etwas dran. Seit Harry und Helene die Mitte Vierzig überschritten hatten und Rita und Ines die Mitte Dreißig, hatte sich der Altersunterschied verwischt. Sie waren nun alle mehr oder weniger um die Vierzig.

Ritas Haare waren pechschwarz, und das würde so bleiben. In ihrer Familie hatte man mit siebzig noch solche Haare. Ines, die nicht schwarz wie Rita war, aber sehr dunkel, meinte, ihr würden graue Haare nichts ausmachen. »Du hast gut reden«, sagte Helene, rechnete nach und behauptete, mit siebenunddreißig auch noch keine grauen Haare gehabt zu haben. Harry rechnete auch nach, stellte fest, daß Helene sich verrechnet hatte, und schwieg diskret. Seit er einmal das Wort »ökograu« hatte fallenlassen, färbte sich Helene die Haare. Alle vierzehn Tage schmierte sie sich einen Walnußbrei auf den Kopf, saß zwei Stunden lang vorwurfsvoll damit herum und schimpfte auf die Prozedur.

»Laß es doch«, sagte Harry, »mir ist es egal.«

»Typisch! Dir ist mal wieder alles egal! Dabei tue ich es nur deinetwegen«, sagte Helene. Sie selbst stünde zu ihren grauen Haaren, aber Harry, der alte Macho, würde sie dann nicht mehr ansehen.

So konnte sich jeder für unschuldig halten. Harry war froh, daß Helene fast wieder die braune Haarfarbe von früher hatte, und er war froh, daß er nicht zu den Männern gehörte, die ihre Frauen mit Verjüngungsvorschlägen traktierten. Daß er das Wort »ökograu« diffamierend gemeint hatte, konnte man ihm nicht unterstellen. Ohne sich grob durchzusetzen, hatte er erreicht, was er wollte, ebenso wie es Helene schmerzlos erreicht hatte. Sie stand zu ihren grauen Haaren, aber auch zu ihrem Färben, weil sie das ja Harrys wegen machte. Er war der Sündenbock, und sie war ihm dankbar.

Vor zwei Jahren hatten Helenes Haarfärbeüberlegungen begonnen. Nach einer Diskussionsphase von mehreren Monaten färbte sie schließlich. Zuerst mit einem triumphierenden Hennarot, in einer letzten Aufwallung der Emanzipationsmode, aber auch in Opposition zu Harry, der hennarot noch schlimmer fand als ökograu, für das die Opfer wenigstens nichts konnten.

Es dauerte eine Weile, bis dieser Eingriff in die Natur so hingebogen war, daß sich niemand verraten fühlen mußte. Harry war das Wort Spagat für diese Art der Konfliktlösung eingefallen. Wenn man nichts gegen graue und nichts gegen gefärbte Haare haben wollte, half nur ein Spagat.

Bevor man sich gegen das unabänderliche Älterwerden mittels Haarfärberei zur Wehr setzte, wehrte man sich dagegen, daß man sich gegen das Natürliche wehren wollte. Das unterschied den Intellektuellen von der Gattung der Konsumtiere. Das Konsumtier begafft im Werbefernsehen ein Traumweibchen, das ihr volles Dufthaar im Wind schwenkt, steuert anderntags die Drogerie an und kauft Haartönungsstoff. Ähnlich gedankenlos betreibt das Konsumtier auch seine Seitensprünge. Harry war stolz auf Helene und sich. Sie wußten aus allem ein Problem zu machen und das dann schön langsam zu lösen.

Spagat war das neue Zauberwort. Um einen Spagat hinzukriegen, mußten Sehnen und Muskeln ausdauernd trainiert werden. Was anfangs fast unmöglich schien, klappte dann am Ende doch. Natürlich hatte Harry sofort gemerkt, daß sich diese Begriffsfundsache auch auf sein Liebesleben anwenden ließ. Sein Leben war ein Spagat zwischen Rita und Helene auf der einen und Ines auf der anderen Seite. Ständig üben und in Form bleiben, das war der Preis.

Als er Ines einmal seine Spagat-Theorie erläuterte, sagte sie, es wäre sinnvoll, sich bei einem Ballett- oder Zirkusarzt zu erkundigen, ob Spagatkünstler unter irgendwelchen Spätfolgen zu leiden hätten. Helene konnte Harry das erlösende Bild vom Spagat nicht mitteilen, weil sie von seiner Geschichte mit Ines nichts wußte oder nichts wissen wollte.

Mit seinen Haaren war Harry zufrieden. Wer sich die Mühe machte, seine Haare zu beschreiben, müßte sie zwischen dunkel- und mittelbraun einstufen. Eher mittelbraun, leider. Mittelbraun wie mittelmäßig. Seine Haare wurden nicht grau, verloren aber laut Helene an Glanz und Fülle. Immer wenn schöne Männer auftauchten, sei es in Wirklichkeit oder nur im Fernsehen, schwärmte Helene von deren tollen Haaren. Es war nicht mehr auszumachen, ob das eine Rache für Harrys Ökograu war oder ob sich Harry mit seiner Bemerkung an Helenes beleidigender Schwärmerei für fremde Männerhaare gerächt hatte. Ines jedenfalls griff gern in Harrys Haar, wenn es soweit war, und er fragte sich manchmal, was sie mit Fritz machte, bei dem es nicht mehr viel zu greifen gab.

Der Sonntag verlief friedlich wie immer. Sie sprachen

von Haaren und ihren Falten und kamen überein, daß sie es alle zu nichts gebracht hatten. Das ließ sich leicht sagen, wenn man es zu was gebracht hatte wie Fritz. Der stand sogar in der neuesten Ausgabe eines Lexikons. Soviel Anstand hatten die Sachbuchlektorate noch, daß sie das Nachschlagewerk ›Lexikon der deutschsprachigen Schriftsteller‹ nannten. Sollten Bücher dieser Art jemals »deutsche Schriftsteller« versammeln, wäre es an der Zeit, auszuwandern. 1946 war Fritz in Wuppertal geboren. Gedichte und Essays. Fritz winkte ab, nicht kokett, sondern ehrlich. In seinem Alter müßte man längst Nobelpreisträger sein. »In meinem Alter müßte ich mindestens Minister sein«, sagte Harry, »wenn nicht gar Kanzler.« Rita tourte zwar klavierspielend durch die Gegend, füllte aber auch noch keine Konzertsäle von Tokio bis New York, und noch nie hatte eine Plattenfirma angerufen. Helene diente als Übersetzerin unauffällig der Erweiterung des geistigen Horizonts, nur Fachleuten war sie ein Begriff, nur auf Tagungen trat sie manchmal in Erscheinung. Ines sagte, sie würde nie über die Anästhesieärztin hinauskommen, reine Fließbandarbeit sei das. »Du hast wenigstens Kinder«, sagten die anderen. Harry fand, er sei der einzige, der das Recht habe, sich einen Gescheiterten zu nennen.

»Das würde dir so passen«, sagte Fritz.

Obwohl nichts zu tun war, kam Harry nicht dazu, in die gestern nacht aufgenommenen Tonbandkassetten hineinzuhören. Er versagte sich daher die Aufnahme einer weiteren Sendung über einen indischen Sitarspieler, obwohl ihn das Thema interessierte. Auch die halbindische Rita müßte sich dafür interessieren. Harry sehnte sich nach Gemeinsamkeiten mit Rita. Aber jetzt schon wieder eine leere Kassette zu suchen und an den Radiogeräten herumzuknipsen, das war ihm zu lästig. Es mußte Grenzen geben.

»Hast du was gegen uns?« Helene war aufgefallen, daß Harry mit seinen Gedanken woanders war.

»Ich bin auf Entzug«, sagte er und erzählte von dieser

Sendung, die er eigentlich hatte aufnehmen wollen und dann wieder nicht. »Ich kann doch nicht in Musik erstikken.«

Als er merkte, daß niemand Interesse an seinem Problem hatte, forderte er Fritz auf, ihm zuzuhören. Er als Bruder und Dichter müßte doch Verständnis haben für seine Not, für das Gefühl, zwischen neuen Eindrücken zu ersticken und doch nicht genug davon kriegen zu können. Diese Vorstellung, daß jetzt im Augenblick überall ultrakurze Wellen im Raum seien, mit Klängen, die man nicht hören könne! Jedes Radio mit einer kleinen Antenne sei empfänglicher als ein Mensch. Fritz sagte, das sei alles pure Hysterie, Nabelschau schlimmster Art, Sensibilismus, selbst die Literaten, die das lange genug betrieben hätten, sähen langsam ein, daß man realistischer sein müsse. »Und nun fängst du auch noch mit dem Geschwafel an«, sagte er sichtbar gelangweilt.

Wie immer, wenn alle zusammen waren und es nicht weiterging, schlug Harry einen Spaziergang vor, auch in der Hoffnung, daß alle zu träge sein würden, außer Ines, mit der er dann allein durch die häßliche Landschaft laufen könnte. Heute wollten alle mitgehen.

»Ich bleibe hier. Ich muß Zeitungen aussortieren«, sagte Harry, um Ines die Möglichkeit zu geben, ebenfalls auf den Marsch in frischer Luft zu verzichten.

Aber Ines sagte: »Tu das«, zog sich den Mantel an und verließ mit den anderen das Haus.

Allen war ein von Zeitungen befreites Wohnzimmer lieber als Harrys Gesellschaft. Manchmal war es an den Sonntagnachmittagen im Eifelhaus ganz still, hin und wieder klapperte eine Teetasse, Zeitungen raschelten, ab und zu gähnte einer, es war wie in einem Club. Auch das müßte einmal fotografiert werden.

Neulich hatte Ines ihren Erwin oder Emil, nein Egon dabeigehabt, der hatte eine erstaunliche Bemerkung gemacht: »Der liebe Gott liest wahrscheinlich immer nur Zeitungen, darum hat er keine Vorstellung, wie es in der

Welt zugeht. Man muß ihm einen Fernsehapparat schenken.« Fritz hatte ihm fünf Mark gegeben und gesagt, hiermit kaufe er ihm den Einfall ab, den könne er für ein Gedicht oder einen Essay verwenden. Daraus wurde nichts, weil Fritz sich doch nicht durchringen konnte, das Fernsehen als das bessere Medium für den Allwissenden anzupreisen.

Harry sah den anderen nach, die gutgelaunt den kleinen Weg oberhalb des Hauses zu dem räudigen Wäldchen einschlugen. Nichts deutete darauf hin, daß ihn jemand vermißte. Er kam sich ausgenützt vor. Erst machten sie sich gierig über seine Zeitungen her und verwüsteten sie, fraßen sich voll mit Berichten über neue Trends, über Krankheiten und Kriege, und dann machte sein Schmarotzerclan plötzlich die Zeitungen verantwortlich für den ganzen Scheißdreck, so wie früher Herrscher die Überbringer unheilvoller Botschaften köpfen ließen. Harry hatte sich oft über diese Reaktion auf den Genuß des Informationsfutters geärgert. »Wenn man zum Essen eingeladen wird«, sagte er einmal, »und man frißt zuviel und verträgt das nicht, kann man doch auch nicht den Koch für die Übelkeit und das Kotzen hinterher verantwortlich machen.« Er hatte schon einmal gedroht, alle Zeitungen abzubestellen. »Das wäre schön«, sagte Helene.

Die Sonntagsspaziergänge dauerten gewöhnlich ein bis zwei Stunden. Mehr gab die Gegend nicht her. In dieser Zeit mußte Harry den Zeitungssalat einer Woche beseitigt haben. Das waren drei Wochenzeitungen und vier Tageszeitungen, macht vier mal sechs Tage gleich vierundzwanzig plus drei, also insgesamt siebenundzwanzig Zeitungen. Das war nicht mehr komisch, das war ernst. Harry war nicht etwa zu schlapp, die Abonnements zu kündigen, er war wirklich interessiert, wie die politische Lage sowohl von liberalen als auch von konservativen Trommlern und Schwätzern eingeschätzt wurde. Wo konnte man noch das Aufmucken der Linken vernehmen? Alles interessant. Hochinteressant. Im Auswärtigen Amt war er zuletzt in der Abteilung Öffentlichkeitsarbeit gewesen und seitdem daran gewöhnt, die unterschiedlichsten Zeitungen zu lesen. Auf den Luxus der Vielfalt wollte er nicht mehr verzichten.

Nur ein Bruchteil von dem, was in der Zeitung stand, interessierte ihn, aber das Sichten und Lesen dieses Bruchteils war schon mehr, als er täglich in den Vormittagsstunden schaffen konnte. Am Wochenende schlug dann die Stunde der Besinnung, und die war jetzt angebrochen. Harry mußte entscheiden, ob er angelesene Artikel, falls sie noch auffindbar waren, zu Ende lesen sollte oder nicht oder ob er sie ausschneiden sollte oder nicht, und wenn ja, wohin damit.

Harry liebte die Wissenschaftsseiten. Sprachforscher hatten zusammen mit Gehirnspezialisten das Verdrehen und Verwechseln von Wörtern untersucht. Wo war der Bericht? Wenn fünf Personen über siebenundzwanzig Zeitungen herfallen, findet man nichts mehr. Es waren darin charmante Beispiele zitiert.

Harry hatte das Fritz zeigen wollen, weil nämlich die ganz normalen Versprecher poetisch reizvoller waren als manches Gedicht, dessen Autor bemüht ist, seine Sprache ungewöhnlich zu machen. »Kein Wetter geht bei der Straße auf den Hund.« Wenn das ein Dichter schreibt, sucht ein überfülltes Germanistenseminar nach der höheren Bedeutung. Je schneller man vorausdenkt, desto verrückter geraten die Wörter ins Stolpern. »Ich funktioniere, wenn es telefoniert« war eben leider kein Zeichen für den verkappten Kadavergehorsam, mit dem die schneidigsten Manager auf die Stimme, schon auf das Stirnrunzeln des Marktes reagieren. Helene sollte das auch lesen, weil sie ihr Herumanalysieren noch immer nicht lassen konnte. Freuds beliebte Theorie vom Versprecher als Verräter unbewußter Wünsche wurde mit diesem Forschungsergebnis in Frage gestellt. Der arme Freud hatte in letzter Zeit ohnehin Ansehen verloren, und auf Gebrechlichen sollte man nicht auch noch herumhacken, dachte

Harry, während er weiterkramte. Der Artikel war unauffindbar, ebenso wie der über Fledermäuse, deren vielgepriesenes System, sich mit einer Art Radar zurechtzufinden, neu untersucht worden war. Wahrscheinlich hatte sich herausgestellt, daß Fledermäuse Radiowellen empfangen können. Durch Verstellen der Ohren suchen sie sich einen Sender. Deswegen schaukeln sie vielleicht so komisch im Flug, weil sie sich nach den Klängen des von Rachmaninow gespielten Marche Funèbre, nach indischer Sitarmusik, nach dem Chicago Jazz von 1927 bewegen.

Dann war da noch irgendwo unter diesem Papiersalat ein Bericht über Genforschung. Als normalintelligenter Mensch mußte man gegen Genforschung sein. Ein Loblied auf diese teuflischen Genforscher, die der angeblich göttlichen Schöpfung ins Werk pfuschten, war im Kreis von halbwegs fortschrittlichen Leuten eine Provokation. Neulich waren Harry, Rita und Helene bei den treuen, linksliberalen Sachtlebens eingeladen. Als plötzlich das Stichwort Genforschung fiel, zeterten sie alle wie die Priester über die göttliche Anmaßung der Forscher. Da hatte Harry, um das Provozieren nicht ganz zu verlernen, gesagt, er fände es gar nicht so übel, wenn die forschten, dann könnte man später vielleicht mal eine Art Mindestintelligenzquotienten für seine Kinder im Labor bestellen, und noch schöne Beine und prächtige Haare dazu, das verstehe er jedenfalls unter gleichem Recht für alle. Eisiges Schweigen, was vorauszusehen war.

Ein paar Tage später tat es ihm leid. Er hatte im Fernsehen eine Sendung über Genforschung gesehen, in der die unter der manipulierten Körperlast zusammenbrechenden Schweine ebenso fürchterlich waren wie die Visagen der Genforscher. Als Studenten hatten sie noch normale Gesichter, den etwas älteren, den Professoren vor allem, die ihre Verträge mit der Industrie in der Tasche hatten, war die verbohrte Infamie derart überdeutlich ins Gesicht geschrieben, daß man eigentlich keine weiteren Informationen mehr brauchte, um im Zweifelsfall zu wissen, was man von dieser Art Fortschritt zu halten hatte. Hier war das Fernsehen den Zeitungen überlegen und unverzichtbar. Man sah den Leuten schneller an, daß sie Dummköpfe waren. Alles furchtbar, alles furchtbar interessant. Man mußte dankbar für alles sein, was einen nicht interessierte. Nicht an der von den Kulturpessimisten beklagten Interesselosigkeit würde die Menschheit zugrunde gehen, sondern, wenn überhaupt, dann eher an ihrem Interesse. Überall wucherte verheerend der Wissensdrang, bei den Genganoven, bei den Computertüftlern und bei Harry vor seinen Zeitungen.

Der Autobahnbau zum Beispiel war nur scheinbar langweilig, in Wahrheit hochinteressant. Von seiner geschichtlichen Bedeutung für Hitlers innenpolitische Position ganz abgesehen, stellte sich heute die Frage: Machen mehr Autobahnen den Verkehr flüssiger oder führen sie erst recht zum Verkehrskollaps auf breiterem Niveau? Eine absolut philosophische Frage. Dann die Stauforschung. Das Entstehen des Staus ist mathematisch faszinierend. Und die Psychologie des Staus. Abgründe. Stau als Ersatzkriegserlebnis des Wohlstandsbürgers. Also müßte man froh sein, daß sich der Kampfgeist auf der Straße austobt. Massenauffahrunfälle und Waldsterben sind besser als Artilleriefeuer, oder? Bei dieser Assoziation dachte Harry an die Berichte undurchschaubarer Forstfachleute über das Nachpflanzen von Bäumen. Ist denen zu trauen? Fragen, Fragen.

Es ist nicht wahr, was man den dicken Zeitungen vorwirft. Sie sind nicht langweilig, sie sind rasend interessant. Harry suchte vergeblich zwischen den Papierhaufen nach dem Bericht eines Forstsachverständigen. Aber er erinnerte sich, daß der sehr vernünftig als Mittel gegen die Verödung der Wälder Anpflanzungen neuer Bäume empfohlen hatte. Bäume leben eben nicht mehr so lange wie früher. Wäre ja nun nicht so eine Tragödie, wenn die Förster sich umstellten, was sie aber nicht tun, die konservativen Säcke. Unfähig umzudenken.

Das waren die modernen Ketzerthesen. Das interessierte Harry. Nur Ignoranten stöhnen, weil sie nicht mehr mitkommen. Man mußte allerdings gut in Form sein, sonst erstickte man an dem Informationskram. Man mußte sein natürliches Desinteresse pflegen, die einzige Rettung. Daher weg mit dem Sport, weg mit dem Feuilleton, was heute besonders leichtfiel, da in Tokio irgendein bahnbrechendes Ballettereignis stattgefunden hatte, das alle Kulturpäpste ganzseitig bejubelten. Und Ballett war nun das allerletzte, was Harry interessierte, obwohl doch die Ballettänzer Spagatkünstler waren. Ein alter Jazzer war in dieser Woche auch nicht gestorben, dessen Nachruf Harry hätte ausschneiden müssen. Also ging es voran.

Wenn nicht die Sachbücher gewesen wären, die ihn lästigerweise oft interessierten. Zum Beispiel ein Buch über Clara Schumann, dessen Besprechung er gerade in der Hand hielt. Her mit der Schere, rausschneiden, Buch eventuell besorgen: geniale Frau an der Seite eines genialen Mannes. Rita schenken, auch selber lesen. Vielleicht würde er Rita besser verstehen, wenn er las, was Clara Schumann so bewegte. Schade, daß er kein Robert war. Einen Musiker hätte Rita eher verdient. Er sollte sich aufraffen und wenigstens die Trompete auspacken, dann könnten sie zusammen eine Nummer spielen. Ohne Übung? Grauenhafte Vorstellung. Aber selbst mit Übung würde es ihnen nie gelingen, dem kalten Blech einen weichen warmen Ton zu entlocken. Er sollte sich eine Klarinette kaufen und Klarinettenunterricht nehmen. Die Klarinette konnte schluchzen, schmeicheln, lachen, klang nie militärisch, nie nach Jagd, ihr Triumphieren war nicht schmetternd.

Artie Shaw war neben Benny Goodman einer der berühmtesten weißen Klarinettenspieler am Ende der dreißiger Jahre. Vor einiger Zeit hatte Rita Harry auf seinem Gang in einen Kölner Plattenladen begleitet, was selten vorkam. Damals gab es noch überall eine Riesenauswahl an Schallplatten, die dann im Eiltempo den neuen kompakten Wunderscheiben, diesen heiligen Silberhostien, Platz machen mußten. Rita suchte nach der Platte eines modernen norwegischen Komponisten, während Harry zielbewußt in den Trögen mit Jazzplatten kramte. Da kam Rita hinzu, zog eine von Harry gerade übergangene Platte heraus, auf deren Cover Artie Shaw verschlossen in die Kamera blickte und sagte: »In den könnte ich mich verlieben.« Von Helene kannte Harry solche Bemerkungen. Bei Rita war das neu. Aber sie schien ihrem Geständnis auch nicht ganz gewachsen zu sein, denn sie umarmte Harry plötzlich, was ebenfalls ungewöhnlich war, und sagte beschwichtigend: »Er sieht dir ähnlich.« Harry war nicht unzufrieden mit dem Vergleich. Helene hatte einmal eine Ähnlichkeit mit dem Philosophen Wittgenstein festgestellt, mit Artie Shaw, der wie eine weniger gutgelaunte Ausgabe von Cary Grant aussah, konnte Harry mehr anfangen. »So könntest du früher ausgesehen haben«, korrigierte Rita leider, als Harry gerade in die Ähnlichkeit eingewilligt hatte. Was hieß früher? Das war doch ein Gleichaltriger, der ihn da fixierte. Rita mußte Harry aufklären, daß er jetzt sechsundvierzig war und Artie auf dem Foto siebenundzwanzig.

Harry hatte die Platte natürlich gekauft. Sie enthielt zu seinem Schrecken einige wirklich gute Nummern, die es nach seiner Vorstellung vom Verfall des Jazz 1937 gar nicht mehr geben durfte. Auch sonst war Artie Shaw eine erfreuliche Erscheinung, wie Harry zu Hause sofort in mehreren Jazzlexika nachlas. Er hatte sich für schwarze Musiker eingesetzt. Einmal war in einem New Yorker Lokal der schwarze Trompeter Roy Eldridge nicht bedient worden. Da kam Artie Shaw und sorgte dafür, daß dieses ganz gewöhnliche Rassistenschwein von Kellner gefeuert wurde, aber nicht, bevor er sich bei Eldridge entschuldigt hatte. Wunderbar weich und warm hatte der weiße Artie Shaw mit seiner Klarinette die schwarze Billie Holiday am Anfang ihrer Karriere begleitet. Das beste aber war, daß Artie Shaw fünf- oder achtmal verheiratet war – so viele Frauen waren es, daß sich die Angaben widersprachen –, unter anderem mit Lana Turner, Ava Gardner und eventuell Rita Hayworth. Rita! Er hatte außer seinen Memoiren auch ein Buch geschrieben mit dem Titel ›I Love You, I Hate You‹ – und jetzt, mitten in der Aufräumerei, fiel Harry ein, daß er sich dieses Buch seitdem besorgen wollte. Es gab viel zu tun.

Jedenfalls war Artie Shaw interessanter als alles, was mit der Wiedervereinigung zusammenhing. Da die Zeitungen voll waren mit Berichten und Kommentaren zum Wiedervereinigungsproblem, erleichterte das die Arbeit des Aussortierens. Weg mit dem Zeug, ungelesen weg damit. Die Wiedervereinigung war ein Theater, und für Theater interessierte sich Harry nicht. Der Clan dachte ähnlich. Es gab aber Leute, die die Wiedervereinigung richtig ernst nahmen und die wunderbar schockiert waren, wenn Harry sagte, daß er seit der Öffnung der Mauer vor zweieinhalb Jahren noch kein einziges Mal dort gewesen war, was früher »drüben« hieß und auch heute noch drüben war. Nein, er sehe nicht gern Gestürzten zu, wie sie versuchten, sich mühsam aufzurappeln. Wenn er sich selbst den Staub von der zerrissenen Hose abklopfte, wollte er sich schließlich auch nicht dabei begaffen lassen.

»Ich habe keine Lust, mich in die Schar der brüderlichen Glotzer einzureihen«, hatte er vor ein paar Tagen bei Waldburgs behauptet, »es ist mir zu billig, den am Boden Liegenden ein Papiertaschentuch zum Abtupfen ihrer Schürfwunden hinzuhalten.« Waldburgs hatten mit einem Wintergartenfest ihre neue Glasveranda eingeweiht. Die Kinder des kinnlosen Ex-Kollegen Graf Waldburg waren ebenso kinnlos wie ihr Vater. Die hübsche Mutter hatte sich nicht durchgesetzt. Wieder ein Fall für die Geningenieure. Ein Mann aus dem Osten, der sich eben noch über die herablassenden Hilfeleistungen des Westens beschwert hatte, sah Duckwitz giftig an. Daß man sich einem herablassenden Verhalten gegenüber herablassend äußerte, war ihm offenbar zuviel.

Aufbau mochte ja nötig sein, Verfall war interessanter. Deswegen wanderten die seitenlangen Architekturüberlegungen, wie Berlin zu einer ansehnlichen Hauptstadt aufgebaut werden könnte, ungelesen beiseite. In Berlin war Harry geboren. Wie es nun von vordrängelnden Architekten verunstaltet werden würde, das bekäme er früh genug zu Gesicht.

Fluggesellschaft in den roten Zahlen. Egal, weg damit. Harry nahm die Schere und schnitt eine Reportage über die jammervollen Zustände in Peru heraus. Was in Lateinamerika und Afrika vorging, durfte ihm nicht entgehen, da war er lange genug gewesen, da kannte er sich aus. Wer war es, der neulich bei einem Gespräch über die Korruption in Kamerun gesagt hatte, das sei wieder einmal typisch für die alten Linken, sich für die Nöte in den entlegensten Ländern zu interessieren? 1968 hätten sie sich glühend für das ferne China interessiert und jetzt für die Länder der Dritten Welt, reine Bequemlichkeit sei das. Richtig, ein Theaterregisseur aus Leipzig oder Dresden war das gewesen, den Fritz mitgebracht hatte, ein Typ, der zu DDR-Zeiten dem Westen bei jeder Gelegenheit superlinke Ausbeutung der Dritten Welt vorgeworfen hatte und jetzt tatsächlich die Wendung alter Oberreaktionäre gebrauchte und vom »Dreck vor unserer Haustür« sprach.

Die Probleme der Langzeitarbeitslosigkeit und Tarifabschlüsse und die ganze Rezessionshysterie überging Harry wieder einmal mit schlechtem Gewissen. Früher hatte man die sorgenvollen Gesichter der Konzernherren für verlogen gehalten, heute hatte man den Verdacht, daß sie die Probleme ernster nahmen als die Gewerkschaftsfunktionäre, wer weiß. Zinsen rauf, Zinsen runter, was soll's. Geldausgeben oder Sparen, das war mehr eine philosophische Frage. Aber die Philosophen befaßten sich damit nicht. Jedenfalls hatte er noch keine Rezension eines Buches über die Philosophie des Geldausgebens entdecken können, da scheuten sich die Denker und Verlage, das wäre ihnen vielleicht zynisch vorgekommen, sich angesichts der Hungerleiderwelt darüber den Kopf zu zerbrechen, wie man mit seinem Wohlstand umgehen sollte.

Was einem alles einfällt, dachte Harry, wenn man Zeitungen ausmistet. Vor allem, was die Zeitungen nicht schrieben, war interessant. Daß nämlich zum Beispiel das brennende Problem der Armut nur gelöst werden konnte, wenn zuerst die vielfältigen Probleme des Wohlstands gelöst waren. Der Wohlstand war einem näher, davon verstand man mehr. Weil man den Wohlstand erhalten wollte, mußte das Elend beseitigt werden. So herum mußte man das Übel anpacken, alles andere war Heuchelei. Mitleid allein half nicht weiter. Weil einem Krieg und Armut den Spaß an Frieden und Reichtum vermiesten, weil Blues und Jazz und Beethoven besser klangen, wenn einen die Nachrichten zwischendurch nicht wütend machten, deswegen mußte etwas geschehen. Nur so war der Satte motivierbar. Das war die Lösung. Aber Lösung war ein gefährliches Wort, das roch nach Tod, man sollte Probleme nicht sofort lösen, sondern sich erst einmal damit beschäftigen. Natürlich nicht nach Politikerart. In den vielen Ausschüssen und Sonderkommissionen, auf die Politiker ihr Beschäftigungssoll abwälzten, geschah nichts als Seifenblaserei.

So weit weg vom Schuß, so versackt war Harry von Duckwitz noch nicht, noch war er ein begehrter Unterhalter. Wenn er mit oder ohne Rita und Helene aufkreuzte, konnte man noch immer auf etwas gefaßt sein. Neulich hatte ihn eine dieser neidischen Gattinnen irgendwelcher Exkollegen mit der unverschämten Frage traktiert, was er denn jetzt den lieben langen Tag mache, der Herr von Duckwitz, in seinem Vorruhestand. »Ich bin Privatier«, hatte er gesagt, »tatenlose Vollbeschäftigung. Ich beschäftige mich ausschließlich mit den Problemen des Wohlstands, Milady, deswegen hängen meine Mundwinkel auch nicht so müde nach unten wie bei Ihrem Mann.«

An diesen schönen Einfall erinnerte sich Harry nicht ohne Selbstgefallen. Weniger gut gefiel ihm, daß er nun schon seit über einer Stunde mit der Schere in der Hand wie ein Affe auf dem Boden vor den Zeitungsstößen kauerte. Das Gefühl, die ganze Zeit allein im Haus vergeudet zu haben, war überwältigend. Er hätte die Zeitungsberge auch so wie sie waren unsortiert in den Papierkeller werfen können. Er informierte sich nicht, er phantasierte. Er ließ sich gehen. Damit mußte Schluß sein. Er mußte raus aus diesem lähmenden Eifelhaus. Eine Reise, eine Reise war fällig.

Erlahmt von all der Vergeblichkeit, erwartete Harry seine Frauen und Fritz, die fröhlich und mit kalten Backen von ihrem Spaziergang zurückkamen. Sie tranken den Tee im zeitungsfreien Wohnzimmer. Fritz wollte fernsehen.

»Nein!« schrie Harry, der Hausherr, noch ganz unter dem Eindruck seines verworrenen Kampfes gegen die Übermacht der Informationen, »jetzt noch nicht, erst um acht die Nachrichten!«

»Apropos acht«, sagte Ines zu Fritz, »ich muß morgen früh um acht in der Klinik sein. Wir müssen also um sechs hier wegfahren.«

»Um Gottes willen!« Fritz gähnte vor Schreck.

Wie hilfreich das Schicksal manchmal war. »Ich fahre dich«, sagte Harry, und sicherheitshalber log er dazu: »Ich habe morgen sowieso in Bonn zu tun.« Das klang irgendwie überzeugend: Ich habe in Bonn zu tun. Das würde er jetzt öfter verkünden.

## 3

*Wie Harry von Duckwitz eine Warnung in den Wind schlägt, Kontakt zu einem Bundestagsabgeordneten aufnimmt, eine unterqualifizierte Tätigkeit im Auswärtigen Ausschuß ins Auge faßt, und wie er dazwischen Elizabeth Peach und Sibylle Kern sein Herz ausschüttet. Erinnerungen an erste Erlebnisse im Bordell und eine mögliche Antwort auf die Frage, was die Welt im Innersten zusammenhält. Daneben Anmerkungen über das Frühstücken und eine neue Krankheit namens »Brodersen«, ferner über die Zusammenhänge von Henry Purcell mit Bix Beiderbecke und die Wirkung von Schuberts drei Klavierstücken D. 964 und Beethovens 5. Klaviersonate in c-Moll auf verliebte Gemüter.*

»Tun Sie es nicht! Tun Sie es nicht!« Sachtleben hob beschwörend die Hände. »Ich kann nur warnen«, sagte er.

Knesebeck schüttelte den Kopf. »Das ist nichts für Sie, Duckwitz!« In vornehmer Mißbilligung verzog sich sein Mund.

Duckwitz hatte die beiden ehemaligen Kollegen in ein Bonner Restaurant zum Essen eingeladen. »Mein Gott«, sagte Knesebeck und ließ seine Augen durch das provinzielle Lokal gleiten, »mein Gott, was freue ich mich auf Berlin.«

Sachtleben überhörte diese Bemerkung. Er war dagegen gewesen, daß Berlin die Hauptstadt des wiedervereinigten Deutschland werden sollte.

»Ich danke Ihnen«, sagte Duckwitz. Normalerweise ließ er sich lieber von Frauen beraten. Frauen waren die besseren Ratgeberinnen. Und wenn sie sich irrten, verzieh man ihnen leichter. In diesem Fall aber war nicht Instinkt gefragt, sondern Sachkenntnis. Helene, Rita und Ines hatten keine Ahnung von der Arbeit des Auswärtigen Ausschusses. Niemand hatte eine rechte Ahnung, natürlich auch die Ex-Kollegen Sachtleben und Knesebeck nicht.

»Ist doch schön, daß wir Ex-Kollegen sind«, sagte Harry, »wir leben in einer Ex-Zeit. Bonn ist Ex-Hauptstadt. Berlin ist die Ex-Reichshauptstadt und die Ex-Hauptstadt der Ex-DDR. Wir haben eine Putzfrau aus Ex-Jugoslawien. Alles ex, alles ehemalig, man kommt sich vor wie nach dem Abitur. Man ist ein Ehemaliger geworden, das gehört offenbar zur Reife. Leningrad ist zu St. Petersburg, die Linke zur Ex-Linken zurückgereift.«

»Halt«, rief der linke Knesebeck, »werden Sie nicht beleidigend!«

»Duckwitz hat ja recht«, sagte Sachtleben. »Er ist der Abgänger, er hat die Schule hinter sich gelassen, der Abiturient, der Mann mit Reife, wir drücken immer noch die Bänke des Auswärtigen Amts.«

Jetzt war die Zeit gekommen, wo der Vorschlag fällig war: Sagen wir doch endlich Du. Duckwitz ließ den Augenblick ungenutzt verstreichen. Er fragte, ob sich die beiden noch an den Ex-und-hopp-Slogan erinnerten. Hochinteressant, wieder mal hochinteressant. Irgendein Getränk hatte damals Reklame mit dem Spruch gemacht. Ex und hopp! Man sollte eine Dose oder Flasche austrinken – ex und dann hopp! Weg damit über die Schulter nach hinten. Noch gar nicht so lange her, dürfte zur Zeit der Studentenbewegung gewesen sein. Welcher Saft hatte damit Reklame gemacht? Jetzt will es keiner mehr gewesen sein. Wenig später kam das Wort Umwelt ins Gespräch. Nix mehr hopp. Hopp war Sünde. Wenn sie jetzt dauernd Denkmäler von Marx und Engels einschmelzen und jeden Ex-Utopisten aus dem Amt jagen, dann sollte sich der Erfinder des Ex-und-hopp-Slogans auch vor einem Gericht verantworten müssen. Heute schmiß man die sozialistischen Ideen hinter sich, und morgen würde man dahinterkommen, daß man sie besser hätte recyceln sollen.

»Lenken Sie nicht ab«, sagte Sachtleben und sah auf die Uhr.

»Sie tun schon wieder so, als hätten Sie zu tun«, sagte

Duckwitz. Diese Wahrheit hätte er nur äußern dürfen, wenn er selbst noch im Amt gewesen wäre. Von Außenstehenden ließ man sich so etwas nicht gern sagen, auch nicht von ehemaligen Kollegen. Sachtleben reagierte entsprechend verärgert.

»Nachtisch?« fragte Duckwitz versöhnlich.

»Keine Zeit mehr!« Sachtleben war unerbittlich und stand auf. Duckwitz zahlte.

»Überlegen Sie es sich gut«, sagte Sachtleben, ging mit Knesebeck zu seinem Auto und winkte, jetzt wieder freundlich, Duckwitz zu. War er früher schon derart schief gegangen? Ein schiefer Beamtengang. Es ist nicht so, dachte Duckwitz, daß Beamte verbogen werden, sie machen sich selbst schief, um nicht so aufrecht, so staatlich daherzukommen. Sachtlebens Gang unterschied sich kaum von dem eines kaputten Jazzmusikers.

Harry hatte sich längst entschieden. Die Warnung der beiden, das sei nichts für ihn, hatte ihn endgültig bestärkt. Es ging um diese Sache mit dem Auswärtigen Ausschuß. Knesebeck und Sachtleben fanden das unmöglich. Wie konnte Duckwitz überhaupt daran denken! Berater eines Abgeordneten! Was war ein Abgeordneter? Das Verdrehte in der Politik fing doch bei den Abgeordneten an, die unbedingt gewählt werden wollten. Sie saßen im Bundestag und hatten nichts zu sagen, und deswegen ließen sie sich mit allerlei Ausschüssen abspeisen. Für alles gab es Ausschüsse. Verteidigungsausschuß, Haushaltsausschuß, Auswärtiger Ausschuß, Ausschuß für Technikfolgeabschätzung, Ausschuß für Familie und Senioren, Ausschuß für Frauen und Jugend. Wo war der Ausschuß für vorzeitig aus dem Dienst beförderte Männer? Statt dessen Sportausschuß. Vierundzwanzig Ausschüsse. »Die Ausschüsse sind zur baldigen Erledigung der ihnen überwiesenen Aufgaben verpflichtet.« Wenn das schon an erster Stelle der Geschäftsordnung stand! »Als vorbereitende Beschlußorgane des Bundestags haben sie die Pflicht, dem Bundestag bestimmte Beschlüsse zu empfehlen, die sich auf die ihnen überwiesenen Fragen beziehen.« Wenn man es zwei-, dreimal las, entfaltete sich geradezu rührend eine demokratische Gerechtigkeitsidee.

»Ich verstehe nicht«, hatte Sachtleben gerade gesagt, »jemand, der das Auswärtige Amt nicht ohne Berechtigung für einen nichtsnutzigen Saftladen hält, kann doch nicht einem noch viel nichtsnutzigeren Ausschuß zuarbeiten.«

Knesebeck hatte gefleht, wenn sich Duckwitz schon nicht abhalten lasse, dann solle er doch wenigstens den Berater für eine Fraktion im Ausschuß machen, nicht für einen einzelnen Heini. Für Knesebeck war es unverständlich, warum Duckwitz nicht in die Wirtschaft ging.

Das allerdings wäre Harry nun doch zuviel gewesen. Oja, einen ehemaligen Diplomaten hätten sie alle gern gehabt. Adelstitel, Doktortitel, Volljurist, weltgewandt, Sprachen, jede Menge kostbarste Kontakte und die Krönung, der Beweis von Unbeugsamkeit und Flexibilität gleichermaßen: aus dem Auswärtigen Amt rausgeflogen. Angebote großer Firmen waren schon bald nach Harrys Suspendierung gekommen. Er hatte sie so empört abgelehnt, daß erst einmal Ruhe eintrat. Es war schweinisch, was die einem zahlen wollten. Und es war ihnen auch ganz egal, was man von ihnen hielt. Sie lachten sogar, wenn man einem Mann von Hoechst oder der BASF sagte, man sei nicht aus einem Saftladen ausgestiegen, um zu den Giftmischern zu gehen. Das gefiel den Leuten, die sich Headhunter nannten und die auf den Visitenkarten das Wort »Consulting« stehen hatten. Ein paarmal war Duckwitz mit solchen Leuten essen gewesen. Je mehr man ihnen seine Verachtung zeigte, desto schärfer wurden sie auf einen. Möglicherweise war der Sadomasochismus eine Triebkraft der Marktwirtschaft.

Eine andere Triebkraft war die Suche nach Vorwänden. Weil sich Männer immer mit ihren Geliebten treffen mußten, suchten sie Vorwände und machten Geschäftsreisen. Geschäftsabschlüsse kamen vermutlich überhaupt nur zustande, weil die vorgeschobene Geschäftsreise glaubhaft gemacht werden mußte. Die Familien wiederum waren Vorwand, um den fordernden Armen der Geliebten zu entfliehen. Wenn Sachtleben und der stolze Knesebeck es entwürdigend fanden, einem wichtigtuerischen Abgeordneten zuzuarbeiten, dann würde dieser Job doch wenigstens einen idealen Vorwand abgeben, das Haus fröhlich zu verlassen und fröhlich zurückzukehren, wann man wollte. Entwürdigend war nicht die möglicherweise unterqualifizierte Arbeit, sagte sich Harry, entwürdigend war es, keinen Vorwand zu haben. Frauen benutzen Kinder und das Kinderkriegen, um den Zwängen des Berufslebens zu entkommen, später benutzen sie Halbtagsjobs, um der Aufzucht der Kinder zu entkommen. Der Teufel mochte wissen, wozu Rita, wozu Helene, wozu Ines ihn als Vorwand benutzten. Nichts dagegen.

Harry hatte in seiner laienphilosophischen Anwandlung wieder einmal das seltene Gefühl, einem der Welträtsel auf die Schliche gekommen zu sein. Denn je älter man wurde, desto alberner erschienen einem die sogenannten Urfragen. Leider! Himmel, was waren das für Erleuchtungen gewesen in der Zeit der Pubertätsweisheit! Sechzehn oder siebzehn Jahre alt sein und am Sonntagvormittag in einem fast leeren Münchner Kino den Faustfilm mit Gründgens und Quadflieg sehen! Noch nie war der bekannte Satz so überwältigend ausgesprochen worden: »Um zu begreifen, was die Welt im Innersten zusammenhält.« Das war es. Der Ausruf war die Antwort. Von nun an würde Harry das Leben im Griff haben. Vor allem nach dem, was am Abend zuvor passiert war. Er hatte den Wochenendausflug vom behüteten Tantenhaus in die Großstadt nämlich als Männlichkeitsbeweis geplant. Stundenlang war er, noch unerleuchtet von Goethes großen Faust-Worten, in der Nuttengegend herumgelaufen, nur aufgeregt, kein bißchen geil, aber was sein muß, muß sein. Eine kulturelle Notwendigkeit, für Harry besonders notwendig, weil es ein furchtbares Erlebnis auszubügeln galt.

Ein halbes Jahr zuvor war er, noch nicht siebzehn, in Salzburg gewesen. Herrengasse, heißer Tip. Zwanzig Mark bitter erspartes Taschengeld gab er unten bei der Puffmutter ab. Ein farbloses dürres Mädchen erschien – eine Mähre, dachte Harry. Die Mähre deutete mit einer lustlosen Kopfbewegung an, daß Harry ihr folgen solle, und dann ging es hoch in den 4. Stock. Im Hinterhof die Wäsche der Nutten keusch an Leinen, das Bild blieb als einziges tröstlich in Erinnerung. Vor ihm treppauf die staksige Mädchen-Mähre. Oben im Mansardenzimmer ein Sofa, in der Mitte quer darüber ein handtuchbreites Stück Laken. »Zieh dich aus«, sagt Angelika. Seitdem zuckt Harry zusammen, wenn er den unschuldigen Vornamen hört. Angelikas erster Griff zum Tauchsieder. Den Stecker in die Dose. Harry fragt. Für hinterher, zum Abwaschen. Es wird kein Hinterher geben. Harry sitzt nackt und elend auf dem weißlichen Stoffstreifen. Angelika nähert sich. Ihr Blick fällt auf den kleinen Pimmel, beiläufig fummelt sie etwas daran herum. Nichts! Schon hat der Tauchsieder das Wasser im Topf zum Sprudeln gebracht, wie schnell das geht. Angelika sitzt ratlos und noch immer scheußlich bekleidet neben Harry und erinnert den kunstsinnigen Gymnasiasten an ein freudloses Bild von Edvard Munch. Dann steht sie auf und zieht den Stecker des Tauchsieders aus der Dose. »Das wird nichts mehr.« Eine klare Erkenntnis.

Und jetzt kommt die zweite Blamage, die Harry später mehr quält als sein Versagen. Er denkt doch tatsächlich an die zwanzig Mark, die er für nichts losgeworden ist. Gut, darüber kann man sich heimlich ärgern. Aber man kann sich nicht danach erkundigen. Das ist nicht gerade weltmännisch. Doch Harry tut es. »Was ist nun mit dem Geld?« fragt er und versucht dabei auszusehen wie ein harter Trinker, dem das manchmal passiert. Angelika macht die Tür auf und schreit ins Treppenhaus hinunter: »Bei dem ist es nicht gegangen.« Unten kriegt Harry tatsächlich wortlos den Zwanzigmarkschein wieder zugesteckt.

Das nahm er sich noch lange übel. Drei Wochen konnte er vor Schreck nicht mehr onanieren.

In München also der zweite Versuch. Die Anspannung ist gewaltig, jetzt hat Harry dreißig Mark dabei. Daß er dafür nicht das billigste Angebot nehmen muß, ist erleichternd. Im Imex-Haus ist er gelandet. Import-Export, rein und raus. Sehr witzig. Im ersten Stock ist mit dreißig Mark nichts zu machen, im zweiten gerät er an ein Mädchen, das wie eine amerikanische Country-Sängerin aussieht. Der Geruch von Haarfestigerspray ist betäubend. Ihre Haare darf er nicht berühren, geschweige denn verwüsten. Aber sonst ist sie nett. Und es klappt. Es klappt! Als Harry merkt, daß es klappt, wird er geduldig und gelassen. Bloß kein Karnickelfick! Der Mann von Welt läßt sich Zeit. Die Country-Sängerin drängt. »Du, time is fei money!«

»Fei« – nahtlos fügte sich das schnippisch drohende süddeutsche Füllwort in die englische Binsenwahrheit. Trotzdem sagt sie am Schluß, sie habe nichts dagegen, wenn er einmal wiederkommt. Das wird er bestimmt nicht. Aber er weiß jetzt, daß er es kann. Ein gutes Gefühl. Und dann der überraschende Faust-Film am nächsten Morgen. Gereift kehrt Harry heim ins Haus der Tanten, um Jahrzehnte später festzustellen, daß es der gemeine Vorwand ist, der die Welt zusammenhält. Als Harry mit Fritz und Helene über seine neue Erkenntnis diskret philosophieren wollte, war Fritz wieder einmal unzugänglich: »Bei dir ist das vielleicht so.«

In dieser Welt der Arbeitsbienen machte man sich zum Gespött, wenn man sich seiner verdienten Ruhe hingab. Helene behauptete, Harry habe eine neue Art, den Kopf vorzustrecken, wahrscheinlich um Aufmerksamkeit vorzutäuschen, es wirke aber eher greisenhaft und schwerhörig. Rita fand, Harry sehe aus wie eine Schildkröte mit diesem ausgefahrenen Kopf. Selbst Ines verschonte ihn nicht. Sie sprach in letzter Zeit immer von Harrys »Brodersen«. Harry hatte »Brodersen« zunächst für einen Medizinerausdruck gehalten, vielleicht eine milde Form von »Parkinson«. Wenn heutzutage jemand etwas mit dem Kopf wackelte, hieß es gleich, man habe wohl den »Parkinson«, und wenn man etwas vergaß, wurde einem »Alzheimer« unterstellt. »Brodersen«, dachte Harry, könnte etwas mit Vergeßlichkeit zu tun haben, es klang so zerstreut, und er konnte sich vorstellen, daß seine Konzentration auf die verschiedensten Rundfunkprogramme auf andere zerstreut wirkte. Als er dann nachgefragt hatte, was es mit dieser »Brodersen-Krankheit« auf sich habe, hatten alle schallend gelacht. Gut möglich, daß dieses schreckliche Gelächter von Rita und Helene und Ines und Fritz ausschlaggebend gewesen war für seinen Entschluß, das Frührentnerleben zu beenden. Nicht wirklich zu beenden, das ging zu weit. Aber er würde sein leichtes Dahinleben künftig mit einer Scheinbeschäftigung tarnen.

Es machte ihm Vergnügen, die halbe Nacht, wenn Rita und Helene im Bett waren, seine Leidenschaft im großen Wohnzimmer auszutoben und nicht in der engen Mansarde. Er wühlte in Dutzenden von alten schwarzen Langspielplatten, in den neuen kompakten Silberoblaten und in seinen unzureichend beschrifteten Kassetten, nur um das zauberhafte Klarinettenstück von Jimmie Noone mit dem allzeit treffenden Titel ›Blues My Naughty Sweetie Gives To Me‹ von 1928 mit Benny Carters kraftlos perfekter Version vom Oktober 1957 zu vergleichen. Er stellte fest, daß es so etwas wie einen idealen Überraschungsübergang von einem Stück auf das andere gab. So konnte man Glück erzeugen. Und es war nicht Einbildung. Es war ein übertragbares Glück. Es gab Stücke von Duke Ellington aus den zwanziger Jahren, wenn man die hinter gewissen Beatles-Songs der Sechziger hörte, dann kam durch das Ohr Licht in den Kopf. Selbst Helene mußte das manchmal zugeben. Ein uriger Bluessänger aus Texas konnte wunderbar hinter eine Beethovensche Klaviersonate passen oder auch hinter einen Song der Rolling Stones. Die 2. Version von Bix Beiderbeckes ›Mississippi Mud‹ vom

18.2.1928, also die mit der rotzfrechen Quäkstimme von Irene Taylor, nicht die geläufige Fassung mit Bing Crosbys butterweichem Bariton, klang aberwitzig gut zu einem Rezitativ der Hexen aus Purcells Oper ›Dido und Äneas‹, 1. Szene, 2. Akt. Das fand auch Rita. Es entstand eine neue Erkenntnis, mit der man allerdings nicht viel anfangen konnte.

Ines sagte, »Brodersen« sei eine von ihr entdeckte Krankheit, die sie an Harry beobachtet habe. Eine leichte Form der Abulie. Keiner wußte, was Abulie war. Das Lexikon von 1890 gab die beste Auskunft: »Abulie (griechisch), Willenlosigkeit, Form von Geisteskrankheit, die gewöhnlich mit Melancholie zusammen vorkommt. Die Kranken klagen, daß sie nichts arbeiten und zu keinem Entschluß kommen können, obwohl sie doch die Notwendigkeit deutlich einsehen. Hierin liegt der Unterschied zwischen Abulie und Schwachsinn.« Ines schloß triumphierend das Lexikon. Fritz und Helene klatschten Beifall.

»Ich bin kein Melancholiker«, sagte Harry.

»Deswegen nenne ich deine Krankheit auch nicht Abulie, sondern Brodersen, das ist die nichtdepressive Variante.« Ines hatte den Namen von einer Figur aus dem Roman ›Der Ring schließt sich‹ von Knut Hamsun, in dem ein gewisser Abel Brodersen vorkam, dem der Wille abhanden gekommen war, etwas Vernünftiges zu tun. »Harry wie er leibt und lebt!« Rita kicherte wie in der Hochzeitsnacht. Helene hatte den Roman Ines geliehen, beide hatten ihn gelesen. Das Gefühl, daß hinter seinem Rücken Romane gelesen wurden, beunruhigte Harry. Obwohl er auch wieder entzückt war, daß Helene und Ines dieselben Bücher mochten. Seitdem erkundigte sich Ines immer bei Harry: »Wie geht es deinem Brodersen?« Es klang nicht böse, eher sogar süß. Dennoch machte es Harry unsicher.

Wenn man mit seinen Leuten nicht mehr reden konnte, weil sie über das Philosophieren angeblich hinausgewachsen waren, dann mußte man eben Briefe schreiben. Schließlich gab es in Harrys Leben noch Elizabeth Peach. In Kamerun hatten sie damals mit leichter Hand ihre Lebenspläne und Lebensweisen skizziert und kommentiert, und als Elizabeth dann wieder in England war, gab es noch ein paar hübsche Briefe hin und her. Er sah sie vor sich mit ihrem Sonnenhut.

»Liebe Elizabeth«, schrieb er, »sehen Sie noch so aus wie aus dem 19. Jahrhundert?« Er fragte sich heimlich, ob, und wenn ja, wie grau ihre Haare heute waren, und versuchte, sein Interesse für solche Äußerlichkeiten zu unterdrücken. Während er ihr dann schwungvoll seine neue Theorie des Vorwands erläuterte, merkte er plötzlich, daß diese Theorie nicht schlüssig war. Wahrscheinlich war sie selbst ein Vorwand. Es war etwas dran, aber wo war nicht etwas dran. Sogar an der Atomenergie, am Militär, an der Genforschung war irgend etwas dran. Die Suche nach einem Vorwand, unauffällig seiner Wege gehen zu können, war vielleicht umgekehrt nur ein Vorwand für sein Bedürfnis nach einer Tätigkeit. Er begann einen neuen Brief.

»Liebe Elizabeth, wie Sie wohl wissen, tue ich seit meiner Suspendierung vor gut einem Jahr so gut wie nichts. Indem ich fernsehe und Unmassen von Zeitungen lese, schaue ich dem Weltgeschehen zu, ich höre Musik wie ein Verrückter und bin auf der Lauer nach Liebe. Gar nicht so einfach, wenn man drei Frauen halten will. Habe ich mir dieses schöne Leben nicht verdient? Es ist die Frucht langer Vorarbeit. Fünfzehn Jahre habe ich das Diplomatenelend ertragen.«

Wenn Harry an Elizabeth dachte, an ihr flüssiges, helles Deutsch mit dem leichten Akzent und den wenigen intelligenten Fehlern, an ihre ganz unangeberische Art, Weltliteratur herbeizuzitieren, kamen in Harry Erinnerungen an seine Lesezeit als Schüler hoch, die durch das Jurastudium und die Studentenunruhen ein Ende gefunden hatte. Plötzlich waren die Romane von Dostojewski und Turgenjew, von Stendhal und Flaubert wieder in seinem Kopf herabgeholt vom Speicher wie ein ausrangierter Tennisschläger. Man bläst den Staub von ihm ab, ein Schläger noch mit hölzernem Rahmen und Darmsaiten, schön witterungsempfindlich. Jahrzehntelang hat man das Stück nicht mehr in der Hand gehabt, längst spielt man nicht mehr. Dann geht man auf den Tennisplatz und übt ein paar Schläge und siehe – es geht. Es klappt noch. Mit diesem alten Schläger, den der halbwüchsige Sohn von Ines belächelt, knallt man schon nach fünf Minuten den Ball so scharf übers Netz, daß das gnädige Lächeln des Buben sich in ein bewunderndes verwandelt.

»Elizabeth«, schrieb Harry weiter, »zu meinem 60. Geburtstag in dreizehneinhalb Jahren möchte ich mit Ihnen in London Tennis spielen. Sie sollen das weiße Kleid tragen, das sie in Kamerun trugen. Ich werde selbstverständlich keine kurzen Hosen anhaben, und keine bunten Streifen werden mein weißes Hemd verunzieren.«

Etwas sehr poetisch, fand Harry, strich den Geburtstagswunsch so durch, daß er noch lesbar war, und fuhr fort: »Anständige Helden tun nichts, soweit ich mich erinnere. Das war doch früher unser Ideal: lieben und die Zeit vergeuden, die Welt sich drehen lassen. Ich hatte mir vorgenommen, nicht den ganzen Rest meines Lebens, aber doch ein paar Jahre meine Zeit so zu verbringen. Ich wollte eine Weile dahinleben. Mich treiben lassen. Natürlich nicht mich selbst suchen oder finden. Nur ungestört meinen Neigungen nachgehen. Man darf sich selbstverständlich dabei nicht gehenlassen. Ich rasiere mich täglich. Früher konnte man unrasiert seine Mißachtung ausdrükken, heute sieht man auf diese Weise aus wie ein angepaßter Modeaffe. Ich verachte diese Leute so sehr, daß ich mich oft zweimal täglich rasiere.«

Harry sah aus dem Fenster. Oh, diese verfluchte, dumme Eifellandschaft! Es war bisher nur selten vorgekommen, daß er sich zweimal rasiert hatte. Allerdings war ein anderer Toilettentick zum Exzeß geworden, die Zahnzwischenraumpflege. Die Tür zum Bad hatten sie früher bei sämtlichen Verrichtungen unbürgerlicherweise offen gelassen, jedoch nicht ausgehängt, so radikal waren sie nicht gewesen. Auch heute waren sie nicht radikal, sie schlossen die Tür nicht ab, sie machten sie nur zu und respektierten die Körperpflege des anderen. Doch neulich hatte Helene ungeduldig die Tür aufgerissen. »Was machst du denn da so lange?« Harry versuchte mit seiner neuen Zahnzwischenraumbürste Zahnzwischenraumpflege zu betreiben. Der Zahnarzt hatte ihm das geraten. Er habe ein gutes Gebiß, das wolle er ja wohl behalten, der Zahnabstand sei aber gefährlich eng. Eine Munddusche könne er nicht empfehlen, aber diese niedliche Zahnzwischenraumbürste. Ein winziges Drähtchen mit kleinen Borsten. Damit mußte man zwischen die Zähne treffen. Anfangs traf man nicht. Man verwundete sich eine halbe Stunde lang. Nach Wochen erst beherrschte Harry zügig den Umgang mit dem Bürstchen und praktizierte die Pflege allabendlich, außer natürlich, wenn er die Nacht mit Ines verbrachte. Das mit der Zahnzwischenraumpflege war zu intim, das würde er Elizabeth Peach nicht schreiben.

»Ich fühle keine Verpflichtung«, schrieb Harry, »gute oder vernünftige Taten zu verrichten, ich bezweifle noch immer, daß es solche Taten gibt. Also sollte ich zufrieden sein, daß ich mir meine Untätigkeit leisten kann. Ich möchte eigentlich nichts anderes, als in den nächsten Jahren weiter meine Musik hören, Zeitung lesen und den Frauen nachlaufen. Mir reicht das. Aber ich habe nicht die Größe, das auf Dauer zu tun. Wenn ich Pech oder Glück habe, werde ich nochmal so alt wie ich bin. Nochmal 46 Jahre macht 92. Kaufe ich jedes Jahr weiter nur 100 von diesen neuen Wunderschallplatten, dann haben sich an meinem Lebensende 4600 Platten angesammelt, Vermehrung durch natürliche Inflation nicht mitgerechnet. Das wäre doch etwas sonderlich.« Berauscht von diesen paradoxen Selbsterkenntnissen, schwärmte er Elizabeth noch etwas von seinen Musikzusammenstellungen vor, mit denen er Ines entzückte, bot entsprechende Gaben nach London an und schloß: »Ich weiß keine sinnvolle Arbeit für mich, und doch werde ich etwas tun. Ich bin meiner Arbeitslosigkeit nicht gewachsen. Ich habe Skrupel. Es macht mich nervös, daß ich die anderen nervös mache. Ich habe nicht das Zeug zum verrückten Privatisieren. Das verlangt Härte, und die habe ich noch nicht. Ich werde also eine kleine belanglose Tätigkeit annehmen, wer weiß, vielleicht führt sie mich bei Gelegenheit nach London. Dann wäre es nicht ganz umsonst. Es grüßt innig Ihr Harry.«

»Überlegen Sie es sich«, hatte der Abgeordnete nach seinem Angebot damals gesagt, »rufen Sie mich an.« Das mußte Harry nun tun. Er tat es nicht gern. Es war immer besser, wenn man selbst von den Leuten gerufen wurde. Man wollte gebeten werden. Man wollte sich nicht anbieten. Das drückte den Wert.

Harry benutzte für seine neuen Aktivitäten die gute alte Bonner Wohnung. Überall Staubflusen. Es ging auch hier nicht ohne Putzfrau, aber bloß keine Jugoslawin beziehungsweise Ex-Jugoslawin. Harry genügte die eine im Eifelhaus. Seit Wochen war er nicht mehr hiergewesen. Jetzt würde die Wohnung wieder einen Sinn bekommen. Auch Wohnungen brauchten einen Vorwand. Die Zimmer wirkten verlassen. Harry wunderte sich, daß das Telefon noch funktionierte.

Der Abgeordnete war in seinem Wahlkreis unterwegs. Die Vorstellung, daß er sich in den Hinterzimmern schwäbischer Weinlokale leutselig gab und Bürgernähe demonstrierte, ließ Harry wankelmütig werden. Sachtleben und Knesebeck hatten recht. Man sollte sich nicht mit Abgeordneten abgeben. Der Herr Abgeordnete würde zurückrufen, sagte die Sekretärin in seinem Büro im Bundeshaus.

Daß er das schon eine Stunde später von seinem Auto aus tat, vereinfachte die Lage. Während er seinen Wagen angeblich von Laichingen nach Blaubeuren steuerte, redete der Abgeordnete wieder in dieser seltsam beschwörenden Art und Weise auf Duckwitz ein, der mit den Fingern seiner freien linken Hand die Staubflusen in Reichweite des Telefons zusammenkehrte und daraus ein lockeres Wollgebilde formte. Warum tat der Abgeordnete so, als sei Duckwitz der Erlöser?

»Haben Sie es sich überlegt?« fragte der Abgeordnete.

Harry schwieg und blies Luft aus der Nase.

»Ich verstehe«, sagte der Abgeordnete, »die Bedingungen.«

Sie verabredeten sich. Übermorgen in Bonn. »Um halb elf in meiner Wohnung«, sagte der Abgeordnete und gab Harry die Adresse. »Ich lade Sie dann zum Frühstück ein. Gleich nebenan ist ein Café.«

Jetzt wurde Harry hart: »Kommt nicht in Frage!« Es kam zu einem Mißverständnis. Der Abgeordnete meinte, das Einladen käme nicht in Frage. Harry meinte das Frühstückengehen. Eine neue Mode, die er nicht mitmachte. Nach Harrys Beobachtungen eine deutsche Mode. Jahrzehntelang hatte das Volk der Deutschen unter der stillen Gewißheit gelitten, keine Frühstückskultur zu haben. Happ happ, hastig eine säuberlich abgeschnittene Scheibe Graubrot mit zu wenig Butter und einer nach Bonbon schmeckenden Marmelade verzehrt, mit tantigem Kaffee nachgespült und dann aus dem Haus, aus dem Hotel und flugs zur Arbeit. Das war der Deutsche. Nicht genußfähig. Der Franzose hingegen – diese Croissants, dieses Baguette! Der Engländer mit seinen Ham and Eggs und dem Porridge, die Schweden mit schnuckeligen Fischröllchen, die Dänen mit angeblich fingerdick Butter auf dem Brot, die Schweizer mit Zehnfruchtsechskorn-Müsli und eingerührter Schlagsahne, die Amis mit den Corn-flakes, die Italiener mit dem Cappuccino, selbst die Russen speisten, wenn sie Geld hatten, fürstlich am Morgen. Nur der graue Deutsche mampft allmorgendlich pflichtbewußt sein deutsches Graubrot. Das war einmal. Jetzt hatten die

Deutschen, die offenbar wirklich gründlich waren, die Frühstückssitten aller anderen Nationen gleichzeitig übernommen. In den Hotels türmten sich auf endlosen Büffets die Leckereien. Die Leute gaben Frühstücke wie früher Dinners. Auch Helene hatte schon damit angefangen. Sieben wohlgelaunte Übersetzer waren neulich um neun Uhr ins Eifelhaus eingefallen. Und Harry, der keinen Vorwand gehabt hatte, das blockierte Haus zu verlassen, mußte ständig für frischen Kaffee sorgen. Von Mittag an tranken sie Sekt, abends um sieben gingen die letzten.

Harry war neuerdings ein Befürworter des ausgestorbenen deutschen Frühstücks. Selbst dem einst verhaßten Graubrot konnte er nun Geschmack abgewinnen. In jedem Fall waren ihm Morgenzeitung, Morgenzigarette und Morgenschiß wichtiger als die vielen Brotsorten. Harry war munter am Morgen, aber er wollte Zeitung lesen und nicht auswählen zwischen Avocadocrème mit Krabben und Lachs mit Kapern, zwischen dreierlei Säften und viererlei Käsesorten, zwischen Joghurt hier und Quark dort und Kleie mit Sesam für die Verdauung. »Nein danke, wenn Sie mich in Ruhe lassen, dann kann ich auch ohne Ihre Körner kacken.« Mit diesen patzigen Worten hatte er ein freundliches Serviermädchen vor den Kopf gestoßen, das ihn in einem Nobelhotel in Bern diskret in die Verdauungsgeheimnisse schweizerischer Müslisorten einweihen wollte. Damals war er noch im Amt gewesen. Man traf oft die falschen mit seiner Arroganz. Noch heute tat Harry diese Bemerkung leid. Man durfte nicht milde und versöhnlich werden, aber selten traf man die Schuldigen, das war die Schwierigkeit.

Zwei Tage nach dem Telefongespräch mit dem Volksvertreter aus Schwaben, der selbst kein Schwabe war, suchte Harry eine chefschreibtischplattengroße Klingeltafel nach dem Namen des Abgeordneten ab. Ein windiges Hochhaus auf der anderen Seite des Rheins in Richtung Flughafen. »Ich warte auch auf ihn«, sagte eine Frau, die ihm öffnete und die offenbar nicht seine angetraute war.

Harry konnte sie sich nicht als Geliebte vorstellen und fragte sich, ob andere Männer sich vielleicht Ines auch nicht als Geliebte vorstellen konnten. Sie mußten eine halbe Stunde auf den aus dem Schwäbischen einfliegenden Abgeordneten warten, Zeit genug für Harry, der Geliebten des Abgeordneten sein Leben zu erzählen.

Es gab immer wieder fremde Frauen, die Harry sympathisch fand, die ihn aber nicht erotisch nervös machten und zum Brillieren verführten. Ihnen konnte und wollte er sich schnell anvertrauen. Der ironische Umgangston, der zwischen ihm und Helene und Rita und neuerdings auch Ines herrschte, war zwar angenehm, verhinderte aber, Konflikte ernsthaft zu besprechen. Schon der unironische Gebrauch von Wörtern wie »Konflikt« oder »spontan« war nicht möglich. Dadurch wurde jeder Konflikt, sobald man das Wort nur aussprach, zu einem Witz. Das war auch gut so. Und manchmal war es auch gut, wildfremden Personen rasch und knapp einen unverstellten Seelenzustandsbericht zu geben.

Eigentlich fühle er sich sauwohl als Frührentner, sagte Harry zu der Geliebten des Abgeordneten, er genieße das exzessive Zeitunglesen mehr, als er es hasse, und er genieße verschiedene Formen der Liebe, auch die heimliche. »Ich bin nicht besser als Ihr Abgeordneter«, sagte er. »Seine Frau weiß von mir«, rief die Geliebte des Abgeordneten dazwischen. Er genieße es, sagte Harry unbeirrt, sich tagelang mit einer Klaviersonate von Beethoven zu beschäftigen, Nr. 5, c-Moll zum Beispiel, die er gut gekannt, deren Zauber er aber bisher nicht gehört hatte. »Ich spiele leider nicht Klavier«, sagte die Geliebte des Abgeordneten, und Harry verschwieg, daß auch er nicht Klavier spielte und daß Ines es war, die der übenden Rita gelauscht und ihn mit den Worten »schon toll« für diese ihn bis dahin eher langweilende Sonate eingenommen hatte. Er schwärmte von seinen Stunden mit dem alten Jazz, den die anderen nicht so mochten, weswegen er ihn nächtelang so intensiv hörte, daß er oft das Gefühl hatte, in den alten Aufnahmestudios von New York und Chicago dabei gewesen zu sein. Er spürte, wie er zu glühen begann und wie Sibylle Kern, die Geliebte des Abgeordneten Schale – »Ist das nicht witzig, ich heiße Kern, und er heißt Schale!« – mitglühte und dann sagte: »Mein Gott, das darf nicht wahr sein, endlich ein Mensch, der mit seinem Leben zufrieden ist.« Fast verträumt sah sie ihn an.

»Nein!« rief Harry, »ich bin nicht zufrieden«, und er erzählte von seinem schlechten Gewissen, das er bei seinen Frührentnerbeschäftigungen hatte. Wenn Ines morgens in die Klinik aufbrach, nachdem sie sich vorher bereits um ihre Kinder gekümmert hatte, wenn Helene sich zum Schreibtisch schleppte, um mit ihrer Übersetzung voranzukommen, wenn Rita zäh ihre Sonaten und Begleitungen einstudierte und Fritz seine Kämpfe mit den Redaktionen und Verlagen führte, dann fühlte er sich unwohl. »Ich komme mir manchmal richtig schäbig vor, obwohl ich natürlich niemandem schade.«

Sibylle Kern lachte und sagte: »Sie sind ein Moralist, aber ein Fall sind Sie nicht. Wo ist denn das Problem?« Harry war fassungslos. »Das ist doch das Problem!« Wenn man versuchte, aufrichtig zu sein, wurde einem nicht geglaubt. Diese Frau hatte keine Ahnung. »Sie haben keine Ahnung!« sagte Harry.

»Mag sein«, sagte Sibylle Kern, »ich bin Psychotherapeutin.« Sie sagte es ernst und genüßlich.

Harry holte tief Luft.

»Sagen Sie es nicht«, sagte Sibylle Kern, »ich weiß, was Leute wie Sie von meinem Berufsstand halten.«

Harry atmete aus und lachte. »Ich fühle mich schon viel wohler«, sagte er so süffisant wie möglich. »Ich würde gern wiederkommen, wenn mich etwas bedrückt. Sie sind eine Perle in Ihrem Gewerbe. Darf ich fragen, was eine halbe Stunde bei Ihnen kostet?«

Sibylle Kern stützte sich mit ihren kräftigen Händen auf ihre kräftigen Knie, der Rock spannte sich bedrohlich um ihre kräftigen Hüften, sie beugte sich vor, als wolle sie

Duckwitz eine unerhörte Nachricht anvertrauen, und sagte: »Ihre Minderwertigkeitskomplexe interessieren mich, ehrlich gesagt, weniger als ihre drei Frauen. Gibt das denn keine Probleme?«

Harry mußte lachen. »Das habe ich tatsächlich vergessen«, sagte er, und vor Lachen liefen ihm die Tränen aus den Augen, »natürlich, wahnsinnige Probleme, können Sie sich doch vorstellen. Sie sehen, wie groß mein Nichtsnutzigkeitsproblem ist. Das Polygamieproblem wird davon nur etwas überlagert.«

»Raus mit der Sprache!« Sibylle Kern zündete sich sogar eine Zigarette an und nahm Lauschhaltung ein.

»Vergessen«, sagte Harry, »alles vergessen. Amnesie heißt das doch, oder?«

»Kommen Sie, kommen Sie!«

»Wirklich«, sagte Harry, »es gibt riesige Probleme, doch kaum sind sie weg, weiß ich nicht mehr, worin sie bestanden haben.«

Jetzt klingelte es. Sibylle Kern stand auf und blies einige Rauchwolken in die Luft. »Er hat einen Schlüssel«, sagte sie mürrisch. Und dann zu Duckwitz fast verschwörerisch: »Diese Dreifrauenprobleme, wenn die wieder auftauchen, dann kommen Sie zu mir.«

»Nichts zu machen.« Harry schüttelte den Kopf. »Ich habe Grundsätze. Psycholeute sollen nie an mir verdienen.«

»Ich will das wissen«, sagte Frau Kern, »ich zahle Ihnen 150 Mark für die halbe Stunde.«

Herr Schale entschuldigte sich für das Zuspätkommen, als er seine kleine Abgeordnetenwohnung betrat. Harry war angenehm überrascht, daß eine Plastiktüte sein Gepäck war. In diesem Fall ein Zeichen des Fortschritts. Harry hätte eher einen dieser Kleinkoffer erwartet – Boardcase oder wie die hießen. Natürlich war Frau Kern eine gewisse Garantie dafür, daß auch an Herrn Schale etwas dran sein mußte. Daher überhörte Harry das Geschwärme von der üppigen Frühstückskarte, als sie wenig später in dem Café saßen, und beschränkte sich auf die Bemerkung, er werde mit zunehmendem Alter immer reaktionärer, wenn er diese Studenten sehe, die gegen Mittag genüßlich ihre Pampelmusen löffelten und zufrieden gähnend zur Kenntnis nahmen, daß man hier bis 18 Uhr frühstücken könne, wie die »Große Frühstückskarte« verriet.

»Schon richtig«, sagte der Abgeordnete Schale und kam zur Sache. Der Auswärtige Ausschuß sei ein einziger Witz. Die außenpolitische Ratlosigkeit der Regierung und die Handlungsunfähigkeit des Auswärtigen Amts seien im Ausschuß wie in einem Vergrößerungsglas sichtbar. Er habe Duckwitz' Werdegang als Diplomat, vor allem seinen Abgang, mit Sympathie zur Kenntnis genommen. Duckwitz wisse, was er wolle, habe Erfahrung mit dem Amt, könne mit Diplomaten umgehen. Der Ausschuß käme überhaupt nicht klar mit ihnen. »Die pure Arroganz«, sagte der Abgeordnete, »selber nur halbe Portionen, aber uns nehmen sie nicht für voll.«

»Wem sagen Sie das.« Harry nickte männlich.

Herr Schale hatte sich mit den anderen Herren der Oppositionsparteien bereits besprochen. »Ich allein kann Sie mir leider nicht leisten«, sagte er und lächelte ganz freundlich. Klar, daß ein Duckwitz nicht für ein Taschengeld zu haben sei. Harry sah sofort einen zwölf CD-Wechselplayer vor sich. Die anderen Oppositionsabgeordneten seien bereit, von ihrem Etat etwas abzuzweigen, wenn man dafür einen wirklich qualifizierten Berater an der Hand hätte.

Das klang nicht gut. Duckwitz sagte vorsichtshalber: »Berater? Sie können sich doch denken, daß ich auch keinen Rat weiß.«

Herr Schale überhörte das Geständnis. »Es geht um Ihr Know-how«, sagte er.

Harry sehnte sich nach den Tönen der wunderbar quengelnden, schluchzenden, gurgelnden Trompete von Bubber Miley, der dem frühen Orchester von Duke Ellington diesen einmaligen Ton aufgeregter Dschungeltiere gab.

Er sehnte sich nach Glenn Goulds Art, die Klaviersonaten Mozarts und Beethovens stur gegen den Strich zu spielen. Mit dieser Welt von Know-how und Qualifikation und Überqualifikation wollte er nichts zu tun haben. Sie stand ihm schon bis zum Hals, obwohl er nur an ihrem Rand herumschnupperte.

In vierzehn Tagen sollte der Ausschuß zusammentreten. Harrys Fall war nicht als Tagesordnungspunkt vorgesehen. »Das geht die Mitglieder der Regierungsparteien nichts an«, erklärte der Abgeordnete. Zwischen den Sitzungen gäbe es genug Gelegenheiten, Duckwitz einzuschleusen. »Ich werde Sie kurz vorstellen, und dann erklären Sie am besten selbst, wie Sie sich eine Mitarbeit vorstellen könnten. Die Frage der Vergütung besprechen wir anschließend unter uns. Wir werden uns sicherlich einigen.«

Der Abgeordnete bezahlte. Zwei Mineralwasser. Er hatte natürlich schon im Flugzeug gefrühstückt. Die Frühstücksmode war auch viel Gerede. Auch was die Liebe betraf, redete man mehr von ihr, als man liebte. Wie sah es da aus: mit Rita gleichbleibend freundlich. Mit Helene zur Zeit kühl mit Gewittern. Mit Ines war es heiter bewegt, nicht so stürmisch, wie es sein sollte. Wenn man sein Leben rasch skizzierte, wie er es eben bei Frau Kern getan hatte, wirkte es erfüllt, wenn man es vor sich selbst ausbreitete, erschien es ziemlich ereignislos.

In vierzehn Tagen also würde Harry dem guten Dutzend sozialdemokratischer Mitglieder und den beiden Figuren aus dem Osten, die über die Auflösung der DDR in den Bundestag und von dort in den Ausschuß gelangt waren, sein Beratungskonzept vorstellen. Abgemacht.

Nun hätte er ein Konzept entwickeln sollen. Statt dessen nutzte er die Zeit und trieb sich hemmungslos wie nie zuvor in den Schallplattenläden von Köln herum. Die Aussicht auf zusätzliches Geld und die Sorge, seine künftige Tätigkeit könnte ihm weniger Muße für seine Vergnügungen lassen, führten zu regelrechten Hamsterkäufen. Das erste schnelle Anhören der Beute in der Bonner Wohnung, die er auch als Zwischenlager für seine Musikkonserven benutzte, war dann oft so enttäuschend, daß er eine Wut bekam und hoffte, seine Beratertätigkeit würde ihm weniger Zeit für diesen Fimmel lassen, der langsam unvertretbare Ausmaße annahm.

Als er Ines neulich abholen wollte, lief im Autoradio eine Klaviersonate, die er gut kannte, aber nicht identifizieren konnte. Er hielt vor ihrem Haus und wartete auf die Absage. Er mußte es wissen. Dieses Stück mußte verfügbar sein, er mußte die Platte kaufen. Aber er wußte nicht einmal den Komponisten. Wahrscheinlich Beethoven. Aber was? Man verwechselte diese vielen Melodien. Leider kam noch ein Satz, und Harry blieb unruhig weitere sechs Minuten im Auto sitzen. Er dachte an Ines, die auf ihn wartete. Endlich die Absage. Nein, Schubert! Und keine Sonate, sondern die unsäglich bekannten Drei Klavierstücke, Deutschverzeichnis 946, die allerdings von einigen Musikkennern, auch von Brahms, als Einheit und Quasi-Sonate bezeichnet beziehungsweise gehört wurden. Gespielt von Alfred Brendel, die Platte besaß Harry selbstverständlich längst.

»Wo warst du denn so lange«, sagte Ines schlecht gelaunt. Es war noch nie vorgekommen, daß Harry sie hatte warten lassen.

Als hätten sich die Geister aller Frauen gegen ihn verschworen, fand er am nächsten Vormittag im Eifelhaus eine Karte von Elizabeth Peach in der Post: »Jetzt hab' ich's: Sie müssen Diskjockey werden!«

Die Nacht vor dem Tag, an dem sich Harry den Leuten des Ausschusses vorstellen sollte, verbrachte er mit Helene in der Bonner Wohnung. Helene mußte ein paar Bücher in die Universitätsbibliothek zurückbringen. Sie waren ins Kino und dann essen gegangen. Ein endlos langer französischer Film über einen Künstler, der mit einem Bild nicht zu Rande kam. Harry konnte es kaum aushalten. Mochte ja sein, daß Künstler sich abquälten, aber das sollten sie nicht öffentlich zum Thema machen. Harry jedenfalls wollte nichts davon wissen. Helene ging überraschenderweise nicht in Opposition, sondern gestand, sie habe sich auch gelangweilt.

»Was sagst du denen denn morgen?« fragte sie.

Harry wußte es noch nicht.

Da sah ihn Helene an, wie sie ihn schon Jahre nicht mehr angesehen hatte, und sagte, was sie überhaupt noch nie gesagt hatte: »Ich bewundere dich!«

»Wie bitte?«

»Morgen da einfach so lässig hingehen und denen was erzählen.«

»Es hängt doch nicht viel davon ab«, sagte Harry. Aber er würde selbst dann nicht nervös werden. Nervös machten ihn andere Dinge. Drei Melodien im Kopf zu haben und nicht zu wissen, welche das waren, zum Beispiel.

»Immerhin kannst du dich blamieren«, sagte Helene.

Harry war sich sicher. »Glaube ich kaum.«

Da zog ihn Helene an sich, wie er es so in letzter Zeit nur noch von Ines gewöhnt war.

»Viel Glück, mein Held«, sagte sie am nächsten Morgen.

Harry hatte das helle karierte Jackett angezogen, das Rita ihm einmal von einer Tournee aus Schweden mitgebracht hatte. Aus einem Second-Hand-Laden in Stockholm. Hofschneiderei Friedländer Berlin, Unter den Linden. Was für ein Schicksal. Wunderbarer Stoff, völlig unabgetragen. Gute Rita, gute Helene, gute Ines. Alle liebten das Jackett. Harry schonte es, er wollte es bis zu seinem Lebensende haben. Hell und kariert. Aber unterhalb der Dandygrenze. »Während die Hose eine Spur zu spießig ist«, sagte Helene.

Es waren noch anderthalb Stunden hin bis zu seinem Auftritt. Harry liebte es zu improvisieren. Wenn er nur so gut mit der Trompete umgehen könnte wie mit Worten. Er kaufte drei Zeitungen, Ausgaben, die auch unnütz vor der Haustür des Eifeldomizils lagen, nahm sich zum hundertsten Mal vor, die Abonnements zu kündigen, ging zu einem Griechen an der Ecke und bestellte ein winziges Glas Rotwein und eine dünne Scheibe Schafskäse. Der Wirt versuchte, ein leutseliges Gespräch mit Harry anzuknüpfen, aber der wollte sich nun doch ein bißchen sammeln. Das Wetter war wieder einmal kühl und grau, wie so oft in diesem Vorfrühling. Kein Wetter, um sich bei einem Spaziergang etwas einfallen zu lassen.

Gegen zwölf nahm er ein Taxi und ließ sich ins Regierungsviertel fahren. »Die sind doch alle verrückt«, sagte der Taxifahrer und deutete auf die Schlagzeile seiner Zeitung. In Jugoslawien hatten sich Serben und Kroaten mal wieder wechselseitig massakriert. »Wir auch«, sagte Duckwitz, »wir sind auch verrückt.« – »Allerdings«, sagte der Taxifahrer. Zehn Fußminuten vor dem Bundeshaus stieg Harry aus. Er brauchte noch etwas Bewegung.

Als ihm der Abgeordnete Schale eine halbe Stunde später in einem kleinen Sitzungsraum das Wort erteilte, hatte Harry Schwierigkeiten, seine Form zu finden. Der Raum sah aus wie ein Schulzimmer. Neun sozialdemokratische Mitglieder waren gekommen und ein Ex-DDR-Splitter. Gegen diese Glanzlosigkeit war der falsche Glanz, den die Botschaften noch überall zu erhalten suchten, geradezu erholsam.

»Die Erkenntnis geht um«, sagte Duckwitz, »daß die Machthaber eine Schraube locker haben, und es wird Zeit, daß wir dieser Erkenntnis ins Auge sehen. Falls es zu einer Zusammenarbeit kommen sollte, möchte ich Ihnen jetzt schon sagen, daß ich von den lockeren Schrauben ausgehen werde. Das ist wahrhaft demokratisch. Jeder Taxifahrer denkt bekanntlich so.«

Der Anfang lief nicht gut. Es war leicht, ein größeres Publikum mit improvisierten Sprüchen zu gewinnen, aber nicht eine Handvoll verbissener Abgeordneter, von denen einige auch noch in Zeitungen blätterten. Harry mußte nun da durch.

»Sollte ein Beratervertrag zustande kommen«, fuhr

Harry fort, »so fühle ich mich dem Wort ›Berater‹ nicht ganz würdig. Ich kenne keinen, der Rat weiß zur Zeit. Es kommt allerdings darauf an, die Ratlosigkeit nicht zu vertuschen, sondern transparent zu machen. Wenn schon ratlos, dann entschlossen.« Diese Parlamentsfossile reagierten nicht auf seine Späßchen. »Um konkret zu werden«, sagte Harry daher, holte Luft und hörte, wie eines der Ausschußmitglieder »endlich« in seine Zeitung brummelte. Und nun phantasierte Harry los.

Er hatte in der Zeitung gelesen, daß sich in Wien ein paar Völkerrechtler trafen, und das bauschte er jetzt auf. Ein inoffizieller, höchst bedeutsamer Völkerrechtskongreß finde in Wien statt. Das seien doch die Fragen, die jeden bewegten: Was sind die Folgen von völkerrechtlicher Anerkennung neuer Staaten? Was sagt das Völkerrecht zum Problem der Einmischung, vom Boykott bis hin zu militärischen Einsätzen. »Die Weltspitze der Völkerrechtler trifft sich in Wien«, sagte Harry, »um vor dem Hintergrund der aktuellen Ereignisse die Rolle des Völkerrechts neu zu definieren. Intervention. Kriegsverbrecherprozesse. Soviel ich weiß, ist in einer Fragestunde des Bundestages die Vorlage über Boykottmaßnahmen gegen kriegführende Länder an den Ausschuß überwiesen worden. Bisher ohne Ergebnis«, fügte er sanft hinzu und plädierte dann engagiert in eigener Sache. Für diese Aufgabe könne er sich besten Gewissens empfehlen, die Materie sei ihm vertraut, und er habe Verbindungen, um kurzfristig als Gast an der Konferenz in Wien teilnehmen zu können. »Ich werde einen ausführlichen Bericht schreiben«, sagte Harry nun ganz sachlich, »meine Einschätzung über die Anwendbarkeit der Ergebnisse werde ich in einem Kommentarteil beifügen. Dann kann der Ausschuß in kurzer Zeit dem Bundestag seine Empfehlungen vorlegen.«

Zum Abschluß seiner großspurigen Ausführungen zeigte sich Harry von der bescheidenen Seite. Über den Beratervertrag könne man verhandeln, wenn der Ausschuß mit seiner Arbeit zufrieden sei. Für den Bericht würde er etwa fünfzehntausend Mark veranschlagen, plus Spesen, wobei er nicht sehr anspruchsvoll sei, was die Nebenausgaben beträfe.

Nun war der Ausschuß an der Reihe, seine Entscheidung zu treffen. Harry schlug vor, solange draußen zu warten und eine Zigarette zu rauchen.

Das ist nicht nötig, war die einstimmige Meinung. Da saßen sie. Einige Gesichter waren Harry aus dem Fernsehen bekannt. Selten hatte der eine oder andere seinen großen Auftritt im Bundestag oder in einer Talkshow. Ein seltsamer Haufen war das. Und einen seltsamen Auftritt hatte er geliefert. Den Clown im Auswärtigen Amt hatte er lieber gespielt als hier den Vernünftigen. Eine abscheuliche Rolle. Man seifte die Leute ein und mußte höllisch aufpassen, nicht plötzlich selbst an den Quatsch zu glauben, den man erzählte.

Harry sah aus dem Fenster auf den Rhein. Der einzige Haken war die Jahreszeit. Er wäre lieber im Sommer nach Wien gefahren als in diesem dürftigen Vorfrühling, der im Augenblick noch unentschlossener war als er selbst.

Der Abgeordnete Schale strahlte. Sein Mann war akzeptiert worden. Nur ein einziges Ausschußmitglied hatte Herrn von Duckwitz durchschaut. Harry, der frischgekürte Berater, hörte die Wahrheit nur ungern, die dieser einsame Gerechte verärgert in sich hineinmurmelte, als er seine Papiere in die unförmige Sitzungstasche stopfte. Das schmerzhafte Wort »Schaumschläger« war deutlich herauszuhören.

# 4

*Wie Harry von Duckwitz eine Geschäftsreise nach Wien unternimmt, wo er schneller ankommt, als ihm lieb ist, nachdem einige Reiseabenteuer zu bestehen waren – so eine Konfrontation mit geschärftem jüdischen Witz, einem Nürnberger Hotelportier und den katastrophalen Folgen stillgelegter Wiederaufbereitungsanlagen, mit fragwürdiger Schlagermusik und grünlila Radfahrerpulks. Ferner Einblicke in die Schwierigkeiten des Alleinseins und in die Bedeutung internationaler Völkerrechtskongresse. Daneben Interpretationen berühmter Gemälde von Lukas Cranach und Agnolo Bronzino und schließlich ein Hinweis darauf, wie teuer es werden kann, wenn man ungeniert das Hoteltelefon benutzt.*

Als Harry am Nachmittag packte, merkte er, daß er zu wenig ordentliche Hemden und Hosen besaß. Wie viele Hemden brauchte man für eine Woche? Harry war kein großer Schwitzer und Stinker. Vier Hemden sollten genügen. Er fand nur zwei, die einigermaßen intakt waren. Scheußliche waren genug da. Bei den hübschen fehlten Knöpfe, oder die Kragen waren durchgewetzt. Fritz könnte sich als Dichter vielleicht mit solchen Hemden in die Öffentlichkeit begeben, eine Demonstration gegen die Unterbezahlung geistiger Tätigkeit. Aber mit zerschlissenem Kragen an einem Völkerrechtskongreß in Wien teilzunehmen, das wäre etwas übertrieben.

Harry besaß nicht einmal eine zweite geeignete Hose. Die Cordhosen waren zu häuslich. Die steingraue Baumwollhose, in der man sich wohltuend von Geschäftsleuten wie auch von Jeansmenschen unterschied, hatte einen Teerfleck am Hintern. Wie kam der dahin? »Das geht raus in der Reinigung«, sagte Rita, die Harry beim Sortieren zusah. »Ich bin eine schlechte Hausfrau.« Bei dem Versuch, ein schuldbewußtes Gesicht zu machen, mußte sie lachen. Dann kam sie auf die rettende Idee. »Du kaufst dir einfach in Wien neue Hemden und Hosen.« Wenigstens die Jacke machte keine Probleme. Die wunderbare uralte totschicke hellkarierte Vorkriegsjacke lenkte von allen anderen Kleidungsstücken ab. Harry nahm Rita in den Arm. »Das liebe ich an dir, daß du dich nicht um mich kümmerst.«

»Nur das?«

»Und deine Haut. Haut und Haar.« Früher hätte er seine Hand auf Ritas flachen Mädchenbauch gelegt, hätte sie ein bißchen nach unten geschoben und gesagt: Diese Partie liebe ich besonders. Das war ihm jetzt zu unehrlich, zu aufgesetzt. Es war nicht mehr so. Eine gepflegte Spannung ließ sich immer wieder erzeugen, die natürliche Hochspannung aber hatte sich schon seit langem verflüchtigt. Mit Helene war es nicht anders.

»Und?« sagte Rita.

»Und was?«

»Und was noch? Was liebst du noch an mir?«

»Daß du fremd und nah zugleich bist, liebe ich«, sagte Harry, »daß du Klavier spielst, wenn auch zu wenig Beethoven und Blues und Boogie, daß du Motorrad fährst, was du auch viel zu selten tust.«

Jetzt kam auch Helene hinzu. Mit Rita zusammen beobachtete sie, wie Harry unschlüssig Socken und Taschentücher abzählte, die beiden Hemden zusammenfaltete, den mittelgroßen Koffer nicht vollkriegte, eine kleinere Reisetasche wählte. An kochende Männer hat man sich gewöhnt, aber ein Mann, der seinen Koffer selbst packt, ist noch immer ein ungewohnter Anblick. Männerkofferpacken ist das klassische Privileg der liebenden Gattin. Im übrigen wurde angesichts von Harrys spärlicher Garderobe allen klar: höchste Zeit, daß der Frührentner aus seinen vier Wänden herauskommt und ein bißchen in der Wirklichkeit mitmischt.

Harry nahm das Auto. Es war unvernünftig, die lange Reise nach Wien mit dem Auto zu machen. Es gab Flugzeuge, es gab Züge. Warum sollte er sich überholbesessenen Irren und verstopften Straßen aussetzen. Harry sagte, er wolle auf dem Rückweg von Wien einen Abstecher zum Haus der Tanten am Alpenrand machen. »Mal sehn, wer jetzt da wohnt.« Das war einsehbar. In Wirklichkeit war der Besuch im Haus der Kindheit ein Vorwand. Es gab andere triftigere, geheime Gründe, das Auto zu nehmen. Ein Grund war Ines. Harry hatte leichthin gefragt, ob sie ihn nach Wien begleiten wolle, und zu seiner großen Überraschung hatte sie nicht abgewinkt. Sie konnte allerdings noch nicht fest zusagen. Wenn keines ihrer ständig erkälteten drei Kinder krank werden würde, wenn sie den Wochenendnachtdienst mit einem Kollegen tauschen könnte, wenn Fritz in diesen Tagen auch unterwegs sein würde, so daß sie ihm nicht eine Reise woandershin vorlügen müßte, dann käme sie wahnsinnig gern mit. »Liebend gern«, verbesserte sie. Eine halbe Nacht lang hatten beide von der Wienreise geschwärmt. Wien war zwar nicht Palermo, aber immerhin auch südlich von Bonn, Köln und der Eifel. Als Geliebte einen Mann auf einer Geschäftsreise zu begleiten, war ein unausstehliches Klischee. Daß Ines dieses Klischee auf sich nahm, wertete Harry als großen Liebesbeweis. Endlich hätten sie Gelegenheit auszuprobieren, ob die Leidenschaft standhalten würde, wenn alle Personen, auf die sonst Rücksicht genommen werden mußte, ein paar hundert Kilometer weit weg waren.

Das Auto war besser als die Bahn geeignet, erotische Stationen dort zu machen, wo erotische Bedürfnisse aufkamen. Runter von der Autobahn und Landgasthöfe ansteuern, die natürlich nichts Spießiges haben durften, so stellten sich Harry und Ines die Reise vor.

Harry machte es sich auf dem Sofa bequem, als wäre das dürftige Packen eine Leistung gewesen. Die Nähe des Glücks hatte ihn in eine Art Vorrausch versetzt, als Helene sich plötzlich strahlend neben ihn setzte und sagte: »Eigentlich hätte ich in Frankfurt etwas zu erledigen, du fährst doch über Frankfurt, da könntest du mich mitnehmen.«

Es gelang Harry, die Fassung unauffällig zu wahren, doch zum Vorspielen von Freude reichte seine Kraft nicht aus, nur zu einer Lüge. Das Auto müsse allerdings morgen früh vor der Abfahrt dringend noch schnell in die Werkstatt. Wenn wirklich etwas mit der Lenkung nicht in Ordnung sei, was sie ja auch schon vermutet habe, würde er doch den Zug nehmen müssen. »Dann fahren wir eben zusammen bis Frankfurt mit der Bahn«, sagte er so selbstverständlich wie möglich. Aber Helene, die Harry gerade noch für verrückt erklärt hatte, weil er die Reise mit dem Auto machen wollte, war enttäuscht. Sie hatte sich gefreut auf eine Autofahrt mit Harry, so wie früher.

Harry kam sich über eine Stunde niederträchtig vor. Neulich hatte er noch dieser Psychotherapiegeliebten des Abgeordneten von seiner problemlosen Dreifrauenliebe vorgeschwärmt. Es war nicht gelogen gewesen, und nun war die schöne Lebensordnung wieder einmal in Frage gestellt. Eine unwürdige Situation, auch als er sich abends aus dem Haus schleichen mußte, um von der Telefonzelle aus bei Ines anzurufen. »Es klappt nun doch nicht!« Ines war es, die den Satz aussprach, den Harry ihr mit finsterer Stimme mitteilen wollte. »Ich habe nicht daran gedacht, daß Erwin in der Zeit Geburtstag hat«, sagte sie kleinlaut. Harry war gerührt, daß Ines in ihrer erotischen Begeisterung dieses wichtige Familienereignis vergessen hatte. Dieselbe Nachricht, die ihn heute mittag noch in Verzweiflung gestürzt hätte, war nun erlösend. Das Problem mit Helenes Mitfahrgelüsten war auf anständige Weise gelöst. Mit einem Blick durch das Glas der Telefonzelle auf die trostlos blinkende Fußgängerampel in diesem trostlosen Eifelkaff sagte Harry: »Mein Gott, was hatte ich mich auf diese Reise gefreut.«

Beim Abendessen log Harry fröhlich, er sei eben in der Werkstatt gewesen, die Lenkung des Autos sei in Ordnung, der Nostalgiefahrt mit Helene nach Frankfurt stünde nichts im Wege. »Jetzt freue ich mich richtig«, sagte er, und das war die Wahrheit. Man mußte nur vergessen, wie diese Wahrheit zustande gekommen war. Obwohl Rita im Haus war, ging Harry unauffällig mit Helene ins Bett.

Schon früh am Morgen, als Rita und Helene noch schliefen, packte Harry den Kofferraum mit Musikkassetten voll. Die Frauen brauchten nicht zu wissen, daß er seinen Tick mit auf die Reise nahm. Es war eine tröstliche Vorstellung, während der langen Fahrt von Frankfurt bis Wien, allein im Auto und ohne erotische Abwechslung, wenigstens die 250 Kassetten, die er mit seinen diversen Tonbandgeräten in letzter Zeit aufgenommen hatte, endlich einmal in Ruhe durchzuhören. Kurz bevor es losgehen sollte, entschloß sich Helene, nun doch nicht mitzufahren. Sofort verfluchte Harry Ines' Sohn Emil oder Erwin oder Egon oder wer da Geburtstag hatte. Als Helene und Rita dann zum Abschied winkten, war Harry wieder versöhnt mit seinem Leben, sogar mit dem Eifelhaus, von dem aus man irgendwie klassischer zu einer Reise aufbrechen konnte als von der Bonner Wohnung.

Vor der Autobahnauffahrt hielt Harry an und traf Vorbereitungen für das systematische Abhören seiner Radioaufzeichnungen. Aus dem Kofferraumversteck holte er den gewaltigen Karton mit all den noch nie gehörten, verheißungsvollen Kassetten, die er prüfen wollte. Der kam auf den Nebensitz in greifbare Nähe. Auf die Rückbank stellte er einen großen Karton, in den er diejenigen Kassetten legen würde, die die Abhörprüfung nicht bestanden hatten, biblisch gesprochen die Spreu. Daneben ein kleinerer Karton für die Kassetten, die bewegende und aufhebenswerte Jazzstücke enthielten, und noch einen, in dem die entsprechenden klassischen Fundsachen gesammelt werden sollten.

»Gurken aus Holland« stand auf den Kartons. Die Holländer bestrahlten ihr Gemüse angeblich radioaktiv. Solche Schweinereien traute man denen gar nicht zu. Harry beschloß, nach ganz strengen Maßstäben nur die allerbesten Kassetten auszusieben, um der Inflation Einhalt zu gebieten.

Schade, daß keine schöne Tramperin an der Autobahnauffahrt stand. Er würde sie mitnehmen und sie bitten, ihm bei der Auslesetätigkeit behilflich zu sein. »Wie Aschenputtel«, würde sie sagen, und damit war klar, daß Harry sich in sie verliebte und sie in der Kaiserstadt Wien zur Prinzessin machte. Was fuhren sie auch nicht mit, Ines und Helene!

Als Harry auf der Höhe von Koblenz war, fiel ihm auf, daß er fünfundvierzig Kassettenminuten lang nicht zugehört, sondern nur an sein verworrenes Liebes- und verstümmeltes Berufsleben gedacht hatte. Wie schön war es. Und wie schön wäre es, wenn ihm die Liebe von nur einer Frau und zu einer Frau genügen würde. Wäre jedenfalls bequemer. Aber bequem war ja verpönt. Wer auf sich hielt, war unbequem. Doch eine Ehefrau und eine Geliebte – das war unbequem genug. Drei Frauen waren zuviel. Das war nicht mehr unbequem, sondern kurios. Es war aber auch eine Form von Reichtum.

Weitere fünfundvierzig Minuten später befand er sich bereits auf der Höhe von Frankfurt und hatte die Kassette nun angehört, die allerdings keine Musik enthielt, sondern das Interview mit einer polnischen Jüdin, das seine ganze Aufmerksamkeit auf sich zog, und zwar nicht etwa, weil die alte Jüdin so schreckliche Dinge erzählte, sondern weil sie sich so salopp äußerte. Sie akzeptiere nicht die ewige Opferrolle der Juden, dieser Wettbewerb des Leidens ginge ihr auf die Nerven, sagte sie, Leid könne auch Hochmut wecken. Viele Juden prahlten förmlich mit den Schrecken der KZs und hüteten geradezu eifersüchtig ihr Elend. Mein ist Maidanek sei manchmal die Losung, sagte die alte Jüdin, und dabei lachte sie tatsächlich über die unerhörte Alliteration. Sie hatte als Kind in einem finsteren Versteck überlebt. Seitdem freue sie sich jeden Morgen über die Freiheit des Lebens, sagte sie. Wenn sie seit 1945 jeder Sonnenstrahl, jedes Vogelgezwitscher glücklich mache, habe sie das gewissermaßen den Nazis zu verdanken, sagte sie sarkastisch, aber unverbittert, und das war eine wundervolle Ohrfeige auf die ekelhafte deutsche Nazibacke. Ob sie sich nie die Frage gestellt habe, wie Gott das alles zulassen konnte, wollte die Interviewerin wissen, und da lachte die alte Jüdin wieder ziemlich rauh und sagte: »Ich nenne ihn nicht Gott, ich nenne ihn ›Den großen Regisseur‹ oder ›Den großen Drehbuchautor‹.«

Harry war begeistert von dieser Frau. So mußte man dem Leben entgegentreten. Nicht nach Wien, nach Warschau sollte er fahren und die polnische Jüdin umarmen. Vergessen waren Ines, Rita und Helene, vergessen der Jazz und die Klaviersonaten und die Frage, warum heutzutage keine schönen Tramperinnen mehr an den Autobahnauffahrten standen.

Die Leidenden machten sich zu etwas Besonderem, fuhr die alte Jüdin mit der jungen Stimme fort. Sie war Schriftstellerin. Sie wolle das Leben beschreiben und nicht dauernd den Tod. Man erwarte von ihr als Jüdin, daß sie sich besorgt zum deutschen Rechtsradikalismus äußere. Das sollten gefälligst andere tun, sie habe keine Lust, als Klageweib herumgereicht zu werden. Der Tod sei im übrigen nicht nur in Auschwitz gewesen. Er lauere jederzeit überall. Auch ein ganz normaler Unfalltod auf der Autobahn ließe Trauernde zurück. Harry lenkte sofort auf die rechte Spur und beschloß, den Lastwagen nicht zu überholen.

Am Ende des Interviews sagte die alte polnische Jüdin, es sei eben menschlich, sich mit erlittenem Leid zu brüsten, denn Besiegte seien nun einmal interessanter als Sieger. Diese Erfahrung habe sie auch als Schriftstellerin gemacht. »Besiegte geben mehr her.«

Geradezu ehrfürchtig hatte Harry dem Gespräch gelauscht. Er fragte sich, ob er ein Sieger oder ein Besiegter war, und kam zu keinerlei Ergebnis.

Nur soviel war klar: Wenn das so zügig weiterging auf

der Autobahn, würde er bis Wien nicht mehr als drei, vier Kassetten gehört haben. Er blickte neben sich in den vollgefüllten Karton, in dem bei jeder Kurve die Kassetten herumrutschten wie halbtote Fische im Trog eines Kutters nach einem üppigen Fang, nur nicht so lautlos. Kein noch so monströser Stau, kein stundenlanges Warten an der Grenze würde ausreichen, das alles zu hören. Er müßte bis nach Peking fahren.

Bei Würzburg verließ Harry die Autobahn, fuhr in die Stadt und ging spazieren. Es war erst Mittag. Zu früh, um hier schon zu übernachten. Was sollte er den ganzen Tag in Würzburg tun? Er kaufte eine Tiepolo-Kunstkarte mit einem Ausschnitt des Freskos in der Residenz und schrieb an Helene: »Ich sehne mich im Augenblick nach Dir und nach niemandem sonst.« Kein sehr origineller Gruß, dachte Harry, aber völlig wahrhaftig.

Kaum hatte er Würzburg verlassen, sehnte er sich nach Ines, kaum näherte er sich der Autobahnauffahrt, träumte er von der schönen Tramperin, mit der er ein neues, unkompliziertes, monogames, glückliches Leben beginnen würde. Liebe mit Ines, Rita und Helene nur noch einmal im Jahr an einem Traditionstag. Erstes Gesprächsthema mit der schönen Tramperin, sozusagen die Aufnahmeprüfungsfrage: Was ist der Unterschied zwischen einem Juden und einem nichtjüdischen Normaldeutschen? Na? Bloß keine verklemmte Angst vor falschen Antworten. Kein Unterschied mehr? Von wegen! Juden können es sich leisten, sich über das Leid hinwegzusetzen, das man ihnen angetan hat, und die Bewältigung der grauenhaften Vergangenheit den Tätern zu überlassen. Diejenigen sollen sich abmühen, die den Schaden angerichtet haben. Verursacherprinzip. Und wir, schöne Tramperin, sind vom gottverdammten Stamm der Täter, wir können niemals das abschütteln, was unser Scheißvolk mit seinen Scheißvätern und Scheißmüttern den Juden angetan hat. Ein Jude darf das theatralische Gewackel vor der Klagemauer in Jerusalem als israelische Touristendisko-Attraktion bezeichnen, ein deutscher Esel darf das nicht. Lästert er über die bigotten Juden, wird man ihm Antisemitismus vorwerfen, behauptet er, sich ein Lästern nicht leisten zu können, wird man ihn eines uneingestandenen und verdrucksten Antisemitismus verdächtigen. Der Stamm der Täter ist da, wo er hingehört: in der Zwickmühle.

Harry fuhr weiter in Richtung Wien, allein mit seinen 250 Kassetten. Er erinnerte sich an die Strecke Würzburg–Nürnberg, die er in seiner Studentenzeit vor einem Vierteljahrhundert ab und zu gefahren war, wenn er die Tanten besuchte. Die Weinberge sahen aus wie damals. Daß man den Wein noch immer nicht am Computer mischte und dann ausdruckte, war erstaunlich. Alles wie eh und je. Alles halb so schlimm.

Was die Musik betraf, hatte Harry zwischen Würzburg und Nürnberg einen schwierigen Fall. Auf der zweiten Kassette war ein Song von Peggy Lee mit dem nicht unwitzigen Titel ›I Lost My Sugar In Salt Lake City‹, guter Blues, gut gesungen, gute Begleitung. Nur war Peggy Lee eine Weiße. Wenn Weiße Blues sangen, war das anmaßend. Es war das Privileg der Schwarzen, Trauer in einen bestimmten Rhythmus zu verwandeln. Also aufhebenswert oder nicht? Er brauchte einen weiteren Karton auf dem Rücksitz: für unentschiedene Fälle.

Bereits um fünf war er in Nürnberg. Wenn man Zeit hatte, war Deutschland zu klein. Er ging sofort ins Grand Hotel am Bahnhof, als wären Ines, Rita oder Helene dabei. Unschlüssig durchstreifte er die Halle. Mehr Glanz als Elend der fünfziger Jahre. Fast hätte er sich schon ein Zimmer genommen, als er einen Hinweis auf das einmalige, ja legendäre Frühstücksbüffet las. Nach seiner Tirade gegen diese modische Unsitte neulich in Bonn wäre er sich wie ein Verräter vorgekommen. Also suchte er sich in der Nähe ein kleineres Hotel, das so bescheiden war, daß er sich ärgerte, ausgerechnet in den unwichtigen Dingen des Lebens konsequent und moralisch zu sein. Oder war er hysterisch? Er mußte sich die Frage merken und den

Frauen stellen. Die Frauen sollten auch entscheiden, ob Peggy Lees Song die Gnade widerfahren sollte, in den Duckwitzschen Musikhimmel aufgenommen zu werden oder nicht.

Hilflos saß Harry auf dem Hotelbett. Keine Zeitungsberge zum Durchsichten, keine Tonbandgeräte, die man in Gang setzen konnte, keine Frauen, zwischen denen man hin und her hasten mußte. Er hatte es verlernt, allein zu sein. Er duschte und verließ das Hotel. Der Portier lächelte ihm zu, sofern man einen Mann ohne Livree Portier nennen konnte.

Harry ging in ein Café. Es war noch zu früh zum Abendessen. Eine Tasse Kaffee, ein Stück Käsekuchen. Was nun? Er sah sich ein bißchen in der Stadt um, nach einer Stunde hatte er genug und ging an dem freundlichen Portier vorbei in sein Hotelzimmer zurück. Es war sechs. Zum Glück fiel ihm ein, daß er Hemden brauchte. An der Rezeption unterhielt sich jetzt der Portier mit einem jungen Mann. Beide sahen einander ähnlich. Sie hatten den gleichen modischen Haarschnitt, beide einen kleinen Ring im Ohr, und beide lächelten freundlich. Wahrscheinlich nette Schwule, dachte Harry, oder auch nicht. Die Läden waren bereits geschlossen. »Ich habe etwas vergessen«, sagte Harry zu dem freundlichen Portier, als er schon nach kurzer Zeit wieder ins Hotel zurückkam, um sein ständiges Hin und Her zu erklären.

Im Zimmer folterte er sich eine Stunde lang mit dem Fernsehprogramm. In allen zwölf Sendern nur Dreck. Zum Glück hatte er jetzt Hunger, obwohl es noch nicht seine Zeit fürs Abendessen war. Es war ihm peinlich, zum weiß Gott wievielten Mal an dem Portier vorbeizugehen, der von Mal zu Mal jünger und hübscher zu werden schien. Der dachte möglicherweise, Harry sei in ihn verliebt. Doch geduldig lächelte er Harry, dem seltsamen Gast zu, während er ein dickes Buch beiseite legte. Eine Oscar-Wilde-Biographie. Aha, dachte Harry, als wäre die Lektüre ein Beweis für Homosexualität.

Die Suche nach einem Lokal beginnt. Das eine ist zu voll, das andere zu leer, zu touristisch oder zu einheimisch, zu fein oder zu ordinär. Immerhin vergeht die Zeit auf diese Weise. Endlich in einem Lokal, weiß er nicht, an welchen Tisch, als er endlich sitzt, weiß er nicht, was essen, auch nicht, ob Wein oder Bier. Es werden Nürnberger Rostbratwürste und ein herber Frankenwein. Kaum kommt der Wein, sehnt er sich nach Bier. Die Würste sind in Ordnung. Aber wohin mit den Blikken, wenn man allein ist. Nie mehr ohne Zeitung allein essen gehen. Besser Zeitschrift, weil handlicher. In einer halben Stunde ist er fertig. Nicht an den endlosen Abend denken. Ins Kino gehen? Mit Helene, Rita oder Ines telefonieren? Ein Notruf? Er geht ins Hotelzimmer zurück und legt sich aufs Bett. Er muß endlich wieder lernen, allein zu leben.

Entkräftet von diesen unspektakulären Katastrophen, verließ Harry am nächsten Tag in aller Frühe Nürnberg. Der Kongreß begann erst morgen abend. Er hatte sich zuviel Zeit genommen für die Fahrt nach Wien. Aber so solodesolat war die Reise nicht geplant gewesen. An jede Menge Zwischenstationen als Liebesnester hatte er gedacht.

Harry fiel ein, daß es in der Nähe Verwandte gab. Er hielt an und studierte die Karte. Es war kein allzu großer Umweg zu dem Schloß in der Oberpfalz. Die Tanten hatten ihn als Kind ein paarmal in den Sommerferien dorthin geschickt. Der Zwang zur abendlichen Andacht in der Schloßkapelle hatte ihn rasch zum kleinen Heiden gemacht. Sein Zimmer lag am Ende eines langen Flurs, den eine trübe 15-Watt-Birne gespenstisch erhellte. An den Wänden die Bilder schrecklicher Ahnen, Vitrinen mit Uniformen, Ritterrüstungen. Ein Kind, das Abend für Abend durch diesen Angstkorridor mußte, fürchtete sich im späteren Leben vor nichts mehr. Harry hatte Lust, diesem Ort früher Prägungen einen Besuch abzustatten. Aber er zögerte. Das alles war schon vierzig

Jahre her, und was er in der letzten Zeit von den Verwandten gehört hatte, war sonderbar.

Das Schloß lag in unmittelbarer Nähe von Wackersdorf. Wackersdorf kannte heute schon wieder niemand mehr. In den achtziger Jahren wollten sie hier eine Wiederaufbereitungsanlage für ihren Atomscheißdreck bauen. Die bis dahin völlig unpolitische Bevölkerung engagierte sich dagegen. Den Strahlenmüll wollte keiner. Selig waren Linke und Rechte im Widerstand vereint. Die Polizei schlug um sich. Leider brachte nicht der Widerstand der Demonstranten das Projekt endgültig zu Fall, sondern wirtschaftliche Erwägungen. Ein stiller Sieg und kein Triumph für die erbitterten Atomkraftgegner. Die wurden mitsamt ihren Stahlkugeln einfach in einen harmlosen Kostenfaktor verwandelt. Solchermaßen vermummt tauchten sie in der Gesamtkalkulation der Betreiberfirma auf: Bei so viel militantem Widerstand müßten Millionen jährlich für zusätzlichen Werkschutz eingeplant werden, weitere Millionen für die PR-Abteilung, um das Image zu reinigen, das durch die Bilder naßgespritzter Demonstranten immer wieder ramponiert worden wäre. Zwar nur ein Klacks angesichts der Milliardenausgaben für den Bau, aber langfristig doch ein Kostenfaktor für die eiskalten Großrechner. So hatte der Widerstand doch seinen Sinn gehabt, konnten sich die tapferen Ex-Demonstranten sagen. Jahrelang hatte die geplante Wiederaufbereitungsanlage die Gemüter erhitzt und die Gerichte vollbeschäftigt. Jetzt war alles vorbei wie ein Spuk. Plutonium – eben noch hatten beim Aussprechen des Wortes die Krebszellen zu wuchern begonnen, heute klang es garantiert ungiftig, wie ein Pülverchen im Physikbaukasten von jugendlichen Bastlern.

Das Schloß stand unter Denkmalschutz. Aber die Zuschüsse reichten gerade mal aus, um an einem Seitenflügel die Fenster abzudichten und dort über den Winter zu kommen. Der riesige schmucklose Renaissancekasten verfiel zusehends. Man müßte schon vielfacher Millionär sein, um zu erhalten, was nicht einmal besonders schön war. Ein Hotel, dachten die bedauernswerten Besitzer, wir machen aus unserem Schloß ein Hotel. Doch die feuerpolizeilichen Auflagen waren mit den Denkmalschutzvorgaben nicht zu vereinbaren. Das schönste ist die Freitreppe aus Sandstein, aber die ist im Brandfall als Fluchtweg für panische Gäste nicht zugelassen. Abgesehen davon mußte selbst der weltabgewandteste Schloßherr bezweifeln, daß überhaupt jemand in dieser gottverlassenen, durch Autobahnen zerschnittenen Gegend der Oberpfalz in einem Schloßhotel nächtigen wollte, dessen einziger Reiz in seinen turnhallengroßen Räumen bestand. In jedem der riesigen Salons hätten zweihundert Asylbewerber Platz. Harrys Verwandte schöpften Hoffnung, als der Staat in der Nähe die berühmte Wiederaufbereitungsanlage zu bauen anfing. Im Schloß wurde die Devise ausgegeben: Strahlen braucht der Mensch. Ein neuer Rettungsplan entstand: Aus dem Schloß ein Spielkasino machen! Die feuerpolizeilichen Auflagen für Spielkasinos waren nicht so streng wie für Hotels. Die smarten Atomingenieure würden in den zu idealen Spielsälen umfunktionierten Salons im ersten Stock ihre Gefahrenzulagen verspielen. Das gesellschaftliche Leben würde aufblühen und Reichtum einkehren, und in der schmucken Kapelle würden verzweifelte Verlierer inbrünstig um eine Glückssträhne beten.

Mit einer einzigen Konzernherrn-Entscheidung waren alle Schloßherrn-Träume zunichte gemacht. Das Schloß würde in den nächsten Jahrzehnten zur Ruine verfallen, und die Gegend, die ein paar Jahre lang revolutionär gewesen war, würde wieder reaktionär sein wie eh und je.

Eigentlich sehenswert, dachte Harry und hätte jetzt am liebsten Rita dabeigehabt. Der katholischen Rita hätte er gern die Stellen gezeigt, wo er als Kind ohne den Umweg über die üblichen Glaubenszweifel zu der Gewißheit gelangt war, daß der große Drehbuchautor, falls es ihn gäbe, eine Schraube locker haben mußte.

Ohne einen Aufenthalt an diesem Gespensterort kam Harry gegen Mittag an Passau vorbei. Er machte keine Station. Von diesen Städten war er bedient. Um Zeit zu schinden, bog er von der Autobahn ab und fuhr an der Donau entlang, die streckenweise schöner war als der Rhein. Vor allem war sie weniger deutsch. Man kam durch Orte, wo man den Süden schon ahnte, störend waren nur die Radfahrer. Um den Fremdenverkehr anzukurbeln, hatte man die beiden Straßen rechts und links entlang der Donau zu Radwanderwegen erklärt. Überall mußte man Pulks von Radlern überholen. Radfahrmütter forderten kreischend ihre völlig korrekt fahrenden Radfahrkinder zu noch korrekterem Fahren auf, als habe Harry, der sich vorsichtig näherte, nichts als das Totfahren von Kindern im Sinn. Radfahrväter warnten anders, zischender. Alle besaßen modernste Tourenräder, auf deren hohen Sätteln sie mit weit nach außen gestreckten Armen auf unorganische Weise gebeugt saßen, als wären sie bereit, gekreuzigt zu werden. Am schlimmsten waren die Farben. Räder und Anzüge der Radfahrer waren fast ausnahmslos giftgrün – lila, eine Farbkomposition, die man nicht länger als ein, zwei Jahre aushalten konnte, was auch der Sinn der Sache war. Dann mußte ein neues Rad und ein neuer Radanzug her. Kaum machte Harry in einem ruhigen Café halt, schwärmten die Radfahrer auch schon laut und lilagiftgrün ein. Sie musterten ihn aggressiv, weil er als Autofahrer erkennbar und daher ihr natürlicher Feind war.

In einem schönen Ort namens Melk, wo Harry sich in Ruhe das berühmte Kloster ansehen wollte, verlor er die Geduld mit den Radfahrern und floh auf die Autobahn zurück. Mit seinem Musikpensum war er ins Hintertreffen geraten. Seit Nürnberg hatte er gerade mal zwei Kassetten durchgehört. Unfreiwillig grandios nur ein Song, ein deutscher Schlager, den man vor vielen Jahren an irgendwelchen Wochenenden gehört hatte, wenn man durch Viertel kam, in denen die Leute noch ihre Autos auf der

Straße wuschen. Aus diesen eingeschäumten Autos war damals ein Lied gequollen, das nun auch in Harrys altem Türkenschlitten zu hören war. Die Zeit hatte dem Schmalz eine gewisse Größe gegeben.

»Als ich dich fand, ging eine Sonne auf«, tönte eine klare, helle und überzeugende Männerstimme, nicht originell, aber absolut glaubwürdig unterstützt von Trompeten und einem dezenten Hintergrundchor.

»Und deine Augen versprachen mir so viel, was ich noch nie niemals sah.« Schön lang gedehnt das »nie niemals«, die doppelte Verneinung als Garantie für Wahrhaftigkeit.

»Wir glaubten beide an die Liebe, warum brach sie entzwei?« Dann, zitternd vor Trauer, fast fremdsprachig: »No – no!« Und nach einem Sekundenbruchteil verzweiflungsvoller Stille die steinerweichende Hauptmelodie: »Geh nicht vorbei, als sei nichts geschehn, es ist zu spät, um zu lügen.« Wer hat denn nun wen belogen? Die inhaltlichen Fragen verblaßten angesichts der Tatsache, der man ins Auge sehen mußte, daß hier nämlich wieder einmal aus geschickter Berechnung von Stimme, Melodie, Text und Arrangement reiner Kitsch erzeugt wurde, der sich auf dem Weg vom Ohr zum Hirn in ein echtes Gefühl verwandelte.

Schließlich das Versöhnungsangebot, ganz milde: »Komm und verzeih, ich werd' mit dir gehn, wohin dein Weg auch führt.« Die beiden letzten Worte quält der Sänger sauber hoch bis zur Schmerzgrenze, dem gestrichenen »h« vermutlich, danach senkt sich die Stimme wieder, um souverän auf den gekonnt arrangierten Klangteppich des Orchesters niederzuschweben: »Und – die – Welt – sie – wird – schön.« Nach so viel schwellender Hoffnung folgte nach einem trügerisch harmonischen Zwischenspiel das tragische Finale: »Dich zu vergessen, fällt mir schwer. Die grauen Tage vergehen ohne Sinn, die Nacht ist lang und so leer: – ich – bin – allein.« Der Vorteil von Harrys Alleinsein war, daß er dieses gräßlich großartige Meistermachwerk dreimal hintereinander hören konnte.

Um halb acht kam Harry in Wien an. Es war noch hell um diese Zeit. Vor vielen Jahren war Harry einmal in Wien gewesen, vor Jahrzehnten genauer, aber das gestand er sich ungern ein. Im Zentrum fand er sich nicht mehr zurecht. Oper und Dom, die Fixpunkte der Innenstadt, an die er sich erinnerte, lagen nun an einer Fußgängerzone, die der ehemaligen kaiserlichen Weltstadt einen austauschbaren Provinzstadtcharakter gab. Das Eindringen mit dem Auto in die Innenstädte Europas war eine Kunst geworden. Man brauchte einen Spezialinstinkt, der sich bei Harry noch nicht entwickelt hatte. Auch das ein Grund, wenigstens einmal ins gelobte weiträumige Amerika zu reisen, einfach nur, um sich dort ein Auto zu mieten und auszukosten, ohne Parkprobleme vor einem Hotel vorzufahren.

Die Tagung der Völkerrechtler fand in einem Kongreßhotel am Rand von Wien statt. Keinesfalls wollte Harry dort übernachten. Der Hotelprospekt zeigte die Chefin in einem Trachtenkleid, die Tiefgarage mit 48 Stellplätzen, eine Bande Manager in Liegestühlen auf einem Stück Rasen, das Schwimmbad in einem bedrückenden Kellerraum, das Solarium mit einer faden Liegenden, eine Sauna mit drei schwitzenden Menschenaffen, der Tagungsraum mit Overheadprojektor und Videorecorder und ein Musterdoppelzimmer mit magenumdrehenden Brokatgardinen.

Zufällig fand Harry bei seinem Rundgang das kleine Hotel, in dem er als halbstarker Gymnasiast genächtigt hatte. Der Reiz des Hotels bestand zweifellos in seinem ehemaligen Charme, der vor dreißig Jahren vermutlich schon mehr oder weniger ebenso ehemalig gewesen war.

Am nächsten Vormittag gelang es Harry mühelos, das Leben zu genießen. In den Cafés gab es noch mehr Zeitungen als im Eifelhaus. Die österreichische Presse widmete der Frage, welcher ostdeutsche Dichter oder Politiker und angebliche Widerstandskämpfer in Wahrheit ein Spitzel oder Quasispitzel war, nicht viel Aufmerksamkeit. Es gab hier andere Themen als die Sofortbewältigung der zweiten deutschen Vergangenheit. So war von Korruption und Versicherungsbetrug die Rede, das ganz normale Kapitalverbrechen regierte die Welt, und das wurde nicht aufgeregt kommentiert wie in vielen deutschen Zeitungen, sondern lässig, gewissermaßen mit der Zigarette im Mund. Eine Zigarette brachte oft den nötigen Abstand, fand Harry, der selbst nur ab und zu rauchte und jetzt ein heftiges Bedürfnis verspürte, wie ein verliebter Leutnant aus der k.u.k-Zeit vor sich hinzupaffen, Rauchschwaden um sich zu verbreiten und damit für ein paar Minuten auch zur Vernunft auf Distanz zu gehen. Eine junge Frau am Nebentisch fragte, ob er die Zeitung noch lese. Sie wollte einen Blick in die Kinoanzeigen werfen. »Nehmen Sie! Nehmen Sie! Nehmen Sie!« sagte Harry überschwenglich. Keine drei Minuten, nachdem er das Café verlassen hatte, war ihm klar: zurücklächeln genügt nicht. Er hätte sie ansprechen sollen. Es war wie mit den Schallplatten, die man im Laden nicht anhörte. Sie gingen einem nicht mehr aus dem Kopf. Weder Ines noch Helene noch Rita hatten solche Lippen. Waren die sinnlich oder nur aufgeworfen?

Bloß in der Großstadt war das Leben etwas wert. Das Landleben machte dumm und genügsam. In einer Millionenstadt hatte man jeden zweiten Tag einen erfrischenden Blickwechsel, in Bonn alle zwei Wochen, im Eifelkaff nur einmal alle zwanzig Jahre. Ab sofort würde es Harry begrüßen, daß Berlin Hauptstadt war oder sein würde. Die Angst der selbstkritischen Deutschen vor einem deutschen Größenwahn war ja wohl etwas übertrieben. Sicher auch ein Vorwand. Fürs Nichterwachsenwerdenwollen vermutlich.

Während Harry in Hochstimmung durch die Straßen ging, nahm er sich vor, öfter allein in fremde Städte zu fahren, in Cafés herumzusitzen und die Sehnsucht nach seinen Frauen zu überprüfen, ohne sich durch ihre unmittelbare Nähe verrückt machen zu lassen. Die Welt bestand nicht nur aus seinem Harem. Er überquerte Plätze, Höfe und Parkanlagen. Burggarten, Volksgarten, Heldenplatz. Die beiden großen, einander symmetrisch gegenüberliegenden Museumsgebäude erkannte er wieder. Er ging ins Kunsthistorische Museum und dachte, wie immer beim Geruch in alten Gemäldegalerien, an Helene, mit der er früher so oft die Welt der ölgemalten Bilder in Augenschein genommen hatte. Ein Vergnügen, das er mit Ines gern nachgeholt hätte, aber aus Anstand nicht nachholen konnte. Das war eine Frage der Privilegien. Ines' Privilegien waren Zusammenstellungen verführerischer Musikstücke und stürmisches Vögeln, wenn es sein mußte zwischen Tür und Angel, mit hastig hochgestreiftem Rock. Helenes Privileg war neben den Museumsbesuchen das allmähliche Herbeireden eines kultivierten, ironisch durchwachsenen, seltenen, aber lange vorhaltenden Mehrphasenficks. Nur Rita hatte nicht genug Privilegien, wenn man davon absah, daß sie als Harrys Ehefrau mit ihm krankenversichert war und im Fall seines sogenannten Ablebens in den Genuß von Pensionsanteilen käme.

Seit Jahren begleitete eine Reproduktion von Lucas Cranachs ›Urteil des Paris‹ in einer Schreibtischschublade Harrys Leben. Nun glaubte er seinen Augen nicht zu trauen, als er die gleichen drei Bellas auf einem anderen Gemälde von Cranach wiederfand, nur diesmal ohne entscheidungsunfähigen Paris und nicht nackt, sondern bürgerlich bekleidet. ›Drei junge Damen‹ nannte sich das Bild. Cranachs Frauen waren nicht Harrys Typ, sie hatten schmale, schnippische Mündchen und eine käseweiße Haut, aber sie waren zu dritt und schienen sich zu vertragen, und das zählte. Nach Beendigung seines Rundgangs kaufte Harry in einer Art solidarischer Anwandlung gleich drei von diesen Karten.

Dann wollte er noch eine Venus haben, leider mit etwas sehr kleinem Kopf und manieristisch verdrehter Figur, auch etwas triefäugig in ihrer Geilheit, aber wie sich Adonis von hinten an sie heranmachte, das hatte schon wieder Klasse. Harry dachte an Ines bei dieser Karte, kaufte aber ebenfalls drei Stück, weil er nicht ausschließen wollte, Rita und Helene auch eine zu schicken.

Eine Madonna mit Familie fiel ihm noch angenehm auf, ganz ohne keusches Renaissancegetue, vielmehr geschaffen für die Lust. Wenn sie die Augen aufschlagen würde, dann wäre nichts als Verachtung für den heiligen Christusbengel und den hölzernen Gatten im Blick. Sie hatte sicher eine dunkle Stimme, sie brauchte ein Mikrophon vor ihrem vollen schönen Mund, sie würde es mit beiden Händen umschließen, halb noch Gebet, halb schon Obszönität: »Rock me baby, Rock me all night long.« Harry ärgerte sich, als er im Katalog las, Agnolo Bronzino, der Maler dieser unheiligen Maria, habe »nicht eben zu seinem Vorteil Michelangelo nachgeeifert«. Frechheit, das zu behaupten. Nie hätte der schwule Michelangelo eine latente Frauengeilheit je so gut malen können. »Geben Sie zehn Stück«, sagte Harry.

Er ließ den Drehständer mit den Postkarten noch einmal kreisen und bei einem Schubert am Klavier von Gustav Klimt anhalten. Das originale Bild war verbrannt. Auch hier seltsamerweise drei Frauen, die dem klavierspielenden Schubert lauschten. »Geben Sie drei«, sagte Harry, dachte an Elizabeth Peach und erhöhte auf vier Karten.

Um 20 Uhr sollte die Tagung beginnen. Weil Harry die Entfernung nicht abschätzen konnte und ungern zu spät kam, war er eine Stunde zu früh in dem Tagungshotel außerhalb der Stadt mit Blick auf den Wienerwald. Fremd schlich er über die mit dicken dämpfenden Teppichen belegten Flure zum Tagungsraum. Der war noch mit einer anderen Veranstaltung besetzt. Ein Körperschprachseminar für Führungskräfte ging hier gerade zu Ende. Die breite Doppeltür stand offen, vermutlich, weil die Luft im niedrigen Tagungsraum schlecht war. Die Seminarteilnehmer betrachteten Videoaufnahmen, die sie offenbar kurz vorher gemacht hatten. Wie kann sich der Chef vertrauensbildend seinen Mitarbeitern nähern, hatten sie im Rollenspiel geübt. Man sah auf dem Bildschirm, wie sich eine den Chef spielende Führungskraft ungeschickt auf den Schreibtisch einer die Sekretärin spielenden Führungskraft setzt. »Was meinen Sie, schafft diese Interaktion Vertrauen oder Aversion?« fragte der Kursleiter. Die Teilnehmer schwiegen. Sie waren nach drei Tagen Seminar am Ende. Oder sie weigerten sich zu Recht, das Wort »Interaktion« zu verstehen. »Der Chef muß das etwas eleganter machen«, rief Harry in den Raum, »und dazu muß er, möglichst nicht sabbernd, fragen, ob ihm die Sekretärin den Hosenstall aufmachen könnte.« Der Kursleiter starrte Harry bösartig an und schloß die Tür.

Mit einer halben Stunde Verspätung begann der Völkerrechtskongreß. Englisch war die Tagungssprache. Ein schwedischer Völkerrechtler hatte den Vorsitz. Er bedankte sich zuerst eine dreiviertel Stunde lang bei fünf Geldgebern, ohne deren Unterstützung die verheißungsvolle Tagung nicht zustande gekommen wäre. Es waren Organisationen mit seltsamen Namen wie »Pro World Found« oder »Transfer Systems« oder auch »AXA«, was wie eine Wunderwaffe gegen den feindlichen Schmutz im Haushalt oder im Bürgerkrieg klang. Das alles roch nach Abschreibungsgesellschaften großer Konzerne. Jetzt machte sich das intensive Zeitunglesen bezahlt. Harry erinnerte sich, von einer der Organisationen Eigentümliches gelesen zu haben. Sie hatte tatsächlich einem ziemlich reaktionären Minister einen Geldpreis von hunderttausend Mark für seine engagierten Bemühungen verliehen, die Lebensverhältnisse auf dem Globus zu verbessern. Die Angelegenheit war derart undurchschaubar, daß sich selbst sonst kritische Zeitungen mit den üblichen Kampagnen zurückhielten. Hier saßen drei Vertreter dieser heilbringenden Organisationen und sahen aus, als wüßten sie, wie man aus einer ehrenamtlichen Tätigkeit Geld herausholt. Grimmig nahmen sie die Huldigungen entgegen, die ihnen der schwedische Tagungsleiter in seinem Kinderenglisch darbrachte. Das knappe Dutzend Völkerrechtler nickte, und es hätte nicht viel gefehlt, und die Wissenschaftler hätten ihre Gläser mit Orangen-, Maracuja- und Tomatensaft und den sonstigen Kongreßgetränken auf das Wohl der großzügigen Wirtschaft erhoben.

Nun war der Augenblick des Eröffnungsvortrags gekommen. Der Leiter stellte mit seinem niedlichen Schwedenakzent eine Völkerrechtskoryphäe aus Bologna vor, einen älteren Herrn, der aussah wie ein Stummfilmbösewicht. Der las auf englisch mit niedlichem Italienerakzent einen Vortrag ab, der keinen einzigen eigenen Gedanken enthielt. Es war die Geschichte des Völkerrechts, geistlos aus verschiedenen Lexika zusammengeklaubt.

Harry zog seine Kunstpostkarten hervor und begann zu schreiben. Zuerst an Ines: »Gegen das hier sind sogar die von den Pharmaschweinen finanzierten Erpresserkongresse für Euch Ärzte eine saubere Sache. Ganovenharry vermißt Ganovenines.« Auch an Rita und Helene schrieb er Kartengrüße. Auch sie vermißte er, auch das ließ er durchblicken. Der Einstundenvortrag des Stummfilmprofessors wurde beklatscht, als enthalte er das Rezept zur sofortigen Herstellung des Weltfriedens. Die Statements der Völkerrechtskoryphäen aus São Paulo, Helsinki und Athen wurden wegen der späten Stunde auf morgen verschoben. Aber schon die Ankündigung versprach ein hohes Maß an Unglaubwürdigkeit. Harry würde sich erkundigen, ob es an diesen Universitäten überhaupt Völkerrechtslehrstühle gab.

Am nächsten Vormittag ertönten in einem Englisch mit portugiesisch-brasilianischem, finnischem und griechischem Akzent weitere völkerrechtliche Binsenweisheiten. Der einzige deutsche Völkerrechtler lehrte in Wellington, Neuseeland. Er war sehr blaß, und Harry versuchte in der Pause mit ihm ins Gespräch zu kommen. »Kann man in Neuseeland wirklich nur noch mit Tüchern vermummt in die Sonne gehen, wie es bei uns in den Zeitungen steht?« fragte er. »Muß man tatsächlich Sonnencreme mit utopischen Lichtschutzfaktoren auf die Haut schmieren, um nicht vom Krebs zerfressen zu werden?« Harry, der die Sonne noch immer liebte, war voller Wut und Mitleid. Ausgerechnet ein friedliches Land am Ende der Welt, das kaum Industrie und daher am wenigsten Schuld an der Zerstörung der Ozonschicht hat, muß am meisten unter dem Ozonloch leiden. Wieder mal typisch, dieser Tort!

Der weiße Mann aus Wellington sah Harry ausdruckslos ins Gesicht und sagte, diese modischen ökologischen Aspekte des Völkerrechts seien noch zu jung, seien wissenschaftlich noch gar nicht zu bearbeiten, sein Spezialgebiet seien die wirtschaftlichen Aspekte des Völkerrechts. »Das kann nicht Ihr Ernst sein«, sagte Harry und versuchte sich nach alter Manier mit einer Provokation Luft zu machen: »Finden Sie nicht auch, daß hier bisher nur leeres Stroh gedroschen wurde?« Aber der Völkerrechtler sagte ungerührt: »Ihre Empörung über die Ironie des Weltgeschehens ist auch nicht gerade neu. Der Vorwurf, daß die Industrienationen als Übeltäter selbst am wenigsten Nachteile haben, ist mir bekannt.« Erstaunliche Schärfe für einen so farblosen Mann.

Am Nachmittag stand Harry zwischen zwei Vorträgen auf und bat um das Wort. Schließlich mußte er mit irgendeinem Ergebnis nach Hause kommen. »Ich nehme als Vertreter eines Ausschusses des deutschen Bundestages gastweise an dieser Tagung teil, weil ich mir von ihrer Expertenrunde einen substantiellen Beitrag zur Lösung eines brandaktuellen Problems erhoffe.« Solche Sätze auszusprechen war hart, aber mit einer normalen Sprache würde man diese Narren noch weniger erreichen. »Es geht um die Entsendung deutscher Soldaten in Krisengebiete der Welt, die im Widerspruch zu unserer Verfassung steht. Wie Sie sich denken können, wäre die völkerrechtliche Interpretation von großer Bedeutung für eine Entscheidung.« Die Koryphäen ließen sich von Harrys schleimigen Worten nicht beeindrucken und fuhren mit ihren vorgestanzten Reden über Allgemeinplätze fort. Harry gab auf. Die lachhafteste Fernsehtalkrunde mit eitel herumassoziierenden Dilettanten war ergiebiger als dieser Club versteinerter Fachleute.

Er beschrieb weitere Karten. Es sah aus, als mache er sich Notizen, und der Tagungsleiter bemerkte vor der Ankündigung eines Lehrstuhlinhabers aus Tel Aviv mit dem Blick auf Harrys emsige Schreiberei, die Vorträge fänden offensichtlich großes Interesse. »I am still waiting for the Professor from the University of Liechtenstein«, sagte Harry. Keiner verstand ihn. »The famous Mail-Box-University of Liechtenstein«, erklärte er, »fancy University, Briefkasten-Lehrstuhl, don't you know, phantomprofessors.« Sie verstanden es nicht.

Der letzte Tag brachte eine für Harry wichtige Entscheidung. Er gab ein Prinzip auf. Über zehn Jahre lang, seit die kleinen Walkman-Kassettengeräte überall aufgetaucht waren, hatte er die Walkman-Mode, wie alle Moden, verachtet. Erst waren es nur Jugendliche, die mit winzigen Stöpseln in den Ohren in Zügen und Omnibussen saßen und abwesend den inneren Stimmen lauschten. Längst waren es auch erwachsene Erfolgsfiguren, die sich joggend oder auch nur spazierengehend damit in die Öffentlichkeit begaben und ungeniert ihren Autismus zur Schau stellten. Praktisch wäre so ein Gerät bei Harrys Musikbegeisterung schon gewesen, aber die Walkman-Hörer hatten alle so einen esoterischen Gesichtsausdruck, und das war das letzte, was Harry haben wollte.

Nun war der Tag der Umkehr gekommen. Diese wahnsinnigen Stummfilmvölkerrechtler waren nur noch mit Musik auszuhalten. Zudem schmorten immer noch 245 ungehörte Kassetten in den Kartons. Der kleine Apparat war erschütternd billig.

Jetzt saß er also mit einem kleinen feinen Kopfhörer im Tagungssaal, und schon machte er einen Fund: den

›Funny Feathers Blues‹, aufgenommen am 24. September 1929 in New York, mit Henry »Red« Allen an der Trompete und Victoria Spivey vokal, weich, beschwingt, verliebt, ein Stück, das ihn den Rest seines Lebens begleiten würde. Er hörte es drei-, viermal, ohne daß es seinen Zauber verlor. Ein schöner Tag. Bei solcher Musik kamen die Einfälle wie von selbst. Da den Völkerrechtsnullen nichts einfiel, mußte er sich selbst ein paar Gedanken machen, um seine Wien-Reise mit einem plausiblen Papier vor dem Ausschuß zu rechtfertigen. Während er ungeduldig auf die stop- und forward- und rewind- und play-Tasten des neuen Spielzeugs drückte, machte er seine Notizen, hatte einen kindischen Spaß daran, von den Völkerrechtsidioten für einen eifrigen Protokollführer ihrer Ausführungen gehalten zu werden, und fragte sich, wo der Mensch die Kraft hernimmt, so viel Nichtigkeit so gründlich vor sich selbst zu verstecken. Als sich die Tagung ihrem Ende näherte, hatte er seinen Bericht fertig. Er las ihn noch einmal durch und stellte mehr entsetzt als befriedigt fest, daß er einen Sinn in die Expertenausführungen gebracht hatte, der gar nicht dagewesen war. Es war das alte Lied. Narren verzapften Unsinn und Gefasel, ein Nichts an Informationen und Erkenntnissen. Da aber ein Nichts unbeschreibbar ist, setzt man sich hin, ordnet, fügt hinzu und gibt der Sache eine eigene Logik und Überzeugungskraft.

Gelockert wie nach schwerer getaner Arbeit, machten sich die Völkerrechtskoryphäen aus aller Welt zum gemeinsamen Abschlußessen fertig. Harry verzichtete und verließ grußlos diesen Ort des Wahns.

In seinem Hotelzimmer geriet er ins Träumen. Er würde gern noch ein paar Tage in Wien verbringen, am liebsten natürlich mit Ines. Anstandshalber rief er zuerst bei Rita im Eifelhaus an.

»Ich vermisse dich.« Harry gingen solche Sätze nicht leicht von den Lippen.

»Papperlapapp«, sagte Rita. Sie glaubte ihm nicht. Wie sollte sie auch.

»Setz dich morgen ins Flugzeug und komm«, sagte Harry. Auch dieser Satz war ihm nicht geläufig und klang nicht überzeugend.

Wo dachte er hin. Rita hatte Termine. Ein Geiger aus Dänemark war auf dem Weg, um mit ihr Beethovens Frühlingssonate zu üben. Vielleicht eine Plattenaufnahme.

»Was ich alles nicht weiß«, sagte Harry.

»Du hast es vergessen. Oder nicht zugehört.«

Selten sprach Harry mit Rita so vertraut. Nach einer halben Stunde war er richtig verliebt und vermißte sie jetzt wirklich. Er dachte an ihren Zitterorgasmus und fragte: »Kannst du dir Leute vorstellen, die Telefonsex machen?«

»Interessiert mich nicht«, sagte Rita gleichmütig.

Sie plauderten heiter und gepflegt, und bald wußte er mehr über seine Frau Bescheid, als er in den langen Jahren ihrer Ehe je erfahren hatte, hörte von ihren Enttäuschungen, ihren Erfolgen und Plänen und trug die Daten geplanter Tourneen in seinen Kalender ein. Nur was sie von ihm hielt, erfuhr er nicht.

»Das kostet ja ein Vermögen«, sagte Rita nach einer Stunde, »frag doch Helene, ob sie kommen will.«

Helene war in der Bonner Wohnung.

»Welche Ehre«, sagte sie, »wie ist es denn in Wien?«

»Unvorstellbar ergebnislos«, sagte Harry.

Das hatte sich Helene schon gedacht. Warum nahm er auch an solchen idiotischen Tagungen teil.

»Gegen den Strich ist es auch wieder hochinteressant«, sagte Harry.

»Was du alles um sieben Ecken herum hochinteressant findest«, sagte Helene, »du bist zu verquer.«

Schon war die Stimmung gespannt. Harry konnte Helenes Art der Kritik zunehmend weniger vertragen. Er fühlte sich mißverstanden. Helene lebte vom Sinn, er vom

Unsinn. Der Unsinn war für ihn der Sinn. Er mußte in Zukunft die Dinge vor Helene geradliniger darstellen, als er sie erlebte, Einwände einfach weglassen. Nach einer Stunde war die alte Vertrautheit wieder da.

»Komm doch morgen einfach angeflogen«, sagte Harry.

Helene lachte schallend. Klar, daß sie den Vorschlag großkotzig fand. »Ein andermal«, sagte sie. »Hast du Rita schon gefragt?«

Harry gestand es ungern. »Tut dir das eigentlich weh, diese Rangfolge meine ich?«

»Du bist ja heute so aufmerksam«, sagte Helene.

Harry sagte, das einzige, was ihnen noch fehle, sei Telefonsex.

Helene lenkte ab. »Das Gespräch zahlst hoffentlich nicht du.« Dann rief sie boshaft und vergnügt: »Frag doch Ines, ob sie kommen will.« Niemals würde Harry erfahren, wie Helene ihre schnippischen Anti-Ines-Bemerkungen wirklich meinte.

Es war jetzt kurz vor Mitternacht. Harry mußte zwei kleine Whiskyflaschen aus der Minibar trinken, bevor er den Mut fand, so spät noch anzurufen. Ines hatte tatsächlich schon geschlafen. Aber sie klang ganz frisch, als sie sagte: »Schön, daß du anrufst.« Niemals würde sie sagen: Schön, daß du »auch mal« anrufst. Diese klassischen Vorwürfe vernachlässigter Ehefrauen und die wortgleichen Vorwürfe von vernachlässigten Geliebten kamen nicht über ihre Lippen. Schon liebte Harry sie.

»Du fehlst mir«, sagte er. »Setz dich doch morgen ins Flugzeug und komm!«

Solche Jetset-Sätze störten Ines nicht. »Wäre schön«, sagte sie, gähnte, entschuldigte sich lachend für ihr Gähnen und entschädigte Harry mit einer flackernden Drohung: »Mach mich nicht heiß!«

Harry drängte. Nein, es ginge beim besten Willen nicht, sagte Ines. Er feilschte, lockte, schwärmte, schwelgte. Sie seufzte. Harry liebte sie auch dafür.

»Mein Gott, was das kostet«, sagte sie und meinte das Telefongespräch.

»Ich wäre jetzt so gern mit dir im Bett«, sagte Harry. »Wieso haben wir eigentlich noch nie Telefonsex gemacht?«

»Wir hatten das bisher nicht nötig«, sagte sie.

Nach einer Stunde wollte Ines schlafen. »Wir sollten das ein andermal ausprobieren«, sagte sie.

»Was?«

»Deinen Telefonsex.«

Harry lief im Zimmer auf und ab, kam sich gefangen vor und wäre gern betrunken gewesen. Nach einer Weile warf er sich in Kleidern aufs Bett. Er sah Ines erscheinen, und schon wälzen sie sich auf der Überdecke mit den häßlichen Blumen, die Ines mit den Füßen vom Bett zu stoßen versucht. »Weg damit!« sagt sie. Sie haßt solche Decken, und Harry liebt ihren Haß. Auf der Straße unten hört Harry ein Motorrad donnern, und er stellt sich vor, daß Rita gekommen ist. Sie betritt das Zimmer wie eine Botin, nimmt den Helm vom Kopf und gesellt sich zu ihm und Ines, als wäre es immer so. Schäl mich aus, sagt sie zu Ines. Wenig später öffnet sich die Tür, und Helene ist da. Sie betrachtet das Spektakel mit undurchschaubarem Gesicht, noch immer die Türklinke in der Hand. Wird sie bleiben oder für immer und ewig verschwinden? Nein, sie kommt entschlossen auf das Bett zu, stößt Ines, die noch immer damit beschäftigt ist, Rita aus ihrem Motorradoverall zu befreien, beiseite und wirft sich auf sie. Die beiden gehen ziemlich gewalttätig miteinander um. Man sieht ihnen an, daß sie etwas auszutragen haben. Harry und Rita beobachten das zügellose Gerangel mit genüßlichem Schauder. Wer ist oben, wer ist unten? Die wildgewordenen Weiber kämpfen, als ginge es um Sieg oder Niederlage. Ideologisch an der Grenze, findet Harry, aber ganz schön aufregend.

Das Wetter war gut am nächsten Morgen. In allerbester Frühlingslaune ging Harry zur Rezeption und verlangte die Rechnung. »Minibar?« fragte der Hotelmensch.

»Zwei kleine Whisky, ja.«

»Telefon?«

»Telefon, ja«, sagte Harry.

Der Hotelmensch ging zu dem Zähler und sagte: »Moment, da kann etwas nicht stimmen.«

»Doch, stimmt schon«, sagte Harry.

»Nein, das kann nicht stimmen.«

»Doch«, sagte Harry. Er wollte jetzt los. »Ich habe die halbe Nacht mit dem Ausland telefoniert.«

»Auch wenn Sie die ganze Nacht mit dem Mond telefoniert haben, so viel kann es nicht sein«, sagte der Hotelmensch streng. Der Zähler komme ihm schon lange spanisch vor, er werde bei der Post anrufen. »Sie wollen doch nicht 27000 Schilling zahlen, oder?«

»Wieviel ist das?«

»Ungefähr 4000 Mark.«

»Oh«, sagte Harry. Er wollte los. Von Wien nach Salzburg und dann das Haus der Tanten besuchen. Eine Nostalgiereise. Ein bißchen viel Geld, 4000 Mark, aber die drei Gespräche hatten auch etwas gebracht, sie waren es wert. Harry bestand darauf zu zahlen. Der Hotelmensch bestand auf dem Postbeamten.

»Schreiben Sie zwei Rechnungen«, sagte Harry. Das Zimmer zahlte der Ausschuß. Die Telefonrechnung würde er ihm keinesfalls aufbürden. Nicht aus Abrechnungsmoral, sondern weil er diese vergnüglichen Gespräche auf sein eigenes Konto verbuchen wollte. Solcher Wahnsinn mußte selbst bezahlt werden. Endlich gab der Hotelmensch kopfschüttelnd nach. Harry hatte nur noch einen Scheck. Der Hotelmensch weigerte sich, nur einen Scheck über die gewaltige Summe anzunehmen. Er hielt Harry offenbar inzwischen für einen Betrüger. Irgendwie schmeichelhaft aus Harrys Sicht, trotzdem mußte eine Lösung gefunden werden. Er kam hier sonst nicht weg, nicht mal als Betrüger, denn der Mann rückte seinen Paß nicht raus.

»Warum haben Sie keine Kreditkarten?« fragte er.

»Das geht Sie nichts an«, rief Harry und bedauerte zum ersten Mal, daß er keine hatte. »Los, wir rufen meine Bank an.« Andere Gäste zahlten und gingen, andere kamen, die Zeit verstrich. Als endlich die Telefonnummer herausgefunden war, machte die Bank in Bonn Mittagspause.

»Schicken Sie mir die Rechnung«, sagte Harry.

Der Hotelmensch schüttelte den Kopf.

»Ihr Österreicher seid doch die schlimmsten Nazis«, sagte Harry.

Auch diese Bezichtigung half nichts.

Mit dem schönen Wetter war es langsam vorbei, stellte Harry fest, als er zur deutschen Botschaft ging. Oft genug hatte er während seiner Dienstzeit im Ausland ausgeraubten deutschen Touristen Tickets und etwas Taschengeld besorgen müssen. Er hatte ihren haarsträubenden Geschichten nie geglaubt.

Der Botschafter war nicht da. »Dann seinen Stellvertreter«, sagte Harry.

»Das ist keine Sache für den Botschafter oder seinen Stellvertreter«, sagte die Sekretärin und verdrehte die Augen, »das ist eine kleine konsularische Angelegenheit.« Der zuständige Beamte machte Mittag.

Harry sprang von seinem Besucherstuhl auf. »Ich war selbst mal in dem Laden, ob Sie es glauben oder nicht«, sagte er in arrogantem Ton.

Die Sekretärin glaubte ihm oder auch nicht, jedenfalls wurde er vorgelassen.

Der Stellvertreter des Botschafters war ein älterer feiner Herr im Rang eines Gesandten. Harry kannte ihn nicht. Der Gesandte glaubte sich an den Fall Duckwitz zu erinnern. »Richtig, Ende 1990 war das.« Ohne Schadenfreude amüsierte er sich über das Mißgeschick. Helfen konnte er auch nicht. »Sie wissen doch, wie das ist«, sagte er und hielt Harry eine kleine Broschüre hin: »Urlaub 1992 – Ratschläge für die Auslandsreise – Auswärtiges Amt«. Der

Gesandte schlug das Merkheftchen auf und las vor: »Bitte beachten Sie, die Botschaft ist kein Kreditinstitut.«

»Ich weiß«, sagte Harry, »die 1991er-Version der Broschüre habe ich selbst noch bearbeitet.«

Der Gesandte lächelte silbergrau wie ein Kaffeereklameonkel in das Heftchen hinein. »Danach kommt der Punkt mit den ›angemessenen Bestattungskosten‹, die von der Botschaft ausgelegt werden, ›nicht aber die hohen Kosten einer Überführung der Leiche‹.«

»Soweit ist es noch nicht«, sagte Harry, griff zu der Broschüre, blätterte, schüttelte den Kopf und las: »Dem Konsularbeamten geht es darum, Sie auf eigene Füße zu stellen. Das ist ›Hilfe zur Selbsthilfe‹.«

»Das haben wir vom Ministerium für Entwicklungshilfe abgeschrieben«, sagte der Gesandte.

»Auch nur eine Phrase«, sagte Harry, der langsam ungeduldig wurde. »Dann pumpen Sie mir das Geld doch privat, mein Gott!«

Der Gesandte lachte und fuhr mit der Hand durch sein duftiges weißes Haar. »Wieviel?«

»Siebentausend«, rechnete Harry schnell und kalkulierte dabei großzügig die Rückreisekosten ein.

»Eine ganze Menge«, sagte der Gesandte, »siebentausend Schilling.«

»Mark«, sagte Harry.

Da machte der vornehme Gesandte nicht mit. Immerhin durfte Harry bei seiner Bonner Bank anrufen. »Zehntausend«, sagte er, »Mark. Blitzüberweisung.«

»Morgen um elf«, sagte der Bankangestellte.

Als Harry ins Hotel zurückkam, war der Hotelmensch wie verwandelt. Der Zähler hatte tatsächlich nicht gestimmt. Eine Null zuviel. »400 Mark, ist doch auch genug«, sagte er gütig und entschuldigte sich.

»Ich bleibe noch eine Nacht«, sagte Harry.

## 5

*Wie Harry von Duckwitz seine Reise unterbricht und auf den Spuren seiner Kindheit wandelt, sich Gedanken über die Mentalität von Heimatvertriebenen macht und erfährt, daß die 95jährige Tante Frieda noch am Leben ist. Daneben einige philosophische Abschweifungen über die Notwendigkeit der Intoleranz und die Banalität des Genießens. Wie Harry bei seiner unermüdlichen Suche nach Musik auf ein außergewöhnliches Baßsaxophonsolo stößt, das ihn in einen gehörigen Schwung versetzt, und schließlich eine dringende Warnung, sich nicht unterlassener Hilfeleistung strafbar zu machen.*

Als sich Harry dem Haus der Tanten näherte, wußte er bereits, daß er einen Fehler machte. Das Auto hatte er im Ort stehenlassen. Er wollte den Weg, den er als Kind hunderte Male gelaufen war, zu Fuß gehen. Ein Pilgergedanke, eine Sentimentalität. Das Haus wirkte abweisend, und es fiel ihm ein, daß es auch früher bei diesem Wetter und in dieser Jahreszeit abweisend gewirkt hatte. Die Wolken hingen tief, die Berge waren verdeckt, und weiter unten waren die häßlichen, übriggebliebenen Schneeflecken zu erkennen. In der gnädigen Erinnerung hatte es nur strahlende Sommer- und Wintertage gegeben. Die kleine Straße war asphaltiert, das nahm ihr den Charme, den der alte Sandweg gehabt hatte. Das Haus selbst war unverändert. Nur die Glocke, die über dem Eingang gehangen hatte, war nicht mehr da. Man zog damals an einem Griff und sie bimmelte. Jetzt gab es einen Klingelknopf, den Harry vergeblich drückte. Ein Auto hielt, und eine Stimme rief ihm aus dem heruntergekurbelten Fenster zu: »Der Georg ist nur im Getränkeabholmarkt.« Das Wort »Getränkeabholmarkt« war noch verheerender als das Wetter.

Ein Fehler war es gewesen, hierherzukommen, ein Fehler war es, nicht sofort wieder abzufahren. Es gab nur keine Alternative. Er hatte sich etwas vorgenommen, und das wurde jetzt durchgezogen. Eine dumme, vermutlich wieder mal männliche Eigenschaft, vielleicht auch eine Art Durchhalteprinzip aus Einfallslosigkeit. Lauter Schweinereien, die Harry sich leistete, weil er allein war. In Begleitung einer der Frauen hätte er richtig reagiert und einen Bogen um das verlorene Paradies gemacht. Wobei wiederum nur der Unsinn des Aushaltens diese schönen, bitteren Erkenntnisse brachte. Anstatt sofort zu fliehen, hatte Harry das finstere Verlangen, den Fehler gründlich auszubaden.

Er suchte den Weg zur Schule, der nicht mehr wiederzuerkennen war. Nur ein Abkürzer durch den Wald erinnerte an früher. An einer steilen Stelle bildeten die Wurzeln der Bäume ein paar Stufen. Wenn man es eilig gehabt hatte vor dreißig, fünfunddreißig Jahren, mußte man beim Bergablaufen diese knorrigen Treppen genau kennen, um nicht zu stolpern. Seltsamerweise hatten die von Wurzeln gehaltenen Stufen, die doch zu lebendigen Bäumen gehörten, ihre Form bewahrt. Am Ende lag das vielleicht daran, daß die Bäume kaputt waren, wer weiß. Vorsichtig probierte Harry die alte Springfolge: linker Fuß, rechter Fuß, Doppelsprung.

Fehler oder nicht, die Frage führte nicht weiter. Die Fahrt nach Wien war auch beides gewesen, ein Fehler und kein Fehler. Harry hatte sich daran gewöhnt, Reinfälle als Bestätigung dafür hinzunehmen, daß überall der Wahnsinn am Werk war. Ob schlechte Politik, gemeine Fernsehsendungen, häßliche Kunst, überflüssige Tagungen oder jetzt das Herumstöbern an den Orten der Kindheit: alles vergeblich, alles ein Beweis dafür, daß nichts so war, wie es sein sollte. Nur in Liebesdingen war es anders. Liebe lohnt sich immer. Basta. Es gab genug Leute, die das nicht fanden. Die konnten einem leid tun.

Was war eigentlich mit den Heimatvertriebenen los? Seit Ende des Krieges hatten die doch immer auf Großkundgebungen effektvoll herumgejault. Sie waren nicht mehr zu hören. Entweder waren sie alle gestorben oder die Wiedervereinigung hatte ihnen zu denken gegeben, und sie hatten kapiert, was Harry heute erfahren mußte: daß es nicht unbedingt erstrebenswert ist, den Ort der Herkunft in Augenschein zu nehmen, geschweige denn, für immer dorthin zurückzukehren.

Nach seinem selbstverordneten Pflichtspaziergang kam Harry wieder zum Tantenhaus zurück, vor dem jetzt ein häßliches rotes Auto stand. Vor allen Häusern standen haufenweise häßliche bunte Autos. Auf einen Fehler mehr oder weniger kam es jetzt nicht an, sagte er sich und klingelte. Ein junger Mann, der nach Schweiß roch und einen Trainingsanzug trug, öffnete die Tür. Der schöne Eingangsflur war bis zur Unkenntlichkeit mit abscheulichen Möbeln zugestellt.

»Ich habe früher mal hier gewohnt«, sagte Harry.

»Und?« Der Mann war nicht beeindruckt.

»Vor dreißig Jahren.« Harry taxierte das Alter des Getränkeabholmannes in seinem Trainingsanzug. »Sie sind noch keine dreißig, stimmt's?«

Das schien den Getränkeabholmann zu versöhnen. Ein kurzes gequältes Lächeln unterlief ihm. »Ich bin achtundzwanzig«, sagte er, und sofort verfinsterte sich sein Gesicht wieder. Offenbar bereute er, diese Auskunft gegeben zu haben. Er wirkte mißtrauisch. Harry hatte Lust, frech zu werden.

»Sind Sie aus der ehemaligen DDR?« fragte er.

»Seh ich so aus?«

Er sah so aus. Ein oberbayerischer Urbayer, der aussah wie ein ostdeutscher Deutschlandgröler. Wir sind ein Volk! Harry verkniff sich diese Beleidigung. Es fiel ihm das alte Bücherregal ein, das im Wohnzimmer gestanden hatte, Brehms Tierleben und das vierundzwanzigbändige Konversationslexikon. Er fragte, ob auf dem Speicher noch eine Bücherkiste stehen könnte. Der Mann holte einen Schlüssel. »Sehen Sie nach«, sagte er. Unerklärliche Großzügigkeit.

Der Speicher war unverändert. Die üblichen ausrangierten Möbelstücke, Koffer, Kisten, Kleiderkrempel. Es roch wie früher, aber das war kein Wunder, denn auf allen Speichern roch es gleich. Jedenfalls in Mitteleuropa. Seltsam, die Menschen, ihre Wohnungen waren verschieden, aber ein Speicher sah aus und roch wie der andere. Was die Speicher betraf, hatte sich die Gleichheitsforderung der französischen Revolution erfüllt. Tatsächlich standen zwei Kartons mit den Büchern der Tanten gleich vornean. Harry bat den Mann, ihm beim Hinuntertragen zu helfen. Er half überraschenderweise gern und wurde sogar gesprächig. Er war Angestellter bei der Post. Sein erster Urlaubstag.

»Baujahr '76?« fragte er, als Harry mit dem Auto vorgefahren war.

»Keine Ahnung«, sagte Harry. Er fand es albern, über das Baujahr seines Autos Bescheid zu wissen.

»Wie geht's der Baronin?« fragte der Mann und hielt Harry plötzlich die Hand hin. »Ich bin der Georg Winterthaler. Meine Mutter hat hier früher gewohnt. Unter dem Dach. Die Schneiderin.«

Jetzt fiel es Harry ein. Ab und zu waren fremde Frauen durchs Treppenhaus gegangen. Zur Anprobe. Er war beschämt, von einem Fremden zu hören, daß es Tante Frieda noch irgendwo gab, und versuchte, seine Überraschung zu verbergen. Die Erinnerung an die alten Tanten hatte ihn offenbar mehr beschäftigt als die Frage, ob eine von ihnen noch lebte. Tante Ursula war schon seit Ewigkeiten tot. »Scheiße, das ist das Wort!« – der unvergeßliche letzte Ausspruch, den Harry von ihr gehört hatte. Damit wollte sie ihren todkranken Zustand beschrieben haben. Dann hatte sie eine »Burnissage« angeordnet, als die peinliche Frage nach Beerdigung oder Verbrennung besprochen wurde. Großartige Tante Ursula. Daneben hatte es noch Tante Huberta gegeben. Mit Tante Frieda hatte er allerdings am wenigsten zu tun gehabt. Jahrgang 1897, das wußte er noch, sie müßte jetzt also 95 sein. Kein Alter heutzutage. Georgs Mutter, die Schneiderin, erfuhr Harry, besuchte Tante Frieda noch hin und wieder. Deswegen wußte Georg auch, daß ihr Neffe Harry Diplomat war. Harry verschwieg, daß er keiner mehr war, das hätte die Sache kompliziert. Glücklicherweise sprach Georg von dem Altersheim in Bad Homburg. Harry wäre es unangenehm gewesen, ihn nach dem Aufenthaltsort der Überlebenstante fragen zu müssen.

»Wann haben Sie die Baronin das letzte Mal gesehen?« fragte Georg.

»Oh«, sagte Harry und lächelte verlegen, »das ist schon eine Weile her. Auf dem Rückweg will ich bei ihr vorbeifahren.«

Das könnte er eigentlich tatsächlich tun, sagte sich Harry, von seiner plötzlichen Notlüge sehr überzeugt. Doch kaum war der gute Vorsatz verkündet, erschien er ihm bereits lästig. Die tote Tante Ursula war für ihn lebendiger als Tante Frieda in ihrem Altersheim. Harry warf einen Blick auf den alten Schuppen neben dem Haus, den Georg zwar nicht in eine dieser scheußlichen Garagen umgebaut hatte, der aber trotzdem nicht mehr der vertraute alte Schuppen war. Damals hatte darin das Motorrad von Tante Ursulas Lover gestanden, der nicht aus dem Krieg zurückgekommen war. Tante Ursula und das Motorrad hatten vergeblich auf ihn gewartet. Einmal, als Harry früher aus der Schule nach Hause gekommen war, hörte er aus dem Schuppen donnerndes Motorengeräusch. Durch die halboffene Tür sah er, wie die Tante neben dem Motorrad stand, eine Zigarette im Mund, und mit der Hand am rechten Lenkrad immer wieder kräftig Gas gab. Sie stand da wie die sechzehnjährigen Angeber mit ihren Mopeds. Diese geheimnisvolle Szene erschreckte Harry so sehr, daß er unbemerkt verschwand und kein Wort über die Merkwürdigkeit verlor, die er im Schuppen gesehen hatte. Erst als er älter war, hatte er Tante Ursula danach gefragt, und sie hatte bereitwillig ihr Geheimnis preisgegeben, das offenbar rein technischer Natur war.

»Man muß die Maschine zwischendurch immer wieder mal anlassen«, sagte sie. »Merk dir das! Es schadet dem Motor, wenn er nicht ab und zu läuft.«

Das hatte ihr Rudolf, der Lover, eingeschärft, das war sein Vermächtnis gewesen, als er in den Krieg zog. Später hatte Tante Ursula das Motorrad Harry überlassen. Seine seltsame Vorliebe für solche Ungetüme wurzelte vermutlich in diesen Erlebnissen. Das Motorrad hatte sich aufgeladen zu einem Ding, das mit Sehnsucht und Liebe verbunden ist. Darum liebte er Rita immer besonders, wenn sie Motorrad fuhr.

Harry wählte für die Rückfahrt nicht die erbarmungslose Autobahn, sondern eine kleine Straße, die sich langsam aus den Bergen herunterschlängelte. Er hatte es nicht eilig. So schlimm war der Ausflug in die Kindheit auch nicht gewesen, daß er hektisch fliehen mußte. Je weiter er sich vom Haus der Tanten entfernte, desto mehr vergaß er, was er dort vorgefunden hatte. Bald sah er wieder die alten ungeteerten Wege vor sich mit der Grasnarbe in der Mitte. Es war Sommer, und die Sonne schien. Die alten Bilder waren unverwüstlich.

Harry nahm sich Zeit. Das Rheinland war nicht seine Heimat, in die er ungeduldig zurückkehren wollte. Es war jetzt keine sentimentale Reise mehr, wie die ins Alpenvorland der Kindheit. Er freute sich, zu Hause die Bücherkisten auszupacken. Er sah sich ins Eifelhaus kommen, sah dann einen hüfthohen Stapel glatter, ungelesener Zeitungen stumm auf ihn warten, sah alles weitergehen wie bisher – und schon war seine gute Laune wieder verflogen. Die Vergangenheit hatte sich soeben als ein Terrain erwiesen, mit dem man sich nicht wirklich beschäftigen sollte. Und nun war es auch noch die Zukunft, die wenig verlokkend erschien.

Weder Rita noch Helene noch Ines hatten bei den denkwürdigen Telefongesprächen vom Hotel in Wien aus so geklungen, als würden sie sich nach Harry verzehren. Er hätte gut zwei, drei Wochen wegbleiben können. Das wäre überhaupt das beste. Abstand gewinnen. Anruf genügt: »Hallo, ich fahre nach Italien! Venedig, Rom, Florenz!« Natürlich nicht Palermo, das war für Ines reserviert. Rita dürfte es ziemlich egal sein, wenn er eine Weile wegblieb, Helene würde es begrüßen, Ines würde es verstehen.

Mißmutig steuerte er das Auto über die Bergstraße und wußte nicht, was ihn ungeduldig nach Hause zog. Er wußte auch nicht, was er in Venedig, Rom oder Florenz hätte anfangen sollen. Budapest, Prag, Zürich oder Genf – überall hätte er hinfahren können, aber was tun da? Er war ein freier Mensch, er war nicht pleite, und er konnte weder mit seiner Freiheit noch mit seinem Geld tatsächlich etwas anfangen. Neulich, als Helene ihre Übersetzer zum Frühstück eingeladen hatte und lauter leckere Sachen auftischte, war das Wort »genießen« gefallen. »Ich kann Genießer nicht ausstehen«, hatte Harry gesagt, und Helene hatte ihm einen Blick zugeworfen, als sei er ein Monster: »Das sieht man dir an.« Harry war richtig erschrocken, denn er merkte, wie sich sein Gesicht passend zu diesem unsinnigen Urteil misanthropisch verzog. Der einstige Haus- und Hofprovokateur des Auswärtigen Amtes, der allen drastisch seine Meinung gesagt hatte, dessen furchtlose Unverschämtheiten man sich noch immer erzählte, war auf dem Weg, zum Nörgelrentner zu verkommen. Zum Nörgelrentner und Wortklauber.

Denn schließlich genoß er ja selbst gewisse Dinge. Was waren die Stunden mit Ines anderes als erotische, was die zigfachen Hintereinanderweghörereien des ersten Satzes von Beethovens Klaviersonate op. 14, Nr. 2 anderes als akustische Genüsse? Der Alltag war ausreichend, befriedigend, Schulnote drei oder vier. Er war gewöhnlich. Man brauchte ab und zu das Außergewöhnliche. Darum genossen die einen Frühstücksdelikatessen, die anderen Reisen zu exotischen Orten. Sie ließen Lachspastete auf der Zunge oder den Anblick weißer Palmenstrände auf der

Netzhaut zergehen, warum nicht? In Harrys Ohren schmolzen nicht weniger genießerisch die frühen Saxophonsoli von Ben Webster oder Lester Young, die Ineslust erweichte Hirn, Herz und Hoden und manchmal sogar Magen und Kniegelenk. Und wenn er mit Ines zusammenleben würde, wer weiß, ob ihn dann nicht ein gelegentliches Zusammensein mit Rita oder Helene wieder zum Schmelzen bringen würde.

Es war kein Rentnerstarrsinn, der Harry so abweisend gegen andere Genießer machte. Natürlich auch kein Asketentum, wie Helene argwöhnte. Es war die blanke Intoleranz, mit der er schon kokettiert hatte, als er noch im Amt war. Die Toleranz war eine heilige Kuh der Demokratie. Die abscheulichsten Figuren beschworen sie und nahmen sie für sich in Anspruch. Neben dem Bausparvertrag war die Toleranz das Kernstück im Glaubensbekenntnis des rechtschaffenen Bürgers. Darum mußte man die Toleranzsalbader mit intoleranten Sprüchen attackieren, in diesem Fall die Berufsgenießer, die Abonnenten von Feinschmeckerzeitschriften und Reisejournalen. Reisen und Essen waren die klassischen Bereiche des Genießens, auch deswegen hatte Harry etwas dagegen. Jahrelang hatte er sich in seinem Reiseboykott gesonnt. So überzeugend hatte er die Vielreiserei verhöhnt, daß die Leute in seiner Gegenwart nur noch ungern von ihren Urlaubserlebnissen erzählten. Viele reisten ohnehin schon mit schlechtem Gewissen, fühlten sich als Energievergeuder und Kaputtmacher der letzten Paradiese.

Nun, auf dieser erstaunlich einsamen Bergstraße, allein mit 250 Kassetten à 90 Minuten, in einem unvernünftig alten Auto, zwischen Nebelfetzen und Nieselregen, dürren Fichten und Lärchen, die im April noch keine Nadeln hatten, fragte er sich, ob es nicht doch ein Fehler war, das Reisen nicht geübt zu haben. Diese Fähigkeit war verkümmert, stellte er fest. Daß er für Frühstücksorgien nichts übrig hatte, war nicht weiter schlimm, daß er aber nicht gelernt hatte, sich ruhig treiben zu lassen, allein ins Blaue zu fahren, empfand er jetzt als Mangel. Er war zu einem pensionierten Beamtenschaf geworden. Als er noch im diplomatischen Dienst war, hatte er sich verschicken lassen nach Kamerun, nach Ecuador. Ohne Leithammel fehlt dem Schaf die Idee, wohin es gehen soll. Es verirrt sich bekanntlich und blökt kläglich nach dem guten Hirten. Ganz so weit war es noch nicht. Er war weniger ein Schaf als ein Rindvieh. Es zog ihn in den Stall zurück.

Ich muß beweglicher werden, dachte Harry. Den Anfang würden Kreditkarten machen, das hatte er sich schon in Wien vorgenommen. Walkman war schon da, dann könnte er sich eigentlich auch gleich noch so einen transportablen Computerflachmann zulegen. Laptop nannten sie das. Laptop hierher! Klappe auf, Laptop! So ist es brav. In jedem Zug, in jedem Flugzeug saßen sie vor ihren elektronischen Schoßhündchen und gaben ihm Befehle. Sie starrten auf den kleinen Bildschirm und tippten wichtigtuerisch herum. Mit so einem Ding könnte er irgendwo unterwegs seinen Bericht für den Ausschuß fertig machen und nach Bonn schicken. Mehr war nicht zu tun. Er mußte nicht zurück. Wenn er schon mit Italien nichts anzufangen wußte, könnte er doch nach Jugoslawien fahren, das man jetzt »das ehemalige Jugoslawien« nennen mußte, um die mörderischen und selbstmörderischen Nationalisten mit ihrem plötzlichen Rassenreinheitstick nicht zu beleidigen. Dort könnte er nachsehen, ob ihre serbische Putzfrau im Eifelhaus recht hatte, wenn sie sagte, es sei schon schlimm, aber nicht so schlimm, oder ob die Berichterstatter recht hatten, die den Bürgerkrieg als schlimmste aller Höllen schilderten. Es wäre eine Aufgabe, das Land des großen Schlachtens selbst in Augenschein zu nehmen. Das konnte man von einem Menschen, der den Auswärtigen Ausschuß berät, erwarten. Nur war es erfahrungsgemäß so, daß man vor Ort den Schrecken in seinem ganzen Ausmaß nicht wahrnehmen konnte, keinen Überblick hatte, nur Ausschnitte sah und die Ursachen noch weniger begriff. Diese Erkenntnis beruhigte ihn, als er weiterfuhr in Richtung Bonn und sich den Erneuerungsgedanken seines Lebens überließ.

Der Wagen lenkte sich schwer, deswegen wäre neben der Einführung moderner Zahlungsmittel und vielleicht auch der Anschaffung dieses Laptop-Roboters ein weniger unvernünftiges Auto ein weiterer Punkt des Duckwitzschen Stufenplans, der eine vorsichtige Modernisierung des Privatlebens zum Ziel hatte. Und analog zu den Überlegungen der Regierung, das Grundgesetz zu ändern und das Asylrecht einzuschränken, sollte er seine privaten Rechte beschneiden und sich zunächst wirksamere Aufnahmebeschränkungen für Radiosendungen verordnen. Nicht mehr als eine 90-Minuten-Kassette pro Woche mit Musik füllen. Dann Reisen unternehmen, eine Fahrt ins Blaue pro Monat, und allein flanieren lernen. Und schließlich nur noch eine Tageszeitung abonnieren. Diese verdammten Zeitungen mit ihren Elendsnachrichten waren es, die einen einschüchterten und einpferchten! Nein, alles Ausreden. Das Elend der Welt hatte noch niemanden daran gehindert, sein Leben zu genießen, Harry am wenigsten.

Die Bergwelt ohne Sonne war eine Zumutung. Die leeren Omnibusse, die ihm entgegenkamen, waren noch trostloser als die mit Touristen vollgestopften. Sonst fuhren nur freudlose Rentner und freudlose Handwerker in ihren Kombis durch die Gegend. Selbst handfeste Straßenbauarbeiter wirkten heute wie verirrt. Die Nebelschwaden im Bergwald sahen aus wie das Bühnenbild einer Wagner-Inszenierung. Das war Harry, der Wagner schon aus Prinzip nicht ausstehen konnte, besonders unangenehm. Mit der Politik des Staates Israel konnte man ja leider wirklich nicht immer einverstanden sein, aber daß dort jahrzehntelang öffentliche Wagner-Aufführungen verboten oder unerwünscht waren, fand Harry sympathisch. Ein Jammer allerdings, dachte er, daß dieses Aufführungsverbot unlängst gelockert oder gar aufgehoben wurde, denn Wagners dräuende und belastete Schwellmusik auszugrenzen, war wesentlich einsehbarer als das Ausgrenzen und Abschieben von Palästinensern.

Was die Musikausbeute betraf, war die Dreistundenfahrt von Wien über Salzburg zum Tantenhaus übrigens lohnend gewesen. Fünf langweilige Kassetten hatte Harry rasch durchgehört und entschlossen in den Karton mit Unbrauchbarem werfen können. Ein Wiederaufbereitungskarton sozusagen, denn die famose Tonbanderfindung ermöglichte ja die fast endlose Weiterverwendung des abgelegten Materials. Eine Entdeckung hatte er gemacht: eine Schulfunksendung über Jazz im Dritten Reich, also über das Jazz-Verbot. Der Text war ihm nicht eindeutig genug. Auch wenn es hier nur um Kulturpolitik ging, mußte man von diesen Nazis in einem schärferen Ton sprechen.

Die Musikbeispiele aber waren wunderbar, noch nie gehörte Besonderheiten, vor allem ein Stück mit Baßsaxophon. Die Kassette, die das traumhaft beschwingte Kleinod enthielt, suchte Harry verzweifelt, als er in einem kleinen Ort an einer Tankstelle hielt und auftanken ließ. Schließlich fand er die unscheinbare Kostbarkeit aus Plastik unter seinem Sitz, während der Tankmann mit seinem Reifendruckmeßgerät das Auto umkreiste. Solche zusätzlichen Sklavendienste waren in der fortgeschrittenen Demokratie längst nicht mehr üblich. Das alte Ritual erinnerte Harry mehr an die Tage der Kindheit als der Aufenthalt im Tantenhaus.

»In Ordnung«, sagte der Tankwart und hängte sein Gerät zum Aufladen an die Preßluftleitung.

»Er zieht aber nach rechts«, sagte Harry.

»Besser als nach links.« Der Tankwart lachte. »Ist nicht politisch gemeint, obwohl es politisch auch stimmt«, sagte er. »Mit Rechtsdrang landen Sie schlimmstenfalls im Straßengraben, aber wenigstens nicht im Gegenverkehr.«

»Vielen Dank«, sagte Harry.

Früher trugen die Tankwarte Overalls oder Latzhosen,

heute Freizeithemden und Jeans. Der Freizeittankmann betrachtete Harrys Auto wie ein Arzt, der milde einen uralten Patienten ansieht, dem nicht mehr zu helfen ist. Harry kannte diesen Blick der Mechaniker, seit er das Auto besaß. Er ersparte sich das übliche Fachgespräch und fuhr weiter. Dann schob er die Kassette ein und hörte sich die Sendung noch einmal in Ruhe an.

Das Stück, das ihm so gut gefallen hatte, war 1935 in Berlin aufgenommen worden. James Kok hieß oder nannte sich der Bandleader, Konrad – Otto – Konrad, also nicht wie der berühmte Captain James Cook geschrieben. Bulgare oder Rumäne oder Ungar war er und gehörte zur guten Gesellschaft im alten Berlin, erklärte der Kommentator den Schulfunkhörern. Leidenschaftlicher Turnierreiter. Heute eklige Tierschinderei, dachte Harry, damals, als Menschen geschunden wurden, die pure, unschuldige Eleganz. Poeten und Schauspieler gingen in James Koks Haus aus und ein, der nicht verstehen konnte, was die Nazis gegen seine Musik hatten. Manche hatten ja auch nichts dagegen, mochten die heißen Rhythmen. Aber helfen konnten sie ihm nicht. Er mußte Deutschland verlassen. ›Jazznocrazy‹ hieß das tolle Stück. Eine schön schräg gestopfte Trompete wie bei der besten Duke-Ellington-Dschungelmusik, eine Sehnsucht in der Klarinette zum Verrücktwerden. Harry spulte die erlösende Stelle noch einmal zurück und drehte laut auf, das Stück hatte ein Tempo wie ein D-Zug, wie ein schweres und dennoch hurtiges Tier rumpelte das Baßsaxophonsolo unerwartet los, wie ein Elefant, der durch den Urwald, ein Auerochse, der durch den bayerischen Bergwald rast. Harry drehte laut und lauter, man hörte das eilige Rauschen der alten Platte, das den Rhythmus noch beschleunigte, die dunklen Töne des Baßsaxophons überschlugen sich, als wäre der rasende Elefant oder der Auerochse plötzlich gestürzt und wälzte sich grunzend am Boden, und Harry sah plötzlich die Tanten tanzen im alten Berlin, Hotel Adlon, und seine Eltern, die aussahen, wie er sie vom Fotoalbum her kannte, tanzten ausgelassen mit nach diesem Baßsaxophonsolo, das lauter und schneller und länger war, als Harry es in Erinnerung hatte. Es war, als säße man im Inneren des dicken, empfindlichen Blechinstruments und würde im Rhythmus herumgewirbelt. Nach dem Baßsaxophonsolo kam eine Schlagzeugpassage, die war doch vorher nicht dagewesen, ein schwarzer Trommler bearbeitete ekstatisch seine Trommeln und Becken, wie kam der Schwarze in die weiße Band, da konnte etwas nicht stimmen. Und Harry sah die Tanten mit lauter Schwarzen tanzen, die aussahen wie die eleganten Musiker der Duke-Ellington-Band, wunderschön, aber es konnte etwas nicht stimmen, sie tanzten alle nach diesem sich polternd überstürzenden Schlagzeugsolo, und abrupt brach das Stück ab, wie so oft bei den alten Aufnahmen früher, die nicht länger sein durften als drei Minuten, weil mehr Musik auf die Platten nicht draufging. Aus der Traum.

Dann sah sich Harry im steilen, feuchten Bergwald sitzen. Unter ihm lag an einer dürren Fichte das Auto auf dem Dach, bis zur Unkenntlichkeit verbeult, drei schiefe Räder in die Höhe gestreckt, das vierte war nicht mehr vorhanden, da konnte etwas nicht stimmen. Die Türen standen offen, das sah einladend aus. Man könnte hineinkriechen und ein bißchen spielen. Eben war er doch erwachsen gewesen und hatte in Berlin den tanzenden Tanten zugesehen, jetzt kam er sich vor wie ein Kind. Irgend etwas hatte der Bergwald mit seiner Kindheit zu tun. Gerade hatte er so ein Gefühl gehabt wie früher, wenn man lauter Purzelbäume den Hang hinunterschlug, ein bißchen unangenehm, aber lustig und nicht schmerzhaft. Es war ganz still. Der Waldboden war feucht. Ja, ja, schon gut, man soll nicht so lange auf dem feuchten Boden sitzen, das ist nicht gesund, hörte er die fürsorglichen Tanten sagen.

Wirklich kurios, wie das Auto da an der Fichte lehnte wie ein totgeschossener Büffel. Harry sah auf dem Moos eine Kassette liegen, ein Ostergeschenk, das man gerade gefunden hatte. Aber in der Kindheit hatte es keine Kassetten gegeben, es konnte etwas nicht stimmen, und überall sah er plötzlich Kassetten liegen, der ganze Waldboden voller Kassetten, was war denn das? Er wußte nicht, wie alt er war, nicht einmal, wie er hieß, wußte er, den Namen »James« hatte er im Kopf, aber es konnte nicht sein, daß er James hieß, oder doch? Warum mußte er an das Turnierreiten denken? Wenn er ein vom Pferd gefallener Reiter war, wo kam dann dieses Auto her? Er war nicht beunruhigt, daß er nicht wußte, was los war. Kein Schrecken, keine Angst. Das Auto knisterte. Ja, so knisterten erkaltende Motoren, so klangen auch Motorräder, die man nach dem Fahren abgeschaltet hatte. Nach einer Weile wußte er wieder, daß er Harry hieß und von Bonn nach Wien gefahren war, wußte aber nicht, warum. Dann fiel ihm ein, daß er in Bonn und in der Eifel lebte und eben das Haus der Tanten besucht hatte. Weit weg auf der Straße hörte er ab und zu ein Auto fahren. Dann wurde es wieder so still, daß nur noch der eigene Kreislauf in den Ohren sang. Unglaublich, daß er von da oben heruntergefallen war, zwanzig, dreißig Meter. Langsam schlossen sich die Lücken. Erst jetzt erinnerte er sich, daß er verheiratet war, daß es drei Frauen in seinem Leben gab. Matt, wie er war, konnte er sich nur nicht vorstellen, wie das funktionieren sollte.

Plötzlich war ihm klar, daß er auch tot sein könnte, zerquetscht oder im Auto verbrannt. Gut, das waren die Wunder, die es immer wieder gab. Nur seine letzten Gedanken wären nicht sehr groß gewesen, ein verrückter Traum, den er gehabt hatte, ein netter Unsinn. Mit solchen Bildern würde man sich unter Umständen also auch verabschieden, wenn es soweit war. Ein Wirbel, eine Verwirrung – und dann war Schluß.

Harry versuchte sich zu bewegen. Ihm wurde bewußt, daß er hier nicht sitzen bleiben konnte. Niemand würde seine Hilferufe hören. Ich werde langsam verrecken, wenn ich mich nicht aufraffe, dachte er. Dann würden im

Sommer verirrte Wanderer seine verweste Leiche finden. Seine einzige Hinterlassenschaft wäre ein Haufen unbrauchbar gewordener Musikkassetten. Jede Briefmarkensammlung war mehr Lebenswerk als das. Ihn quälte der Gedanke an die Bücherkisten der Tanten. Natürlich war er vor Jahren aus dem ADAC ausgetreten, weil er nirgends Mitglied sein wollte, auch da nicht. Ein Fehler, aus jetziger Sicht. Hilfreiche ADAC-Menschen würden die Kisten aus dem zerbeulten Kofferraum befreien und den Hang hochschleppen bis zum rettenden gelben Auto.

Wenn es so etwas wie Zeichen gab, dann war dieser Unfall ein deutliches Zeichen dafür, mit den Kindereien aufzuhören und ein vernünftiges Leben zu beginnen. Fragte sich nur, was vernünftig war. Im Augenblick wußte er lediglich, was unvernünftig war. Zum Beispiel die Beschäftigung mit dem Problem, ob Duke Ellingtons Einspielung der ›Black And Tan Fantasy‹ vom 26. Oktober 1927 im Vergleich zur Einspielung vom 7. April 1927 nun abfiel oder nicht, oder ob am Ende die Aufnahme vom 3. November 1927 vorzuziehen sei, wobei allerdings der großartige Bubber Miley wieder mal besoffen war und von dem auch nicht üblen Jabbo Smith ersetzt wurde. Trotzdem konnte man diese Musikschätze nicht einfach hier in der Bergwelt vergammeln lassen.

Er raffte sich mühsam auf und pickte die Kassetten vom Waldboden zusammen wie ein Pilzsammler. Dann schwankte er zum Autowrack. Helene würde triumphieren. Endlich war der verhaßte Ford für immer dahin. Harry machte zwei Plastiktüten leer und stopfte die Kassetten, die er auf dem Waldboden angehäufelt hatte, hinein. Es war nicht einfach, die steile Böschung zur Straße hochzuklettern, weil er mit seinen Plastiktüten keine Hand frei hatte, sich an Ästen und Wurzeln festzuhalten. Schließlich erreichte er die Straße. Es begann schon zu dämmern. Er hatte keine Ahnung, aus welcher Richtung er gekommen war. Als sich ein Auto näherte, winkte er, es war ihm egal, wohin die Fahrt ging. Nur zurück in die

Zivilisation! Das Auto hielt nicht. Der Fahrer machte einen großen Bogen, als sei Harry aussätzig. Erst jetzt bemerkte er, daß seine Hose völlig zerrissen und blutdurchtränkt war und auch aus einem tiefen Loch im Arm Blut heruntersickerte. Er bekam Angst, weil ihm nichts weh tat. Was hatte das zu bedeuten?

Endlich kam wieder ein Auto. Harry stellte sich auf die Fahrbahn und fuchtelte mit dem intakten Arm. Auch dieses Auto machte einen Bogen um ihn und fuhr weiter. Gleich dahinter kam ein zweiter Wagen und stoppte. »Steigen Sie ein«, sagte der Mann, »mein Gott, Sie sehen ja aus!« Er gab Gas. Bald hatte er das Auto vor ihm eingeholt. »Schreiben Sie die Nummer auf«, sagte er und hielt Harry Stift und Zettel hin. »Den zeigen wir an. Unterlassene Hilfeleistung.«

## 6

*Wie Harry von Duckwitz in einer oberbayerischen Klinik die Herrin der Ringe trifft, den kurzen Aufenthalt dort nutzt, um ausgefallene Sprachstudien zu betreiben und sich allerlei fremdländische Vokabeln einzuprägen, und wie ihm dann eine private Nachhilfestunde in Sexualkunde zuteil wird. Neben diesem Ausflug in einige Besonderheiten der Liebeskunst und in die entlegenen Sprachwelten der Pußta und Aserbaidschans eine Begegnung mit Prinzessin Sirotilk, Königin Anigav, Prinz Sinep, Marschall Tsullow und Sullaph, dem Großwesir. Ferner ein Hinweis auf Harrys Nacht mit einer schönen Ägypterin, und warum er Helene davon berichtet hat.*

»Ich bin die Julia«, sagte die Schwester, als Harry die Augen aufschlug. Sie hatte sich ganz nahe zu ihm heruntergebeugt. Sie war sehr jung. Ihre Augen waren groß und milde, und Harry verzieh ihr sofort die aufgedonnerte Haarpracht. Jede andere Frau hätte damit ausgesehen wie ein aufgescheuchter Rauschgoldengel, Julia trug die Entgleisung souverän. Der weiche Blick einer Antilope, aber die Mähne einer Löwin. In ihrem rechten Nasenflügel hing ein silberner Ring. »Stört der nicht?« fragte Harry. Julia schüttelte den Kopf und stellte die Sonnenjalousie an dem großen Fenster so ein, daß er nicht geblendet wurde. »Die Sonne scheint«, sagte er, und sie ging freundlich auf diese überflüssige Feststellung ein. »Es geht aufwärts«, sagte sie, »der Frühling kommt.«

Plötzlich erinnerte sich Harry. Deswegen war sie so lieb. Sie wollte ihn trösten. Der Unfall. Er war querschnittgelähmt. Das war es. Oder beide Hoden ab. Ohne Hoden wird Schluß gemacht. Julia als Sterbehelferin. »Was habe ich?« Ein richtiger kleiner, erbärmlicher Angstschrei, der da aus Harrys Kehle fuhr.

»Glück haben Sie gehabt«, sagte Julia. »Eine große Wunde im Oberschenkel, millimeterdicht neben der

Hauptschlagader. Außerdem ein Loch im Arm, Prellungen, Verstauchungen, ein Handgelenk gebrochen, Gehirnerschütterung.« Dann mußte sie gehen und andere Patienten versorgen.

Harry wartete und freute sich auf Julia. Nach einer Stunde kam sie und brachte Harrys Portemonnaie mit. Bei seiner Einlieferung sei er bewußtlos gewesen, sagte sie, und auf der Suche nach den Ausweispapieren habe man in seiner Jacke die ungewöhnliche Barschaft gefunden, fast zehntausend Mark. Julia sprach ein starkes Bayerisch. »Hier ist Ihr Geldbeutel«, sagte sie. Harry hielt es für angebracht, die Herkunft des vielen Geldes zu erklären. Sie hörte seiner kurzen Geschichte gespannt zu. Am Ende sagte sie, daß sie die Leute mit den Kreditkarten auch nicht möge. »Die Typen mog i a net«, sagte sie in kräftigem Bayerisch und kam mit ihrem klaren Gesicht solidarisch nah an ihn heran.

Sie hatte Harry für einen Musiker gehalten, weil er in seiner Bewußtlosigkeit immerzu von einem Saxophon phantasiert hatte. Und dann die beiden Tüten mit den Kassetten. »Mei«, sagte Julia, »so viel Kassetten!« Das gefiel ihr. »Ein gutes Instrument, das Saxophon«, und recht hatte sie.

Im Zimmer lagen noch zwei alte Männer, die meistens schwiegen und mit denen Julia hart und freundlich umging. Es gab kein Telefon. Harry war zwar als Ex-Beamter im Vorruhestand privat versichert, aber er wollte nicht verlegt werden. Er wollte auf der Station von Julia bleiben, kein Einzelzimmer mit Telefon. Auch das gefiel Julia und würde sie neben der gemeinsamen Kreditablehnung vielleicht dafür entschädigen, daß er kein Musiker war.

Am Nachmittag kam Julia mit einem Polizisten. Es gab ein Problem mit der Bergung des Autos, das dreißig Meter tief in der Schlucht lag. Die Frage war, ob Harrys Versicherung die Bergungskosten übernehmen würde. »In Italien würde man das einfach liegenlassen«, sagte der Polizist.

»Wahnsinn«, sagte Julia. Sie hatte mal einen Typ gekannt – sie ließ offen, was für ein Verhältnis sie zu ihm gehabt hatte –, den hatte es ganz in der Nähe von Harrys Unfallstelle »zerbröselt«, wie sie sich ausdrückte. Daß Harry noch ziemlich heil war, daß es ihn nicht zerbröselt hatte, schien ihr zu imponieren, als sei es eine ganz persönliche Stärke.

Abends um sechs hatte Julia Feierabend. »Soll ich wen anrufen?« fragte sie, bevor sie ging. Harry hatte das Gefühl, er müßte jetzt Farbe bekennen. Wenn er »nein« sagte, könnte sie denken, er sei frei und ungebunden. Aber es war ihm nicht möglich, das Wort »meine Frau« auszusprechen.

»Doch«, sagte er zögernd und gab Julia die Telefonnummer vom Eifelhaus. »Da meldet sich eine Rita oder eine Helene.« Plötzlich fand er die Vorstellung, daß Julia mit Rita oder Helene telefonierte, aufregend.

»Wann komme ich denn hier raus?« fragte er.

»In zehn Tagen, schätze ich«, sagte sie.

»Dann sagen Sie bitte, daß ich in zwei, drei Wochen wieder auf der Bildfläche erscheine. Morgen oder übermorgen rufe ich an. Keine Sorgen machen.«

»Geht klar, Chef«, sagte Julia, die jetzt schon ihre weißen Schwesternsachen ausgezogen hatte. Sie war groß und schlank und trug zum Glück keine dieser grauen Jeans, die immer noch in Mode waren, sondern eine klassische Bluejeans. Harry war erleichtert, daß ihm Julia ohne ihre Schwesternkluft noch besser gefiel. Das zeigte ihm, daß seine Begeisterung mehr war als die übliche Hingabe der Patienten zu ihren Krankenschwestern. Bis spät in die Nacht sehnte er sich nach Julia und nach niemandem sonst. Um sechs wachte er auf und freute sich auf sieben, wenn sie die Nachtschwester ablösen würde.

Julia hatte mit Rita gesprochen. »Ist sie Ausländerin?« fragte sie.

»Hört man das? Ich höre es nicht mehr.«

»Wo kommt sie her?«

»Mutter aus Korea, Vater aus Indien.«

»Super«, sagte Julia. Sie war schon zweimal in Indien gewesen.

»Das gibt's nicht«, sagte Harry.

Doch, das gab's. Schwestern aus oberbayerischen Provinzkrankenhäusern kannten die Welt besser als Harry. Sie verwandelten Überstunden in Urlaubstage, ergatterten Billigstflüge, und das Leben in den schönen armen Ländern kostete fast nichts. Julia rechnete ihm vor: Mit neunzehn war sie in Sri Lanka gewesen, mit zwanzig in Nordindien und Nepal, mit einundzwanzig noch mal in Indien und mit zweiundzwanzig in Mexiko. Jetzt wird sie bald dreiundzwanzig, und dann geht's wieder nach Indien, Indien mag sie »tierisch«. Sie strahlte.

»Tatsächlich«, sagte Harry, »es könnte stimmen.«

»Fährst du mit?« fragte sie. Fernweh und Reiselust hatten sie wie selbstverständlich zum »du« greifen lassen.

Harry lächelte geehrt.

»Die Schweine!« sagte Julia ziemlich unvermittelt. Sie meinte damit die bayerischen Schweinepolitiker, die die Grenzen dicht machen und so den Strom der Asylsuchenden eindämmen wollten. Julia, die Indienfahrerin, war, wie sie selbst sagte, »extrem ausländerfreundlich«. Diese Einstellung, an der auch viele Altlinke eisern festhielten, wurde neuerdings von angeblich überlegter altlinker Seite als unüberlegt kritisiert, denn ersticken im Zustrom wollten die auch nicht. Die Überlegten hielten die Unüberlegten für Romantiker, die von den Freuden der multikulturellen Gesellschaft schwärmten, ohne die Folgen zu bedenken. Harry war immer eher ein Romantiker gewesen, und er hätte nichts dagegen, wenn das deutsche Wesen, das die Welt lange genug traktiert hatte, ganz einfach untergehen würde. Also hereinspaziert, ihr fremden Völker! Nur nervt uns nicht mit euren unanständigen religiösen Wahnvorstellungen, sonst verliert ihr in Herrn von Duckwitz euren letzten Fürsprecher. Daß die zweiundzwanzigjährige Julia ähnliche romantischmultikulturelle Vorstellungen hatte wie die noch nicht von der Vernünftigkeit korrumpierten Altlinken, rührte Harry. Am liebsten hätte er gesagt: gutes Kind! Aber Julia war ja nicht seine wohlgeratene Tochter.

In einer nachträglichen Schreckensvision stellte sich Harry plötzlich vor, wie es gewesen wäre, wenn sich Julia in der ersten Liebesnacht, die er herbeisehnte, als reaktionär entpuppt, wenn sie wie die bayerischen Schweinepolitiker gesagt hätte: Also ich hab' nichts gegen Ausländer, aber es sind einfach zu viele! Das mußte eines Tages passieren wie ein Unfall, daß man nach einer Frau verrückt war, deren Ansichten sich als katastrophal herausstellten. Was dann? Harry hatte sich die schaurige Frage gelegentlich gestellt. Würde er die Kraft haben, sich stolz und sauber abzuwenden? Oder würde dann aus dem schönsten Vögeln ein wütendes Ficken werden, voller Haß und Selbsthaß? In einem Anflug aberwitziger reaktionärer Männerphantasien hätte er vielleicht versucht, die reaktionäre Einstellung aus dieser Frau herauszuficken. Das war Harry erspart geblieben. Die Liebe war auf eine Würdige gefallen, und das konnte nur bedeuten, daß seine erotischen Instinkte noch in Ordnung waren.

Beim Thema Ausländer schaltete sich einer der halbtoten Greise im Zimmer ein. »Was zuviel ist, ist zuviel«, sagte er.

»Du mußt grad reden, du Depp!« sagte Julia.

Schon seit einer Weile leuchtete ein Lichtsignal auf: Notruf für Schwester Julia. »Der fehlt nix«, sagte Julia und schaltete die Lampe ab, um Harrys Geschichte zu hören, die ihr beweisen sollte, daß es nicht nur im Scheißbayern Schweinepolitiker gab, sondern auch im Scheißrheinland.

Die nordrhein-westfälische sozialdemokratische Landesregierung hatte ein Papier verfaßt, eine Art Ratgeber an die Gemeinden, wie man Asylsuchende durch wenig zuvorkommendes Verhalten am besten abschrecken kann. In Bonn reagierte man prompt. Ein paar hundert hin und her geschobene Zigeuner – das heißt, man sagte heutzutage nicht mehr Zigeuner, sondern Sinti und Roma, wenn man nicht als Ausländerfeind verdächtigt werden wollte –, ein paar hundert Roma also wurden nicht in einer zur Verfügung stehenden Unterkunft am Rand der Stadt einquartiert, sondern in einem Bunker unter der Fußgängerzone. Da es in dem Bunker keine Waschmöglichkeiten gab, wurde darüber mitten in der Fußgängerzone ein Zelt mit Duschen aufgestellt. Deutsche Fußgänger stolperten nun über dicke Wasserschläuche und konnten beobachten, wie die Ex-Zigeuner im Duschzelt verschwanden, nachdem sie ihre tatsächlich verlausten Kleider in einem Zelt daneben zur Desinfektion abgegeben hatten. Die Bonner Bürger empfanden den Anblick nicht etwa geschichtsbewußt als erniedrigend, sondern als abstoßend, widerlich, ganz nach Plan. Und als sich die aus Rumänien abgeschobenen und an bitterste Armut gewöhnten Roma, von den verlockenden Angeboten in Bonns paradiesischer Fußgängerzone überwältigt, auch noch aus den einladenden Grabbelkörben vor den Läden reichlich bedienten und an die Bäume pinkelten, war endgültig der Beweis erbracht, daß sie trotz größter Zuwendung von seiten der Stadt nicht integrierbar sind. Ein beherzter sozialdemokratischer Stadtrat, der das, jeden historisch sensiblen Bürger an Konzentrationslager erinnernde, öffentliche Duschzelt mit Hilfe mehrerer Studenten abriß, um eine menschenwürdige Unterkunft zu erzwingen, bekam sofort ein Gerichtsverfahren an den Hals, angestrengt übrigens von einem Parteifreund, der die brutale Installation des Duschzeltes angeordnet hatte. Nun wurde gegen den Rächer der enterbten Roma wegen Sachbeschädigung ermittelt sowie Hausfriedensbruch, weil beim Abbau des Zeltes die Absperrgirlande überschritten worden war.

Julia hatte aufmerksam zugehört und schüttelte jetzt empört ihren schönen Löwinnenkopf. Und sekundenlang dachte Harry: mit Julia ein neues Leben anfangen, von Julias natürlicher Empörung zehren, so wie er früher von Helenes Empörung gezehrt hatte. War er ein Parasit? Vielleicht brauchte er immer wieder frische Wirte beziehungsweise Wirtinnen zum Aussaugen, weil sich seine eigene Empörung verbrauchte? Oder war es diese elende Toleranz, die trotz seines unverdrossenen Plädierens für die Intoleranz mit zunehmendem Alter um sich griff und einen für die größten Gemeinheiten lauwarmes Verständnis aufbringen ließ? Man durfte nicht die armen Asylbewerber bedauern und gleichzeitig auch die armen Gemeinden, die mit dem Zustrom nicht fertig wurden. Klare Fronten. Man konnte nicht vernünftig *und* moralisch sein wollen. Das führte zu nichts, was die heillos verwirrten Parteien in ihrer Entschlußlosigkeit vorexerzierten. Entweder oder. Entweder moralisch entrüstet sich engagieren und angreifbar sein, oder sich vernünftig verhalten und gar nichts tun.

Von Anfang an war Harry in Julia verliebt, und nun kam eine Art Dankbarkeit hinzu. Sie pflegte ihn und rettete zugleich seine müde gewordene Seele. Sie hieß Freudenhofer mit Nachnamen, Julia Freudenhofer. Das gab ihm einen kleinen Stich. Der Name paßte zur Frisur.

Am Abend um sechs humpelte er an ihrem Arm den Gang entlang zum Münztelefon. »Servus«, sagte sie, winkte ihm zu und ging in die Freiheit. Harry hatte das Gefühl, sie seit Wochen zu kennen.

»Was machst du nur für Sachen«, sagte Helene am Telefon.

»Das Auto bist du los, mich noch nicht«, sagte Harry.

»Wenigstens etwas«, sagte Helene und wurde dann mitfühlend. »Soll ich dich besuchen?«

»Nicht nötig«, sagte Harry, »ich komme durch, ich komme raus, es geht mir gut.«

Helene war erleichtert. Sie gestand, daß ihr und auch Rita eine Reise nach Bayern sehr ungelegen käme, ehrlich gesagt.

»Sentimental seid ihr nicht gerade«, sagte Harry. Er

hatte sich darauf vorbereitet, ihnen die Reise auszureden. Das war nun überflüssig.

Ines rief er noch nicht an. Ihr gegenüber hatte er ein schlechtes Gewissen. Er sehnte sich nach Julia, aber die Sehnsucht gehörte genaugenommen Ines.

Am nächsten Tag unterhielt er sich mit Julia über Musik. Sie mochte die Musik aus der Zeit, als sie gerade geboren war, lieber als die von heute. Sie wußte, wer Bob Dylan, Jimi Hendrix, Janis Joplin und John Lennon waren. Harry war beglückt und versprach eine Spezialmusikkassettenzusammenstellung.

»Ui«, sagte Julia und freute sich.

Einmal fragte er Julia, was sie davon hielte, wenn er sich auch einen Nasenring machen ließe, und riskierte den bedenklichen Satz: »Dann könnten wir ein silbernes Kettchen durch beide Ringe ziehen und wären miteinander verbunden.«

»Geil«, sagte Julia und schüttelte die Bettdecke des alten Nazis neben Harry.

Das Wochenende nahte, und Julia hatte frei. Eine schlimme Vorstellung für Harry. »Wenn ich meinen Nasenring schon eingebaut hätte«, sagte er, »und wenn das silberne Kettchen schon da wäre, dann könntest du jetzt nicht gehen.«

Julia beugte sich zu ihm herunter und gab ihm einen uninterpretierbaren Kuß auf die Backe: »Spinner!«

»He, he«, rief der Nazi im Bett nebenan fröhlich, »das geht zu weit!«

Als Julia gegangen war – heute in einer geblümten Flatterhose, die den Abschied erleichterte –, sagte der Alte in markigem Urbayerisch: »Du bist ein Hund! Wie hast du das geschafft!« Irgendwie klang die Anerkennung des alten Nazis frisch und neidlos, und Harry genoß sie.

Als er allein war, ohne Aussicht, daß ihn Julia in den nächsten zwei Tagen verwirrte, rief er Ines an, mit schlechtem Gewissen und gefaßt auf ein Kreuzverhör, das gar nicht die Art von Ines war. Nichts lag ihr ferner. Sie entschuldigte sich vielmehr, daß sie nicht geschrieben habe, daß sie nicht gekommen sei und offen gesagt auch nicht werde kommen können. Normalerweise hätte er jetzt aus tiefstem Herzen »schade« gesagt. Aber er wollte nicht noch unehrlicher sein, als er es ohnehin schon war, und vermied es.

»Schade«, sagte Ines an seiner Stelle. Er schwieg.

»Daß du kein Telefon hast!« sagte Ines. »Diese Provinzkliniken!«

»Ist irgendwie mal ganz schön ohne«, sagte Harry.

»Du wirst ja richtig vernünftig, gratuliere!«

Was sollte das heißen? Ines gestand, daß ihr Harrys telefonische Anhänglichkeit manchmal auf die Nerven gegangen sei. Dann wollte sie, wieder ganz liebevoll und fürsorglich, wissen, ob sie bei dem Stationsarzt anrufen solle. Es sei manchmal recht nützlich, wenn sich Angehörige von Patienten als Kollegen entpuppen.

»Nein«, sagte Harry, »das ist nicht nötig.«

»Hast du dich schon in die Krankenschwester verliebt?« fragte Ines.

»Wie bitte?« Jetzt nur nicht ausweichen. Jetzt half nur die offene Unschuld: »Woher weißt du das?«

»Das tun doch alle Männer.«

»Sie ist süß«, sagte Harry erleichtert. »Sie heißt Julia Freudenhofer. Sie hat einen Nasenring.«

»Klingt gut«, sagte Ines, »so eine fehlt uns hier in der Kölner Klinik. Bring sie mit.«

Das war nur leicht dahingesagt und doch befreiend. Hinter dem Geplänkel verbarg sich die Wahrheit, wobei Ines seine Verliebtheit in Julia offenbar ebensowenig ernst nahm wie Helene seine Liebe zu Ines. Immer das gleiche Muster. Zwar war es einerseits ein bißchen beleidigend, nicht ernst genommen zu werden, andrerseits aber auch praktisch, wie in diesem Moment. Nach dem Telefongespräch fühlte er sich im Besitz einer Vollmacht. Julia hatte ihre Legitimation. Mit Ines und Helene im Herzen schlief er ein, mit Sehnsucht nach Julia wachte er auf.

Bei allen Liebschaften gab es ein oberstes Gebot: nie darf ein Fernsehspiel daraus werden. Sonst war alles erlaubt. Sich als Patient in eine Krankenschwester zu verlieben, mochte an der Grenze sein. Für Helenes Geschmack wäre die Grenze bereits überschritten. Sie würde es trivial finden. Typisch für den trivialen Harry, würde sie sagen. So schützten sich die Frauen. Rivalinnen wurden einfach so lange schlechtgemacht, bis sie nicht mehr störten. Natürlich war die Sache mit Julia kein Fernsehspiel, weil Julia, wenn auch nicht übermenschliche, so doch überkrankenschwesterliche Qualitäten besaß. Es durfte nur nicht zu einem Konflikt mit Ines kommen. Ines, die Ärztin und reife Frau von achtunddreißig, und Julia, die ungebildete Krankenschwester von blühender Jugend. Und dazwischen Harry. Das wäre noch schlimmer als das kleine Fernsehspiel, das wäre Stoff für einen miesen Softpornofilm. Gut, daß Ines keine Zeit hatte zu kommen. Harry hätte die beiden Frauen ungern zusammen gesehen. Es hätte ihn auf pornographische Gedanken gebracht, die er jetzt nicht haben wollte.

Harry hatte in den letzten Jahren immer mal wieder mit anderen Frauen geschlafen, wenn es sich ergeben hatte. Ein oder zwei erfrischende Nächte, aber keine Liebe, kein Nachspiel. Es war nichts dahinter gewesen als die Lust des Augenblicks. Einmal war er an eine ägyptische Journalistin namens Aida geraten, die Helene vom Fernsehen kannte und für die sie schwärmte. Bei einer dieser immer wiederkehrenden asexuellen häuslichen Phasen hatte Helene eine so bodenlos unattraktive Ruppigkeit an den Tag gelegt, daß Harry eine Weile nicht mit ihr schlafen konnte. Das trug ihm den Vorwurf ein, sein Triebleben als Frührentner sei wohl auch schon abgestorben. Mit dem Hinweis auf heimliche Nächte mit Ines konnte er diese Ungeheuerlichkeit nicht entkräften. Aber zu seiner Entlastung erzählte er Helene von seiner Nacht mit der schönen ägyptischen Journalistin. »Typisch, daß du solche tollen Frauen nicht halten kannst«, war das einzige, was Helene dazu einfiel.

Auch das war ungerecht, denn Harry selbst hatte die Liebschaft mit der rassigen Araberin schnell beendet. Er wäre sich wie ein typischer Bonner Spießer im zweiten Frühling vorgekommen. Die Grundkonstellation, das Leben zwischen Rita, Ines und Helene, redete sich Harry ein, war jedenfalls kein Fernsehspiel, sondern gutes Theater. Eine Komödie mit Stil, spannend, aber nicht dramatisch, und mit einem guten Ende.

In den frühen Morgenstunden war sich Harry, selig wachliegend, völlig sicher, wie es weitergehen würde. Julia würde ihn zur Unfallstelle fahren, sie würde ihm helfen, ein paar Sachen aus dem Auto zu holen, bei der Gelegenheit würden sie sich berühren, sich umarmen und danach zusammen ins Bett gehen.

Nebenan schnarchte der halbtote Ausländerfeind erstaunlich lebendig. Daß Julia auch diesem alten Nazi gefiel, der Harrys erste kleine Annäherungserfolge als einen Stellvertretersieg wohlwollend duldete, beeinträchtigte Harrys Erwartung, wenn auch nur für einen Augenblick. Er war neugierig auf Julias Körper. Es war nicht klar, ob sie einen kleinen festen oder einen kleinen lappigen Busen hatte. Egal, ihm wäre alles lieb.

Gut, sie war erwachsen, sie war keine minderjährige Unschuld vom Lande. Trotzdem, sie war so wahnsinnig jung, und Harry wollte kein derber Verführer sein. Behutsam wollte er Julia alles recht machen. Dazu mußten die Dinge beim Namen genannt werden. Sein Hochdeutsch und ihr Bayerisch würden im Bett nicht gut zusammen klingen. Am liebsten hätte er Bayerisch mit ihr geredet, um sich völlig einzulassen auf ihre Welt. Als Kind hatte er bei Bedarf Bayerisch gesprochen, es war seine erste Fremdsprache, er sprach es noch immer fast akzentfrei, aber er wäre sich damit Julia gegenüber herablassend vorgekommen.

Als es hell wurde, nahm Harry ein Blatt Papier und

schrieb bayerische Vögelausdrücke auf. Soweit er sich an seine Schülerzeit erinnerte, wurde die Vagina Muschi genannt. Das Vögeln hieß Mausen. Das bayerische Wort für Pimmel war ihm nicht geläufig.

Beim Aufschreiben kam er durch Zufall auf die Idee, die Wörter von hinten nach vorn zu schreiben und laut nachzusprechen. Aus Pimmel wurde so *Lemmip*. Das klang ganz munter. Penis hieß umgedreht *Sinep*, auch das eine akzeptable Bezeichnung.

Am Vormittag zog er sich an, verließ das Krankenhaus und merkte, daß er so elegant wie möglich zu humpeln versuchte. Die Sonne schien nun schon seit Tagen, es war alles grün geworden. Er kaufte ein Vokabelheft und hatte eine kleine Glücksaufwallung, weil es noch die gleichen Vokabelhefte gab und Schreibwarengeschäfte, in denen es roch wie früher.

Das ganze Wochenende verbrachte er damit, für die erste Nacht mit Julia durch Umkehrung des gewöhnlichen Vokabulars eine schonende Vögelsprache zu entwickeln. Nicht alle Wörter funktionierten in der Umkehrung. Schon das Wort Vögeln klang umgedreht nicht überzeugend: *nlegöv* – das hörte sich eher an wie eine ungarische Nachspeise. Obendrein irritierte das n am Anfang. Obwohl der Summton vor den beiden Pußta-Silben auch seine Reize hatte. Man mußte das n nur lange genug betonen, dann bekam das neue Wort fast einen dringlichen Charakter: *nnnnnnlegöv*! Nein, klang wohl doch zu albern, zu sehr nach einem Stotterer, der ein Wort nicht herausbringt. Daher Regel Nummer 1: n vor l wird am Wortanfang zu einem stummen Konsonanten erklärt.

Und was ist mit dem ck-Konsonantenpaar? Ficken, zum Beispiel. Gerade die derben Wörter mußten durch Umkehrung sagbar gemacht, das heißt verfeinert werden. Gerade sie waren als Signal der Enthemmung wichtig bei der Vögelei, bei *Ielegöv*. Also die ganze Wortfamilie *nlegöv*, sprich legöv, bis *Ielegöv* mußte in der Praxis noch auf Tauglichkeit überprüft werden.

Auf eine ausgefeilte Syntax konnten Vögelnde verzichten, aber ganz ohne Regeln ging es auch hier nicht. Ein umgedrehtes Ficken ergab keine eindeutige Aussprache. Daher Regel Nummer 2: ck wird zu kk. Damit wird fikken ganz einfach zu *nekkif*. Gut sagbar, wenn auch die Assoziation »neckisch« etwas störend ist. Doch war man erst mal in Fahrt, hatte man für Assoziationen keine Zeit. Was aber mit dem Imperativ? Die Anfeuerungsrufe »Fick mich, ja, fick mich!« gehörten zum unerläßlichen Sprachschatz der Frau von Welt in Ekstase. Daher Regel Nummer 2a: Bei dem durch Umkehrung zum Doppel-k gewordenen ck entfällt ein k, wenn sich der k-Konsonant am Anfang des neugebildeten Wortes befindet. Beispiel: Fick! wird zu einem einfachen *kif*! – Kuno – Ida – Friedrich. Ohne Regeln reines Chaos. Doch nicht jede Regel funktioniert in der Praxis. Wenn das schöne »Fick mich!« zu einem »*kif* mich!« wird, dann klingt das natürlich lächerlich, wie ein »Küß mich!« mit Sprachfehler oder das Flehen eines Süchtigen. Also wird verfügt: *nekkif* alias fikken bildet keinen Imperativ, basta. Der alte ordinäre Imperativ »fick mich, ja, fick mich!« wird ersetzt durch das ekstatische Wiederholen des neuen Infinitivs, also etwa *»nekkif, nekkif, nekkif, nekkif, nekkif* ja, *nekkif* gut!«

Auch für die Umkehrung von ch und sch mußte Harry Zusatzregeln erfinden. »Scheide« zum Beispiel würde im Normalfall zu *Ediehcs* – also unaussprechlicher noch als der unaussprechlichste ex-tschechoslowakische Familienname. Daher Regel Nummer 3: sch bleibt sch. Scheide wird zu *Ediesch*, wenn es denn sein muß, und Lippe zu *Eppil*, also Schamlippe zu *Eppilmasch. Masch* allein gibt es nicht, denn Scham ist in dieser Freudenhofer-Sprache ebensowenig vorgesehen wie Nietzsche in der DDR – bloß gut, daß man sich mit der Umkehrung des Namens Nietzsche nicht auch noch herumschlagen mußte. Schamlos hingegen gibt es natürlich, es heißt jetzt *solmasch*.

Ein besonders vertracktes Wort war Eichel. Eigentlich brauchte man das Wort nicht. Harry konnte sich nicht erinnern, vor irgendeiner Frau je das deutsche Baumwort »Eichel« in den Mund genommen zu haben. Das Ding selbst im Mund zu haben, müßte allerdings ganz lustig sein. Schade, daß die Art der Selbstbefriedigung anatomisch nur wenigen trainierten Verrenkungsakrobaten möglich war. An so einem lebendig werdenden *Sinep* zu lutschen, pardon, lutschen ist in dem Zusammenhang noch zu feuchtfröhlich frivol, sagen wir *neschtul* – Sinep *neschtul*, das müßte ein gutes Gefühl sein. »Anschwellen« wird übrigens unter Berücksichtigung von Regel Nummer 3 zu nellewschna – die Aussprache mußte man ein bißchen üben: *nellewschna Eppilmasch, nellewschna Sinep.* Das hatte etwas Weiches, Polnisches, ein reizvoller Kontrast zur anatomischen Erhärtung des Vorgangs.

Übrigens: Verben brauchen nicht gebeugt zu werden, das geht nun wirklich zu weit. Es reicht das Infinitiv-Gestammel zum Sichverständlichmachen. Konjugieren ist zu kompliziert, steht nicht dafür, konjugieren ist lustfeindlich. Wie sollte man zum Beispiel die 2. Person Singular von »schwellen« umkehren? Du »schwillst«? Das ist ja unausdenkbar. Und was die Eichel betrifft, vorne auf Sinep, so kommt sie nicht ohne Regel Nummer 4 aus: ch wird bei Umkehrung zu einem Tsch-Laut, das heißt, die »Eichel« wird ganz normal zu *Letschie* wie Tschechow oder Tschernobyl. Verbissene Modernslawisten können bei der Schreibweise statt ein tsch ein c mit einem Häkchen drauf verwenden, obwohl das wirklich eine Erschwernis des Daseins ist. An diesem in jedem neuen Lexikon mit C geschriebenem Čechov, dem guten alten Tschechow, dem Ex-Tschechow, hat man gar keine rechte Freude mehr.

Ein Bändchen mit Tschechow-Geschichten würde er Julia schenken – schenken könnte man *neknesch* nennen, das klang nicht übel, leider war Umkehrung in diesem Fall nicht nötig, nur *nekkif* war nötig.

Harry drehte das Vokabelheft um und begann hinten eine Liste mit Redewendungen anzulegen. 1. Lektion:

Was sagt das Paar, das sich tief in die Augen blickt und bloß an das eine denkt? »*Nekkif* nötig.« Zur Steigerung der Wollust – Klammer auf – das Wort »Wollust« klingt umgedreht wie ejakulierender russischer Großfürst oder Marschall, nämlich *Tsullow* – Klammer zu. Zur Steigerung der Wollust also kann auch ein Normalwort wie »nötig« auf den Kopf gestellt werden, um den Zustand wollüstiger Verwirrung stärker zu betonen: *»nekkif gitön«* wäre damit der erregte Komparativ des normallüsternen *»nekkif* nötig«.

Am Montag war Julia nicht da. Am Dienstag war sie auch nicht da. Am Mittwochmorgen kam sie. Harry war außer sich vor Eifersucht, Mißtrauen, Verzweiflung. Julia hatte ihre Oma pflegen müssen. Harry nickte und glaubte ihr nicht. Der Gipsverband wurde entfernt, Ende der Woche schon würde er entlassen werden.

Er erzählte ihr von der Unfallstelle, von den Sachen, die er noch aus dem Autowrack holen mußte. Wie in seiner Vorstellung sagte Julia: »Ich fahr dich hin, ist doch logisch!« An der Unfallstelle blickte sie voller Respekt in die Tiefe. »Mein Gott!« Dann kletterten sie vorsichtig die Schlucht hinunter, sie reichte ihm die Hand. Es war steil, er rutschte an ihr vorbei, er zog sie nach, sie kamen zum Stehen und umarmten sich. »Darauf habe ich gewartet«, sagte Harry. Sie sammelten einige verstreute Kassetten vom Waldboden auf, und er erzählte dabei von seiner verunglückten Reise in die Kindheit, von dem einzigen unveränderten Detail: dem Waldstück, wo die Wurzeln komischerweise unverändert dieselben Stufen bildeten, die er hinauf- und hinuntergesprungen war, zehn Jahre vor Julias Geburt. »Weil seitdem immer einer wie du da rauf- und runtergelaufen ist«, sagte Julia, und Harry kam diese Erklärung ganz weise vor.

Im Handschuhfach lagen der Paß und die Fahrzeugpapiere. »Was ist das für ein Buch?« fragte Julia und hob ein schmales Bändchen in die Höhe.

»Das hat mein Bruder geschrieben«, sagte Harry. »Gedichte. Ich kann das Zeug einfach nicht lesen, obwohl sogar ein Gedicht auf mich oder über mich drin ist.«

»Zeig mal, wo!« Julia blätterte.

Harry hatte gerade auf dem Waldboden eine ganz wichtige Kassette entdeckt. Kurz vor Kriegsende hatten die Amis Platten an die Soldaten verteilt, nicht mehr zur Stärkung des Kampfgeistes, sondern bereits in der Gewißheit des Sieges. Daher hieß die Serie auch ›Victory‹. 78er-Schallplatten, die später nie wieder aufgelegt wurden. Ziemlich viel Schrott dabei, bis auf eine Aufnahme mit Betty Roche: ›Trouble, Trouble‹. Nicht auszudenken, wenn die Kassette verlorengegangen wäre. Harry blies ein paar Tannennadeln von der grauen Plastikkostbarkeit ab und hielt Julia das Ding entgegen. »Das wirst du mögen«, sagte er und dachte: später! Erst würde er Ines mit dieser stöhnenden, gurrenden, murrenden Stimme beglücken.

»Hier ist es, glaube ich«, rief Julia, »Seite 24, ›Harry‹ heißt es, das mußt du sein.« Sie las vor.

Schon morgens kann ich zuviel kriegen,
wenn auf der Butter
beziehungsweise der Butterverpackung
›sahnig‹ draufsteht –
welches Arschloch hat sich denn
das einfallen lassen?
Wie bitte soll Butter
denn sonst sein als sahnig?
Andererseits auch nicht normal,
sich über so etwas aufzuregen.

»So kenn ich dich gar nicht«, sagte Julia.

»Weiter«, rief Harry. So wie Julia das gedichtähnliche Gebilde vorlas, gefiel es ihm ganz gut.

Seit Tagen schon finsterer Stimmung
und immer finsterer werdend,
wie das so ist.
Wie bitte? Depressionen?
Quatsch, Depressionen!
Depressionen kommen mir nicht

unter die Haut,
meine Damen.
Bin doch kein Seelchen!

»Super!« Julia schloß das Buch und betrachtete den Umschlag. »Deinen Bruder möchte ich mal kennenlernen.«

»Wie du siehst, bin ich ein wandelndes Antidepressivum«, sagte Harry. Er genoß es, daß ihn Julia als Krankenschwester verstand.

Als sie die Schlucht hochkrochen, mußte Julia Harry helfen. Er fühlte sich schwach. Sein Arm war noch verbunden, der Knöchel tat weh, die Wunde im Bein pochte gewaltig. Flau sank er neben Julia auf den Beifahrersitz. »Du gehörst ins Bett«, sagte sie.

»Aber nicht in die Klinik!« protestierte Harry.

»Logisch«, sagte Julia und steckte sich einen Kaugummi in den Mund, ohne Harry einen anzubieten. Wie meinte sie das? Logisch ins Klinikbett oder logisch in ihr Bett?

Julia fuhr in ihre Wohnung. Ohne Umstände ergriff sie die Initiative. Entschlossen streifte sie ihren Pullover ab und schlüpfte aus der Hose. Eine erste Irritation. Was hatte der Mann im Lauf der Jahre von den Frauen gelernt? Sich Zeit zu lassen! Harry war nun gezwungen, sich auch rasch auszuziehen. Er war noch keineswegs in Fahrt. Keine Erektion stand fordernd im Raum. Was hieß Erektion? Das ganze Wochenende hatte er die neuen Vokabeln gebüffelt. Richtig: *Noitkere*. Nix *Noitkere*, noch nix *Noitkere*.

Julia war groß und schlank, ihre Haut war heller als die von Ines und Helene, von Ritas schönem Gelbockerstich ganz zu schweigen. Ihre Hände waren jung und unerwachsen, Mädchenhände, die sich jetzt auf Harrys Schultern legten, als wollten sie ihn beruhigen.

Harry schnüffelte ein bißchen in Julias goldgelben Haaren. Noch nie hatte er mit einer Blondine im Bett gelegen. Ihre Haare rochen trotz des Ausflugs in die frische Welt der Bergschluchten noch nach Klinik wie die Haare von Ines. Julia lobte seine glatte Haut. Das Kompliment hatte ihm Aida, die Ägypterin, auch gemacht. Offenbar faßten sich die meisten Männer nicht so angenehm an. Dann pries Julia seine Figur. Auch das eine Irritation, denn es schwang ein Unterton in ihrer Stimme, dem er zu entnehmen glaubte, daß sie einen so hübschen Flachbauch von einem 46jährigen Mann nicht erwartet hatte. Eine Anspielung auf den Altersunterschied, den Harry doch vergessen wollte.

»Du kannst dich auch nicht beklagen«, sagte er, obwohl er sich Julias Busen kleiner und fester gewünscht hätte.

Immerhin bewirkte die nun einsetzende wechselseitige, mehr mechanische Streichelei ein gewisses Erwachen des Pimmels, des *Lemmip*. Mit der neuen schonenden Spezialvögelsprache hatte er sich etwas eingebrockt. *Lemmip* munter hieß *Lemmip retnum*. Richtig *retnum* war *Lemmip* aber noch nicht, war irgendwie verschlafen heute, ließ sich Zeit, bequemte sich einmal, sich zu erheben und sank dann wieder matt herunter. Daß er immerhin überhaupt ein Lebenszeichen von sich gegeben hatte, war nur eine schwache Beruhigung. Vielleicht wollte das Ding auch nicht *Lemmip* genannt werden, das erinnerte zu sehr an Lemming und an das selbstmörderische Verhalten dieser Viecher. Kein gutes Omen für den Penis. Richtig, *Sinep* war viel besser. Frei von unguten Untergangsassoziationen. *Sinep* klang wie ein antiker Schaf- oder Ziegenhirt, in jedem Fall faunisch und bocksgeil, und das war passender. Allerdings war *Sinep* noch nicht so faunisch bocksgeil, wie sein Name erwarten ließ.

Harry hatte das Gefühl, daß Julia keine Erfahrung mit müden Männern hatte. Was er denn habe, fragte sie in breitestem Bayerisch, das Harry jetzt erbarmungslos vorkam: »Wos host'n?«

*»Sinep edüm«*, sagte Harry, »du verstehen?«

»Ich nix verstehen«, sagte Julia und lachte. Harry war für die Entkrampfung der Situation dankbar.

»Ihr Diplomaten könnt so viele Sprachen«, sagte Julia, »das war Türkisch, stimmt's? Ich war mal in der Türkei.«

Offenbar hatte sie Harry als Partner für *nekkif, nekkif*, schnell, *nekkif!* schon aufgegeben und begann mit der Konversation. Sie lobte die türkischen Strände und tadelte zu Harrys Befriedigung die deutschen Touristenströme. Daß man selbst ein Teil dieses Unrats war, sei ihr bewußt, sagte sie. Daß in der Türkei gefoltert wurde, fand sie skandalös. Harry war wieder ganz begeistert von Julia, merkte, wie ein Teil der Begeisterung vitalisierend auf *Sinep* überging und schöpfte neue Hoffnung.

»Es ist nicht türkisch«, sagte er und mußte an Ines denken, die doch seine Türkin war. Die dunkle Ines wurde manchmal für eine Türkin gehalten. Er wäre nicht begeistert, sie mit einem fremden *Sinep*-Ziegenhirten oder einem *Sinep*-Oberarzt im Bett liegen zu sehen. Der Gedanke an Ines ließ *Sinep* sofort wieder erschlaffen. Harry schnaufte möglichst wild und tief, um zu zeigen, daß er noch dort war, wo er nicht war, nämlich bei der Sache. Es klang offenbar echt und begehrlich, denn Julia sagte nun endlich das erlösende Wort: »Laß dir Zeit!«

»Es ist nicht türkisch.« Harry legte seine Hand auf Julias Schoß. »Vulva ist *Avluv*, es ist ganz einfach«, sagte er und fuhr mit der Hand tiefer: »*Anigav* – ganz einfach Vagina verkehrt herum.«

»Verkehrt herum«, sagte Julia und lachte ordinär. Ob Harry die Sprache von den Schwulen gelernt habe?

Harry beschwerte sich: »Für dich habe ich diese Sprache erfunden!«

»Ehrlich?« Julia glaubte ihm nicht. »Egal«, sagte sie dann und drängelte einen Finger durch Harrys Pobacken.

»Anus – *Suna?*« fragte sie lachend. »Du lernst schnell«, sagte er. Sie legte den Finger zwischen ihre Beine, blickte suchend zur Decke, sagte »wart mal, Moment«, und dann hatte sie es: *»Esöm!«* Sie strahlte, »Möse ist *Esöm*. Aber was ist mit Fotze?«

Harry zuckte innerlich zusammen. Die Wörter, die er

vermeiden wollte, gingen Julia ungeniert über die Lippen. »Regel Nummer 5«, sagte er, »tz bleibt tz, also *Etzof*«.

»*Esöm* gefällt mir besser«, sagte Julia und steckte ihren glitschigen Finger in Harrys Poloch. »*Suna*«, sagte sie, »so ein Schmarrn!« Sie lachte dreckig, Harry revanchierte sich mit seinem Finger und griff mit der freien Hand nach ihrem linken Busen. »*Nesub*«, sagte sie nach kurzem Nachdenken. »Bravo«, sagte Harry, »wenn man jung ist, lernt man Sprachen schneller.«

»Ui«, sagte Julia. *Sinep* war hart geworden, das war ihr sofort aufgefallen. Offenbar hatte sie nicht mehr damit gerechnet. Endlich *Noitkere*. »*Sinep retnum*«, sagte Harry, und in einem wilden Bayerisch, das in kuriosem Kontrast zu seiner ungarisch-russisch-tschechisch-polnisch-türkischen Kunstsprache stand, forderte Julia ihn fast ungeduldig zum sogenannten Eindringen auf. Dafür hatte Harry gar kein Wort vorgesehen. »Auf geht's, schiab'n nei«, sagte Julia. Und Harry war glücklich, daß ihm die alten Kräfte wieder zur Verfügung standen. Julia kniete über ihm, plötzlich löste sie sich und tippte an ihre Stirn. »Kruzifix, das Scheiß-Aids!« sagte sie, stand auf und suchte.

»Im Autowrack liegen Pariser«, sagte Harry, aber schon hob Julia triumphierend die Handtasche.

So mächtig war die Lust noch nicht entflammt, daß *Sinep* die Unterbrechung schadlos überstanden hätte. Kaum gönnte man dem exekutiven Organ der Wollust ein Päuschen, schon legte er sich faul zur Ruhe, dieser – exkommunistisch-neozaristisch gesprochen – Handlanger großfürstlicher Leidenschaften des Geschlechts derer von *Tsullow*. Julia redete ihm gut zu. Sie streichelte den dick und schlapp daliegenden Lümmel, den man im aserbaidschanischen Dialekt *Lemmül* nennen könnte, und sagte: »Mei, du Armer, sollst schon wieder arbeiten.« Dann wandte sich Julia vom Knecht zu Harry, dem Herrn, und sagte: »Mach dir nichts draus, das ist ganz normal, du bist ja gerade erst von den Toten auferstanden, da geht nicht immer gleich was.«

Dieses plötzliche Verständnis rührte und erlöste Harry. Daß Julia keine Sonderleistung erwartete, war tröstlich und bewirkte sofort eine erstaunliche Leistungsbereitschaft. »Hey«, sagte Julia, als sie sah, was los war. Sie riß das kleine Plastikkissen auf, in dem der Pariser eingeschweißt war, und machte sich daran, *Sinep* die Gummihaut überzustülpen. »Schade«, sagte Harry, genoß aber doch, daß die Verrichtung, die er bisher immer selbst hatte vornehmen müssen, jetzt von geübter Krankenschwesterhand ausgeführt wurde. »Beiß mich nicht, *Sinep*«, sagte Julia und drohte spielerisch dem jetzt schon fast allzu eifrig emporragenden, fast schon jagdlüstern hechelnden Köter. Köter-*Retök* auf rätoromanisch. Hatten wir noch nicht. Kam erst im Kurs für Fortgeschrittene, falls es jemals soweit kommen würde. Meist blieb ja alles in den Anfängen stecken: Sprachkenntnisse, Musikinstrumentenbeherrschung, Liebeskunst und, leider selten, auch Kriege.

Im Fortgeschrittenenkurs dann auch die Umkehrung der unsäglichen Wörter »Glied« und »steif« in *sefiets Deilg*. Mit diesen Lauten verließ man allerdings den vertrauten indogermanischen Sprachraum, sie klangen verdreht auch nicht besser als das aseptisch-urologische Original. Eher hatte schon den ehrwürdig-mythologischen Namen »Phallus« verdient, was da jetzt sichtbar wurde. »Phallus« machte keine Probleme. Nach Regel Nummer 5 oder 6 oder 7 blieb ph natürlich ph, so daß bei der Verkehrung das schöne orientalische Wort *Sullaph* herauskam, eine ganz hervorragende Bezeichnung, die Harry auch im Clan einführen würde, denn der Clan war schließlich eine Art Harem, und *Sullaph* paßte gut dazu. Es mußte nur nachgeprüft werden, ob *Sullaph* nicht zufällig auf arabisch »Eunuch« hieß.

Während sie noch mit dem sorgfältigen Abrollen des Kondoms beschäftigt war, spielte Harry an Julias *Esöm*, nein, das klang weniger türkisch als krank, erinnerte zu sehr an Ödem, *Aginav* war das bessere Wort, nein, *Anigav* natürlich, dauernd verwechselte er da die Buchstaben, bis morgen fünfzigmal *Anigav* schreiben. *A-ni-gav.* Als die Spitze des Mittelfingers fand, was sie gesucht hatte, sagte Harry langsam buchstabierend, um keinen Fehler zu machen: *»Si-ro-tilk«.* Julia dachte sekundenlang rückwärts und machte dann einen Ergänzungsvorschlag, der Harrys Geilheit aufs Schönste mit echter Liebe durchzog. »Königin *Sirotilk*«, sagte sie. Harry fand, der Titel »Prinzessin« würde zur Klitoris noch besser passen. Sie einigten sich auf Prinz *Sinep* und Prinzessin *Sirotilk.* Und Königin *Anigav.* Und wenn *Sinep* prächtig war, konnte man ihn *Sullaph* nennen. *Sullaph* der Großwesir.

Harry war sich nicht sicher gewesen, ob die Einführung der Kunstsprache nicht zu märchenonkelhaft sein würde und entsexualisierend wirken könnte. Die wunderbare Julia aber brachte es fertig, mit den verrückten neuen Wörtern zu spielen, ohne daß die Lust dabei verlorenging. In ihren Haaren mischte sich jetzt die künstliche Zerzaustheit mit der echten, das stand ihr gut. Der silberne Ring funkelte in ihrer Nase, der Mund war leicht geöffnet, die Augen geschlossen, so kniete sie mit gespreizten Beinen auf Harry, dem danach zumute war, allmählich etwas aktiv zu werden. Aber Julia sagte erstaunlich bestimmt: »Naaa!« Und als ob Harry diese breitbayerische Verneinung nicht habe verstehen können, noch einmal sicherheitshalber hochdeutsch hinterher: »Nein, noch nicht!«

Harry fügte sich, beeindruckt von so viel Willenskraft. Das war der Fortschritt. Vor zwanzig oder dreißig Jahren hatte es solche Mädchen noch nicht gegeben. Er erinnerte sich an peinlich mißratene Intimitäten von einst. Der Fortschritt bestand auch darin, daß heute globetrottende Krankenschwestern die Staatsformen und die Namen der Staatsoberhäupter der entlegensten Länder kannten, während gleichaltrige, dreimal sitzengebliebene Abiturientinnen, wie die älteste Tochter von Sachtleben, nicht einmal wußten, was Sri Lanka ist. Für ein Atomkraftwerk hatte eines von Sachtlebens Diplomatengänseküken Sri Lanka neulich gehalten, um sich dann auch noch über das Kopfschütteln des bedauernswerten Erdkundelehrers zu mokieren.

»Was ist?« Julia war unzufrieden mit Prinz *Sinep*. Nix mehr stolze *Noitkere*, nix mächtigstarker *Sullaph* Großwesir. Bei Hofe war man unzufrieden, die Hoheiten *Sirotilk* und *Anigav* fühlten sich vernachlässigt, *Lechie* sprich *Letschie* war nicht prall genug, *Sinep* nicht steife Rute, nicht *efiets Etur*. Harry sehnte sich nach Ines, Rita und Helene und dem sicheren Eingespieltsein. Was mußte er auch in seinem Alter jungen Mädchen nachsteigen! Das war die Strafe.

»Wart mal, du könntest einen Ring vertragen«, sagte Julia plötzlich und erhob sich. Sie kramte in ihrer Handtasche. Doch wohl nicht nach einem Besteck, um Harry ein Loch für einen Silberring in den Nasenflügel zu stechen? Sie kam mit einem kleinen Ding in der Hand zurück. Wie eine Tierfängerin näherte sie sich damit *Sinep*, und es mischte sich etwas Angst in Harrys Lust. Was hatte Julia vor? Sekundenlang hatte er die Phantasie, an eine Männermörderin geraten zu sein, die ihn mit einer rätselhaften kleinen Schlinge kastrieren und anschließend schlachten würde. Diese Sorge ließ *Sinep* instinktiv zusammenschnurren. Aber Julia sah nicht aus wie eine verrückt gewordene Rächerin des erniedrigten weiblichen Geschlechts. Harry und *Sinep* faßten wieder Vertrauen, und nun konnte er beobachten, wie Julia mit offenbar geübtem Griff den kleinen farblosen Ring dehnte und *Sinep* bis ganz nach hinten überstreifte. Sofort merkte Harry, daß *Sinep* das gut tat. Er wurde praller, stolzer, fester, härter als je zuvor, und in dieser Hochform ließ Julia den neuen Super*sinep* sofort routiniert in sich verschwinden, nahm wieder ihre meditativ-versunkene Haltung über Harry ein und duldete keine großen Bewegungen unter sich.

Kolossale Erektion, *elassolok Noitkere* sozusagen, so etwas war überhaupt noch nie dagewesen, ein irgendwie monströses Gefühl, verbunden mit einer gewissen Unempfindlichkeit allerdings. Der Vorteil war, wie Harry bald merkte: Bei gedanklichen Entgleisungen in asexuelle Bereiche kam es nicht zu Einbußen, was *Nellewschna* betraf. Man wurde, wenn auch nicht zu einem wandelnden, so doch zu einem ragenden Wunder dank dieses Zauberrings, den Julia wahrscheinlich aus Indien mitgebracht hatte. Mein Gott, dachte Harry, während sich Julia malerisch und rhythmisch auf ihm bewegte, von einer jungen Krankenschwester wird man mit jahrzehntelanger Verspätung in die Geheimnisse fernöstlicher Liebeskunst eingeweiht.

Eine Extrastimulation von Prinzessin *Sirotilk* ließ Julia nicht zu. Unwirsch drückte sie Harrys herantastende Hand beiseite und verdammte ihn zu weiterer Tatenlosigkeit. In Gottes Namen, dachte Harry. Stimulation war auch ein unmögliches Wort, das der sofortigen Umkehrung in *Noitalumits* bedurfte – das klang wie ein Dörfchen in den Karpaten oder im früheren Oberschlesien oder in Südtirol. Aber der wunderbare Liebesring bewirkte, daß der Mann auch bei unmännlich tatenlosem Zusehen ein brauchbares Werkzeug fremder Lust blieb. Harry selbst befand sich allerdings weniger im Zustand besinnungsloser Wollust, er fühlte sich mehr wie ein reifes Weib, das verständnisvoll und mit dem diskreten Stolz der Hingabe die Anstrengungen eines sich über ihm abmühenden Jünglings freundlich hinnimmt. Offenbar hatte die Verkehrtherumsprechsprache dazu geführt, daß nun auch die Geschlechterrollen umgedreht waren. Und während Harry, geschmeichelt über seine offenbar zufriedenstellende Benutzbarkeit, auf dem Rücken lag und die zunehmend ekstatisch werdende Julia mit Wohlgefallen beobachtete, freute er sich darauf, den Liebesring bei Rita, Ines und Helene auszuprobieren. Julias zunächst ziemlich leise Seufzer wurden lauter. Schüchtern versuchte Harry, ein bißchen mitzumachen. »Naaa, bi staad!« Sei still, sei ruhig, sagte sie, in fast schon englischem Extrembayerisch.

Schließlich war es soweit. Harry sah gern zu, er hatte

nicht das Gefühl, dabei beteiligt zu sein, er hatte ein Teil von sich hergeliehen, aber es ist schön, etwas zu verleihen, woran andere ihren Spaß haben. Die Töne, die Julia von sich gab, diese erschöpften, gedehnten Laute, entschädigten ihn. Das neue Wort für Orgasmus wäre *Sumsagro* gewesen, das hatte Harry gut gelernt, er hatte geglaubt, es werde so ausgehen, daß er sich nach *nekkif* bei Julia erkundigen würde, ob sie auf ihre Kosten gekommen, ob *Sumsagro* dagewesen sei. Diese teilnahmsvoll alberne Liebhaberfrage stellte sich nun nicht mehr, was hier stattfand, war eindeutig eine weibliche Explosion, mindestens ein doppelter *Sumsagro*.

Erschöpft und glücklich sank Julia nun neben den erstaunten Harry, umarmte ihn und schlief sofort ein, während *Sinep* noch rot und riesig ragte. Jetzt war klar, daß der indische Liebesring einen Stau in *Sineps* Adern bewirkte und ihn dadurch zu einem gewaltig ausdauernden, aber auch etwas unempfindlichen Grobian machte. Harry versuchte den Ring zu entfernen, um zu verhindern, daß es durch die Abschnürung zu schrecklichen Folgen kam. Bei dieser Rettungsaktion riß er sich ein Büschel Schamhaare aus. Schwer vor Lust lag er neben seiner schlafenden indischen Liebesbraut. Erst nach einer Stunde erwachte Julia. Ines hatte nach einem kurzen Schläfchen immer ein heftiges Verlangen nach einer zweiten Runde, was dem ausgetobten Harry oft Schwierigkeiten machte. In Zukunft würde er dank des indischen Liebesringes diese Gelüste von Ines mühelos zufriedenstellen.

Als sich Harry voller Vorfreude an der erwachenden Julia zu schaffen machte, jetzt ohne Ring mit genügend eigenständiger stattlicher *Noitkere*, wehrte Julia zu seinem Entsetzen freundlich, aber bestimmt ab: »Ich kann nicht mehr, ich bin total groggy, du hast mich geschafft!« Sie küßte ihn zufrieden und stand auf.

Drei Tage später wurde Harry von Duckwitz, wohnhaft in Bonn, Wolfstraße 10, entlassen. Die letzten Nächte hatte er nicht mehr im Krankenhaus zugebracht. Wenn

Julia Feierabend hatte, verließ er mit ihr die Klinik, begleitet von den guten Wünschen des Altnazis im Zimmer, der bald einen Herzschrittmacher eingebaut bekommen würde.

Die Frau an der Pforte nickte ihnen freundlich zu, als wäre es gang und gäbe, daß Krankenschwestern mit Patienten umschlungen das Haus verließen.

An einem Spätnachmittag fuhren sie nach Salzburg und gingen spazieren. In den Nächten war *nekkif* angesagt. Harry hatte den wunderbaren Liebesring an sich genommen. Julia wollte ihn erst nicht hergeben. Das machte Harry mißtrauisch und streng. Julia konnte treiben, was sie wollte, aber diesen Ring sollte sie nie einem anderen Mann überziehen. Das war sein Ring. Er war leider nicht aus Indien, wie Harry zuerst gedacht hatte. Er war nicht unersetzlich.

»27 Mark«, sagte Julia.

»Ich kauf ihn dir ab«, sagte Harry.

Das ging Julia zu weit. In jedem besseren Sex-Shop gäbe es solche Ringe, erklärte sie, auch in Provinzstädten. Die ganze Welt vögelte vermutlich schon mit dieser schwanzvergrößernden Kleinigkeit, nur Duckwitz mußte erst ein Frührentner werden, bis er von diesen Segnungen erfuhr. Es war ein einfacher Silikon- oder Kautschukring. Materialwert nicht höher als der einer Wasserhahndichtung, also fünf Pfennige. Das war es, was Julia erboste, daß sich die Sex-Shop-Monopolisten die Sehnsucht ihrer Kunden nach Kondition und Potenz so teuer bezahlen ließen.

»Alle wollen Wollust«, sagte Harry, und Julia übersetzte fließend: *»Ella nellow Tsullow.«* Einen Nachmittag lang nannte Harry sie »Die Herrin der Ringe«. Von dem Kultbuch mit dem Titel ›Der Herr der Ringe‹ hatte Julia gehört, gelesen hatte sie es nicht. »Esoterischer Schmarrn«, sagte sie. Er war begeistert, daß sie sogar in diesem Punkt einer Meinung waren.

Harry ging mit Julia in den Laden, und sie begutachtete

ungeniert alle Neuheiten, während er unter seiner Verlegenheit litt. Vor einem Regal mit Nietengeschirr, Halsbändern, Leinen und Peitschen verging ihm die Lust auf seinen Nasenring und dessen Ankoppelung an den von Julia. Harry kaufte alle Zauberringe auf, sieben Stück. Vier steckte er ein, drei gab er Julia. »Die soll kein anderer haben als wir«, sagte er.

In der folgenden Nacht überraschte er Julia mit einer neuen Erfindung. »Falls der Liebesring nicht zur Hand ist oder man keine 27 Mark ausgeben will, paß auf«, sagte er. Er trug hin und wieder ein seidenes Halstuch, das er diesmal beim Ausziehen nicht entfernt hatte. Nun nahm er das Tuch langsam vom Hals, schwenkte es wie ein Zauberer vor Julias Augen, um die Ehrlichkeit seines Tricks zu demonstrieren, und knüpfte es um den schon bereitwillig wartenden *Sinep*. Er hatte es vorher geübt, es funktionierte. Man konnte den Druck verstärken oder nachlassen, der Effekt war noch wirkungsvoller als mit dem Ring. Der Knoten schien auch Julias Prinzessin *Sirotilk* zu gefallen. Julia war hingerissen. »Du hast Ideen!«

Mittlerweile hatte er sich an die neue Liebeskunst gewöhnt und wußte es so einzurichten, daß er nicht zu kurz kam. Einmal allerdings, als Julia nach einer ihrer autistischen Meditationsorgien glücklich und groggy war, zur Seite sank und er noch nicht zum Zug gekommen war, ließ er es *Sinep* bei *Suna* probieren – anal, *lana* bei *Suna*. »Also wirklich nicht!« hatte Julia noch gestern gesagt und sein diesbezügliches Ansinnen abgewiesen. Heute ließ sie es mit seltsamen kleinen Glückglucksern geschehen, und es geschah schnell, *nekkif* in *Suna*, schnell *Sumsagro*.

Drei Tage später stand Harry am Bahnhof. Traunstein. Was für ein schöner Name für eine kleine Stadt. Man brauchte ihn nicht umzukehren. Schönau hieß der Ort, wo das Haus der Tanten stand. Lauter schöne Namen. Auch Julia war ein schöner Name. Sie hatte Dienst. Sie würde zum Zug kommen, wenn sie es schaffte.

Harry glaubte es nicht. Er konnte sich eine Abschiedsszene nicht vorstellen.

Der Zug von Salzburg Richtung München fuhr ein. Harry faßte sich an den Hals und fühlte das seidene Tuch. Vorbei ist vorbei, mochte sich Julia denken. Der Zug hatte drei Minuten Aufenthalt. Tröstlich, daß es nicht einer dieser utopisch-modernen Züge war. Die Waggons hatten Abteile. Harry stieg noch nicht ein. Er wartete noch pro forma. Ein ins Leere gehendes Zeichen seiner Liebe.

Plötzlich stand Julia neben ihm. Wie groß sie war, größer als die Frauen zu Hause. Das war ihm auch im Bett aufgefallen. Dort, wo man bei Rita, Ines und Helene das Knie erreichte, griff man bei Julia noch auf Oberschenkel. Sie fielen sich blitzschnell in die Arme. Der Bahnhofsvorsteher pfiff. Daß es noch Bahnhofsvorsteher gab! »Ich komme mit«, sagte Julia, und Harry erschrak nicht. Das schaffe ich auch noch irgendwie, dachte er. Dann stellte sich heraus, daß Julia nur bis zur nächsten Station mitfahren wollte. »Eine halbe Stunde sind wir noch zusammen«, sagte sie, »dann nehme ich den Zug zurück.«

Sie saßen sich eine halbe Stunde lang gegenüber und sahen sich an mit einem ab und zu aufflackernden Dauerlächeln. Ihre Knie berührten sich, und eine kleine Weile beugten sie sich vor und lehnten die Stirn aneinander. Die Mitreisenden machten sich unsichtbar. Der nächste Ort hieß Prien. »Fahr mit bis Rosenheim, das klingt besser«, sagte Harry.

Julia sah auf seine Uhr. »Geht noch.« Sie lehnte sich zurück. »Schöner Name, mistige Stadt. Alles schwarz und braun und voller Pfaffen«, sagte sie.

Als der Zug in Rosenheim hielt, deutete Harry auf seine feuchten Augen, Julia leckte ihm eine Träne ab und stieg schnell aus. Harry zog das Abteilfenster herunter, was in diesem alten Zugmodell zum Glück noch möglich war, und winkte, solange es ging.

In München hatte er einen kurzen Aufenthalt. Er kaufte

einen verchromten Flachmann, dieses klassische Utensil harmloser Gelegenheitstrinker, und eine Flasche Whisky, von der er einen Teil in den Flachmann umfüllte. Seine Trostreserve, er konnte sie brauchen. Dann kaufte er noch Briefpapier.

Im Zug nach Bonn schrieb er einen Brief an Julia und trank Whisky. Schon ab Augsburg ging es ihm besser. »Bis bald, viel *Ebeil* und *Sumsagro*, Dein Harry«, schrieb er. Es war ein moderner Zug mit einem Telefon. Er rief anstandshalber im Eifelhaus an.

»Na so was«, sagte Helene.

»22 Uhr 48 bin ich da, aber natürlich muß mich keiner in Bonn abholen.« Dann ging er in den Speisewagen und aß eine Ochsenschwanzsuppe. Danach schlief er im Abteil ein, in Koblenz wachte er auf. Draußen war es bereits dunkel geworden, und er brauchte sich nicht über den Rhein zu ärgern.

Selbst der Bahnhof in Traunstein war weltläufiger als dieser Kinderspielzeugbahnhof in Bonn. Keiner holte ihn ab. Mit einem Gefühl der Genugtuung steckte er den Brief an Julia in den Postkasten. Julia Freudenhofer. Es war zehn vor elf. Er rief Ines an.

»Bist du verrückt«, sagte sie milde. Sie hatte schon geschlafen. »Wo bist du?«

»In Bonn.«

»Allein?«

»So ist es.«

Kein Wort, daß er kommen sollte. Immerhin das vertraute Lachen. Harry ging zu Fuß in die Bonner Wohnung. Eine Angelegenheit von fünf Minuten in dieser schnuckeligen Zwergstadt. Er hatte Julia gebeten, ihm die Kassetten nachzuschicken. Sie hatte ihm versprochen, mit einem Freund die Bücherkisten der Tanten aus dem Autowrack zu bergen und sie per Bahnfracht nach Bonn aufzugeben. Mit einem Freund? Harry hatte die Tausendmarkscheine in seinem Portemonnaie gesehen und Julia einen Schein gegeben. Für die Mühe und das Porto. »Das ist zuviel«, sagte sie und nahm das Geld ungeniert. Das hatte ihm gefallen. Von der Bonner Wohnung aus rief er im Eifelhaus an.

»Habe ich mir gedacht, daß du nicht mehr rauskommst«, sagte Helene.

# 7

*Wie Harry von Duckwitz zur Kenntnis nimmt, daß neben ihm auch andere Menschen Probleme mit der ehelichen Treue haben. Einige zivilisationskritische Anmerkungen über neue Kücheneinrichtungen und die Lust auf Landhäuser. Eine Erinnerung an den Abgang des Außenministers, vor allem aber ein Bericht über das epidemische Grassieren des umbrischen Fiebers im Frühjahr 1992 nebst einer Diagnose der Pellophilie.*

Scheidung kam nicht in Frage. Da war sich Sachtleben mit seiner Frau einig. Für beide war es die zweite Ehe. Nicht noch einmal das Theater. Die Kinder waren in der Schule schlecht genug. Frau Sachtleben hieß Ingeborg. Sie war bisher mit ihrem Eberhard nicht unglücklich. Wenn er nur nicht diese Geliebte gehabt hätte. Eine Sekretärin. Es war immer dasselbe. »Ich kann nicht ohne sie leben«, sagte Eberhard Sachtleben bei der ersten großen Auseinandersetzung. Das hatte ihr erster Mann auch gesagt. Damals war sie Ende Zwanzig gewesen, und sie hatte es nicht hingenommen. Heute war sie Anfang Vierzig. Um nicht ganz kampflos dazustehen, stieß sie ein paar Drohungen aus, hatte sich aber innerlich darauf eingestellt, daß sich die Verliebtheit ihres Mannes in die falsche Frau von selbst legen würde. Während der Vortragende Legationsrat Sachtleben alles daransetzte, in der Bonner Zentrale bei seiner geliebten Sekretärin zu bleiben, versuchte seine Frau bei charmantem Partygeplauder über Mendelssohns Venezianische Gondellieder einem musikliebenden Ministerialdirigenten aus der Personalabteilung zu signalisieren, daß sie die Versetzung ihres Gatten an die internationale Botschaft in Genf, von der gemunkelt wurde, begrüßen würde.

Die Tatsache, daß sie als betrogene Ehefrau weiß Gott nicht allein war mit ihrem Schicksal, machte das Elend einerseits gewöhnlich, andererseits aber auch ertragbar.

»Ich kann nicht ohne sie leben.« Immer derselbe Männersatz, dachte Ingeborg Sachtleben und vergaß, daß gelegentlich auch Frauen diesen Satz auf ihre Liebhaber beziehen und ihren Ehemännern entgegenstottern. Weil sie ihm kaum noch Szenen machte, verhielt sich Eberhard in seiner Dankbarkeit und höflichen Zuneigung fast demütig. Sie kam sich überlegen vor. Hatte sie ihn anfangs um seine Frischverliebtheit beneidet, so fand sie es neuerdings albern, wenn er im Bad ausgiebig seinen Körper pflegte, bevor er kleinlaut das Haus verließ.

Ingeborg Sachtleben war schon bald nach Harrys Kamerunzeit, noch ehe Helene dazugestoßen war, mit ihrer Querflöte bei Duckwitzens aufgetaucht und hatte mit Rita musiziert. Nun, da ihr Mann zweimal in der Woche aus dem Haus schlich, obwohl er doch gar nicht hätte schleichen müssen, der Leisetreter, erschien sie häufiger im Eifelhaus oder in der alten Bonner Wohnung. Dem Duckwitz-Clan konnten die Eskapaden ihres Mannes nicht verborgen bleiben, denn sonst war er ja bei den Besuchen immer dabeigewesen, und nun blieb er aus. Ingeborg Sachtleben kam nicht als Leidende, die ihr Herz ausschüttete, sondern als souveräne Frau, die es bei ein paar Spitzen gegen die unoriginellen Männer bewenden ließ. Sie machte Musik mit Rita, dann tranken sie Tee. Helene kam dazu, und Harry hatte das Gefühl zu stören. Er ging spazieren oder zog sich in sein Zimmer zurück, was er am liebsten tat. Daher bekam er das Sachtleben-Drama nur am Rande mit. Er nahm an, daß Frau Sachtleben die Nähe zu Rita und Helene auch deshalb suchte, weil sie in ihnen in Liebesdingen erfahrene Frauen vermutete, und er fragte sich, von welchen Erfahrungen Rita und Helene in seiner Abwesenheit wohl berichten mochten. Einer Frau mit den klassischen Eheproblemen gegenüber konnten sie ihr seltsames und leider immer leidenschaftsloser werdendes Zusammenleben nicht unangesprochen lassen.

So saß Harry in seinem Zimmer, versuchte in einem Buch über die Nürnberger Kriegsverbrecherprozesse zu lesen, weil er für den Ausschuß ein Gutachten über das französische Modell eines internationalen Gerichtshofs schreiben sollte. Mit seinem haarsträubenden Bericht über den haarsträubenden Völkerrechtskongreß in Wien war man sehr zufrieden gewesen, sie wollten mehr von ihm, bitte, das konnten sie haben. Diese verdammten Jugoslawen-Schlächter sollten nach Beendigung dieses gräßlichen Krieges auf diesem gottverdammten Balkan vor ein internationales Gericht gestellt werden. Harry war nicht sehr konzentriert. Daß sich Sachtleben so einfach ohne Lügereien mit seiner Liebsten treffen konnte, machte ihn fast neidisch, wenn er an seine Heimlichkeiten mit Ines dachte. Plötzlich hatte er den Verdacht, daß sein eigenes Liebesleben, das er für ein Kunstwerk hielt, viel unfreier war, viel bürgerlicher als das des bürgerlichen Sachtleben.

Waldburgs hatten andere Probleme. Auch in der Ehe des kinnlosen Grafen mit dem extrem passenden Vornamen Ferdinand und seiner Gräfin herrschte nicht das reine Glück. Neulich war Harry spät am Abend gegen halb zwölf an Waldburgs Reihenhaus vorbeigekommen. Man klingelte nicht ohne triftigen Grund um diese Zeit bei Bekannten, bloß weil noch Licht brennt. Das hätte man früher bei nahen Freunden gemacht. Und eben weil man es nicht mehr machte, reizte es Harry. Wie früher. Schon der Gedanke hatte etwas Verjüngendes. Dabei waren Waldburgs keine nahen Freunde.

Es dauerte eine Weile, bis Waldburg an der Tür erschien. »Ach Sie!« Er sah aus wie jemand, dem es nicht gelang, über eine Störung ungehalten zu sein. Harry war überrascht, nicht hineingebeten zu werden. Waldburg sah strafend auf die Uhr. Harry bemerkte den Wink, wollte ihm aber nicht folgen. Er war etwas beschwipst und kam sich charmant genug vor, noch etwas an der offenen Tür herumzustehen. Waldburg mußte deutlicher werden. Er habe seine uralte Mutter hier. Neunundachtzig Jahre und schon sehr verwirrt im Kopf. »Mitten in der Nacht verlangt die alte Dame nach Essen. Die Pflegerin ist gerade da und füttert sie.« Harry war voller Mitgefühl. »Ich habe eine Tante, die ist fast hundert«, sagte er. Er sollte wirklich Tante Frieda in Bad Homburg besuchen, ehe es zu spät war. Durch die Milchglasscheiben der Wohnzimmertür sah man Bewegungen, hörte die aufmunternde Stimme der Pflegerin. »Sie verstehen, daß ich Sie nicht hereinlassen kann«, sagte Waldburg und versuchte, Harry sanft von der Eingangstür zu drängen.

»Entschuldigen Sie«, sagte Harry, jetzt völlig ernüchtert.

»Ich bitte Sie, sonst immer gern«. Waldburg gab ihm erleichtert die Hand.

In diesem Augenblick ging die Tür zum Wohnzimmer auf. Ein bildhübsches Reklamegirl erschien. Leider mit türkisfarbener Unterwäsche und Strapsen angetan. »Los, los, wir warten!« sagte sie fröhlich und musterte Harry. Ihre Beine waren so göttlichlang, daß ihr Sächsisch noch knödeliger hätte sein können. Dahinter wurde ein weiteres Mädchen in einem ähnlichen Aufzug sichtbar, nur rosa alles, das auf rheinländisch »Wird's bald, Herr Graf!« rief.

Armer kinnloser Graf Waldburg. Er sah aus, als würde er jetzt sterben. Wenn diese schreckliche Unterwäsche nicht gewesen wäre. Die Mädchen waren so appetitlich, daß Harry ihn fast beneidete. Er legte seine Hand auf Waldburgs Schulter. »Völlig in Ordnung, man muß manchmal lügen. Sie haben einen guten Geschmack, übrigens auch mit Ihrer Frau. Ich wünsche Glück.«

Harry hatte nur gesagt, was er selbst gern gehört hätte, wenn er von Rita und Helene oder von Fritz mit Ines erwischt worden wäre, oder von Ines mit Julia Freudenhofer. Waldburg atmete erleichtert durch, lächelte ermattet und schloß die Tür. Im Weggehen hörte Harry Frauengelächter.

Er hatte den unwirklichen Einblick in das überraschende Leben des ehemaligen Kollegen schon fast vergessen, als ihn zwei Wochen später Waldburg um eine

Aussprache bat. Harry hatte Angst, Waldburg wollte sich rechtfertigen, aber es war schlimmer. Seine Frau war früher als erwartet von einer Wochenendfahrt zurückgekommen und hatte ihn ertappt. Sie hatte nicht so verständnisvoll wie Harry reagiert, sondern ultimativ. Waldburg schwieg, und Harry fiel nichts anderes ein, als sich am Kopf zu kratzen.

Waldburg wollte seine Frau auf keinen Fall verlieren. Er liebte sie inbrünstig, allerdings nur, wenn sie ihre Schleierseidenunterwäsche trug. Sie tat ihm den Gefallen ja auch. Nur eben nicht oft genug. Er könne auf die Girls nicht verzichten, sagte er. Nach so einer Liebesnacht mit Reizwäschemädchen könne er seine Frau sogar eine Weile ohne Seidenbrimborium lieben. Harry wollte das alles nicht so genau wissen, versuchte abzulenken, sagte, daß Waldburg neulich recht gehabt habe, als er ihn vor der Arbeit für den Ausschuß warnte, das sei wirklich der letzte Job. Waldburg interessierte nicht, daß er in diesem Punkt recht gehabt hatte. Er hörte nicht hin. Nun fiel Harry der Abgeordnete Schale mit seiner Psychotherapie-Geliebten ein, und er fragte den trist vor sich hinschweigenden Waldburg, ob er seine Probleme nicht einem Fachmann oder einer Fachfrau anvertrauen wolle, er kenne eine wirklich vertrauenerweckende Therapeutin.

»Wollen Sie mich verarschen?« So hatte Waldburg noch nie gesprochen. Er brauche keinen Seelenarzt, sondern einen Rat von Mann zu Mann. Harry lebe schließlich mit zwei Frauen zusammen, und es sei kein Geheimnis, daß er mit Frau Doktor Ines Miller ein Verhältnis habe.

»Kein Geheimnis?« Harry war außer sich. Waldburg meinte wohl die Knutscherei mit Ines im Kino. Das mußte ihm Knesebeck verraten haben, der zufällig zwei Reihen hinter ihnen gesessen hatte. Waldburg war als fahler Büßer gekommen, jetzt nahm er plötzlich den Glanz des Wissenden an. Aber nur für Harry, denn Waldburg wollte nichts anderes als seinen Rat in der verfahrenen Situation. Er könne nun einmal weder auf seine Frau noch auf die Girls verzichten.

»Sagen Sie es Ihrer Frau, wenn es so ist.« Harry wußte keinen anderen Rat. »Sagen Sie, ich kann ohne die Mädchen nicht leben. Sie machen sich lächerlich, aber es hilft.« Er überlegte, ob Waldburgs Problem größer war als seines. Was war unerträglicher, Waldburgs Seidenunterwäschecallgirltick oder sein Verhältnis zu Ines?

Waldburg stöhnte. Seine Frau war vermögend. Er finanzierte seine Ausschweifungen mit ihrem Geld. Sie kosteten einiges.

»Wieviel?« fragte Harry.

»Mit dem Sekt, den die Mädchen saufen wollen und der heute natürlich Champagner sein muß, sind schon fünfzehnhundert Mark weg, pro Sitzung.«

Harry pfiff durch die Zähne. Da war sein Musikfimmel mit der CD-Wunderhostienkauferei billiger. Ines kostete kein Geld, und was er für sich ausgab, stammte von ihm. Insofern stand er besser da als Waldburg.

Hausmusik war offenbar für Frauen das ideale Mittel, um ihre abscheulichen Eheprobleme zu überspielen. Nun erschien zur flötenden Ingeborg Sachtleben die schöne Gräfin Waldburg im Eifelhaus, neuerdings auch manchmal in der Bonner Wohnung. Sie spielte Cello, noch etwas unbeholfen, aber sie sägte so konzentriert auf dem dicken Ding zwischen ihren Knien herum, daß Harry möglichst oft zusah. Dann, nach der Hausmusikorgie, tranken sie Tee. Helene kam wie immer hinzu, sie besprachen ihre Eheprobleme.

Waldburgs Frau hieß Senta. Sie war hübscher als man es von einer Gräfin erwartete. Harry nannte sie gern »die schöne Gräfin Waldburg«, auch in ihrem Beisein. Dann fauchte sie, zeigte ihm einen Vogel und sagte: »Hören Sie auf, das klingt nach Courths-Mahler!« Sie machte aus ihren Problemen kein Hehl und zog im Gegensatz zu Frau Sachtleben auch Harry ungeniert mit hinein. »Können Sie sich das vorstellen, Herr von Duckwitz?« sagte sie einmal, als Rita und Frau Sachtleben noch nicht da waren.

»Ich verlasse das Haus zum Wochenende, ich fahre mit den Kindern zu seiner alten Gaga-Mutter in das Rattenschloß dieses Pleitegeschlechts – Ferdinand muß natürlich am Wochenende arbeiten, weil alle im Auswärtigen Amt völlig überlastet sind –, und dann, kaum bin ich um die Ecke, ruft dieser Mensch Callgirls an! Callgirls! Sie als Mann, Herr von Duckwitz, können Sie sich das vorstellen?«

Die schöne Gräfin stimmte zornig ihr Cello. Sie hatte früher immer etwas süßlich ausgesehen. Das Aufgebrachte stand ihr gut und ließ die Furie ahnen. Harry fiel nichts anderes ein, als ehrlich zu sein. »Wenn ich Sie so ansehe, verstehe ich nicht, wie ein Mann noch etwas anderes braucht.«

Gräfin Senta spannte stolz ihren Cellobogen.

»Rita ist auch nicht unattraktiv«, fuhr Harry fort.

»Allerdings«, sagte die Gräfin.

»Und trotzdem genügt sie mir nicht«, sagte Harry nachdenklich.

»Das ist etwas anderes.« Grob strich Waldburgs Frau auf den Saiten herum. »Sie haben wenigstens ein Kinn!«

Harry lachte und bereute es sofort. Das war eine himmlische Bemerkung, aber sie war gemein, und er hätte nicht lachen dürfen. Schließlich hatte sich ihm auch Waldburg anvertraut. Mit diesem Lachen war er ihm in den Rücken gefallen. Er wollte jetzt zu ihm halten. Er war der Schwächere. »Eine Frau kann noch so schön sein«, sagte er, »plötzlich vermissen wir den Strom.«

»Ich verstehe nicht«, sagte sie.

In der Julia-Freudenhofer-Sprache hätte sich Harry besser ausdrücken können. Da hatten all die Wörter aus dem Bereich der erotischen Erregung so appetitliche Namen, Erektion und Ejakulation und alles, was dazwischen war. Kondition. *Noitkere* und *Noitalukaje*, völlig nordsibirische Bezeichnungen. Kondition war schlecht umkehrbar, spielte aber eine Rolle. Harry mußte sich jetzt etwas metaphorischer behelfen. »Elektrischer Strom muß entstehen«, sagte er. »Funkenbildung. Watt, Volt, Leistung, Hochspannung!«

»Sie meinen den Hochspannungsmast?« fragte die Gräfin.

Endlich kamen Rita und Frau Sachtleben, und es wurde Musik gemacht.

Nach einer Viertelstunde legte Senta Waldburg das Cello beiseite. »Ich kann heute nicht«, sagte sie. Also tranken die Frauen Tee, und die Gräfin verschaffte ihrem Herzen Luft. Auch für sie stand, wie für Sachtlebens, eine Scheidung nicht zur Diskussion. Sie stammte aus einer vermögenden katholischen Familie. Im Fall einer Scheidung würde sie ihr Erbteil aufs Spiel setzen. Ihre Eltern schätzten unbegreiflicherweise ihren kinnlosen Mann. Sie war sehr offen. An seinen Wäschetick hatte sie sich gewöhnt. Erst war sie natürlich schockiert gewesen, daß er anders nicht in Fahrt kam als mit Strapsen und grellbuntem Seidenzeug, wo sie doch weiße Baumwollunterwäsche liebte. Aber sie hatte sich arrangiert. Wenigstens war er verrückt nach ihr, wenn sie den abscheulichen Klimbim trug. So hatte die Ehe bisher gehalten. Es gab andere Ehen, die waren nicht einmal mehr mit solchem Flitterkram in Schwung zu bringen. Im übrigen war ihr auf diese Weise auch die Macht zugefallen, seine Lust zu steuern. Sie konnte ihn sich vom Hals halten, wenn sie die begehrte Wäsche im Schrankfach ließ, und sie konnte ihn bei Bedarf zu einem leidenschaftlichen Liebhaber machen, wenn sie seinem erotischen Spleen nachkam. Die kinnlosen Kinder waren allesamt Ergebnisse dieser Animationsmethode.

Das war alles hinzunehmen, das mit den Callgirls aber ging zu weit. Waldburg war im Gespräch, Generalkonsul in Karachi zu werden. Generalkonsul hätte er schon werden sollen, aber nicht in Pakistan. Was sollte sie tun?

Ingeborg Sachtleben sagte, sie würde sich lieber hier mit Callgirls herumärgern, als mit ihrem Mann in Pakistan zu hocken. Sie hatte gut reden. Ihrem Mann war die Stelle an der Botschaft in Genf durch ihr Antichambrieren so gut wie sicher. Harry kam aus seinem Zimmer, um sich eine Tasse Tee zu holen. Die schöne Gräfin fragte ihn unverblümt: »Können Sie mir erklären, was an bunter Unterwäsche elektrisierend sein soll? Macht Sie das an?«

»Nein«, sagte Harry, »das kann ich Ihnen nicht erklären. Es macht mich nicht an.«

»Er hat einen anderen Tick«, rief Helene dazwischen, »der ist viel schlimmer. Harry liebt Lederweiber. Er hat Rita und mir schwarze Lederhosen geschenkt und liebt es, wenn wir sie anziehen. Die Freundin seines Bruders hat einen kirschroten Minilederrock, wenn sie den trägt, fallen ihm die Augen aus dem Kopf. Er ist ein richtiger Fetischist, schlimmer als Ihr Mann.«

Harry lächelte säuerlich und ging in sein Zimmer. Helene nutzte jede Gelegenheit, ihm Fetischismus vorzuwerfen, während er der Ansicht war, daß gelobt sei, was geil macht. Er hatte keine Lust, sich ihr ewiges Herumanalysieren anzuhören, hatte aber auch keine Lust, als Fetischist zu gelten. In solchen Notlagen half nur Elizabeth Peach. Er legte sofort seine Zeitungen und die Völkerrechtsbücher beiseite und schrieb der alten Vertrauten nach London und entschuldigte sich zu Anfang, daß er sie immer nur als Ratgeberin mißbrauche, anstatt sie endlich einmal zu besuchen, wie er schon so oft versprochen habe. »Ich werde hier von meinen Frauen als Fetischist gebrandmarkt, weil ich in glattes Leder verpackte Frauenpobakken und Frauenoberschenkel scharf finde, gerne anfasse und dann ausziehe. Ist das Fetischismus? Bitte um baldige Klärung.«

Elizabeth Peach reagierte mit einem Telegramm:

»Die Lesbierin in mir ist auf Ihrer Seite, Harry. Nennen Sie sich einfach pellophil, va bene.«

Als nach der nächsten Musikstunde die vier Frauen wieder beim Tee saßen, kam Harry dazu und wedelte mit dem Telegramm.

»Ich bin rehabilitiert«, sagte er. »Hier ist das Gutachten. Ich bin nicht pervers, sondern pellophil – va bene, Helene!«

»Pellophil«, sagte Rita, »das heißt hautfreundlich.«

»Genau«, Helene triumphierte, »hautfreundlich wie eine Creme, das heißt, daß unser Harry leider etwas schmierig ist. Also, da wäre mir ein richtig perverser Bettgenosse eigentlich lieber.«

Die anderen Frauen lachten. Das hätte Harry nicht von ihnen erwartet.

Die Musikrunde hatte sich mit einem etwas spröden Trio von Carl Maria von Weber abgemüht, und als die Dilettantinnen mit Flöte und Cello gegangen waren, tobte sich die professionelle Rita mit dem rasenden ersten Satz von Beethovens Waldsteinsonate aus und erinnerte Harry an ein Rassepferd, das eben noch mit zwei Eselinnen angeschirrt ging und nun endlich frei auf einer Wiese herumspringen kann. Er wollte in Ritas virtuosem Spiel ein Zeichen dafür sehen, daß man bei Duckwitzens die Schwierigkeiten des Liebeslebens besser im Griff hatte als bei Waldburgs und Sachtlebens, nämlich professionell, elegant, perlend – und nicht schleppend, unbeholfen und mit falschen Tönen.

»Ein Sumpf«, sagte Helene, als Rita den ersten Satz durchhatte und zufrieden ihre Finger betrachtete.

»Was? Welcher Sumpf?«

»Ein Sumpf, diese Bonner Ehelandschaft.«

»Wir können mit unserem pellophilen Harry eigentlich noch ganz zufrieden sein«, sagte Rita und klappte den Deckel über den Tasten zu.

»Wer weiß, was er macht, wenn wir aus dem Haus sind«, sagte Helene.

»Wer weiß«, sagte Harry.

Hinter der freundlich eingespielten Ironie war plötzlich deutlich so etwas wie echte Neigung zu spüren, ein bißchen alte Liebe vielleicht sogar. Harry war so erwärmt, daß er am Abend nicht mehr von einer Telefonzelle aus bei

Ines anrief, um die geplante Verabredung für nächste Woche festzumachen. Er hatte die kühne Hoffnung, daß sie sich endlich einmal wieder ungezwungen zu dritt im Bett einfinden würden, was früher schon selten vorgekommen war und nun noch seltener passierte.

Obwohl sich Harry, durch jahrelange Erfahrung gewitzt, hütete, seine Wünsche deutlich zu äußern, merkte Helene sofort, worauf er hinauswollte.

»Ich glaube, ich bin einfach zu alt dafür«, sagte sie.

»Komm«, sagte Harry weich und höflich.

»Du auch. Du bist auch zu alt.« Helene betrachtete ihn mit einem milden Blick.

»Wieso ich auch?«

»Weil du früher ganz anders protestiert hast. Heute sagst du einfach nur ›komm‹. Früher hast du gekämpft dafür.«

»Das ging dir auf die Nerven, soweit ich mich erinnere.« Harrys Stimme wurde härter.

»Frauen mögen Kämpfer«, sagte Helene.

»Um sie dann abzuweisen. Gott sei Dank habe ich eine Ehefrau«, sagte Harry und folgte Rita, die schon ins Bett gegangen war. Aber sein schöner Plan war mißlungen. Er hatte bereits überlegt, wo die indischen Liebesringe sein könnten, die er seit den Orgien mit Julia noch keinmal benutzt hatte. Er wollte beiden Frauen den Zaubertrick vorführen und war neugierig auf ihre Reaktion. Rita war zärtlich, wollte aber schlafen. Auch gut, dachte Harry, wozu hatte er eine Geliebte. Und schon bereute er, Ines nicht angerufen zu haben. Der Verlauf dieses Abends war wieder einmal ein treffender Beweis dafür, daß Ines eine Lebensnotwendigkeit war. Da Fritz Ines haarsträubend vernachlässigte, waren auch gelegentliche Gewissensbißanfälle überflüssig. Und da Ines oft genug aus dringlichen Gründen Verabredungen platzen lassen mußte, war es gut zu wissen, daß es im fernen Traunstein eine Julia Freudenhofer gab, die ihm allerdings noch immer nicht die 250 Musikkassetten geschickt hatte, von den beiden Bücherkisten ganz zu schweigen.

Wieder einmal war er nicht zum Zug gekommen. Kein *Sumsagro* beendete den Tag, »nix *nesok enegore Nenoz*«, wie Julia immerhin neulich auf einer kleinen Postkarte geschrieben hatte, angenehm wehmütig und sprachtalentiert – kein Kosen erogener Zonen auf deutsch. Dennoch schlief Harry glücklich ein. Er fühlte sich reich und auch reif insofern, als ihm die Möglichkeit der Liebe eine Genugtuung war, so wie der Besitz einer Schallplatte die beruhigende Möglichkeit gibt, sie abzuspielen. Es war genug Liebe da, sie war nur manchmal müde, aber man konnte sie wecken, sie konnte munter werden, *Ebeil retnum.* Das ungeheuer Tröstliche war, daß es keine Sperren, keine generellen Einwände gab. Die Kunst der Liebe bestand darin, günstige Gelegenheiten herbeizuführen, dann konnte auch Liebe gemacht werden. *Ebeil necham* – sehr arabisch. Es gab genug Oasen in der Wüste.

Der Außenminister hatte plötzlich seinen Rücktritt bekanntgegeben. Im Amt war er der Chef, und wie bei jedem Chef hatte man erhebliche Vorbehalte gegen ihn. In der Öffentlichkeit war er beliebt. Die Zeitungen waren randvoll mit nachrufartigen Elegien. Politiker traten gewöhnlich wegen krummer Geldgeschäfte oder dummer Falschaussagen zurück. Der Außenminister galt als so unbescholten, daß nicht einmal Revolver-Boulevardzeitungen Böses vermuteten. Die halboffizielle Erklärung des seltsamen Schrittes war, daß hier einer auf der Höhe seines Ruhms gehe, weil er mehr nicht erreichen könne. Mehr Frieden, mehr Wiedervereinigung war nicht möglich. Damit ging die Rechnung des Ministers auf. Der Abgang ließ sein Lebenswerk makellos erscheinen. Während die Kommentatoren aller Medien sich zwischen Bedauern und Verständnis wanden und den furchtbaren Mangel an solchen blitzsauberen und blitzgescheiten Politikern beklagten, sah man das im Amt nüchterner. »Zeit, daß der

Sack geht«, hieß es. Und was die kühnsten Leitartikler vorsichtig und nur andeutungsweise in Erwägung zogen, wurde im Amt als Tatsache gehandelt: Die üblen Folgen der auch von ihm allzu stürmisch betriebenen Wiedervereinigung hätten seinen Ruf als umsichtigen Staatsmann bald beschädigt. Schlimmer noch, was er mit der überhasteten Anerkennung Kroatiens und Sloweniens angerichtet hatte, fand Knesebeck. Viele fanden das. Möglicherweise hatte der Minister dadurch die Eskalation des jugoslawischen Bürgerkriegs mit auf dem Gewissen.

»Vielleicht«, sagte Harry. Natürlich lag im Anerkennen von Nationen schon der Keim des Nationalismus, andererseits konnte man von einem Minister so viel Einsicht nicht erwarten. Wenn man Unterdrückten auf die Beine hilft, und die fangen an sich zu prügeln, kaum können sie stehen, dann hat nicht der Helfende schuld. Hier von einem Fehler zu sprechen, fand Harry überheblich.

»Was Duckwitz als Rücktrittsgrund des Ministers vermutet, wissen wir«, sagte Knesebeck bei einem der wenigen Gespräche über dieses Thema.

»Richtig«, sagte Harry, »klar. Ich vermute, der Minister ist liebestoll geworden und will mehr Zeit haben, mit Weibern im Kino herumzuknutschen. Sie denken doch, daß ich das denke, nicht wahr?«

Natürlich gab es das übliche Nachfolgegerangel. Selbst im Auswärtigen Ausschuß, den das nichts anzugehen hatte, war die Nachfolge das beherrschende Thema. Eine Ministerin, die sich Chancen ausrechnete, bezeichnete einen Minister, der sich auch Chancen ausrechnete, als »intrigantes Schwein«, und zwar so laut, daß es ein Journalist hörte. »Sie intrigantes Schwein!« war anderntags die Schlagzeile in verschiedenen Boulevardblättern.

»Schrecklich«, sagte Knesebeck, »ekelhaft, kein Stil mehr.«

»Himmlisch«, erwiderte Duckwitz, »wunderbar, endlich der Ton, den ich mag. Wenn der sich durchsetzt, möchte ich in die Politik zurückgehen.«

Waldburg und Sachtleben waren zu sehr mit ihren Eheproblemen beschäftigt, um sich Spekulationen über den Abgang des Ministers hinzugeben. Auch Knesebeck, von dem keine Eheprobleme bekannt waren, war die Angelegenheit nur ein paar Bemerkungen wert. Außen- und innenpolitisch herumzuspekulieren war eine Sache, die man den jüngeren Diplomaten überließ, mit denen man nicht viel Kontakt hatte. Höherer Dienst oder gehobener Dienst – also vollakademisch gutbezahlte Tatenlosigkeit oder Macher für weniger Gehalt – der alte Graben war nicht mehr trennend, ebensowenig wie der zwischen politisch links und rechts. Die früher entscheidenden Fragen und Reizpunkte waren heute verwischt. In den Vierzigern zu sein war eine Gemeinsamkeit, die mehr Ausschlag gab als Laufbahndünkel und politische Richtungen, die nur noch ehemalige Richtungen waren.

Wenn man die Vierzig überschritten hatte und nicht Staatssekretär geworden war, dann half nur noch der Ausbau des Privatlebens. Die schöne Gräfin Waldburg war eines Tages, vielleicht um sich von den Sünden ihres Mannes abzulenken, mit einem freundlich grinsenden Schreiner aus dem Sauerland dahergekommen – nein, kein Verhältnis, das war ausgeschlossen, es ging nur um die Handwerkskunst. Das war noch ein Handwerker, der ohne Freizeitkluft in ordentlicher Latzhose seine Arbeit verrichtete. Er duftete köstlich nach Honigwachs und Leinölfirnis, denn nur damit behandelte er seine Hölzer. Der Alternativschreiner, ein schlanker Mann mit Vollmondgesicht, verwandelte die poplige Reihenhausküche von Waldburgs im Nu in ein Holzparadies. Alle Kollegen, die die Vierzig überschritten hatten, strömten mit ihren Frauen in die neue Waldburgküche und bestaunten die wunderbare Holzwerdung, erfragten den Preis und erwogen eine ähnliche Renovierung.

»Die werden sich noch umsehen«, sagte Ines und zog eine Grimasse. Sie hatte den alternativen Holzkoller längst hinter sich. Die Diplomaten waren mit allem zehn Jahre später dran. Ines warnte. »Es ist Blödsinn, das Spülbecken in eine Holzplatte einzulassen, dann fault das Holz an den Rändern.« Niemand hörte auf Ines, die wieder reumütig auf rostfreien Edelstahl zurückgekommen war. Sogar Helene ließ sich zu Harrys Entsetzen von der Holzküchensucht infizieren und behauptete, dann würde ihr das Kochen auch wieder Spaß machen. »In Gottes Namen«, sagte Harry. Wenn sich seine entwürdigende Küchenarbeit auf diese Weise reduzierte, sollte es ihm recht sein.

Das Altbauchaos der Bonner Wohnung durfte nicht angetastet werden, im Eifelhaus wurde der alternative Vollmondschreiner vorgelassen. Er nörgelte an der Spülmaschine mit dem zu hohen Wasserverbrauch und an dem ebenfalls umweltfeindlichen Kühlschrank herum, die auch deswegen ersetzt werden müßten, damit man eine durchlaufende Ebene bekäme. Er wich Harrys Blick aus, witterte in Helene die Verbündete und sprach sie direkt an: »Ich meine, Sie sind ja keine Studenten mehr.« Helene nickte folgsam. »Leider«, sagte Harry. Ein neuer Fußboden müsse her, er empfehle sogenanntes Schiffparkett, schwimmend verlegt, preiswert und nicht protzig, unbehandelt selbstverständlich, es sehe richtig gut aus, wenn das ganze Erdgeschoß damit belegt werden würde. »Das ist natürlich eine Kostenfrage«, sagte er und rechnete, als von Helene kein Protest kam. »Fünfundvierzigtausend«, sagte er dann, »mit Kühlschrank und Spülmaschine.«

Aus Zorn über diese unsinnige Anschaffung nahm sich Harry vor, sofort im Plattenladen für tausend Mark Silberhostien zu kaufen und sie an die gläubige Zunge des CD-Apparates zu verfüttern. Konsumrache. Das Geld war da, und nichts haßte Harry mehr, als zu geizen.

»Geht in Ordnung«, sagte Helene zum alternativen Vollmond und sah dann Harry herausfordernd ins Gesicht. Sie brauchte ihn nicht zu fragen, brauchte nicht zu betteln. Sie war seit einiger Zeit Mitinhaberin von Harrys und Ritas Konto und damit des Duckwitzschen Vermögens.

Eine wilde Streiterei war dieser Aktion vorangegangen. Aus Diplomatenzeiten war eine Menge Geld übrig. Rita bekam von ihrem Vater eine monatliche Zahlung. Das hatte Harry damals zur Bedingung gemacht. Sonst wird nicht geheiratet. Der Vater hatte ihm verschwiegen, daß Rita keine Kinder mehr kriegen konnte. Verpfuschte Abtreibung. Zwar wollte Harry keine Kinder, aber Betrug muß bestraft werden. Er erinnerte sich nicht gern an diesen Deal, die Zahlungen aber waren ihm angenehm. Sie bestärkten sein Gefühl, für Rita nur teilweise verantwortlich zu sein. Rita verdiente auch noch mit Klavierstunden und ihren kleinen Konzertreisen hinzu, nicht unmäßig, aber ansehnlich. Sie gab nicht viel aus. Helene verdiente mit ihren Übersetzungen wenig, aber sie brauchte auch wenig. Was die Garderobe betraf, die das Geld vieler Männer und Frauen verschlingt, so waren Ritas und Helenes teuerste Kleidungsstücke die berühmten schwarzen Lederhosen, die ihnen Harry geschenkt hatte und auf denen sein pellophiler Blick gern ruhte.

Harry selbst gab für seinen Musikfimmel eine Menge Geld aus, aber so viel war es auch wieder nicht. Auch die Ausgaben für Bekleidung hielten sich in Grenzen. Auf der Wienreise hatte er sich ein paar Hemden und eine Hose kaufen wollen und es dann doch nicht getan, unentschlossen und weil eine ordentliche Hose und drei gute Hemden völlig ausreichten. Neuerdings gab es phantastische Unterhosen, nicht mehr diese weißgerippten Slips, sondern bunte Baumwollshorts mit schönen Mustern. Man konnte mit ihnen ohne weiteres dem Postboten die Tür öffnen. Das waren die wirklichen Fortschritte. Jahrzehntelang hatte man diese weißlichen, ausgeleierten Schlüpfer getragen, in denen man sich vermutlich zum geheimen Gespött der Frauen gemacht hatte. Man mußte sie tunlichst täglich wechseln und konnte keinesfalls mit ihnen schwimmen gehen. Und nun mit einem Mal völlig unerwartet diese Revolution. Ohne Werbung, ohne Feldzug, ohne Ideologie. Plötzlich liegen diese neuen, unendlich praktischen Unterhosen überall in den Schaufenstern und sind einfach überzeugend. Ein Sieg der reinen Vernunft. Harry hatte sich begeistert gleich fünf dieser neuen Shortsunterhosen gekauft, die übrigens aus den USA kamen und mehr zum Abbau seiner Amerikavorurteile beitrugen als seinerzeit Kennedy plus Marilyn Monroe. Eine Anschaffung von fünfmal achtzehn ist neunzig Mark, damit wäre unterhosenmäßig für die nächsten zwei Jahre vorgesorgt.

Die Miete der Bonner Altbauwohnung war so billig, daß man es nicht laut sagen durfte, auch die Eifelhausmiete war nicht der Rede wert. Der Ausschuß brachte einiges ein, dann die Pension. Das Geld war nicht weniger geworden. Seitdem er 1989 aus Ecuador zurückgekommen war und die steuerfreien Auslandszulagen, die man nicht richtig berechnet hatte, nachgezahlt wurden, schwankte Harrys Kontostand zwischen 380000 und 420000 Mark, so genau wollte er es nicht wissen und machte daher die Kuverts mit den Kontoauszügen nicht mehr auf, die monatlich mit der Post kamen. Natürlich hatte die Bank Versuche unternommen, Herrn von Duckwitz zur Vernunft zu bringen. Erst der Kontoführer, dann der Filialleiter.

»Herr Dr. von Duckwitz, haben Sie einen Moment Zeit?«

»Worum geht es? Ich habe es eilig.« Der Plattenladen machte in einer halben Stunde zu.

»Nehmen Sie doch Platz.« Der Filialleiter wies auf einen der schwarzen Ledersessel vor seinem leergefegten Direktorenschreibtisch.

»Worum geht es denn?« Harry war ungeduldig geworden.

Der Filialleiter konnte es einfach nicht mitansehen, daß so viel Geld ungenutzt auf dem Girokonto lag. Es tat ihm weh. Er empfahl Anlagen. Harry winkte ab. Er habe Besseres zu tun, als sich mit Kursschwankungen zu befassen. »Sehe ich aus wie ein Börsenyuppie?«

Der Filialleiter verstand nicht. Das mit dem Yuppie verstand er nicht. Das andere schon. »Es gibt idiotensichere Anlagen.«

»Was heißt idiotensicher«, sagte Harry scharf. Der Filialleiter entschuldigte sich.

Das war Harrys Luxus. Die Nichtanlage. Totale Verfügbarkeit. Musik, Geld, Frauen – alles verfügbar. Wer weiß, was kommt. Den Filialleiter ging diese Philosophie nichts an. Also sagte Harry: »Es kann sein, daß ich sehr schnell über den gesamten Betrag verfügen muß.«

»Machen Sie Festgeld«, sagte der Filialleiter, »über 7 Prozent Zinsen im Augenblick. Wegen der Wiedervereinigung.« Er tippte und tupfte. »Das sind 28000 Mark im Jahr, die Sie verschenken.« Harry schwieg. Das war viel. Das wollte er nicht wahrhaben.

»Vier Wochen Kündigungsfrist«, flehte der Filialleiter.

»Möglich, daß ich kurzfristiger verfügen muß.«

Jetzt schwieg der Filialleiter. Vielleicht aus Ehrfurcht, aber wahrscheinlich, weil er Herrn Dr. von Duckwitz für unbelehrbar hielt. Er gab auf.

Eine Weile hatte Harry mit seinem übervollen Idiotengirokonto gelebt, dann war die Sache durch Zufall aufgeflogen, weil Helene versehentlich das Kuvert mit den Bankauszügen geöffnet hatte. Sie schrie und tobte und lief wie eine Irre im Zimmer hin und her.

»In anderen Familien werden die Frauen so hysterisch«, sagte Harry, »wenn sie Liebesbriefe der Nebenbuhlerin entdecken oder, wenn sie feststellen, daß sich ihre Männer geschäftlich ruiniert haben. Du führst dich auf, daß man meinen könnte, ich sei pleite.«

»Lenk nicht ab! Hier hört der Spaß auf!« Helene war außer sich wie in alten Tagen.

Harry kam mit linken Relikten. »Anlegen ist Ausbeuten.«

»Du Kindskopf!« schrie Helene.

Harry war hartnäckig. »Das Geld arbeitet« – schon diesen Ausdruck könne er nicht ertragen. »An soviel mußt du dich doch erinnern«, sagte er, »was ich durch Nichtstun verdiene, macht andere ärmer.«

»Dann arbeite doch was!« Helene raste. »Du machst die Bank reicher, das ist alles, du Narr.«

»Das ist nicht wahr«, sagte Harry, »die Bank kann über das nichtangelegte Geld nicht so verfügen, wie sie gern möchte.«

»Hör endlich auf!« Helene schlug die Tür hinter sich zu. Es war ernst.

Am nächsten Tag ging Harry zur Bank, um Helene als Mitinhaberin des Kontos eintragen zu lassen. Dann sollte sie machen, was sie wollte. Er wollte mit diesen Geschäften nichts zu tun haben. Der Bankangestellte war ratlos und geleitete ihn in den stillen Raum des Filialleiters. Der hörte sich Harrys Wünsche an und sagte: »Das ist ungewöhnlich, Herr von Duckwitz.«

»Allerdings«, sagte Harry. Daß der Filialleiter den elenden Doktortitel wegließ, war verdächtig.

»Es gibt doch auch andere Möglichkeiten als drei Kontoinhaber«, erklärte der Filialleiter, »ein weiteres Konto etwa oder diese Person wird als verfügungsberechtigt eingesetzt.«

»Was heißt ›diese Person‹, sagte Harry, »was soll das heißen?«

Der Filialleiter verstand nicht.

»Verstehen Sie nicht«, sagte Harry, »ich will ›diese Person‹ überraschen.«

»Vielleicht will ›diese Person‹ die Überraschung nicht«, sagte der Filialleiter plötzlich. Daran hatte Harry nicht gedacht. Der Kontoinhaber kann nicht nur beglückt werden, er ist auch haftbar, wenn die anderen überziehen. Also gut, Rita wird eine Einverständniserklärung schicken, und Helene wird persönlich vorbeikommen und an Ort und Stelle unterschreiben.

Der Filialleiter nickte und überlegte. Da gab es noch eine Schwierigkeit. Auf den Kontoauszügen waren nur zwei Zeilen mit einer begrenzten Länge für die Namen der Kontoinhaber vorgesehen, und die waren schon randvoll:

Dr. Harry Freiherr von Duckwitz
Rita Freifrau von Duckwitz-Noora

»Schluß«, sagte der Filialleiter, »was machen wir?«

»Doktor weg, Freiherr weg, von abkürzen, Freifrau weg und was hat denn der obendrein verstümmelte Mädchenname meiner Frau da zu suchen?«

»Sie hat einen Doppelnamen, den können wir nicht weglassen.« Der Filialleiter war eisern.

Nach einer Viertelstunde hatten sie die Lösung:

H. v. Duckwitz u. Ri. Fr. v. Duck
Noorani und Helene Grünberg

»Na also«, sagte Harry, »da ist ja sogar noch Platz für eine weitere Person.«

Helene war tatsächlich zur Bank gegangen, hatte sich als Kontomitinhaberin inthronisiert, nutzte die Hochzinsen und legte mit wütender Entschlossenheit das Geld langfristig an: Laufzeit bis März 1998 beziehungsweise Oktober 2001. Harry wurde ganz übel bei der Vorstellung.

»So«, sagte Helene. Durch ihre Initiative falle ein Zinsgewinn an, von dem könne sie sich guten Gewissens drei neue Küchen machen lassen.

»Die Holzplatte wird faulen«, sagte Harry.

»Besser faulendes Holz als faulendes Geld«, sagte Helene, der Vollmondalternativschreiner kam, und nach zehn Tagen war alles neu und schön und unpraktisch. Wenn man an der Spülmaschine hantierte, ließ sich die Tür mit dem Abfalleimer nicht mehr öffnen. Der Ahornfußboden im gesamten Erdgeschoß sah gut aus, aber die Schritte knallten wie auf der Bühne beim Auftritt einer wichtigtuerischen Person. Auch die Küchen von Waldburgs, Saehtlebens und Knesebecks hatten ihre Fehler, aber keine der Frauen nahm das dem Vollmondökoschreiner übel, im Gegenteil, man pries die offensichtlichen Mängel als Verbesserung.

Nach Beendigung seiner Arbeiten schwärmte der Schreiner seinen willfährigen Auftraggeberinnen von Italien und den italienischen Kücheneinrichtungen vor, die nicht so entsetzlich perfekt wie die deutschen seien. Die Diplomatenfrauen hingen nickend an seinen Lippen, und er gab ihnen die Adresse eines deutschen Architekten, eines Aussteigers, der traumhafte Häuser in traumhafter Gegend an der Hand habe. »Relativ preisgünstig«, sagte der Schreiner nach einer Bedenksekunde, als habe er soeben im Kopf einige Summen überschlagen.

Obwohl Frau Sachtleben und die schöne Gräfin Waldburg sich mittlerweile denken konnten, welchen Weg ihre Männer in ihrer Abwesenheit gingen, griffen sie den Hinweis auf und fuhren wenig später gen Italien, um die Empfehlung vor Ort unverbindlich zu überprüfen. Nach einigen Tagen kamen sie begeistert zurück, denn sie hatten das Paradies gefunden. Der Holzküchenwahn erwies sich im Nachhinein als eine Vorstufe des Italienfiebers, das nun in Diplomatenkreisen eine Familie nach der anderen ansteckte. Die Welle der Inbesitznahme von toskanischen Ruinen durch zupackende Deutsche hatte ihren Höhepunkt schon seit Jahren hinter sich. Wie bei den holzgeschreinerten Küchen waren die Diplomaten hier zu spät dran, eine Eigenart, die sich nicht nur auf ihr Privatleben erstreckte. Auch in ihrem bedauernswerten Beruf mußten sie häufig feststellen, daß fixe Fernsehkorrespondenten bereits politische Vorfälle kommentierten und analysierten, von denen sie noch gar nichts gehört hatten.

»Toskana – ich weiß nicht.« Einige Diplomaten wehrten sich noch unschlüssig gegen die neue Sehnsucht mit dem Argument, die Toskana sei doch so von Deutschen überlaufen. Es gab ja sogar schon den Begriff des Toskanadeutschen und der Toskanafraktion. Dieses Image wollten die Diplomaten nicht miterwerben. Nicht, daß die Diplomaten generell etwas gegen Fortschritt und Umweltschutzdenken hatten – so konservativ wie ihr Ruf waren sie schon lange nicht mehr–, aber keinesfalls wollten sie mit all den Toskanadeutschen verwechselt werden, die ihre rotgrüne Kritik an der Industriegesellschaft damit zum Ausdruck brachten, daß sie in ihrer zweiten italienischen Heimat die Sandalen an den Füßen hatten, die sie in Deutschland nie anziehen würden. Im ungeliebten Deutschland waren sie daran zu erkennen, daß sie handgenähte Schuhe und dezentfarbene Seidenhemden trugen. Solcher Schick war den Diplomaten zuwider.

Diese irgendwie verständlichen Einwände einiger skeptischer Diplomaten konnten von Ingeborg Sachtleben und der schönen Gräfin Waldburg sofort entkräftet werden. Es handelte sich nämlich bei dem von ihnen erkundeten Paradies gar nicht um die Toskana, wie die investitionsunwilligen Diplomatenmänner zwanghaft vermutet hatten. Italien besaß auch andere Provinzen. Die Toskana sei in der Tat von der deutschen akademischen Schickeria überlaufen und unbezahlbar geworden, sagten sie, die Nachbarprovinz Umbrien aber sei genauso schön, nur ohne den Makel des Modischen und nicht so überteuert. Umbrien – das Wort besaß natürlich nicht diesen Reiz, den die Toskana trotz aller Kehrseiten noch immer hatte, das klang mehr nach zweiter Wahl.

Die Reise von Bonn über München, den Brenner, Bozen, Verona, Bologna bis Florenz und von da nach Umbrien sei ein Katzensprung, hieß es, und dieses von den Einschleppern des umbrischen Fiebers in die Welt gesetzte Gerücht hielt sich. Egal, wie lange die Fahrt wirklich dauerte, theoretisch war es keine Entfernung, und darauf kam es an. Denn wenn man theoretisch abends um neun in Bonn wegfuhr, konnte man nach einer friedlichen Nachtfahrt schon mittags in Florenz einen Cappuccino trinken, dann noch ein Stündchen durch die Weinberge und Olivenhaine, und schon war man in seinem umbrischen Domizil bei Gubbio oder Assisi oder Orvieto oder der Provinzhauptstadt Perugia. Die Diplomaten, deren Ohren doch an den Klang vieler exotischer Orte gewohnt waren, ließen sich von den umbrischen Städtenamen sofort verzaubern. Der Nachteil, daß Umbrien im Inneren des italienischen Stiefels lag und nicht ans Meer grenzte, wurde zu einem Vorteil verkehrt, denn am Meer hielt sich das Pack auf und das Meer war sowieso versaut.

Infiziert vom umbrischen Fieber ließen sich bald ein Dutzend Diplomatenfrauen und ihre Männer umbrische Bauernhäuser und Hausruinen zeigen. Der Aussteigerarchitekt und Vermittler war ein dicker gemütlicher Kerl mit ausgefransten Bastschuhen und fettigen Haaren. Er kam zu allen präzise von Bonn aus gemachten Terminen zwei bis drei Stunden zu spät und lächelte den unruhig wartenden Deutschen mit solchem Aussteigercharme zu, daß sie ihm sofort die unmäßige Verspätung verziehen. Wagte dennoch jemand, ihn darauf hinzuweisen, daß man morgen um die Zeit schon wieder in Bonn am Schreibtisch sitzen müsse, blickte er weise über den Nickelrand seiner kleinen Intellektuellenbrille und sagte: »Wir sind hier in Italien.« Die Frauen verstanden gleich, was er damit meinte, und die Männer gaben nach. »Deutschland können Sie vergessen«, sagte er und scharrte mit den Füßen, und selbst den korrektesten Diplomatenmännern blieb nichts anderes übrig, als ihm zuzustimmen. Es war ja so, vor allem nach dieser Wiedervereinigung. Bottermann, der fette Architekt, kratzte ungeniert an seinen Mückenstichen, bis es blutete. Die Diplomatenfrauen starrten entsetzt auf die unförmigen weißen Waden, und Bottermann sagte: »Das ist der einzige Nachteil hier, aber auch der einzige.« Das konnte man verkraften.

Man speiste und trank, und allen war klar: Hier in Umbrien würde man Ruhe vor dem unruhigen Diplomatenleben finden. Die Frauen hofften, Ruhe vor oder auch mit ihren Männern zu finden und endlich lesen und malen zu können. Es war so angenehm hier, daß die Männer nicht nur an ihre Geliebten dachten und daran, daß ihre Frauen an diesem fernen Ort gut aufgehoben waren, nein, sie dachten weiter. Irgendwann, dachte Waldburg, würden sich seine Reizunterwäschebedürfnisse vielleicht doch gelegt haben, und dann könnte er hier als Pensionär mit seiner Frau ein paar friedliche Monate im Jahr verbringen. Und plötzlich wußte er, daß seine schöne Gräfin mit sechzig noch attraktiver aussehen würde als die Strapsgirls mit dreißig. Er rutschte an seine Frau heran und flüsterte ihr ins Ohr: »Wir nehmen das Haus.«

In Bonn schwärmten sie haltlos von ihren neuen Häusern und dem originellen Architekten, diesem Lebenskünstler. »Das wäre das Richtige für Sie«, sagte Waldburg zu Duckwitz. Als Frühpensionär könne er das jetzt schon ausnützen, Helene könne ihre Bücher ebenso, wenn nicht besser in Italien übersetzen und Rita in der traumhaften Gegend noch traumhafter Klavier spielen. Harry sagte, er renne im Augenblick einer Plattenaufnahme von Johnny Dodds hinterher, ›Melancholy‹, aber nicht der üblichen, flachroutinierten Version vom 2.1.1938 in New York, sondern der Aufnahme vom 22.4.1927 in Chicago, die eben noch das Feuer der Melancholie habe. Am Besitz dieser Platte, respektive CD-Wunderhostie, läge ihm mehr als am Besitz italienischer Landhäuser. »Du wirst nie erwachsen«, sagte Helene, und Harry antwortete nur: »Gott sei Dank.«

Die vom Umbrienfieber Infizierten blieben unter sich. Schon lernten die Frauen Italienisch. Harry war neugierig, ob Helene die Unverschämtheit besitzen würde, ihre Verfügungsberechtigung über das läppische Vermögen auszunutzen, einen Teil der Anlagen kurzerhand wieder in Bargeld zu verwandeln und sich der Hauskaufhysterie anzuschließen. »Mach, was du willst«, sagte Harry, als ihr das Fieber sichtbar in den Augen brannte.

Zum Glück konnten sich die unerfahrenen Umbriendeutschen bei dem mückenzerstochenen Herrn Bottermann gut aufgehoben fühlen, er hatte billige italienische Arbeiter parat, er hatte Geschmack. »Ein Händchen hat Joachim!« sagte Ingeborg Sachtleben, die sich bereits mit dem Dicken duzte. Er wurde als Renovierungsgenie gepriesen. »Schmiedeeiserne Gitter und Gartenzwerge werden Sie bei mir nicht finden«, sagte er den Diplomaten, wenn sie nach dem Kaufabschluß den Ausbau der Ruine in seine bewährten Hände legten. Ein durchgeschwitztes Hawaiihemd bedeckte den gewaltigen Oberkörper eines japanischen Ringers. In den Brusttaschen des Hemds steckten zwei tragbare Telefone, die ständig piepsten, weil ständig Interessenten aus Deutschland anriefen, die Häuser kaufen, oder italienische Bauern, die ihre loswerden wollten. »Sei still, der Mittag ist heilig«, sagte Bottermann zu dem Gepiepse in seiner Brusttasche und lachte über die Bemerkung. Imposanter Mann, hoffentlich raffte ihn der Herzinfarkt nicht hinweg, bevor das Haus fertig war. Er wußte, wie und wen man bestechen mußte, damit es weiterging. Ohne Bottermann war man verloren.

Mittags aß er riesige Portionen Spaghetti, trank anderthalb Liter Wein, wankte zu seinem Supermercedes, dem eine kräftige Lage umbrischer Staub alles Protzige genommen hatte, und fuhr voran, neuen Häusern entgegen, die besorgten deutschen Diplomatenfamilien hinterher. »Ist das nichts?« sagte er dann nach einer Stunde Serpentinenraserei und deutete mit seinen fetten Armstummeln auf Häuser in der weiten Landschaft. »Hundertachtzigtausend Mark. Geschenkt. In der Toskana zahlen Sie das Dreifache.«

Auch beim Abendessen ließ er sich von seinen piepsenden Telefonen nicht stören, weil er zwischen Vorspeise und Hauptgericht einen Kostenvoranschlag für die Umbauten an Waldburgs Hausruine machte. »Dreiundachtzig Millionen Lire«, sagte er, »und weil wir in Italien sind, runden wir auf achtzig ab.« Dafür wird der ganze Stall unten zu einem wunderbaren Wohnraum ausgebaut. Sogar alten Ziegel-Boden wird der gute Bottermann legen lassen, Fenster und Türen aus Eichenholz. Er beugt sich schwitzend vor: »Italienische Eiche«, sagt er über seinen Brillenrand, »deutsche Eiche können Sie vergessen, ein für allemal.«

Nun ist der Augenblick gekommen, da die deutschen

Neubesitzer aufs Klo gehen müssen, um sich die Tausendmarkscheine aus der Unterwäsche zu fischen, wo sie sicher vor italienischen Räubern transportiert wurden. Neunzig Tausendmarkscheine sind jeweils am Körper der beiden Waldburgs untergebracht, ein feucht gewordenes Bündel, dick wie ein Taschenbuch, das dem guten Bottermann feierlich überreicht wird, der sich das Geld mit einem flüchtigen Kopfnicken in die Brusttaschen zu seinen Telefonen stopft, der Weltmann. »Sie sehen nicht so aus, als müßte ich nachzählen«, sagt er. Die reich gewordenen Bauern gehen fröhlich mit ihren Schecks von dannen. Bottermann malt auf einen klebrigen Kneipenzettel mit seiner hübschen Architektenschrift eine Quittung über den Erhalt von einhundertachtzigtausend Mark, und die neuen Hausbesitzer starren den Papierfetzen an wie ein Kunstwerk von Joseph Beuys. »Das ist das Schöne an Italien«, sagt Bottermann und klatscht verliebt in die Hände, »solche Quittungen kriegen Sie nur hier.« Richtig, was war das in Deutschland für ein Theater.

Dann wurde Sekt getrunken, und das Leben war leicht und schön in Italien. »Gratuliere«, sagte Bottermann plötzlich ganz deutsch. Dann wurde Magenbitter getrunken, dann fiel Bottermann ein, daß er bei dem Kostenvoranschlag den Bau einer Sickergrube vergessen hatte. Das waren noch einmal zwölfhundert Mark. »Die kriegen Sie von mir geschenkt«, sagte er, aber weder Waldburgs noch Sachtlebens noch Knesebecks noch die anderen Bonner Diplomaten wollten Sickergruben geschenkt haben. »Na gut«, sagte Bottermann und brauchte jetzt nur noch Vollmachten für den Notar, um die Kaufformalitäten für die neuen Besitzer abzuwickeln. Der Termin war übermorgen, aber da mußten die Diplomaten ja schon wieder in Bonn sein.

Schließlich brauste Joachim Bottermann in die italienische Nacht davon, neuen Käufern und Verkäufern entgegen, und die Bonner Diplomatenpaare brachen zu ihrem Katzensprung in den Norden auf und hofften, daß der gute Bottermann nicht an einem Baum landete, so schnell und betrunken, wie er fährt, und immer telefoniert dabei und gestikuliert wie ein echter Südländer.

Nachdem die Häuser erworben waren, wurde es in Bonn etwas stiller. Jetzt war die Phase, wo da unten emsig ausgebaut wurde. Bottermann sorgte dafür, daß selbst die faulsten italienischen Arbeiter den Arsch hochkriegten. Telefonisch war er schwer zu erreichen, wie man ja gemerkt hatte. Nur spät abends, wenn er betrunken Auto fuhr, konnte man Glück haben. »Klar«, sagte er dann, »der Ausbau geht gut voran, und wie.«

An einem warmen Juniabend gab Harry in der Bonner Wohnung für Fritz ein Fest, obwohl er fand, daß sein dichtender Bruder ein solches Spektakel erst zu seinem fünfzigsten Geburtstag verdient hätte. Es war ihm ein Literaturpreis verliehen worden, und Helene redete Harry gut zu. Es könne nichts schaden, wenn man mal Literatenvolk zusammen mit Ex-Diplomatenkollegen einlud. Vielleicht springe für Fritz auch eine vom Goethe-Institut angeleierte Leserreise durch die Welt dabei heraus. Unter diesem Gesichtspunkt hatte Harry dem Fest natürlich sofort zugestimmt, weil Ines dann eine Weile ohne Fritz sein würde.

Neulich hatte er übrigens endlich den Liebesring bei Ines ausprobiert. Sie war ekstatisch geworden wie noch nie, reagierte aber etwas enttäuscht, als Harry ihr das Geheimnis verriet, von dem selbst sie als Ärztin noch nichts gehört hatte. Bei dieser Gelegenheit erzählte er ihr von seinen Nächten mit Julia und schwor wahrheitsgemäß, daß immer brav Kondome benutzt worden waren. Ines wollte eine detaillierte Schilderung der Vögelei mit Julia hören, die sie nicht irritierte, sondern animierte, was Harry sofort zu ausschweifenden Phantasien anregte, die er nicht für sich behielt. In einer Vögelpause malten sie sich aus, daß eine Liebesdienerin wie Julia nicht übel wäre, eine Sklavin der Liebe mit einem Ring in der Nase und der

Aufgabe, Königin *Anigav* und Prinzessin *Sirotilk* und Prinz *Sinep* nach einer Ermattungsphase wachzuküssen. »Wir sind verrückt«, sagte Ines, und als ihr später Harrys zauberringbedingte Ausdauer lästig wurde, sagte sie: »Jetzt wäre Julia auch ganz praktisch, du könntest dich bei ihr zu Ende austoben.« Hatte Harry in den Nächten mit Julia Ines gegenüber den Anflug eines schlechten Gewissens gehabt, so plagte ihn nun ein mulmiges Gefühl, weil Julia, die ungenierte Göttin der Liebe, von der Göttermutter Ines zur Sklavin gemacht wurde. Und er hatte nicht gegen diese Arbeitgeberphantasie protestiert, sondern sie sogar in vollen Zügen genossen. Die Julia-Freudenhofer-Vögelspezialsprache fand Ines allerdings zu kompliziert und eher lustfeindlich. »Zum Aufklären meiner Kinder wäre die Sprache ideal gewesen«, sagte sie.

Das Fest für Fritz schien ein Erfolg zu werden. Die Verlags- und Redaktionsleute von Fritz vermischten sich mühelos mit dem Diplomatenvolk. Harry legte gute alte schwarze Platten auf und neue CD-Silberhostien ein und freute sich, daß seine Musik ankam. Es war warm, die Fenster standen offen. Im Sommer war das Leben schön. Ines blühte im Sommer auf. Im Winter fror sie fast immer. Rita fror nie. Helene gelegentlich. Mit allen drei Frauen ging es zur Zeit außergewöhnlich gut. Harry war locker und in Form wie in alten Zeiten und hatte das Bedürfnis, seine Gäste zu unterhalten. Blumig und slapstickartig erzählte er von seinen Mißgeschicken: die Wienreise – ein Reinfall, der Autounfall – buchstäblich ein Reinfallen in die Schlucht, und dann das Malheur mit dem Fahrrad neulich, da konnte einem die Lust auf den umweltbewußten Einkauf ohne Auto vergehen.

Es war im Zentrum von Bonn in der Stoßzeit passiert, sofern man von Stoßzeit reden kann, wo in Bonn sogar der Verkehr lächerlich ist. Mitten auf der Kreuzung springt eine Milchflasche aus dem Fahrradkorb, aus Glas natürlich auf Helenes Anordnung. Anstatt einfach weiterzufahren, nach mir die Sintflut, bleibt er stehen. Fließt

Blut, weiß jeder, was zu tun ist – Notarzt und Polizei, das Blaulicht hält die Autoschlange mühelos in Schach. Fließt Milch, was dann? Was mit den Scherben? Aufheben? Harry ist ratlos. Er steht allein auf der Kreuzung, kann das Fahrrad nirgends abstellen, legt er es hin, kullern auch noch die Tomaten aus dem Korb. Noch vermuten die Autofahrer hinten in der Schlange einen Unfall und gedulden sich. Als sich nichts tut, keine Notarztsirene, keine Polizei, erstes Hupen, dann bedrohliches Hupkonzert. Plötzlich schlängelt sich ein Autofahrer, der die Geduld verloren hat, nach vorn, und als er sieht, daß hier keine Leichen liegen, sondern nur eine Milchlache und Scherben, gibt er wütend Gas. Seine dicken Sportreifen zermalmen die Scherben, er hinterläßt eine kleine Milchspur. Und weg ist er. Der größte Idiot, ein richtiges Ralleyarschloch, hat wieder einmal vorgemacht, was in solch einem Fall zu tun ist – einfach weiterfahren. »Es war der schrecklichste Augenblick meines Lebens«, sagte Harry abschließend in die Runde seiner Zuhörer, die sich erheblich gelichtet hatte.

Die schöne Gräfin Waldburg seufzte und sagte: »Ihre Sorgen möchte ich haben!«

Harry dachte zuerst, der kinnlose Gatte habe vielleicht die Callgirl-Dosis auf drei erhöht, aber etwas anderes war geschehen. Keiner hatte bisher davon geredet, weil der Mensch im Mitteilen von Mißgeschicken Zurückhaltung übt. Wie die Ostdeutschen ihre inoffizielle Mitarbeiterschaft beim Staatssicherheitsdienst der alten DDR mit allen Mitteln verbergen wollen, so vertuscht der Westdeutsche finanzielle Reinfälle. Harry war aufgefallen, daß es in letzter Zeit merkwürdig still um die Italiensüchtigen geworden war. Nun, da die anderen Gäste aus dem Dunstkreis von Fritz ziemlich freudlos das Fest verlassen hatten und der Duckwitz-Clan mit den Exkollegen-Paaren unter sich war, vielleicht auch angefeuert von Harrys Lappalien-Mißgeschicks-Geschichte, kam es heraus.

Joachim Bottermann war kein guter Mann, wie alle angenommen hatten. Weil er wie ein Gauner aussah und aus seinen kleinen krummen Touren keinen Hehl machte, hatte man ihm vertraut. Er hatte alle betrogen, Italiener und Deutsche. Die Schecks, die er den Bauern gegeben hatte, waren ungedeckt, die Arbeiter, die tatsächlich schon Renovierungen vorgenommen hatten, gingen leer aus, obwohl die Deutschen entsprechende Vorschüsse gezahlt hatten. Diese Machenschaften wurden eine Weile von beiden Seiten unter der Decke gehalten, weil die italienischen Verkäufer vor dem Notar mit fingierten Rechnungen operieren wollten, um Steuern zu sparen, und viele Deutsche in der Schweiz und in Liechtenstein herumliegendes Schwarzgeld verwendet hatten. Doch dann flog der Skandal auf, als Bottermann sich abgesetzt hatte und das ganze Ausmaß seiner kriminellen Energie ans Tageslicht kam. Zuletzt war er gesehen worden, wie er sich in Ancona auf ein Schiff begab. Er floh nicht ins ferne Paraguay, das ihm als Fluchtort auch gut zu Gesicht gestanden hätte, sondern ins ehemalige Jugoslawien, wo er vor dem Zugriff von Interpol sicher war. Er hatte sperriges Reisegepäck bei sich, fünf Kühlschränke und sieben Waschmaschinen. Ein Rätsel zunächst für die hereingelegten deutschen Käufer, als sie davon erfuhren, da ihr uriger Joachim doch schließlich rund sieben Millionen deutsche Mark gescheffelt hatte, wie sich im nachhinein leicht ausrechnen ließ. Die schöne Gräfin Waldburg, der man praktisches Denken am wenigsten zugetraut hätte, brachte es auf den Punkt. Bottermann witterte ein neues Geschäft, und eine bosnische Serbin, mit der er liiert war und die ihm bei seinen umbrischen Geschäften geholfen hatte, bereitete ihm den heimatlichen Boden. Im ausgebluteten Bosnien waren die Haushaltsgeräte Gold wert.

Zurück ließ der Gauner, an dem nur die Mückenstiche ehrlich waren, etwa vierzig Käufer, die ihr ganzes Geld in den Wind geschrieben hatten, weil sie so gutgläubig oder dumm waren, ihm die notarielle Überschreibung anzuvertrauen, die niemals stattfand. Waldburgs hatten zweihunderttausend verloren, Sachtlebens waren vorsichtiger gewesen und kamen mit achtzigtausend Verlust davon, Knesebeck, der alte Schlaumeier, hatte Glück gehabt, er mußte nur das Geld für die Sickergrube, die ein italienisches Tiefbauunternehmen angelegt hatte, noch einmal bezahlen. Aber die große Pleite hatte Sachtlebens und Waldburgs nicht von ihrem umbrischen Fieber abbringen können. Sie kauften den Bauern, die ihr Geld nie gesehen hatten, das Haus zum zweitenmal rechtmäßig ab.

»Das werden Sie nicht verstehen«, sagte die schöne Gräfin zu Duckwitz.

»Doch«, sagte Harry. Natürlich verstand er. Wer liebt, zahlt jeden Preis. Wenn er sich eine Schallplatte kaufte, die ein kompletter Reinfall war, mußte er sich auch sofort mit einer neuen trösten.

Am nächsten Morgen überraschte ihn Helene mit Urlaubsplänen. Dabei war es noch wochenlang hin bis zur Ferienzeit. Sachtlebens Kinder hatten sich mit denen von Ines angefreundet. Das befremdete Harry. Noch mehr befremdete ihn der Gedanke, daß alle zusammen in die Ferien fahren wollten. Eine Radtour entlang der Loire, da mit dem Ausbau von Sachtlebens Stall zum Salon im paradiesischen Italien erst im nächsten Jahr zu rechnen war.

»Das darf nicht wahr sein«, sagte Harry.

Es war wahr.

Selbst Rita und Helene und Fritz wollten mitmachen. Alle wollten Bewegung. »Ich werde langsam schwammig«, sagte Fritz und blickte auf seinen Bauch.

»Dich brauchen wir wohl nicht zu fragen, ob du mitfährst«, sagte Helene zu Harry.

»Nein, braucht ihr nicht«, sagte er.

Rita, Ines und Helene waren sich einig: »Ist auch gut, wenn einer dableibt zum Blumengießen.«

# 8

*Wie Harry von Duckwitz einige Wochen mit Helene allein im Eifelhaus verbringt, die dringend nötige Abwechslung durch einen Besuch von Ex-Colonel Willfort eintritt und Soriza, die serbische Putzfrau, für Zündstoff im friedlichen Leben sorgt. Außerdem Ärgernisse mit Katzen, Mäusen und Amseln und Erkenntnisse in bezug auf ihr gleichnishaftes Verhalten zum großen Weltgeschehen. Dann bemerkenswerte Kleinigkeiten über Kamelhaarmäntel und ehemalige Sowjetrepubliken sowie über Harrys schmeichelhafte Ähnlichkeit mit dem tragischen Hamlet. Wie Harry in einer philosophischen Aufwallung nationale und religiöse Zugehörigkeitsgefühle als Wurzel allen Übels erkennt und schließlich zurückbleibt, während die anderen in die Ferien fahren.*

Nicht immer wird die Stimmung mit dem Wetter besser. Je prächtiger sich der Sommer 1992 entwickelte, desto häßlicher und zänkischer ging es bei Duckwitz' zu. Rita fehlte. Sie war den ganzen Mai und Juni über auf einer Tournee. Sie begleitete den japanischen Sänger mit dem rechteckigen Gesicht auf seiner Liederreise. In Kopenhagen war eine Plattenaufnahme geplant. Beethovens italienische Liebeslieder, später die Frühlingssonate, auch von Beethoven, diesem einzig sinnvollen Menschen, den das elende Bonn je hervorgebracht hatte. Rita hatte eine Bandkopie geschickt. »Dimmi, ben mio, che m'ami« – selbst das alte Italienisch quoll dem gelehrigen Japaner akzentfrei aus dem Busen. Ob er verstand, was er sang? Sag mir, meine Geliebte, daß du mich liebst. Che fa, che fa il mio bene? Perchè, perchè non viene? – Was macht die Liebste? Warum kommt sie nicht? Die Silberoblate, schrieb Rita aus Kopenhagen, wird aus Kostengründen in Portugal hergestellt, wo sie dann zusammen mit einem dänischen Geiger die Frühlingssonate einspielen soll. Unbegreifliche Europäische Gemeinschaft. Harry war stolz auf Rita. Helene sagte: »Für dich sollte sie lieber die Kreutzersonate aufnehmen.« Harry verstand nicht. Helene mußte aufklären. Auf Tolstois Novelle hatte sie angespielt, in der ein Ehemann rasend wird, weil seine Frau mit einem Geiger so innig Beethovens besagte Kreutzersonate spielt, daß der tumbe Gatte begreift, was er ihr nicht geben kann. Harry hatte früher zwar etliche russische Schriftsteller gelesen, Tolstoi kaum, der war ihm nicht nihilistisch genug. »Dir würde etwas Eifersucht ganz gut stehen«, sagte Helene, »ich möchte dich einmal richtig toben sehen.«

Harry vermißte Rita. Jetzt, da sie längere Zeit weg war, merkte er, wie vermittelnd sie wirkte. Es gab Abende, an denen er und Helene sich unauffällig aus dem Weg gingen. Ihre Körper zogen sich nicht an und stießen sich nicht ab, es war, als hätten sie nichts miteinander zu tun. Mit einigem Entsetzen stellte Harry fest, daß sie häufig eines jener zigmillionen Paare waren, die sich auf der Suche nach einer passenden Fernsehsendung durch das miese Programm tasten, um endlich jene Müdigkeit zu erreichen, die berechtigt, ohne Annäherungsversuche matt und freundlich ins Bett zu gehen. Beiden war das klar, beide hätten es abgestritten, wenn einer auf die Idee gekommen wäre, diese Diagnose auszusprechen. Nur einmal wagte Harry die Bemerkung: »Wir sind ohne Rita wie ein Ehepaar ohne Tochter, das miteinander nichts mehr anfangen kann.«

»Für dich ist das vielleicht so«, sagte Helene aggressiv. Selbst das Jazzhören machte Harry in dieser Atmosphäre keinen Spaß.

Der Ausschuß konnte Harry wegen der nahenden Ferienzeit keine rettende Scheinbeschäftigung anbieten. Die Frage, ob eine militärische Intervention auf dem tollwütig gewordenen Balkan weniger oder mehr Verderben bringen würde, bewegte die Gemüter in aller Welt. Das deutsche Gemüt war auf besondere Weise bewegt. Ein Loslassen des deutschen Kampfmenschen auf Krisengebiete war dem Rest der Welt noch immer nicht zumutbar, fand der geläuterte Deutsche. Aber inzwischen hatte sich vieles geändert, und deswegen fand der doppelt geläuterte Deutsche deutsches Nichtstun auch nicht mehr zumutbar. Zum Nichtstun jedoch zwang das deutsche Grundgesetz: Kein kriegerischer Einsatz deutscher Soldaten im Ausland! Wie überall in Büros, Redaktionen und Kneipen wurde auch im Auswärtigen Ausschuß auf sehr hohem und wirklichkeitsfremdem Niveau das deutsche Spezialdilemma diskutiert.

In der letzten Sitzung vor der Sommerpause machten einige Ausschußmitglieder ein Gesicht, als hätten sie ein schlechtes Gewissen, weil sie nun für einige Wochen nicht mehr so bewegt die Fragen von Krieg und Frieden diskutieren konnten. Daß ihnen ihr eigenes Erholungsbedürfnis natürlicherweise näherstand als das fremde Elend, schien ihnen peinlich zu sein. Anders war nicht zu erklären, wieso ein Ausschußmitglied vorschlug, dem Bundestag vorzuschlagen, im Parlament eine Schweigeminute abzuhalten, bevor alles in die Ferien strömte. Ein Christdemokrat murmelte etwas von einer Meßfeier, und Harry bekam Zappelbeine.

Ohne seinen Ausschuß saß Harry zu Hause herum und hatte das Gefühl, Helene auf die Nerven zu gehen. Leider war Ines unerreichbar. Sie war mit ein paar Anästhesiekollegen nach Kiew gefahren und brachte den russischen Ärzten bei, wie man im Westen Leute narkotisiert, das heißt, Russen waren das jetzt nicht mehr in Kiew, sondern Ukrainer. Langsam war es genug mit der Staatenbilderei, man kam gar nicht mehr nach. Wer bitte kannte die Hauptstadt von Weißrußland? Minsk, würde vielleicht noch der eine oder andere sagen. Aber wie der Präsident von Weißrußland hieß, das wußte nun wirklich keiner mehr.

Fritz und der leibliche Vater der Ines-Kinder wechselten sich bei der Pflege des Nachwuchses ab. Moderne Verhältnisse. Immerhin winkte ein Liebeswochenende nach

Ines' Rückkehr und vor dem Aufbruch zur Radtour. »Überleg dir schon mal was«, hatte Ines gesagt. Aber das war leider noch eine Weile hin. Harry konnte zu Helene liebevoller sein, wenn vorher Liebe mit Ines war. Wie er auch mit besserem Gewissen Ines liebte, nachdem er Rita und Helene gründlich geliebt hatte. Alte Leier, alte stumpfe Wahrheit. Sachtleben ging es auch so. Große Liebe zur Gattin, wenn er von der Geliebten kommt, das hatte er Harry neulich eröffnet, dem das intime Geständnis peinlich war.

Helene besaß ein wunderbares Fahrrad, meinte aber, für die Radtour sei es nicht gut genug. Harry, der den Kult um die neuen Superräder affig fand, sagte, drei Gänge genügten völlig.

»Geizhals!« rief Helene.

»Meinetwegen kannst du ein Rad aus Platin mit 150 Gängen kaufen«, zischte Harry.

Schon gut, sagte Helene, sie werde ihr altes Rad nehmen, um den großen Fahrradkulturkritiker nicht zu verärgern.

Harry lenkte ein, diese neuen Räder würden sowieso nur gestohlen. Im vergangenen Jahr seien fünf Komma fünf Millionen Fahrraddiebstähle gemeldet worden. Helene hörte nicht zu, und sie haßten sich wieder einmal drei Tage lang.

Harry kaufte eine Frauenzeitschrift am Kiosk, weil die Titelstory ›Die große Krise‹ hieß, und legte sie Helene hin. »Sehr witzig«, sagte Helene und berührte das Heft nicht. Harry las den Beitrag, den er erbärmlich fand. Immerhin war ein Test dabei: Trennung oder Zusammenbleiben? Eine der Fragen lautete: Haben Sie schon einmal bereut, mit Ihrem Partner zusammenzuleben, wenn ja, wie oft? – Einmal. Einmal im Jahr. Öfter. An die letzte Antwort schrieb Harry mit knallgrünem Filzstift den Zusatz »dreimal täglich«. Dann ließ er das Magazin aufgeschlagen und deutlich sichtbar liegen.

Als die Automatik des Überlebenswillens die Laune

von Harry und Helene nach einigen Tagen verbessert hatte, entzündete sich an einem Kleintierdrama ein unsinnig großer Streit.

Es gab eine grauschwarz-getigerte Bauernkatze aus dem Ort, die dem Eifelhaus gelegentlich einen Besuch abstattete. Sie bekam fürstlich zu fressen, und zum Dank räkelte sie sich malerisch auf dem Sofa. Leider brachte sie manchmal eine Maus oder einen Vogel als Gastgeschenk mit, die sie entweder in die Schuhe der Gastgeber oder auf die Türschwelle legte, so daß man drauf trat, wenn man Pech hatte. Manchmal ließ sie auch nur ein paar ekelhafte Mäuseinnereien übrig. Am schlimmsten war es, wenn die Opfer noch lebten. Dann lag es an Harry, als Vollstrecker seines furchtbaren Amtes zu walten. Nach solchen Gnadenakten mußte er sich sofort betrinken. Vor einiger Zeit hatte er eine noch unverletzte Maus aus den Fängen der Bestie befreit. Das dumme Tier war leider nicht durch die Terrassentür, die ihr Helene wie einer königlichen Hoheit aufhielt, ins Freie geflüchtet, sondern hinter einen unverrückbaren, schweren Geschirrschrank im Wohnzimmer. Nach einigen Tagen, als die heroische Rettungsaktion längst vergessen war, begann es seltsam zu riechen. Helene tippte auf den Fernsehapparat, der ihrer Ansicht nach zu oft lief und dessen Plastikgehäuse nun schreckliche Chemikalien ausdünstete. Harry ahnte die furchtbare Wahrheit, wollte sie aber nicht wahrhaben und behauptete, er rieche gar nichts. Es wurde schlimmer, selbst der CD-Player, diese wunderbare Silberoblatenabspielmaschine, wurde verdächtigt und beschnuppert. Zum Glück kam Fritz. Obwohl er nicht gerade ein Berserker war, gelang es Harry schließlich mit seiner Hilfe, den monströsen Schrank ein Stück nach vorn zu rücken und den stinkenden Mäusekadaver zu bergen. Seitdem war für Harry die Sache klar: Ins grausame Naturgeschehen wird nicht mehr eingegriffen. Das war die Lehre aus der Geschichte.

Helene hatte diese Konsequenz offenbar nicht gezogen. Man hatte der Katze nach der Katastrophe mit der verwesten Maus Hausverbot erteilt. Sie hielt sich daher häufig im Garten auf und erschreckte die Amseln, die sich untereinander so laut scheppernd vor ihr warnten, daß man die Gitarre aus den Jazzstücken nicht mehr heraushörte. Jetzt, in diesen angespannten Wochen der eheähnlichen Zweisamkeit, bemerkte Helene eine brütende Amsel, die ihr Nest völlig instinktlos so offen in den Fliederbusch gebaut hatte, daß die Katze die Brut mühelos hätte liquidieren können. »Harry, wir müssen etwas tun!« sagte Helene.

Harry schüttelte den Kopf: »Vermutlich eine völlig degenerierte Amsel, die ihr Nest so dämlich baut. Die sollte sich überhaupt nicht fortpflanzen, sonst pflanzt sich ja nur Blödheit fort.«

»Du redest wie ein Nazi«, sagte Helene, was Harry überhörte, um den Streit nicht zuzuspitzen.

Aber da ihn die brütende Amsel so unschuldig ansah und ihn die Vorstellung, das grausame Handwerk der Katze möglicherweise demnächst vollenden zu müssen, entsetzte, wurde er weich und akzeptierte Helenes Plan einer Schutzzone. Er kaufte im Ort Stacheldraht. Sein Beitrag zur Sicherung. Die Ausführung überließ er Helene. Die wollte es ja. Der Stacheldraht am Eisernen Vorhang wurde beseitigt, im Eifelhausgarten wurde er wieder angebracht. Ein Antikatzenschutzwall. Um den pellophilen Harry für seine Unterstützung der humanitären Aktion zu belohnen, oder auch um ihre Beine wirkungsvoll zu schützen, hatte Helene ihre schöne schwarze Lederhose angezogen. Besessen hantierte sie mit den dornigen Drahtspiralen, die sie um die Fliederäste wickeln wollte. Harry sah ihr vom Fenster aus befremdet zu. Plötzlich hatte er Angst, sie könnte ihre superscharfe Hose mit dem superscharfen Draht zerkratzen. Er stürmte in den Garten und übernahm höchstpersönlich die Aufgabe der Schutztruppe. Helene ahnte den Grund. »Meine Lederhose ist dir wohl mehr wert als das Leben der Amsel«, sagte sie. »Allerdings«, sagte Harry, und obwohl der Anlaß so albern war, wurden sie bösartig.

Dann sagte sich ganz unerwartet Willfort an. Helene schminkte sich. Ex-Kollege Willfort, den sie früher »Colonel« genannt hatten, weil er aussah wie ein stattlicher Kolonialoffizier. Er hatte den Dienst kurz nach Harrys Suspendierung quittiert. Er sollte Botschafter im Senegal werden, obwohl er den Job des Kulturattachés an der Botschaft in Paris anstrebte. In seinen Augen eine klare Personalintrige. Drei Tage lang hatte er im Amt herumgeschrien: »Wer bin ich denn!« Als das nichts half, stellte er den Antrag auf fristlose Entlassung. Mit Erfolg.

Harry hatte Willforts Abgang damals im März vor einem Jahr nicht ohne Neid beobachtet. Es war ein besserer Abgang als seiner, würdig und mit Zukunft, wie sich herausstellte. Denn schon kurz nach seiner Entlassung konnte Willfort mit einem Anstellungsvertrag beim Fernsehen wedeln. »Mensch, Duckwitz, müssen Sie auch machen«, hatte er gesagt, »das Fernsehen braucht Leute wie uns.«

Diplomaten waren unter anderem dazu da, den Korrespondenten Auskunft zu geben. Tatsächlich war es längst umgekehrt. Brauchten Diplomaten brisante Informationen oder die rasche Beurteilung einer verworrenen Lage, mußten sie sich erniedrigen und die findigeren, beweglicheren, besser ausgerüsteten Auslandskorrespondenten befragen. Willfort brüllte vor Lachen, weil er die Seiten gewechselt hatte. »Den Pennern im Amt stecke ich ein Licht auf«, rief er, »denen zeige ich, was eine Harke ist.« Und in strahlender Schadenfreude hatte er seine großen Hände gerieben.

Harry war erleichtert, daß auch Willforts Diplomatenlaufbahn mit kindischen Rachegelüsten endete. Als er Helene, die von Anfang an penetrant unbeweisbar für Willfort schwärmte, darauf hinwies, war ihr einziger Kommentar: »Der wird dem Bildschirm guttun.«

Da Duckwitz und Willfort annähernd zur gleichen Zeit den diplomatischen Dienst quittiert hatten, entwickelte sich zwischen ihnen eine Art freundschaftlicher Kumpanei. Zwei Ex-Diplomaten, die sich nichts hatten bieten lassen – das verbindet. Willfort war anfangs ab und zu bei Duckwitz im Eifelhaus vorbeigekommen, oder war Duckwitz nur ein Vorwand, um Helene zu treffen? Mit ihr unterhielt sich der frankophile Weltmann über die neueste Pariser Modephilosophie, manchmal sogar auf französisch, was Harry übertrieben fand. Fast wünschte er sich eine Liaison zwischen Willfort und Helene, ein schönes Gegengewicht zu seinem Verhältnis mit Ines, das er nicht als perfide bezeichnen wollte, weil es unvermeidlich war. Es war jedenfalls nicht unmoralisch. Es war von einer etwas abenteuerlichen Moral, was er da mit Ines trieb. Wenn nun Willfort, der Abenteurer, neben seiner Rolle als Freund der Familie auch noch den Liebhaber von Helene spielen würde, dachte Harry, käme er sich nicht so allein vor als Doppelagent am Rand der Moral.

Dann blieben Willforts Besuche aus. Er war fürs Fernsehen ständig im Ausland unterwegs. Statt dessen kamen Briefe, an Helene adressiert. Aufrecht, wie sie war, ließ sie die Briefe offen herumliegen. Jeder konnte sich von der Harmlosigkeit überzeugen. Willfort schrieb mit breiter Feder, die Zeilen ein unleserliches Zucken. »Der Colonel hat einen unglaublich altmodischen Stil«, sagte Helene, »lies mal!« Aber Harry wollte nicht, sondern betrachtete nur die Kuverts mit den großen bunten Briefmarken, die eine optische Bereicherung der eintönigen Post waren. Briefe aus Beirut, aus Kairo, aus Bagdad. Wo es kriselte, gekriselt hatte oder kriseln würde: Willfort war zur Stelle, um zu berichten. Einmal kam aus Genf ein Hotelkuvert, und Helene las vor: »Ob Sie es glauben oder nicht, werte Helene, Klammer auf – Sehen Sie es mir nach, daß ich fast ›werte Freifrau von Duckwitz‹ geschrieben hätte – Klammer zu...« Helene sah entschuldigend zu Rita hinüber, die gerade die Wäsche von der Leine geholt hatte. »Schon recht«, sagte Rita, »es ist eindeutig: Ich bin die Magd im Haus und schufte, während meine feine Herrin die Post liest.«

»Weiter«, sagte Harry zu Helene und nahm sich vor, die fernöstliche Rita für diese zentraleuropäische Bemerkung heute nacht stürmisch zu küssen.

»Ob Sie es glauben oder nicht«, las Helene, »ich bin soeben lebendig jener Badewanne entstiegen, in welcher vor geraumer Zeit ein Ministerpräsident tot aufgefunden wurde.« Dann kam noch ein schwer entzifferbares Zitat, das Helene stockend vorlas: »Glaub mir, du wunderschönes, / Du wunderholdes Kind, / Ich lebe und bin noch stärker / Als alle Toten sind.«

Helene kannte das Zitat nicht und hatte bei Willfort nachgefragt. Drei Wochen später kam ein Brief aus Istanbul, in dem er schrieb, sein Kopf sei voller Zitate, er wisse leider die Quelle nicht, werde aber der Sache nachgehen und Bericht erstatten, wie er zackig versprach. Helene fragte Fritz. Auch Fritz der Dichter wußte es nicht, tippte unverbindlich auf Goethes Westöstlichen Diwan. Harry konnte triumphieren. »Mein Namensvetter«, rief er, »Harry Heine, ihr ungebildeten Banausen!« Seinen Heine kannte Harry. Die Tanten hatten eine Heine-Ausgabe gehabt, die er mitnahm, als er nach dem Abitur aus dem Haus ging. Er hatte sie in der Studentenzeit unentwegt benutzt, um den Mädchen, denen er nachlief, mit Heine-Zitaten zu imponieren. Jetzt, nach fast dreißig Jahren, wußte er noch den Anfang des Gedichts: »Wie kannst du ruhig schlafen / Und weißt, ich lebe noch? / Der alte Zorn kommt wieder, / Und dann zerbrech ich mein Joch.« Immer dasselbe. Der Mann warf sich verrückt vor Liebe in seinem Bett herum, die Frau lag ruhig in ihrem und schlief. Die Müdigkeit der Frauen war stärker als ihre Lust. Bei Harry tilgten Lust und Liebe jedes Schlafbedürfnis.

In der ersten Hälfte der sechziger Jahre war die alte Blues- und die originalargentinische Tangomusik in Europa noch nicht wiederentdeckt worden, die ja nichts anderes besang als leere Betten und die verdammten Geliebten, die einen nicht genug zurückliebten. Auf diese Musik hatte Harry in seiner Jugend nicht zurückgreifen können. Mit den Beatles fing es gerade an, aber die fand Harry erst später gut. Als sie 1964 ›I Want to Hold Your Hand‹ sangen, kam ihm das kindisch vor. Da traf das Schmachten von Elvis Presley die eigene Lage besser: »Every time you hold me I'm still not certain that you care« – und dann der begnadete Refrain: »Suspicion torments my heart, suspicion keeps up apart, suspicion why torture me.« Harry hatte damals zwischen Elvis Presley und Heinrich Heine nicht unterschieden und machte auch heute noch keinen Unterschied. Der eine war so gut wie der andere. Jeden Abend, wenn die Tanten schlafen gingen, schleppte Harry vom Wohnzimmer, das die Tanten etwas übertrieben »Salon« nannten, das alte Radio mit dem Holzgehäuse an sein Bett, um den Kontakt zur großen Welt herzustellen. In aus Messing gegossener Schreibschrift zierte das Wort »Jubilate« die elfenbeinfarbenen Plastikrippen, die die Noppenstoffabdeckung des Lautsprechers schützten. Harry hörte wie alle vernünftigen Halbwüchsigen den amerikanischen Sender. Das Leben der Jugend wäre damals armseliger und ein anderes gewesen ohne den amerikanischen Besatzungssender. Das hatte diese Jugend später nicht abgehalten, antiamerikanische Parolen zu skandieren. Eigentlich ein schönes Zeichen für die Unbestechlichkeit der Generation: Die Bilder des Vietnamkriegs waren stärker als das nahrhafte Schmalz, mit dem man ernährt worden war.

Daß Harry nachts dem Amisender lauschte, fanden die Tanten normal, daß er lieber Heine las als einen Tanzkurs zu absolvieren, machte sie ratlos. Harry las Heine auf verwendbare Zeilen durch, mit denen man mehr imponieren konnte als mit lächerlichen Foxtrottschritten. Einmal, als er in der achtbändigen Heine-Ausgabe nach dem »zerschnittenen Herzen« und dem »gellen Lachen« suchte, hörte er, wie Tante Ursula zu Tante Frieda sagte: »Guck mal, der sitzt da wie Onkel Fiffi.« Onkel Fiffi aus Potsdam, schon 1932 gestorben, war der einzige in der Verwandtschaft gewesen, der gelesen hatte. Alle anderen hatten in ihrer Jugend bloß Jagden und Bälle im Kopf gehabt. Und Flirts natürlich. Nur Onkel Fiffi las. Heine, Nietzsche, Schopenhauer. Die Tanten hatten Onkel Fiffi alle sehr gemocht, aber als Harry mehr von ihm wissen wollte, schwiegen sie verlegen. Doch schließlich kam heraus, daß Onkel Fiffi »andersrum« gewesen war. Andersrum? Harry kannte den Ausdruck nicht.

»Hundertfünfundsiebziger«, stotterte Tante Frieda. »Warm, warmer Bruder«, sagte Tante Ursula scheu. Wie die sich ausdrückten. Wo sie doch sonst so frisch und munter waren.

Irgendwann hatte Willfort seine exotischen Briefsendungen eingestellt. Die letzte Begegnung mit ihm hatte vor wenigen Wochen vor dem Fernseher stattgefunden. Harry hatte gerade im Mansardenzimmer des Eifelhauses die Timer für die Radioaufnahmen gestellt und sich vorgenommen, endlich ein zweites Telefon in ein Zimmer legen zu lassen, damit er Ines nicht immer von der Zelle aus anrufen mußte, als Rita und Helene unten im Wohnzimmer riefen, er solle schnell herunterkommen. Es klang dringlich, als habe die Katze wieder einmal ein Beutestück gebracht. Aber diesmal war es kein halbtot zuckendes junges Kaninchen, das der Mann im Haus diskret töten und entfernen sollte, sondern Willfort war auf dem Bildschirm zu sehen. Elegant stand er vor dem malerischen Stadtbild von Sarajevo, das heute bereits völlig zerschossen war. Damals, vor sieben oder acht oder neun Wochen, tobte der jugoslawische Bürgerkrieg vor allem im Norden. Unentschlossen wehte Willforts Schal im Wind. Er wies auf die Winkel der geschäftigen Hauptstadt von Bosnien-Herzegowina mit ihren Basaren und Caféhäusern, zeigte Straßenmusiker, befragte Intellektuelle und Künstler. Alle zogen an ihren Zigaretten und sagten, es sei nur eine Frage der Zeit, bis das Gemetzel auch hier losginge. Man konnte es nicht glauben. Die Leute machten Musik, sie machten Theater und warteten auf das Ausbrechen des

Bürgerkriegs in ihrer Stadt. Ein Mensch konnte sagen, früher oder später werde ich sterben. Aber wie konnten sich zwei Menschen friedlich rauchend vor Willforts Kamera stellen, sich anlächeln und sagen: Früher oder später werden wir uns gegenseitig umbringen. War das verrückt oder prophetisch? Oder waren Propheten verrückt? Oder war das so wie mit Ines: Wenn wir zusammenlebten, würden wir früher oder später auseinandergehen. Oder wie mit den Weltuntergangspropheten: Wenn kein Wunder geschieht, ist der Globus in ein paar Jahrzehnten im Eimer. Ist ja auch irgendwie nicht zu glauben. Hindert uns ja auch nicht daran, heute Musik zu machen. Und wenn dann im Jahr zweitausendsowieso tatsächlich alles brennt und krepiert und man sich im sicheren Bunker Fernsehsendungen aus dem Archiv ansieht, würde man sich über die seltsame Gewißheit der Umweltkatastrophenvorhersager ebenso wundern.

Willfort war kein Mahner, er zog diese düstere Parallele nicht. Schwungvoll wandte er sich von den Propheten des Wahnsinns ab und wieder dem Betrachter zu und sagte, die Situation Sarajevos könne man nur begreifen, wenn man sich die Geschichte des Balkans vor Augen führe. Dann wurde ein Dokumentarfilm über den Vielvölkerstaat Jugoslawien eingeblendet. Zwangsgemeinschaft, Pulverfaß. Rita zeigte keine Reaktionen. Harry und Helene waren sichtbar ergriffen, weil ihnen plötzlich alles so einleuchtend erschien.

Helene hatte Willfort am nächsten Tag einen richtigen Dankesfanbrief geschrieben. Sie habe durch seine ausgezeichnete Sendung diesen entsetzlichen Krieg besser begriffen. »Bravo, Colonel!« schrieb sie am Schluß. Harry weigerte sich, einen Gruß darunter zu setzen. Es war ihm wie früher zumute, wenn man einen komplizierten theoretischen oder philosophischen Gedankengang von Kant oder Hegel oder Horkheimer nur verstanden hatte, solange man ihn las oder hörte. Danach verpuffte die Erkenntnis sofort, im Gegensatz übrigens zu einem Nietzsche-Aphorismus, der etwas in einem zurückließ. So löste sich für Harry, kaum war die Sendung vorbei, die Klarheit wieder auf. Natürlich mußte er bei dem Wort »Vielvölkerstaat« auch an seine Idealvorstellung eines Vielweiberhaushalts denken. Richtig glücklich würde er erst sein, wenn er neben Rita und Helene auch noch mit Ines in einem locker legalen Verband leben könnte, in dem Stippvisiten von Julia Freudenhofer erwünscht wären. Er verdrängte die Analogie zu dem Vielvölkerstaat auf dem Balkan, der sich als unrealisierbare Marschall-Tito-Schnapsidee erwiesen hatte.

Und nun also kam Willfort wirklich. Harry und Helene freuten sich seit Tagen auf ihn. In ihrem von läppischen Streitereien zermürbten Alltag wurde er wie ein Retter aus der großen Welt erwartet. Er kam mit einem Taxi aus Köln, und Harry mußte 130 Mark bezahlen, weil der Fahrer Willforts Kreditkarten nicht annahm. Willfort bedauerte, daß Rita nicht da war. Er hatte gehofft, alles so vorzufinden, wie es ihm in Erinnerung war. Er trank mit riesigen Schlucken seine Teetasse aus und verlangte nach mehr.

»Zucker? Milch?« fragte Harry.

»Alles her«, sagte Willfort.

»Entsetzlich, was sich jetzt da unten in Sarajevo tut«, sagte Harry. »Genau das, was Sie in Ihrem Film an die Wand gemalt haben, ist nun eingetreten.«

»Hören Sie, Duckwitz«, sagte Willfort und legte seine Hand auf Harrys Arm, »tun Sie mir einen Gefallen, ich schätze Sie als einen der wenigen Menschen, die sich nicht in diesen Betroffenheitsbekundungen ergehen, enttäuschen Sie mich nicht!« Er lachte dröhnend.

Helene war sofort folgsam und lenkte ab. »Ex-Colonel Willfort ist immer so gut angezogen«, sagte sie zu Harry. Dann beugte sie sich zu Willfort: »Unser Frührentner neigt zum Verlottern.«

Willfort griff das Stichwort dankbar auf: »Ist Ihnen der Mantel aufgefallen, den ich in Sarajevo getragen habe?«

Seine Augen glänzten. »Kamelhaar. Ein alter Herrenschneider hat ihn in nur drei Tagen genäht.« Schuhe hatte er sich auch machen lassen. Spottpreise. Was es da noch für Handwerk gab! Dürfte man eigentlich gar nicht laut sagen. Bald alles vorbei.

Helene sagte, das mit dem Mantel dürfe man durchaus sagen, das fände sie weder zynisch noch frivol, der Mantel sei ein echtes Andenken, eine Erinnerung an den schönen Traum vom Zusammenleben.

Harry sagte, er würde von Helene gern auch einmal so gnädig beurteilt werden wie Willfort, den er im übrigen enttäuschen müsse. Die Clownsrolle habe er satt. Ein gutes Jahrzehnt lang habe er die Betroffenheitspose verhöhnt, er habe keine Lust mehr, sich über Leute zu mokieren, die Betroffenheit äußerten, das sei ihm zu billig. Er werde ab sofort die Betroffenheit verteidigen und sich auch nicht davon abhalten lassen, bloß weil der Kotzbrokken von Bundeskanzler das Wort ständig in seinem Mund führt. Mittlerweile gefalle es jedem Leitartikelschreiber der hinterletzten Provinzpresse, Betroffenheitsverkünder in den Dreck zu ziehen, ihnen womöglich noch die Schuld an allem zuzuschreiben. »Das führt nun wirklich nicht weiter«, sagte Harry.

»Und was führt weiter?« fragte Willfort.

»Wegsehen«, sagte Harry, »das einzige, was hilft. Wenn die Katze mit der Maus spielt, sehe ich weg.«

»Als Lästermaul waren Sie mir lieber«, sagte Willfort. »Schade, daß Sie zum Zyniker geworden sind.«

»Ich bin nicht zynisch«, sagte Harry. »Zusehen und lamentieren ist zynisch. Entweder eingreifen oder wegsehen, das ist die Alternative.«

Helene waren Harrys Ansichten peinlich. Sie lobte noch einmal Willforts Sarajevo-Film, und Harry verstand den Seitenhieb gegen ihn, der sich unhistorische Gedanken machte und es nicht so weit gebracht hatte, im Fernsehen zu erscheinen und der Welt die Grausamkeiten des Daseins zu erklären.

Willfort hielt zu Harry. Er wehrte sich gegen Helenes Lob und sagte, das Fernsehen bluffe doch nur. Ein paar ratlose Bemerkungen würden so zusammengeklebt, daß sie wie eine einleuchtende Antwort klängen. »Eine bunte Landkarte mit Pfeilen, die die Wanderungsbewegungen von Volksgruppen markieren, das hat gleich etwas Überzeugendes«, sagte Willfort. »Dazu ein routinierter Moderator, richtig beleuchtet, der die Sätze richtig zu Ende spricht, eine richtige Redaktion und Dokumentation, und der Film dann von Cuttern richtig zusammengeschnitten – bei soviel geballter und professioneller Richtigkeit hat man als Zuschauer den Eindruck, die verworrenen Probleme verstanden zu haben. In Wahrheit hat kein Mensch etwas kapiert.«

Zufrieden mit seinem Geständnis lehnte sich Willfort zurück, streichelte seinen Bauch und sagte, eine Radtour würde ihm guttun. Dann zog er tief an seiner Zigarette, blies Ringe in die Luft und fuhr fort, seinen Film schlechtzumachen. Das Fernsehen sei das Letzte, er werde zur guten alten Zeitung gehen. Helene erstarrte vor Ehrfurcht angesichts solcher Flexibilität. Die Tatsache, daß es zu einem Völkergemisch gekommen sei, sagte Willfort, erkläre durchaus nicht hinreichend das jetzige Gemetzel auf dem Balkan. »Ihr lebt doch auch in einem Gemisch hier und bringt euch nicht um.« Der Vergleich tat Harry gut. Auch das Plural-du, das Willfort benutzte, seit er beim Fernsehen war. »Man kann alle Erklärungen getrost vergessen«, sagte Willfort und stand auf, »was bleibt, ist mein Kamelhaarmantel.« Dann bat er, ihm ein Taxi zu bestellen, bestand darauf, daß man sich fortan öfter sehen müsse, und verschwand. Willfort war eine so noble Erscheinung, daß sich die ordinären Steinchen auf dem Vorplatz des Eifelhauses unter den Reifen des Taxis in edel knirschenden Kies verwandelten.

Nachdem Harry im Frühjahr den alten Türkenschlitten zu Schrott gefahren hatte, war er endlich bereit, wieder ein

Auto anzuschaffen, einen möglichst alten Gebrauchtwagen. Helene fand das unvernünftig. Harry lehnte es daraufhin ab, sich um den Autokauf zu kümmern. »Sehr bequem«, sagte Helene und entschied sich für ein häßliches japanisches Auto, das allerdings auch nicht häßlicher als andere neue Autos war. Als Kontomitinhaberin wickelte sie den Kauf allein ab und meldete den Wagen auf ihren Namen an, was Harry recht war. Es war schön, kein Autobesitzer zu sein und doch ein Auto zu haben. Er erschrak zuerst, als er Helene aus dem dunkelblauen tadellosen Vernunftwagen steigen sah, der die strengsten Forderungen des Umweltschutzes mühelos erfüllte. Sie war ihm fremder denn je. Aber Fremdheit irritiert nur den Mob und macht ihn aggressiv, auf den Zivilisierten übt sie eher einen angenehmen Reiz aus. Wenn die vertraute Person fremd erscheint, ist die Lust groß, ihr nahezukommen. Daher dauerte es keine halbe Stunde, bis Harry mit der fremdgewordenen Helene, die eben mit dem fremden neuen Auto vorgefahren war, wie in seligen Zeiten am hellichten Tag im Bett lag und ihr die losesten Worte entlockte. »Nimm mich her«, gurrte sie tief, das hatte Harry schon lange nicht mehr gehört. »Es gibt nichts Geileres als eine Nissanneuwagenfahrerin«, sagte er.

Dann sprang er auf. Das Telefon hatte geklingelt. Es war schon immer so bei ihnen gewesen. Selbst in der furiosesten Vögelei wird ans Telefon gegangen. Ein belangloser Anruf. Ein Getränkeheimservice bot alkoholarmes Bier an. »Bier ist mir zu blöd«, sagte Harry. So wurde man die Leute los. Er nutzte die Unterbrechung und holte den indischen Liebesring, um ihn nun auch bei Helene auszuprobieren. Mit einem kleinen sehnsüchtigen Gedanken an Julia Freudenhofer zog er sich den unscheinbaren Ring über den Pimmel, was auch ohne Julia Freudenhofersche Handreichung diese eigentümliche Zusatzschwellung bewirkte.

Am Abend gingen sie essen, und es war wie früher. »Du warst vorhin so serbisch«, sagte Helene.

»Wie meinst du das?« fragte Harry vorsichtig.

»Ein bißchen grob war es, fand ich.«

Harry erschrak: »Brutal?«

»Ach was, so serbisch war es nun auch wieder nicht. Anders als sonst.«

»Wie denn?«

»Gröber eben. Ein bißchen gewaltiger.«

»Ganz schön?«

Helene machte eine Grimasse. »Ganz schön schon. Mal ganz schön, ja.«

»Ich will kein Serbe sein«, sagte Harry, »alles, nur das nicht. Ein feuriger Ungar, ja, ein schwarzer Afghane, ein roter Bulgare, ein Kirgise, Mongole, ein rasender Araber, aber kein Serbe.« Harry löste das Rätsel der monströsen Kondition, erzählte von Julia Freudenhofer, von *Sullaph* und *Anigav, Sinep, Sirotilk* und *Sumsagro* und dem indischen Liebesring.

»Du bist ein Mädchenschänder«, sagte Helene und schüttelte den Kopf, um ihre Amüsiertheit zu verbergen, und dafür liebte Harry sie abgöttisch. Es gab doch einen Fortschritt auf der Welt. Heutzutage gab es Frauen, die nicht mehr hysterisch wurden, wenn man ihnen Geständnisse machte, und es gab bis in den Sommer hinein Tomaten von den Kanarischen Inseln zu kaufen, die aromatischer schmeckten als jede Bauernhofkindheitstomate. Die kanarische Tomate war nur vergleichbar mit dem Vögeln. Das Vögeln war auch jedesmal noch besser, als man es in Erinnerung hatte. Ein alter Hut und doch immer wieder von einer überraschenden Würze. Jahrelang war man von den kriminellen holländischen und belgischen Tomatenzüchtern mit ihren faden Früchten um den Geschmack betrogen worden. Vorbei der Terror, der Sieg des Guten stand bevor. Anfangs gab es die kanarische Tomate nur in den Wintermonaten. Nun kriegt man sie bis in den Juni hinein. Selbst die gerissenen Wirtschaftsmafiosi konnten nicht mehr verhindern, daß jetzt auch die zweite kanarische Tomatenernte auf den europäischen Markt drängt. Sie ist nicht einmal besonders teuer, die kanarische Tomate, obwohl sie doch angeflogen kommt. Sie ist unvergleichlich viel besser als die auch nicht üble, ebenfalls fluggereiste sizilianische Tomate.

»Ich liebe unsere Zeit«, sagte Harry, »das ist der Fortschritt! Ich liebe die Flugzeuge und das Kerosin, die das möglich machen. Du bist wie eine kanarische Tomate.«

Helene sagte, sie würde sich nicht wundern, wenn die kanarische Tomate in Wirklichkeit mit künstlichen Aromastoffen gespritzt sei und aus Island käme.

Leider konnten auch die wohlschmeckendsten kanarischen Tomaten nicht vom Unwesen der gottverdammten Serben ablenken. Die Serben galten als Hauptschuldige dieser Abschlachterei auf dem Balkan. Das war kein Krieg, vor dem man hier Angst hatte, er war speziell für seine europäischen Zuschauer beleidigend und demütigend, weil er bewies, zu welchen Grausamkeiten die unmittelbaren Nachbarn fähig waren. Kriege gab es genug auf der Erdoberfläche, aber dieser Krieg besaß eine besonders furchtbare Überzeugungskraft, weil er so nah war. Wie die Blöden schossen sie herum. Das Mitleid mit den Menschen auf dem Balkan kippte manchmal um in einen fanatischen Allgemeinekel vor der Gesamtmenschheit, inklusive Ekel vor der eigenen Hilflosigkeit.

Auf dem Nachhauseweg im leicht und leise rollenden Japanerneuwagen sagte Harry, der ganze schöne kanarische Tomatenfortschrittsglaube könne einem abhanden kommen angesichts des Gemetzels. Nur Dreckschweine konnten auf einen Begriff wie »ethnische Säuberung« kommen. Für Harry war die Sache klar. Schuld war das verfluchte Zugehörigkeitsgefühl. Das Vorsintflutlichste auf der Welt waren Religionen und Nationen und diese verhängnisvollen Bindungen, die sie erzeugten. Wie dumm und leer mußte heute ein Mensch sein, daß er nicht allein auf seinen zwei Beinen stehen konnte, sondern sich als Angehöriger einer Nation oder Religion definieren oder gar brüsten mußte. Warum reichte es den verdammten Menschen nicht, zu lieben und zu essen, Musik zu hören, Zeitungen zu lesen und in Gottes Namen auch einmal ein Buch. Das war doch genug. Die Nation und die Religion waren keine fünf Pfennige wert. Jeder indische Liebesring aus dem Sexshop taugte mehr, wenn der Mensch schwach und in Not war. Nicht Hunger und Armut lösten Kriege aus, wie man gedacht hatte. Kriege wurden von wohlgenährten Ärschen angezettelt, die sich auf ihre nationale und religiöse Identität beriefen. Harry, der im Auto neben der sanft durch die Nacht kurvenden Helene saß, war außer sich vor Wut. »Solange es diese nationalen und religiösen Gefühle gibt, solange Kanzler und Präsidenten diese Gefühle auch noch anheizen, solange werden wir aus der Scheiße nie herauskommen!«

»Harry«, sagte Helene.

»Mein Plan für das 21. Jahrhundert«, fuhr Harry fort, »diese unsäglichen Identifikationsbedürfnisse müssen irgendwie zertrümmert oder, besser, zum Verkümmern gebracht werden. Wie Krebszellen. Auch Fußballnationalmannschaften. Werden verboten. Besuch eines Fußballspiels ist Unterstützung einer kriminellen Vereinigung. Diese elenden Zugehörigkeitsgefühle sind die Ursache dafür, daß Menschen angezündet, vergewaltigt, abgestochen werden.« Harrys Herz klopfte.

»Reg dich nicht so auf«, sagte Helene. Sie sagte es ganz sanft. Gestern noch hätte sie es hart gesagt. »Ich dachte«, fügte sie hinzu, »du bist fürs Wegsehen, das hast du doch neulich erzählt, als Willfort da war.«

»Wenn es so leicht wäre«, sagte Harry, »Wegsehen will gelernt sein.«

Was den Balkan betraf, war das Wegsehen schon wegen Soriza nicht möglich. Soriza war die Putzfrau, die jeden Mittwoch ins Eifelhaus kam. Ganz früher war eine Putzfrau ein allgemeines ideologisches Problem gewesen. Ausbeutung von Arbeitskraft. Daran hatte sich Harry in seinen Diplomatenjahren gewöhnt. Der Vorteil einer Putzfrau war, daß man Ordnung machen mußte, ehe sie kam. Soriza war unfreundlich und mufflig, wie Jugoslawen und manche anderen Menschen so sind. Nun war sie keine Jugoslawin mehr, aber das hatte ihr Wesen nicht verändert. Jetzt war sie Serbin. Mit jeder Greueltat, die man von den Serben hörte, wurde sie Harry und Helene unsympathischer. Rita sagte, mit den internen Problemen des europäischen Rassismus wolle sie nichts zu tun haben.

Ines hatte Harry schon mehrmals gerügt: »Sie kann doch nichts dafür, daß sie Serbin ist!«

»Das weiß ich auch«, sagte Harry.

Trotzdem, eine bosnische Putzfrau wäre ihnen lieber gewesen. Helene schlug Fritz vor, ein Gedicht mit dem Titel ›Ich denke oft an Soriza‹ zu schreiben. Danach überlegten sie eine halbe Stunde lang, von wem der Film ›Ich denke oft an Piroschka‹ war und von wem die Romanvorlage. »Vorsicht«, sagte Harry, »wir begeben uns auf das Niveau von Fernsehquiz-Sendungen.«

Gleichgültig und ungerührt von dem neuen Eifelhausrassismus wischte und putzte Soriza, nachlässig wie eh und je. Nach Jahren im Eifelkaff verstand sie kaum ein Wort Deutsch, was jetzt den Vorteil hatte, daß man sogar in ihrer Gegenwart seine Bedenken äußern konnte. »Vorsicht«, sagte Fritz, »wir begeben uns auf das Niveau der Europäischen Gemeinschaft. Ständig werden Boykottmaßnahmen gegen die Serben erwogen, aber wer tut wirklich was gegen sie.«

Neulich hatten sie in den Fernsehnachrichten wieder einmal einen Bericht über das von den serbischen Truppen belagerte Sarajevo gezeigt. Soldaten, die man nicht zuordnen kann, die großspurig in Ruinen kauern und sich erst mal eine Zigarette anzünden, bevor sie ihr Gewehr nachladen, dann treten sie an das zertrümmerte Fenster, ziehen noch einmal gewaltig an der Zigarette und schmeißen die angerauchten Stengel lässig beiseite, weil es noch etwas Wichtigeres zu tun gibt als paffen, nämlich schießen. Bumbumbumbum macht das automatische Gewehr, und befriedigt zieht sich der Scharf- oder Hecken- oder

Mauerschütze wieder in die Hausruine zurück. Man weiß nicht, war das eine Darbietung für den Kameramann, oder liegt jetzt schon wieder ein echter Toter da draußen herum. Man weiß nicht einmal: War das ein angreifender Serbe oder ein sich verteidigender Bosnier. Nichts weiß man. Dann hebt die undefinierbare Soldatengestalt markig eine Flasche Pflaumenschnaps an den Mund. Also muß es ein Serbe sein. Die anderen sind froh, wenn sie Wasser haben. Erst Glimmstengel paffpaff, dann piffpaffbumbum mit Schießgewehr, dann schluckschluck Slibovitz.

Harry denkt daran, daß er Schnaps braucht, falls er eine halbtote Maus erlösen muß. Was das Rauchen betraf, so konnte einem die Lust endgültig vergehen, wenn man diese Soldaten paffen sah. Die Zigarette und der Krieg standen in einem seltsamen Zusammenhang. Müßte mal untersucht werden. Thema für Doktorarbeiten. Die Wirkung der Zigarette auf das Kriegshirn bewirkt offenbar Enthemmung. Ballert sich leichter, wenn man pafft. Auch Kriegsschäden lassen sich paffend besser ertragen. Deshalb waren 1945 selbst die Tanten, auf die Harry nichts kommen ließ, so verrückt gewesen, das unter den Trümmern mühsam gerettete Silberbesteck gegen Zigarettenstangen einzutauschen.

»Soriza kommt morgen nicht mehr ins Haus!« entschied Helene erregt. Die Bilder sind wieder einmal so grauenhaft, daß keiner die serbische Putzfrau in Schutz nimmt. Morgen fliegt sie raus. Nur, wer sagt es ihr? »Putzfrauen feuern ist Frauensache«, sagt Harry. Rita sagt, die Serben seien nicht allein schuld. »Halt dich raus, Halbblut, kümmere dich um die Zustände in Indien und Korea«, sagt Harry, und alle lachen. Eben noch Jammer und Mitleid, schon wieder gute Laune. Helene sagt, Hauptschuld, Teilschuld, Unschuld – das sei jetzt nicht die Frage. Wo nur noch die Aggression tobe, mache man sich mit solchen Differenzierungen lächerlich. Der unvernünftige Krieg macht unvernünftig. Selbst der überaus vernünftige Ex-Kollege Sachtleben sagte neulich, er verstehe nicht, warum nicht endlich ein paar moslemische Scharfschützen nach Genf reisten, um den Serbenführern Kugeln in ihre Dummköpfe zu schießen, während diese als Staatsmänner verkleideten Schweine am Verhandlungstisch sitzen. »Dichtern, die ihren dämlichen Allah lästern, wollen sie das Licht ausblasen«, sagt Fritz wütend, »aber Staatsmänner, die ihre systematische Vernichtung planen, lassen sie am Leben. So dumm kann auch nur der Glaube an Gott machen.«

»Bevor ihr Soriza entlaßt, müßt ihr erst mal die Außenminister und Sonderbotschafter der ganzen Welt zum Teufel jagen«, sagt Rita. Harry sagt, er sei allmählich so weit, seinen ratlosen Ausschußabgeordneten zu empfehlen, im Parlament den Vorschlag einzubringen, alle serbischen Gastarbeiter nach Hause auszuweisen, dafür unbegrenzte Aufnahme bosnischer Flüchtlinge. Einer muß morgen mit Soriza reden.

Helene kneift. Sie sitzt in ihrem Übersetzerzimmer und kommt einfach nicht heraus. Harry muß Soriza die Tür aufmachen. Er ist so mürrisch wie möglich zu ihr, aber sie lächelt heute und sagt: »Wetter gut jetzt.«

»Der Krieg«, mahnt Harry streng.

»Ja, Krieg furchtbar«, sagt Soriza.

»Entsetzlich, was da geschieht«, sagt Harry unerbittlich.

»Nix verstehen«, sagt Soriza. Harry gibt auf und geht zu Helene. »Ich habe es probiert«, sagt er, »das nächste Mal bist du dran.«

Eine Woche später sagt Helene zu Soriza: »Die armen Bosnier, alles kaputt.«

»Ja, alles kaputt, Krieg furchtbar, nix verstehen«, sagt Soriza. Sie preßt den Mund ratlos zusammen und bläst etwas Luft unter die Oberlippenpartie.

»Wie denken Sie darüber«, fragt Helene.

Sie versteht nicht. Harry dolmetscht: »Was Soriza denken?«

»Nix verstehen«, sagt Soriza, »Krieg furchtbar. Ich nix böse für Deutschland«, sagt sie dann unaufgefordert. Harry vermutet, das soll heißen, sie verzeiht den Deutschen ihr Mitleid mit den Bosniern. Unverschämtheit! Zur Hölle mit ihr! Helene warnt: »Das weißt du nicht, es kann auch etwas anderes heißen, zum Beispiel: Seid mir bitte nicht böse, ihr lieben Deutschen, ich kann nichts dafür.«

Beratung und kein Ergebnis. Eine Talk-Show zwei Tage später bringt auch keine Lösung. Unter anderem ist eine Serbin zu Gast, die darum bittet, die Serben nicht generell zu verteufeln. Die anderen Gäste nicken verständnisvoll. Rita sagt: »Diese Leute sind alle moderater und toleranter als ihr.«

»Leider«, sagt Harry, »wir regen uns wenigstens noch auf. Die schäkern doch nur!« Und hinter dem Schäkern war schon wieder dieses elende Zugehörigkeitsgefühl: Wir Deutschen! Wir Serben! Wieso nimmt die Serbin ihre Scheißserben in Schutz? Warum sagt sie nicht: »Die Mehrzahl des serbischen Volkes hat leider einen Dachschaden.« Wenn in Deutschland Ausländer traktiert werden, sagt Harry, setzt er sich doch auch nicht in eine Talk-Show und behauptet, die Deutschen sind nicht so! Immer dieser Waschzwang der Spießer aller Länder. Auf die Häßlichkeit der Deutschen angesprochen, würde Harry sagen: Richtig, was meinen Geschmack betrifft, bedaure ich, diesem Volk anzugehören, sozial und wirtschaftlich gesehen ist das Deutschsein leider nicht unvorteilhaft. Soviel nationales Zugeständnis war erlaubt. Mehr nicht. Man konnte sein Volk doch nicht verteidigen! Was war das für eine perverse Art, für seine Nation um Verständnis zu bitten. Was hat der einzelne mit seinem Volk zu tun? Soviel wie das Buch mit dem Regal, in dem es steht.

Am Mittwoch darauf unternimmt Harry seinen zweiten Versuch mit Soriza: Waschmaschine, Videorecorder, Auto, Dachrinnen, alles das, was ihr euch in zwanzig, dreißig Jahren hier zusammengespart habt, macht ihr jetzt kaputt. Wenn ihr schon keine Achtung vor den Menschenleben und den Resten eurer Kultur habt, ihr Banausen, dann müßte euch doch wenigstens die Zerstörung eurer geliebten Industrieprodukte zu denken geben.

Soriza versteht überhaupt nichts, Helene schaltet sich ein und sagt zu Harry: »Nur ein Konsumidiot wie du kann so einen Blödsinn reden!

»Das ist kein Blödsinn«, sagt Harry. »Wenn ich meinen Erzfeind schon töten und verjagen will, würde ich doch nicht seine Schallplattensammlung zerstören. Gift und Galle zwischen Harry und Helene.

Jetzt muß Soriza zwischen dem streitenden Arbeitgeberpaar vermitteln. Sie zieht aus ihrer Brieftasche einen Stapel Fotos. Ihr Haus in Serbien. Sie sollen es bewundern. Die häßlichsten Aluminiumtüren und Glasziegel, die man hier kriegen kann. Helene sagt: »Wenn das Haus in Bosnien stünde, wäre es jetzt kaputt!« Was sagt Soriza dazu? Sie holt Luft und statt zu putzen, erzählt sie eine halbe Stunde lang eine Geschichte, an deren Ende soviel klar ist: Sohn will heiraten. Anbau soll ans Haus kommen. Kostet umgerechnet dreißigtausend Mark. Sie haben hunderttausend Erspartes auf der Bank in Belgrad.

»Unglaublich«, sagt Helene, »nur Harry ist reicher.«

»Viel Geld«, sagt Soriza und nickt. Aber die Bank kann das Geld nicht herausrücken. Sie können den Anbau nicht machen. Harry versucht, Soriza zu zeigen, daß er kein Mitleid mit ihr hat.

»Soriza kann nicht bauen? Nicht schlimm! Schlimmer, wenn fertiges Haus kaputtgeschossen wird wie in Sarajevo, das ist ein Unterschied!« Soriza versteht nicht und fährt mit ihrer Geschichte fort. Sie und ihr Mann, erzählt sie stolz, sind noch einmal zur Bank gegangen, und dann hat der Bankdirektor sie empfangen. Er hat sie in sein Bankdirektorbüro gebeten und ihnen Kaffee und Kuchen angeboten. »Kaffee schön, Kuchen schön, feine Teller, Tassen fein.« Soriza strahlt. Die Erinnerung an den großen Augenblick verklärt ihr Gesicht. »Direktor feiner

Mann, sagen kein Geld jetzt. Viel Geld vielleicht später.« Soriza zieht die Schultern hoch und hält die Handflächen nach oben. »Weiß nix.« Kaugummikauend holt sie den Staubsauger aus der Abstellkammer.

»Siehst du«, sagt Helene.

»Was?«

»Hunderttausend hat sie zusammengespart, seit vier Jahren ist sie bei uns, knapp dreihundert im Monat machen gut dreitausend im Jahr, mal vier sind zwölftausend. Wir haben den Krieg der Serben mit zwölftausend Mark unterstützt.«

Es war ziemlich klar, was der Bankdirektor in Belgrad gemeint hatte. Krieg ist furchtbar, der Staat braucht viel Geld, aber wenn alle Bosnier getötet und alle Bosnierinnen vergewaltigt und verjagt sind und Sarajevo, diese muselmanische Hurenstadt, von uns guten alten Christen eingeäschert ist, dann gibt es euer Geld reichlich verzinst zurück.

Das neue Japanerauto fuhr leise, leicht und sparsam. Helene hatte genau das richtige gekauft. Das Autoradio hatte einen Kassettenteil, mit dem man in rasender Geschwindigkeit die Bänder vorwärts und rückwärts abspulen konnte. Mit Anspielsuchlauffunktionstaste. Blitzschnell konnte man sich durch die Musikkassetten durchhören – und schon hatte man das gewünschte Stück gefunden. Wenn Harry mit diesem Auto nach Wien gereist wäre, hätte er fünfmal so viele Kassetten auf Schätze überprüfen können und wäre vielleicht nicht verunglückt, hätte aber auch Julia Freudenhofer nicht kennengelernt, diese Riesin im Vögeln und Zwergin in Zuverlässigkeit, die ihm noch immer nicht die Kassetten und Bücher nachgeschickt hatte. Auch die erstaunliche Wirkung des indischen Liebesrings würde er nicht kennen, was allerdings ein so großer Verlust auch wieder nicht wäre, denn irgendwie hatte das Ding doch etwas von einem Scherzartikel.

Wenn schon ein modernes Auto, mit automatischen

Fensterhebern und von innen elektrisch verstellbaren Außenspiegeln und Ding-Dong-Signal, wenn man vergessen hatte, das Licht auszumachen, dann kam es auf noch etwas mehr Firlefanz nicht an, sagte sich Harry und ließ eine Superwunder-Silberoblatenwechselmaschine einbauen, einen Apparat, in den man zehn CD-Hostien plazieren konnte, die mit digitalem Herumgedrücke beim Fahren bequem abzurufen waren. Harry lud das himmlische Gerät, machte mit Helene eine Spritztour, hielt an und küßte sie: »Du hattest recht, das hätten wir schon früher haben können, wenn ich nicht so stur gewesen wäre. Wahrscheinlich kommt frischer Sauerstoff aus dem Auspuff«, sagte er zärtlich, drückte auf CD 1/4 und CD 5/9 und führte Helene seine neuen Schätze vor: den ›Krum Elbow Blues‹, am 24. August 1938 von dem Saxophonisten Johnny Hodges in New York eingespielt, und den ›Linden-Blues‹, den Rex Stewart 1948 in Berlin mit deutschen Jazzmusikern aufgenommen hatte, nachdem der berühmte Halbventil-Trompetenvirtuose die zerstörte Prachtstraße »Unter den Linden« gesehen hatte. Von beiden Stücken waren sie hingerissen, allerbeste Duke-Ellington-Tradition, unglaublich schräges Blues-Geächze über den fatalen Lauf der Welt, und sie verstanden nicht mehr, wieso sie sich vor kurzem noch aus dem Weg gegangen waren, warum sie sich abends besoffen hatten, um sich auszuhalten.

Als Soriza das neue Auto zum erstenmal vor dem Haus stehen sah, legte sie den Staubsauger beiseite, um das abscheulich schnittige Vehikel ausgiebig zu bewundern. Drei Tage später fuhr Helene beim Wenden rückwärts gegen einen Pfosten, und schon war eine erstaunlich geformte Beule in der hinteren Stoßstange. Helene ärgerte sich, Harry war begeistert, daß das gesichtslose Auto nun eine persönliche Note hatte, und untersagte eine Reparatur.

Als Soriza am Mittwoch darauf zum Putzen kam, war Harry gerade damit fertig geworden, die Zeitungen auszusortieren und verschwinden zu lassen. Die Hüllen der CD-Hostien waren aus dem Weg geräumt, die Bahn war frei für die furchtbaren feuchten Tücher. Er hörte Sorizas Fahrrad vor dem Haus. Aber die unvermeidlichen schweren Schritte und das Klingeln blieben aus. Statt dessen lautes Wehgeschrei. Harry öffnete das Fenster und sah, wie Soriza hinter dem Neuwagen kniete und die Beule lautstark beweinte wie eine südländische Mutter ihren toten Sohn. »Mein Gott, das schöne, schöne, neue Auto«, jammerte sie, als sie nach der Trauerzeremonie ins Haus kam. Das Mitleid hatte ihr Deutsch fehlerfrei gemacht.

»Verdammt«, schrie Harry, »jetzt habe ich genug, ich möchte Sie einmal so über Sarajevo heulen hören! Da gehen andere Sachen kaputt.«

Soriza nickte verständnisvoll. »Ja, Krieg schlimm«, sagte sie. Daß sie immer ihre Oberlippe so künstlich aufblasen mußte, wenn sie betroffen aussehen wollte, machte Harry verrückt.

»Sie muß weg«, sagte er zu Helene, die vor Soriza in ihr Zimmer geflohen war.

»Schmeiß sie raus, nichts dagegen«, sagte Helene. Die Beweinung der Beule fand sie zwar auch grotesk, aber nicht schändlich. Sie erinnerte Harry daran, daß er aus Angst vor Stacheldrahtkratzern in ihrer Edellederhose ebenfalls angerannt gekommen sei, ganz zu schweigen von seinem Theater über zerschrammte Schallplatten und gerissene Tonbänder.

Ablenkung von der Frage, ob man die serbische Putzfrau verjagen durfte oder mußte oder keinesfalls durfte, brachte eine gute Woche vor der geplanten Loire-Reise ein Besuch von Ingeborg Sachtleben, die ihr neues Fahrrad vorführte. Achtzehn Gänge. Ohne achtzehn Gänge, sagte sie, sei eine Radtour eine Schinderei. »Aha«, sagte Harry so streng wie möglich. Er ahnte, daß seine gute alte Helene nun doch einem solchen scheußlichen Modefahrrad zum Opfer fallen würde. Das war bitter.

Ines war für solchen Schnickschnack weniger anfällig. Sie war erst seit kurzem wieder im Lande. Zwischen ihrer Rückkehr aus Kiew und dem Beginn der Ferienfahrt lagen nur fünf Tage. Das war ihr vorher nicht so klargewesen. Nach dreieinhalb Wochen Abwesenheit mußte sie sich vor allem ihren Kindern widmen. Das geplante Liebeswochenende schrumpfte zu einer routinierten Halbnacht. Immerhin. Ines kam nicht dazu, ausführlich von Kiew zu erzählen. »Viel Klinik und viel Wodka«, sagte sie, »mehr war da nicht.«

Wegen des Liebeswochenendes hatte eine außerordentliche Ausschuß-Sondersitzung verschoben werden müssen, bei der Harrys Anwesenheit unerläßlich war. Er hatte sich nicht erweichen lassen. Liebe ging vor. Und die war dann zu kurz gekommen.

Schließlich kam der Tag vor dem Aufbruch in die Ferien. Die ganze Horde der Fahrradfahrer fiel ins Eifelhaus ein. Am nächsten Morgen in aller Frühe sollte es von hier aus losgehen. Mit Schrecken dachte Harry daran, daß er morgen die wüsten Spuren des Massenlagers und der Großkocherei beseitigen mußte. Rita hatte ihre Teilnahme an der Radtour abgesagt. Die Liedertournee in Dänemark war verlängert worden, die Produktion der Frühlingssonate in Portugal verzögerte sich. Helene war traurig, Ingeborg Sachtleben tieftraurig, ihr Mann Eberhard tat gleichgültig. Er dachte vermutlich nur an seine Sekretärin. Harry war verstimmt. Er mochte kurzfristige Änderungen nicht.

Am Vormittag brachte der Postbote ein Belegexemplar der Zeitschrift, in der nun endlich das Porträt über Harry erschienen war. Er hatte die Geschichte und den zappligen Reporter, der vor Monaten ins Eifelhaus eingefallen war und es so rasend eilig mit seinem Interview gehabt hatte, längst vergessen. Nun war Harry beleidigt. Offenbar war er für die Zeitschrift nicht mehr als ein Lückenbüßer. Und dann auch noch diese Schlamperei. Beim Vorlesen des Artikels stellte er fest, daß Rita und Helene als zwei Motorradmiezen geschildert wurden, die ihre Helme wie Handtaschen tragen und ab und zu mit lässigen Bemerkungen durchs Zimmer streichen. »So will er uns sehen«, sagte Rita, die eine kurze Zwischenstation im Eifelhaus machte. Damals war Winter, und kein Mensch fuhr Motorrad! Harry wurde getreu dem Serientitel ›Deutsche Querköpfe‹ als Choleriker beschrieben, der immer kurz davor ist, den Fernseher zu zertrümmern, wenn der Kanzler erscheint.

»So ein Quatsch«, sagte Harry.

»Warum, ist doch so«, sagte Rita, aus der Willibald Stich, der hastige Reporter, eine aus Indonesien stammende Jane gemacht hatte, die den Namen von ihrem für die schreckliche Jayne Mansfield schwärmenden Vater verpaßt bekommen hatte. Helene wurde aus unerfindlichen Gründen Annalena genannt. »Ganz normales Verwischen der Realität«, fand Fritz. Viel Liebe hatte der Reporter auf Details verwandt. Fritz las mit Lachtränen in den Augen vor: »Während er sich bemüht, eine Espressomaschine auseinanderzuschrauben, preßt er mit angestrengtem Gesicht die Erkenntnis hervor: ›Es hat keinen Sinn.‹ «

»Wen interessiert das«, sagte Harry.

»Wunderbar, Harry, wie er leibt und lebt«, rief Fritz, »eine richtig schöne literarische Reportage.«

Ines nahm Fritz das Heft aus der Hand, blätterte und las: »Duckwitz, der hier von seinen Nachbarn ›Herr Baron‹ genannt wird...«

»Das ist nicht wahr«, sagte Harry.

»Aber es paßt«, sagte Fritz, »es ist gut erfunden. Weiter!«

Ines fuhr fort: »...ist eher groß als klein, hat dunkle unordentliche Haare – ein Hamletdarsteller ohne Engagement. Er trägt ein weißes Hemd mit seidenem Halstuch, wirkt sauber, aber verlottert, wie auch sein Haus. Seine heftigen Ausfälle geben ihm etwas Unglaubwürdiges...«

Helene, die von draußen hereingekommen war, um Männerhilfe für das Festschrauben der Räder auf dem Autodach zu holen, stand in der offenen Tür und hatte die letzten Sätze noch gehört. »Endlich hat jemand in unserem Harry den Hamlet erkannt«, sagte sie, »Harry in seiner ganzen Tragik.«

»Allerdings«, sagte Harry, »ich bin der Prinz von Duckwitz, ich will und werde mich niemals entscheiden, und es wird keine Taten geben. Ab ins Kloster, Helene! Los an die Loire!«

Harry hätte gern das neue Japanerauto dabehalten wegen seiner wunderbaren Musikanlage. Aber er wagte Helene nicht darum zu bitten. Schließlich hatte er jahrelang ein neues Auto verweigert. Dafür ließ Fritz seinen abscheulichen Wagen zurück. Ohne Radio. »Paß gut drauf auf«, sagte er.

Soviel Leben war hier noch nie gewesen. Die Kinder von Ines und Sachtlebens standen herum, langweilten sich und wollten nicht helfen. Ines' Jüngster, Nummer drei, Erwin oder Emil, war beim Papa geblieben, mit sieben noch zu jung für die Tour. Nummer zwei, Egon oder Eugen, hustete, und Ines sagte: »Werd' nur nicht krank, sonst mußt du hier bei Harry bleiben.«

Harry kniff Ines in die Seite und flüsterte: »Das kann nicht dein Ernst sein!«

Sie beschwichtigte ihn: »Bis morgen wird er sich schon erholt haben.«

Fritz und Sachtleben rüttelten prüfend an den Rädern. Expeditionshandgriffe. In Harrys Erleichterung, nicht mitzufahren, mischte sich auch ein bißchen Bedauern. Die etwas nervöse, aber gutgelaunte Emsigkeit des Aufbruchs hatte einiges für sich. Die Männer liehen einander die Schraubenschlüssel aus, die Frauen besprachen, ob sie sich und den Männern kurze Hosen zumuten konnten. Ingeborg Sachtleben schrie die Kinder an, sie sollten sich nützlich machen, und ihr Mann warf ihr vor, die Regencapes vergessen zu haben. »So ein Aufbruch macht einen total verrückt«, sagte Ingeborg Sachtleben zu Harry, »ich möchte nicht wissen, was Sie über uns denken.«

»So schlimm ist es nicht«, sagte Harry.

Am Abend gingen alle früh ins Bett. Abfahrt morgen um halb fünf. Keiner interessierte sich mehr für die Reportage über Harry, den deutschen Querkopf. Sie nahmen Landkarten und Hotelführer mit in ihre Zimmer. Als Harry allein war, las er den Artikel zu Ende. Da hieß es: »›Was heißt Mut‹, sagte der Freiherr erregt, und mit einem verächtlichen Blick auf die Weinberge des Rheins entkorkt er die vierte Flasche Chianti.« Unglaublich, dieser Reporter. Weder gab es hier Weinberge, noch hatten sie damals soviel getrunken. »Dann beugt er sich vor, als wolle er mir ein Geheimnis verraten: ›Es ist ein Genuß, sich von der folgsam trottenden Herde zu entfernen und zu meckern, es kostet weder Mut noch Kraft, es ist leicht und bequem. Wenn alle angepaßt wären, wäre ich Mitläufer!‹ Er fischt mit dem Finger ein Stück Korken aus dem Weinglas und kaut darauf herum. ›Alles paradox‹, sagt er. und gähnt zufrieden.«

Eugen, nein Egon, hustete die ganze Nacht. »Der kann unmöglich mitfahren«, entschied Ines am nächsten Morgen. Fritz suchte Harrys Blick. Eine stille Solidaritätsbekundung geknechteter Männer.

»Was soll ich mit dem Bengel machen?« Harry war ratlos. »Ich kann Blumen gießen, aber keine Kinder hüten. Das könnt ihr mir nicht antun«, sagte er.

»Laß dir von ihm Spaghetti kochen und lerne ein bißchen Latein mit ihm.« Das waren tatsächlich die letzten Worte, die Ines Harry aus dem Autofenster zurief.

Langsam schaukelten die beiden schwer beladenen Autos den Weg hinunter zur Straße. Die monströse Fahrradlast auf den Dächern erinnerte Harry an die Safaritouristen in Afrika, die sich mit ihren Trophäen aus dem Staub machten – nicht im Triumphzug wie in Kolonialzeiten, sondern mit dem schlechten Gewissen moderner Großwildjäger, die sich trotz des allgemeinen Abschußverbots mit Bestechungsgeldern die Jagderlaubnis ergaunert hatten.

Es war halb sechs geworden, und die Sonne ging auf. Egon schlief und hustete nicht mehr.

## 9

*Wie Harry von Duckwitz seiner Verwandtschaft mit Hamlet Prinz von Dänemark erneut alle Ehre macht und ein Angebot ausschlägt, massiv in das politische Geschehen einzugreifen, statt dessen lieber mit Egon Spaghetti aufbrät und Julia Freudenhofer einen Geburtstagsgruß schickt. Wie er sich gegen das Abflauen seiner Musiksucht zur Wehr setzt und Julia Freudenhofer ernst macht und ihn in Verlegenheit bringt. Schließlich Harrys verspätete Begegnung mit dem Personalcomputer und ein Wiedersehen mit der alten Vertrauten Elizabeth Peach, deren vitaler Mann Harry in eine kleine Existenzkrise stößt, nebst einer Fachsimpelei über die modernste Art und Weise der Lebertransplantation.*

Um zehn Uhr am Vormittag waren sie in der Lobby eines als mittelnobel geltenden Spießerhotels außerhalb von Bonn verabredet. Der Abgeordnete Schale nickte befriedigt, weil das Treffen, das Harry neulich wegen Ines unnachgiebig abgesagt hatte, doch noch zustande gekommen war. »Tut mir leid«, heuchelte Duckwitz. »Reden wir nicht darüber«, sagte Schale markig und zeigte damit, daß es um wichtigere Dinge ging. Außer zwei weiteren Abgeordneten, die extra ihre Ferien unterbrochen hatten, war noch ein Mann mit einem Truthahnkopf aus dem Entwicklungshilfeausschuß erschienen. Alle bestellten Mineralwasser.

»Die Mineralwassertrinkerei ist eine Folge unserer Überflußgesellschaft«, sagte Harry. »Weil wir überall das Beste vorgesetzt kriegen, wollen wir nur noch Wasser.« Er werde demnächst zum Alkoholiker, um gegen diese Vernünftigkeit zu protestieren.

Die Herren waren dankbar für das Späßchen, das allerdings nicht genug Lockerungskraft besaß, um ohne Umschweife zum Thema dieser offenbar so wichtigen Begegnung zu kommen.

»Was ist los«, sagte Harry, »Sie sitzen hier so konspirativ herum. Wenn Sie mich loswerden wollten, würden Sie sich wahrscheinlich nicht soviel Mühe machen.«

»Wo denken Sie hin«, sagte Schale, der Wortführer der Viererbande. Er lobte umständlich Duckwitz' Arbeit für den Ausschuß, seine klare Meinung, seine Offenheit, seine Entschlußfreudigkeit und Kompromißlosigkeit, seine erfrischende direkte Art.

»Allerdings«, sagte Harry, »Sie sollten sich eine Scheibe davon abschneiden. Wenn Sie noch lange um den heißen Brei herumreden, verlasse ich den gastlichen Ort.«

Herrengelächter. »Gestatten Sie ein letztes Kompliment«, sagte der Rädelsführer. »Was wir alle so besonders an Ihnen schätzen, ist Ihre unverlogene Haltung den neuen Bundesländern gegenüber.«

»Das müssen Sie erklären«, sagte Duckwitz.

Man empfand die Kritiklosigkeit der Westler gegenüber dem Osten psychologisch gesprochen als Beißhemmung. Aus Angst, die Leute im Osten könnten einem Arroganz und Besserwisserei vorwerfen, ließe man sich von ihnen zuviel gefallen. Bloß weil die mal Opfer waren, könnte man sie doch nicht ewig schonen.

»Richtig«, sagte Duckwitz.

»Schön, daß wir uns verstehen.« Herr Schale nippte süßlich von seinem Mineralwasser. Herr von Duckwitz besäße eine seltene Tugend, nämlich den Mut zur Arroganz, sagte einer der Ferienunterbrecher, der sonst im Ausschuß immer bärbeißig auf Harrys Ausführungen reagiert hatte.

»Langsam werde ich neugierig«, sagte Duckwitz.

Nach einigen weiteren Allgemeinplätzen kamen sie endlich zur Sache. Es ging um den ehemaligen Botschafter der DDR in Ecuador. »Sie erinnern sich, Herr von Duckwitz?«

»Natürlich, so ein Arschloch vergißt man nicht.«

»Sehen Sie.« Entspannung breitete sich aus.

»Was sehe ich? Ich sehe noch nichts«, sagte Duckwitz,

der jetzt ahnte, worauf die ehrenwerte Gesellschaft hinauswollte. Herr Schale lächelte freundlich. Hieß er nicht auch Egon? Oder Eugen? Alle Männernamen, die mit E begannen, verwechselte Harry. Eine Hirnschwäche. Ansteckend. Neulich hatte sogar Ines schon ihren eigenen Sohn Egon mit Eugen angeredet. Harry mußte lachen, als er daran dachte, und die Ausschußganoven lachten befreit mit. »Sehen Sie, wir sind einer Meinung.«

»Weiter«, sagte Duckwitz.

Der besagte Ex-DDR-Botschafter hatte den Zusammenbruch seiner DDR unauffällig und unbeschadet überstanden und ranzte sich nun auf unerträgliche Weise an das Kanzleramt heran. Er habe bereits das Vertrauen des Kanzleramtsministers, wenn nicht schon das des Kanzlers, sagte eines der farblosen Ausschußmitglieder. »Dieser Mensch spielt sich als außenpolitischer Berater auf, als Fachmann für den Osten.«

»Im Zuge der Wende müßten die Himmelsrichtungen neue Namen kriegen, statt Osten ›Neuwesten‹ zum Beispiel«, sagte Harry. Aber die Herren waren nicht mehr zu Späßen aufgelegt, jetzt waren sie bei der Sache und wollten dabei bleiben.

Im schleimigen Kanzleramt falle man natürlich auf diese schleimig verdruckste Ostart herein, hieß es weiter, der Ausschuß sei nicht gewillt, das Einnisten eines solchen außenpolitischen Beraters hinzunehmen.

Duckwitz klatschte in die Hände. »Bravo!«

»Das läßt sich verhindern«, sagte der Truthahn aus dem Entwicklungshilfeausschuß, der nach Duckwitz' Diplomatenjahren in Ecuador mit dem DDR-Kerl unangenehme Auseinandersetzungen gehabt hatte.

»Über diesen Scheißer muß es doch die herrlichsten Stasi-Akten geben«, sagte Duckwitz.

Das war es eben. Die Akten gab es nicht. Verschwunden natürlich. Duckwitz lachte. Die Herren fanden das gar nicht komisch. Einer sagte, er habe keine Lust mitanzusehen, wie die Demokratie unterwandert werde. Duckwitz wurde es unbehaglich. Und dann rückten sie wirklich mit der Sprache heraus. Sie hatten die Berichte gesichtet, die Duckwitz zwischen 1984 und 1987 aus Ecuador an die Zentrale geschickt hatte und die wie alle Berichte ungelesen in den Aktenordnern verschwunden waren. Zweimal hatte Duckwitz seinen Besuch beim DDR-Botschafter geschildert und auf das unverschämte Benehmen dieses Menschen ebenso hingewiesen wie auf die stümperhaft angebrachten Mikrophone, mit denen die Gespräche in der Botschaft abgehört wurden. Aber so ein Jahre alter hervorgewühlter Bericht würde seine Wirkung im Kanzleramt verfehlen, sagte Schale, das belastende Material müsse frisch und wie zufällig daherkommen.

Harry bat den Ober um eine Zigarette, nein, keine Schachtel. Der Ober schenkte ihm eine von sich. Der Wortführer der Verschwörung beugte sich vor: »Ganz einfach. Als Berater unseres Ausschusses schreiben Sie an den Vorsitzenden einen Brief, in dem Sie Ihre Verwunderung darüber ausdrücken, daß sich dieser Ostschleimer trotz seiner krummen Abhörtouren damals während Ihrer Zeit in Ecuador nun ungebremst im Kanzleramt breit machen kann. Schön wäre es, wenn Sie das Wort ›Arschloch‹ vermeiden könnten, das klingt immer etwas unglaubwürdig. Das ist alles.« Schale fing vor lauter guter Laune an, in seiner Nase zu popeln.

»Aber nicht mit mir!« Harry genoß es, hart zu sein.

Jetzt wurde der Wortführer jovial. »Klar, Sie müssen erst noch ein bißchen den feinen Mann spielen. Wir essen jetzt in aller Ruhe zusammen, und beim Nachtisch sagen Sie ja.«

»Nicht nötig«, sagte Harry, »ich mache das nicht. Ich bin ein feiner Mann.«

Sie neckten und lockten und schimpften eine Weile, aber Duckwitz gab nicht nach. Dann fiel der Satz: »Wir würden uns erkenntlich zeigen.« Noch ehe Duckwitz antworten konnte, sagte Eugen oder Egon Schale: »Das war ein Fehler!«

»Richtig«, sagte Harry, »so etwas mag der feine Herr von Duckwitz gar nicht hören, meine Herren, jetzt haben Sie verschissen.« Er verachtete diesen Ostsack nicht mehr als die Westsäcke. »Übrigens«, fügte er hinzu, »vielleicht ist er gar kein schlechter Berater. Miese Kerle sind ja manchmal brauchbare Experten.«

»Wenn hier jemand ein Arschloch ist, dann Sie!« fauchte der Entwicklungshilfetyp Harry an und stand auf. »Wir gehen.« Herr Schale flüsterte Duckwitz zu: »Überlegen Sie es sich noch mal, ich rufe Sie an.«

»Heißen Sie Egon oder Eugen, ich vergesse das immer.«

»Edgar«, sagte Herr Schale und zwinkerte Harry zu, als sei noch etwas zu machen.

Doch Harry war entschlossen. Die Nebenerwerbsquelle war damit versiegt. Er hatte die unnütze Arbeit für den Ausschuß als eine Art Beschaffungskriminalität für seine zwanghafte CD-Silberoblatenkaufobsession betrachtet. Vorbei die Phase. Auch gut. Das hier war Intrige und Denunziation, das überschritt die Grenze der Untaten, die er sich zubilligte. Er fuhr ins Eifelhaus zurück. Ines hatte nicht übertrieben. Egon war ein fleißiger Koch. Schon am dritten Tag gab es Spaghetti, und Harry sagte, er könnte bis zu seinem Lebensende Spaghetti essen. Am Abend briet Harry den üppigen Rest der Nudeln in einer Pfanne goldbraun an, es knusperte in ihren Mündern, und Harry war sich mit Egon einig, daß Menschen, die Hummer und Langusten, Kaviar und Austern aufgebratenen Nudeln vorzögen, Verblendete seien. Egon war zu Harrys großer Überraschung auch sonst ein angenehmer Hausgenosse.

Bald nach dem Aufbruch der Radfahrer an die Loire fiel Harry ein, daß Julia Freudenhofer in wenigen Tagen ihren dreiundzwanzigsten Geburtstag hatte. Er setzte sich hin und schrieb ihr einen Brief. Es gab sonst nichts zu tun. Niemand störte. Egon schlief still in dem Bett, in dem Ines gelegen hatte. Harry schrieb:

»Das nächste Vierteljahr ist ein ganz besonderes. Da bin ich genau doppelt so alt wie Du jetzt wirst: Ich 46, du 23. Danach kommen wir uns rapide immer näher. In 30 Jahren zum Beispiel bin ich 76 und Du bist 53, das ist kaum noch ein Altersunterschied. Wenn ich 100 bin, bist Du 77, dann sind wir beide Greise. So rücken wir dicht zusammen, was ich nicht ungeil finde. Vor 17 Jahren sah das ganz anders aus. Da waren wir weit voneinander entfernt. Ich war 29, und Du warst 6, das heißt, ich war fast fünfmal so alt wie Du. Ich bin sehr froh, heute nicht mehr fünfmal so alt wie Du zu sein. Aus dem Alter bin ich raus. Ich wünschte, Du würdest auch räumlich näher kommen. Komm doch nach Köln an die Klinik. Sie mögen da Krankenschwestern mit Nasenringen. Ich habe Beziehungen. Wo bleiben meine Kassetten und meine Bücher? Sei gegrüßt, Herrin der Ringe, von *Sullaph*, der sofort erwacht, wenn er Deinen Namen nur hört.«

Dann nahm Harry eine Kassette für Julia auf, keinen Jazz, sondern ein paar Popklassiker aus Julias Geburtsjahr 1969 – Janis Joplin, Jimi Hendrix, die Rolling Stones, die Beatles, was wollte man mehr, das war Musik, die so lange halten würde, wie die Welt sich dreht. Harry mogelte auch ein bißchen was von 1968 und 1970 dazu, auf einige Monate hin oder her kam es wirklich nicht an, und ein paar Stücke aus dem ›Weißen Album‹ der Beatles durften auf Julias Jubiläumskassette nicht fehlen. Als Harry das ›Why Don't We Do It In The Road‹ von den Beatles überspielte, drehte er fast ergriffen den Lautsprecher auf und ließ sich das bocksgeile Gestammel von Paul McCartney in die Seele dröhnen: »No one is really watching us – why don't we do it in the road.«

Egon wachte auf, kam herunter, rieb sich die Augen und sagte: »Was ist das für eine scharfe Musik, das hört die Mama auch manchmal.«

Harry bekam sofort weiche Knie vor Glück und Lebensfreude. Zwölfjährige wußten das Wahre, Gute und Schöne zu schätzen, die jüngste Generation war völlig in

Ordnung. Daß Ines den Song gelegentlich hörte, war für Harry ein Liebesbeweis. ›Why Don't We Do It In The Road‹ war ihre gemeinsame Hymne, denn zum allererstenmal hatten sie es, wenn auch nicht mitten auf der Straße, so doch nur wenige Meter daneben, hier in der Eifel beim Spazierengehen getrieben, an die Wand einer Scheune gelehnt. Das hörte man doch gern, daß auch der andere sich lüstern erinnert. Neulich hatte Ines gefroren, und Harry hatte ihr seinen Pullover gegeben. Seitdem schwoll seine Liebe an, wenn er sich den Pullover überzog. Er würde ihn nie mehr waschen. Als er das Ines mitteilte, dieses doch gewaltige Zeugnis seiner Liebe, war ihr nichts anderes eingefallen als zu sagen: »Du bist verrückt!« Da hatte Harry wieder einmal an Ines gezweifelt. Jetzt war er von ihrer Gegenliebe überzeugt.

»Egon, Egon, Egon, E-gon«, sang Harry, ein alter, dummer Schlager, den Egon nicht kannte und den er nicht zu kennen brauchte.

»Ich mag meinen Namen nicht«, sagte Egon.

»Ich wäre froh, wenn ich Egon hieße«, sagte Harry, »sei zufrieden, daß du nicht Harry heißt. Harry heißt heute jeder x-beliebige. Ich weiß gar nicht, wo die vielen Harrys auf einmal alle herkommen.«

Harry mußte Egons Computer aus Köln holen. Mit diesem Spielzeug konnte sich Egon stundenlang beschäftigen. Währenddessen las Harry endlich einmal wieder uneingeschränkt Zeitung und sah ausgiebig fern. Volksverdummungssendungen konnte man nur ansehen, wenn alle Frauen weit weg waren. Seine Musiksucht war in letzter Zeit etwas abgeflaut. Er bedauerte das, denn die Sucht war auch etwas Schönes und Vitales. Seine Musikkonservensammelleidenschaft hatte nichts Zerstörerisches, eher etwas Beflügelndes. Und damit war es leider auch langsam vorbei. Es war allmählich ein Sättigungsgrad erreicht. Gestern erst war die Sucht noch einmal aufgeflammt. Harry hatte es genossen. Im Radio kam der Rest des ›Send Me To The Electric Chair Blues‹. Selbstverständlich besaß er die Aufnahme von Bessie Smith, die den irren Song von dem untreuen Lover, dem das eifersüchtige Weib die Kehle durchschneidet, auch geschrieben hatte – unerreicht ihre Originalversion vom 3. März 1930. Jetzt im Radio Dinah Washington, am 3. Juli 1958 aufgenommen, viel zu modern für Harrys Urgeschmack, aber eben doch nicht ganz ohne, wie hier der Richter um Sterbehilfe angefleht wurde: Sie habe keine Lust, neunundneunzig Jahre eingesperrt zu werden, daher, Mr. Judge, bitte lieber auf den elektrischen Stuhl! Diese kühne Klage dürfte auch Helene gefallen, vielleicht könnte er sie bei Gelegenheit fragen, ob sie ihm auch die Kehle durchschneiden würde, wenn sie erführe, daß er was mit Ines habe. Oder wußte sie es längst? Daß er noch immer nicht rausgekriegt hatte, ob sie das rausgekriegt hatte!

Harry wollte den Blues noch einmal von Anfang an hören und raste deswegen extra mit Fritzens radiolosem Dichterauto nach Köln, die Hostie gab es in dem Riesensilberoblatenwunderladen, er raste zurück. Wenn der Japanerneuwagen nicht mit Helene an der Loire gewesen wäre, hätte er die Beute schon im Auto hören können. Zitternd vor Gier legte er sie zu Hause ein. Dann, schon bei den unerfreulichen, bigbandartigen Blechblasakkorden der Einleitung, erinnerte er sich, daß er diese Fassung längst als Mitschnitt des gesamten Jazz-Festivals auf Platte besaß und daß er sie gar nicht mochte.

Dieses enttäuschende Erlebnis führte zu einem neuen Entschluß. Noch am selben Tag kaufte er fünfhundert kleine Karteikarten und fing an, die Titel, an denen ihm wirklich etwas lag, zu notieren und alphabetisch zu ordnen, dazu ein Verweis, auf welcher Platte, welcher Silberscheibe, welcher Kassette sich das Stück befindet.

Egon beobachtete Harry eine Zeitlang bei seiner Archiviertätigkeit und klärte ihn dann auf, daß seine Bestandsaufnahme hoffnungslos altmodisch sei. Genau dafür war ein Computer ideal. Nach einer Stunde war der

Deal perfekt. Egon würde »ihm« sämtliche Titel von Harrys alten Schwarz- und neuen Silberplatten eingeben.

»Was heißt ›ihm‹? Wer ist das?« Harry verstand nicht. Egon lachte. »Ihm«, das war »er«, seine Hoheit, der Computer. Dann murmelte Egon etwas Unverständliches wie Datei und Menü, aber schon am Abend war Harry der unermeßliche Vorteil klar. Er bot Egon fünfhundert Mark, nachdem dieser mit vierzehn Arbeitstagen rechnete, erhöhte auf tausend, als er begriff, daß man das System noch verfeinern konnte, indem man Solisten der Bands mit eingab. Dann würde Harry endlich nicht nur wissen beziehungsweise ordern können, wie viele Versionen von ›After You've Gone‹ er besitzt, nein, er könnte auch unter Lonnie Johnson nachsehen, und sofort würde der willfährige Bildschirm zeigen, bei welchen Stücken der noble Gitarrist mitspielte.

Egon erklärte Harry, wie die Computerdiskette, die eine Wunderhostie anderer Art war, auch in Helenes Computer einzustecken war, und schon konnte er sich seine Schätze fein säuberlich geordnet vor Augen führen. Bereits nach einem Unterrichtstag hatte sich Harry vom sturen Ablehner des Computerzeitalters in einen glühenden Befürworter verwandelt. Ganz klar: Der Überfluß der Schätze verlangte nach Übersicht.

Was jedes Kind heutzutage schon im ersten Schuljahr lernt oder weiß, erfuhr Harry nun auf seine mittelalterlichen Tage: Der Computer war der ebenso notwendige wie armselige Versuch, die Fülle der Reichtümer überblickbar zu machen. Keine zwölf Stunden später hatte Harry noch etwas anderes begriffen: Das Ordnen und Wühlen, das elektronische Blättern konnte sich verselbständigen und zu einer neuen Sucht werden. Eine verdächtige Entmaterialisierung fand vor dem Bildschirm statt. Während Onkel Dagobert Duck noch wollüstig in seinen Goldtalern watete, genügte dem modernen Bonzen zur Befriedigung der kurze Blick auf seinen Computer-Kontoauszug. Damit ergaben sich für Harry ganz neue Fragen. 1. Waren die Spielereien mit dem Computer über die reine Zwecknutzung hinaus nur etwas für Phantasielose, die nicht genug eigene Vorstellungskraft besaßen und bloß mit programmierten Informationen spielen konnten? Oder war 2. die Entmaterialisierung gar nicht so dumm, sondern im Gegenteil eine Verfeinerung? Eine Verfeinerung des sinnlichen Liebemachens war ja zweifellos auch das Denken an die Liebe, die Sehnsucht, das Träumen, die Vorfreude, das Postkartenschreiben und Telefonieren, das Festmachen von Terminen.

Harry beschloß, die Frage zurückzustellen, ob das Herumgetue mit dem Computer eine Form der Sublimierung war oder nicht. Zurückstellen würde er auch die Frage, ob er mit seinem Musikfimmel ein Opfer beziehungsweise Täter der perversen Konsumgesellschaft war, oder ob es sich um einen normalen, quasi urmenschlichen Sammeltrieb handelte, wenn man die Schnauze nicht vollkriegen konnte? Diese Fragen würden sich mit Egons Computer nicht beantworten lassen.

Ganz besonders weit wollte Harry die unangenehme Frage zurückstellen, ob seine Jagd nach Liebe demselben Trieb entsprach wie die zum Teil ziemlich unsinnige Jagd nach neuen Musikstücken. Vernünftigerweise, mußte er sich sagen, hatte er mittlerweile genug Musikkonserven angesammelt. Das reichte aus, um sich den Rest des Lebens mit musikalischen Genüssen abwechslungsreich zu versorgen. Und doch war da immer wieder die Gier nach neuem Stoff. Vielleicht war die Gier nach neuer Liebe nichts anderes? Vorsicht. Erstickungsgefahr. Raubbau. Chaos. In seinen Liebessalat würde kein Computer der Welt eine Ordnung bringen können. Und nun hatte er auch noch Julia geschrieben.

So wie ihm in seinem Zusammenleben mit Helene in finsteren Stunden die Worte »Zerrüttung« und »Scherbenhaufen« in den Sinn kamen, so waren es jetzt die Schriftbilder »Du hast dich übernommen!« oder »Übe Verzicht!«, die er wie ein Menetekel vor sich sah und verscheuchen mußte. Hassenswerte Worte. »Entsagung«, widerliches Christengeschwätz. Nur keine Panikmache. Er war nicht Belsazar, und das Eifelhaus war nicht Babylon. Leider. Leider ging es hier viel zu gesittet zu. Also würde es auch keinen Untergang geben. Keine Mythen bitte. Die Liebe war ein Geschäft. Ein Kuhhandel. Harry liebte es, sie so zu bezeichnen, weil man die Rauner und Säusler von den Wundern der Liebe damit verwirren konnte. Wenn die Liebe ein Geschäft der Gefühle war, in dem investiert, profitiert und draufgezahlt wurde, und es sprach viel dafür, daß es so war, dann konnte es allerdings auf dieselbe Art zum Zusammenbruch kommen wie in einer Firma. Ganz schnell konnte das gehen. Ein Schritt zu weit, schon war es passiert. Nur ein kleines Unternehmen dazugekauft, schon war man zahlungsunfähig, schon kam der Konkursverwalter.

Ausgerechnet in diesen Tagen, da Harry seit langem einmal wieder sein Gewissen erforschte und, was künftige Plattenkäufe und Liebesabenteuer betraf, freiwillige Selbstbeschränkungsauflagen erwog, rief Julia Freudenhofer an. Harry erkannte ihre Stimme nicht gleich. Sie hatten noch nie zusammen telefoniert. Am Telefon klang Julia bayerischer. »Wie geht's dem *Sinep*?« fragte sie, und Harry erschrak. Die Verkehrtherumsprechgeheimsprache hatte die Wörter doch zarter machen sollen. So wie Julia den Penis jetzt ansprach, klang es unflätig.

»Das ist eine Überraschung!« sagte Harry.

Julia entschuldigte sich, ihm die Kassetten und Bücher immer noch nicht geschickt zu haben.

»Macht nichts«, sagte Harry. Wenn diese 250 Kassetten jetzt auch noch hier wären, würde er endgültig in Musik ersticken.

»Der Brief war ja geil«, sagte Julia. Der Geburtstagsgruß hatte ihr gefallen. »Des hot ma g'foin! Du, des werd wos.«

»Was wird was?« fragte Harry.

»Das mit der Kölner Klinik«, sagte Julia. Sie hat in

Traunstein die Nase voll. Sie kommt nach Köln. Harrys Angebot ist scharf.

»Meine Bekannte«, sagte Harry und kam sich Ines und Julia gegenüber wie ein Verräter vor, »meine Bekannte ist im Augenblick nicht da. Die Ärztin, von der ich dir erzählt habe.« Sein Hochdeutsch ist wie eine Barrikade gegen Julias weichen bayerischen Urstrom.

»Macht nix«, sagte Julia. Sie kommt auch ohne Beziehungen klar. Schwestern brauchen sie alle. Aus Traunstein muß sie weg. Sie kommt. Sie bringt die Bücher und Kassetten mit.

Harry war fassungslos und hoffte inständig, daß Julia seine Fassungslosigkeit nicht bemerkte. Mit Ines vögelnd von Helene ertappt zu werden, das hatte er sich immer als das Beste vorgestellt. Darauf war er vorbereitet. Julias Ankündigung traf ihn aus heiterem Himmel.

»Wann dachtest du?« fragte er vorsichtig.

»Nächste Woche«, sagte Julia. Besser jetzt als später, wenn die anderen wieder da waren, fand Harry. Er versuchte ein freundliches »Ich freu mich!« und hoffte, daß es einigermaßen glaubwürdig herauskam.

»Du, I g'frei mi a«, sagte Julia, und jetzt, nachdem der erste Schrecken vergangen war, wurde Harry wieder etwas lüstern und beschloß, nicht weiter als drei Wochen vorauszudenken.

Die Nachrichten von den Loire-Touristen waren einsilbig, und das nicht nur aus telefonzellenbedingtem Münzenmangel. Ines, die Egon sprechen wollte, flüsterte Harry als Antwort auf die Frage, wie es denn sei, hastig zu: »Ich erzähl dir alles später.«

»Sie hat gefragt, ob wir auch fleißig Latein lernen«, sagte Egon, nachdem er den Hörer aufgelegt hatte, und zog eine Fratze. Harry blickte auf Egons flimmernden Bildschirm und sagte, er lerne mehr fürs Leben, wenn er sich einen Titel wie ›Body And Soul‹ einpräge. ›Body and Soul‹ sei wichtiger als Julius Cäsars idiotisches Buch vom Gallischen Krieg, auch wichtiger als Ovids ›Kunst der Liebe‹.

Egon fragte, ob er bei ›Body and Soul‹ alle vier Komponisten angeben müsse: Green, Heyman, Sour und Eyton.

Tatsächlich rief, wie bereits angekündigt, der Abgeordnete Erich, nein Edgar Schale noch einmal an: »Vergessen Sie die blöde Bemerkung, daß wir uns erkenntlich zeigen würden, das hat Sie doch verletzt, nicht wahr?«

»Ach wo, Geld könnte ich brauchen«, sagte Harry.

Edgar Schale erinnerte Harry daran, daß früher von ihm der Spruch kursiert sei: Nur ein stürzender Politiker ist ein guter Politiker.

»Auch Sie wären mir als Gestürzter gleich um einiges näher«, sagte Harry.

Der Abgeordnete lachte. »Ich gebe Ihnen mal meine Freundin an den Apparat, Sibylle Kern, die Psychologin, Sie erinnern sich?«

»Hallo«, sagte Sibylle Kern, »was macht die Liebe? Ich warte seit fast einem halben Jahr auf Ihren Polygamiebericht.«

»Ich erwäge Selbstbeschränkung und Verzicht«, sagte Harry.

»Enttäuschen Sie mich nicht«, sagte Sibylle Kern, »seitdem wir uns kennengelernt haben, sage ich allen verzweifelten Paaren, daß zwei Dauergeliebte die beste Medizin gegen die Probleme sind, die der normale Seitensprung mit sich bringt.« Dann kam Sibylle Kern zur Sache: »Sie haben einen Hamlet-Komplex. Sie wollen nicht eingreifen, Sie wollen sich nicht beteiligen.«

»Richtig«, sagte Harry, »ich will sehen oder wegsehen, wenn Leute stolpern, je nachdem, aber ich will nicht derjenige sein, der ihnen das Bein stellt.«

»Sehr bequem!«

»Was spricht gegen Bequemlichkeit?«

»Sie sind mir einer«, sagte die Therapeutin und machte noch einen Versuch: »Sie wollen sich die Finger nicht schmutzig machen!«

»So ist es!«

»Das sollen andere tun!«

»Richtig! Es reißen sich genug Leute darum.«

»Na gut«, sagte Sibylle Kern, »ich gebe auf.«

Harry, der trotz des Gewitzels die Sache ernst nahm, ernster als die frivole Therapeutin, hatte das Gefühl, sich rechtfertigen zu müssen. Es fiel ihm plötzlich eine Analogie ein, die er überzeugend fand: »Sie essen doch sicher nicht ungern ab und zu ein Steak, aber Sie würden vermutlich kein Vieh schlachten. Wir mögen alle keine Schlächter, nur den Braten.«

»Hören Sie auf, das Moralisieren paßt nicht zu Ihnen«, protestierte die Therapeutin. »Und was, wenn keiner schlachten will?«

»Dann esse ich Rüben und Reis. Vor allem aufgebratene Nudeln.«

Etwa zehn Tage vor der Rückkehr der Radfahrer von der Loire hielt ein Auto mit einem offenbar porösen, aufdringlich donnernden Auspuff vor dem Eifelhaus. Mit der Dreistigkeit eines Bankräubers entstieg Julia Freudenhofer, schulterte eine knallblaue Nylontasche und kam auf den Eingang zu, als sei sie ein alter und willkommener Gast. In Jeansanzug und Cowboystiefeln sah sie allzu burschikos aus, fand Harry, der Schmelz der Jugend war in den wenigen Monaten von ihr gegangen. Sie hatte nichts mehr mit der Julia zu tun, die ekstatisch auf ihm getobt hatte. Egon, der zur Zeit mit Harry in einer Art Solidargemeinschaft lebte, spürte dessen Enttäuschung und betrachtete den Gast mißtrauisch. Aber dieses Fraktionsgefühl ging Harry doch zu weit, und er versuchte, Egon für Julia zu gewinnen. Er stellte sie als seine Lebensretterin vor. Das half wenig. Erst als sie am Abend alle zusammen aufgebratene Nudeln verzehrten und Julia sagte, es gäbe kein besseres Essen, hatte sie die Aufnahmeprüfung bestanden.

Harry war froh, daß Egon da war und ihm Überlegungen ersparte, wann er sich Julia wie nähern sollte. Er würde ihr Ritas Zimmer geben. Egon blieb lange auf.

Todmüde lungerte der Bewacher bei ihnen im Wohnzimmer herum und tat so, als lese er in einer Computerzeitschrift. Harry hatte inzwischen genug Wein getrunken und wollte mit Julia ins Bett gehen. Erst um halb zwei gab Egon auf und verschwand.

»Du, ich hab wahnsinnig meine Tage«, sagte Julia, als sie vor Ritas Bett standen. Harry erschreckte diese Nachricht heute. Damals in Traunstein war er zunächst ein unentschlossener und eher matter Liebhaber gewesen, weil ihn der Altersunterschied und das Krankenschwesternklischee verunsichert hatten. Jetzt war es Julias unverblümte Art, die ihn irritierte. Dann aber funkelte Julias Nasenring doch geil genug, und es kam zu einer kurzen, heftigen, herzlosen, unindischen, unberingten, geheimsprachenlosen Vögelei, für deren Kulturlosigkeit sich Harry entschuldigt hätte, wenn Julia nicht sofort eingeschlafen wäre.

»Haben viel *Egat*«, sagte Julia, als sie am nächsten Morgen das blutverschmierte Bettzeug sah, und die alte Geheimsprache machte sie Harry wieder vertrauter. Sie staunte, daß Harry mit der Waschmaschine umgehen konnte.

Egon schlief zum Glück noch, als Harry sich beim Frühstück vornahm, mit Julia zu besprechen, wie es weitergehen sollte. Er schlug ihr vor, nach der Rückkehr der anderen die Bonner Wohnung zu benutzen, auch wenn er sich etwas spießig dabei vorkam. »Dann wird Ines, die Ärztin, sicher etwas mit einem Schwesternjob in der Klinik arrangieren können«, sagte er ermunternd.

»Super«, sagte Julia, aber Harry brauche sich nicht um sie zu kümmern, sie komme schon klar, habe in Köln auch eine Freundin. Als Harry erfuhr, warum sie Traunstein verlassen hatte, war er wieder ganz begeistert von ihr. Julia hatte einen Metzgermeister auf die Station bekommen, der so stark nach Schweinefleisch roch, daß es nicht auszuhalten war. »Ich bin doch Vegetarier«, sagte sie, als Harry sie fassungslos ansah. Sie hatte ihren Chef gebeten, das

Metzgerkrankenzimmer mit einer unempfindlicheren Kollegin tauschen zu dürfen, aber der habe nur gesagt: »Stellen Sie sich nicht an!« Das hatte sich Julia nicht bieten lassen.

Nach diesem Bericht war Harrys Liebe zu Julia wieder entflammt, und er bedauerte, daß sie sofort nach Köln fahren und sich dort umsehen wollte. Er wäre jetzt gern mit ihr ohne Egon allein gewesen. Sie solle auf alle Fälle anrufen, sagte er, bevor sie in ihr dröhnendes Auto stieg, und eine Telefonnummer hinterlassen. Er wolle unbedingt mit ihr essen gehen oder ins Kino oder beides. »Abgemacht«, sagte Julia und fuhr los.

Ein paar Tage später rief Elizabeth Peach aus London an. »Stellen Sie sich vor, Harry, ich komme heute nach Köln!« Ihr Mann ist Chirurg, was Harry nicht gewußt oder vergessen hatte. Er hat in Köln zu tun. Sie will ihn begleiten, um Harry wiederzusehen und auch Rita und endlich Helene kennenzulernen. Mein Gott, wie lange ist das alles her mit Afrika! »Nein, zählen Sie nicht«, sagte sie, als Harry anfing, zurückzurechnen. Weit über zehn Jahre waren vergangen. »Rita kommt Ende der Woche aus Portugal und Helene erst am Sonntag von der Loire zurück«, sagte Harry. »Können Sie die Reise nicht verschieben oder so lange bleiben?«

»Ach Harry, Sie kennen unseren Terminkalender nicht«, sagte Elizabeth und schlug ihm vor, für den Abend in irgendeinem Lokal im Zentrum von Köln einen Tisch zu bestellen, damit sie beide sich wenigstens ein paar Stunden sehen könnten. Harry dachte an Julia. Sie waren verabredet. Er konnte sie nicht versetzen, das heißt, er konnte natürlich, aber er wollte nicht. Trotzdem hätte er sich lieber allein mit Elizabeth getroffen. Sie gestand ihm Rita und Helene zu. Von Ines, die später dazu gekommen war, wollte sie nichts wissen. Im Lauf der Jahre waren manche Briefe und Postkarten hin und her gegangen, in denen Harry immer wieder angedeutet hatte, daß er wie Lukas Cranachs Paris nun tatsächlich zwischen drei Frauen zauderte beziehungsweise zappelte, daß also Elizabeths Prophezeiung eingetroffen war. Darauf war Elizabeth nie eingegangen. Sie schien ihm Ines, die Dritte, nicht zu gönnen. Wie würde sie reagieren, wenn er nun Julia mitbrachte?

»Ich würde mich lieber mit Ihnen allein treffen«, sagte Elizabeth, »aber es wird unvermeidlich sein, daß mein Mann dabei ist.«

»Ich werde auch mit Begleitung kommen«, sagte Harry erleichtert.

Er hatte etwas Angst vor dem Abend. Er genierte sich mit Julia und schämte sich, daß er sich genierte. Julia gehörte dazu. Sie hatte eine Rolle in seinem Leben gespielt. In seiner Erinnerung war sie eine Lustgöttin gewesen, jetzt, in der unmittelbaren Gegenwart, kam sie ihm gewöhnlich vor. Er haßte Männer, die ihre Geliebten fallenließen. Also nahm er sich vor, Julia wie eine Göttin zu behandeln.

Egon war am Computer gut aufgehoben. Er arbeitete emsig, um Harrys unermeßliche Musikschätze einzugeben, eine Sünde bei dem wunderbaren Sommerwetter. Harry beschloß, morgen mit ihm ins Schwimmbad zu gehen, damit er nicht mehr so blaß wie ein Kartoffelkeim aussah, wenn Ines zurückkam. Dann holte Harry Julia ab. Unterwegs erzählte sie ihm, daß sie bereits in der Klinik gewesen sei. Am 1. September könnte sie als Schwester auf der orthopädischen Station anfangen. Ein Zimmer bis Weihnachten in der Wohngemeinschaft ihrer Kölner Freundin. Alles schon geregelt. Sie war sichtlich aufgeblüht. Ihr Blick war wieder der von früher, als sie vor dem indischen Restaurant hielten und Harry ihr schonend beibrachte, daß eine alte Freundin aus England und ihr Mann mit von der Partie sein würden. Er ist Chirurg. »Super«, sagte Julia. Sie lernte gern neue Leute kennen.

Elizabeth war bereits da. Harry hatte erwartet, daß sie Julia hochnäsig mustern würde, aber natürlich gab sie ihr warmherzig die Hand. Sie zog allerdings mißbilligend die

Augenbrauen hoch, weil Harry ein indisches Restaurant gewählt hatte. »Sie können sich doch denken, daß wir in London immer indisch essen gehen.« Dann kam Mr. Peach. Er konnte sich nicht mehr erinnern, Harry vor dreizehn oder vierzehn Jahren am Rand eines Swimmingpools in irgendeinem Botschaftsgarten in Jaunde begegnet zu sein, als er seinen Kindern das Schwimmen beizubringen versuchte. »I've never been to Africa«, sagte er, »I didn't know you were a bigamist, Elizabeth!« Laut und zufrieden lachte er über seinen Witz. »Er reist soviel, er weigert sich wahrzunehmen, in welchem Land er ist«, sagte Elizabeth.

Harry hatte Mr. Peach fett und rosa in Erinnerung. Er war aber nur kompakt und blaß. Der Anzug stand ihm besser als die Badehose, die Glatze besser als der Strohhut, die Mitte Fünfzig besser als der Anfang Vierzig. »I love your accent«, sagte er zu Julia, die hemmungslos ihr bayerisches Englisch sprach. Als Student sei er einmal in Berchtesgaden gewesen, er könne sich durchaus an die Orte erinnern, die er bereist habe, »those bloody Hitler places«, da hatte es eine Reiseleiterin gegeben, oben auf diesem Berg, »they called it ›Eagle's Nest‹«, die hatte wie Julia gesprochen. Nur einen Nasenring habe sie nicht gehabt. Er lachte verführerisch, und Harry war zufrieden, daß Julia auch auf andere Männer anregend wirkte.

»Ich muß Ihnen etwas gestehen«, sagte Harry zu Elizabeth. Sie beugte sich vor. »Come on, Harry!« Als er ihr neulich von seiner Lederhosenliebhaberei geschrieben habe – ja, sie erinnert sich –, habe er eigentlich schreiben wollen, er käme sich schon ganz meschugge vor. Das Wort »meschugge« habe er dann vermieden, weil es ein jüdisches Wort und Elizabeth Jüdin sei und weil er das als philosemitische Ranschmeißerei empfunden hätte. »Ist das nicht albern! So sind wir Deutschen.«

»O Harry!« Elizabeth war enttäuscht. »Ich dachte, Sie wollten mir ein Geständnis machen!«

Sie unterhielten sich gut. Julia und Mr. Peach waren begeistert voneinander. Mr. Peach hatte sich auf Lebertransplantationen spezialisiert. Er war hier, um den Transplantationschirurgen an der Kölner Klinik ein paar Tricks zu verraten. Seine Klinik in London hatte die beste Lebertransplantations-Erfolgsstatistik in ganz Europa. Und warum? Weil er nicht jede Leber nahm. Nicht von jedem erstbesten Hirntoten. Man müsse die Leber in die Hand nehmen, sagte er, ihre Konsistenz fühlen, das sei wichtiger als das Kontrollieren der Werte, das versuche er den Kollegen beizubringen, man könne es einer Leber anfühlen, ob sie vom neuen Organismus aufgenommen werde oder nicht. Mit einem indischen Fladenbrot führte er vor, wie er eine Leber prüfend in seinen großen Händen wog, denen man pingelige Gefäßzusammennäherei nicht zutraute. Der kleine Funkempfänger in seiner Jackentasche piepste. Mr. Peach verschlang hastig sein Hühnergericht, erhob sich und ging zum Telefon an der Theke. Als hätten Elizabeth, Julia und Harry ohne den großen Mr. Peach keinen Gesprächsstoff mehr, sahen sie schweigend zu, wie der wichtige Arzt gestikulierte und auf die Uhr blickte. Dann kam er an den Tisch zurück. Eurotransplant hatte soeben eine Leber aus Basel angeboten, er habe sie sich beschreiben lassen. Diese Leber sei vermutlich nicht koscher. »Oh«, sagte er zu seiner Frau, »kosher – what do you think of that, my yiddishe momma!«

Elizabeth streckte ihm die Zunge heraus. Harry bat Julia, die Geschichte von dem nach Schweinefleisch stinkenden Metzger zum besten zu geben, und Mr. Peach brüllte vor Vergnügen.

Elizabeth seufzte. Ihr Mann beherrschte das Gespräch. Sie schien daran gewöhnt zu sein und fügte sich dem Thema des Abends. »Würden Sie Ihre Organe hergeben?« fragte sie Harry über den Tisch. »Alles, bis auf Hirn und Hoden, daran hatte ich im Leben zuviel Spaß, die kriegt keiner.« Elizabeth mußte ihrem Mann die Antwort übersetzen. Auf englisch klang es nicht so gut.

Leider wollte Mr. Peach von Harry wissen, was er jetzt beruflich täte. Seine Frau habe ihm erzählt, daß er den diplomatischen Dienst quittiert habe, sehr vernünftige Entscheidung. »No job for a man – but what now?«

»Geschäfte«, sagte Harry und bat Elizabeth mit einem Blick um die geeignete Übersetzung. »He's busy with love«, sagte Elizabeth.

Harry protestierte. »No love at all, but secret service.« Dann erzählte er von dem Ausschuß und der Zumutung, belastendes Material für den Sturz eines Ex-DDR-Hampelmanns zu liefern. Aber schon piepste der Funkempfänger von Mr. Peach wieder und zog alle Aufmerksamkeit auf sich. Fluchend ging die Transplantationskoryphäe ans Telefon.

Zum Nachtisch reichte der Ober exotische Früchte. Litschis. »Litschi«, flüsterte Julia Harry ins Ohr, »so ähnlich wie in unserer Sprache ›Eichel‹!« Sie lachte laut auf, Elizabeth sah sie verwundert an, und Harry freute sich auf die Nacht. Dann schimpfte er mit Julia gemeinsam auf den deutschen Fremdenhaß, Elizabeth winkte ab und sagte »Stop, don't apologize, die Engländer sind auch nicht besser!«

Mr. Peach kam vom Telefonieren zurück. Die Baseler Leber habe er abgelehnt, nun könne er nicht schon wieder nein sagen, die Transplantationszentrale werde sonst sauer. Die Leber, die ihm eben beschrieben worden sei, höre sich soweit auch ganz gut an. »Die kriegt eine siebenundzwanzigjährige Studentin hier in Köln noch heute nacht transplantiert«, sagte er. »Ein junges, hübsches Ding. Da lohnt sich der Aufwand. Seit drei Monaten wartet sie. Wo liegt Magdeburg?« Er muß die Leber aus Magdeburg holen. Sofort. Sorry. – Er bat den Ober, ein Taxi zu rufen. »Dauert zu lange«, sagte Julia und schlug vor, ihn mit Harrys Auto von Fritz in die Klinik zu fahren. »How kind, it is rather late«, sagte Mr. Peach. Beide winkten einträchtig. »Now we can talk about le temps perdu«, sagte Elizabeth und setzte ihr Flirtgesicht auf.

»Ihr Lebensrettermann hat mich durcheinandergebracht«, sagte Harry.

»Er ist verrückt, er hat nur seine Statistik im Kopf«, sagte Elizabeth.

Harry verteidigte ihn: »Das ist nicht wahr. Er will das Leben einer jungen Studentin retten.« Harry kam sich klein vor.

»Er ist nicht normal, der Ehrgeiz zerfrißt ihn«, sagte Elizabeth, »er ist fachverrückt, sagt man so?« Ihr Deutsch war perfekt, sie wußte genau, daß man so nicht sagte, daß es »fachidiotisch« hieß und daß ihre Wortschöpfung frisch und originell war.

Harry sollte von sich erzählen, von Helene, von Rita – »and what about Julia?« Ohne Schwung sprach Harry von seinem Leben. Vielfache Liebe bringt vielfache Probleme. Der alte Hut. Er dachte an Mr. Peach, der jetzt gleich mit einem Hubschrauber nach Magdeburg fliegen würde. Leber raus, zurück nach Köln und Leber rein. Er sah diese Pranken, wie sie prüfend die Leber halten, wie Mr. Peach dem Kölner Kollegen ein paar knappe Tips verrät und sie dann stumm an die Arbeit gehen in einem Operationsraum, in dem vielleicht Ines die Narkose überwacht hätte, wenn sie nicht gerade irgendwo an der Loire in einem Restaurant zu Abend äße. Es war zehn Uhr.

»O Harry, was ist los mit Ihnen?« sagte Elizabeth, »stop thinking about my husband!«

Das war nicht leicht. Vor diesem Fachmann, der nicht lange zögerte, Menschenleben zu verlängern, kam sich Harry verwelkt vor. Er hatte keine Lust, seine Zerknirschtheit zu verbergen. Elizabeth griff nach seiner Hand. Der begütigende Ausdruck in ihren Augen stand ihr gut, aber er war nicht Harrys Fall. Er hatte für Mütterlichkeit nichts übrig. Dagegen sträubte sich alles in ihm. Und so war er schon wieder obenauf, als ihm Elizabeth Trost zusprach: »Harry, das ist es doch, was ich an Ihnen schätze, daß Sie sich Gedanken machen, daß Sie sich in Frage stellen, das tut mein Mann nicht.«

»Ich besuche Sie im Herbst in London«, sagte Harry, »versprochen! Dann erzähle ich Ihnen in Ruhe die letzten dreizehn, vierzehn Jahre meines Lebens und werde brav alles in Frage stellen, va bene?«

Julia kam zurück. Sie brachen auf. Harry bestellte für Elizabeth ein Taxi. Sie und Julia küßten sich zum Abschied wie alte Freundinnen. Harry hatte Elizabeth noch nie einen Kuß gegeben. Einen Handkuß vielleicht, damals in Afrika.

»Du kannst Egon unmöglich die ganze Nacht allein im Eifelhaus lassen«, sagte Julia und weigerte sich, mit Harry in die Bonner Wohnung zu fahren, die er als Lustort vorgesehen und zuvor schon von Staubflusen befreit hatte. Sie fuhren zusammen ins Eifelhaus. Egon war vor dem laufenden Fernsehapparat eingeschlafen. Julia trug ihn ins Bett, und Harry liebte sie die ganze Nacht lange und innig.

Gegen seine Gewohnheit wachte er erst um acht Uhr auf. Julia schlief fest. Auch Egon schlief noch. Harry rief in der Kölner Klinik an und erkundigte sich nach dem Verlauf der Lebertransplantation. »Wer sind Sie überhaupt?« fragte die Schwester. »Ein Angehöriger?« Harry wies sich als Freund von Dr. Peach aus, der die Transplantation durchgeführt hatte. »Moment«, sagte die Schwester und holte einen Arzt. »Zu spät. Mr. Peach ist schon weg«, sagte der Arzt, »ich glaube, er hat die erste Maschine nach London genommen.«

»Ich wollte nur wissen, wie die Operation lief«, sagte Harry. Er hoffte, daß er wie ein Kollege klang. »Super«, sagte der Arzt, »eine Superleber, der Einbau ist supergut gelaufen. Die Kleine dürfte es geschafft haben.«

Es war kein Brot da. Harry fuhr mit dem Rad zum Bäcker. Der Tag würde wieder wolkenlos werden. In diesem Jahr gab es im Dorf ein Storchenpaar. Harry hatte große Lust, so bald wie möglich seine Zulassung als Anwalt wieder zu beantragen. Und dann einfach Leuten aus der Patsche helfen, ohne groß zu fragen, ob das sinnvoll war oder nicht.

*Wie Harry von Duckwitz von Ines reinen Wein eingeschenkt bekommt, seine Gefühle noch mehr durcheinander geraten und sich einiges verschlechtert, obwohl es sich doch verbessern sollte. Wie Fritz von der Bildfläche verschwindet, Rita in einem Filmporträt die klavierspielende Motorrademanze mimt und von ihrem untreuen Mann melancholisch zum Flughafen begleitet wird. Daneben eine unpäpstliche, aber längst fällige Kondom-Kritik, eine Erinnerung an Aids und Aida, ein nicht uninteressanter Hinweis auf den verborgenen erotischen Charakter musikalischer Tempobezeichnungen, eine ernstzunehmende Warnung vor Radtouren entlang der Loire und schließlich die Empfehlung, wieder einmal Beethovens italienische Liebeslieder und seine Frühlingssonate zu hören.*

Seit einer Woche waren die Radferienmacher von ihrer Loire-Tour zurück, und Ines hatte sich noch nicht gemeldet. Harry fürchtete, sie könnte verärgert sein, weil er Egon mit dem Computer für seine Dienste eingespannt hatte, anstatt mit ihm Latein zu lernen, und rief in der Klinik an.

»Es ist aus«, sagte Ines. Harry hatte sofort das Gefühl, diesen Satz seit Jahren erwartet zu haben, und sagte nichts. Was soll man auf eine Todesnachricht antworten. Unbeschreiblich, wie herzlos sie das sagte. Als ginge das Harry nichts an. Sie war immer selbstsüchtig und erbarmungslos, dachte Harry und erinnerte sich an den Autounfall. Es knallt, und man will es nicht kapieren. Die Wunde klafft, und man spürt keinen Schmerz. »Was ist denn«, sagte Ines, »ich finde, du könntest langsam den Mund auftun, schließlich hat es keine Toten gegeben.« Ines, die Gnadenlose.

Sie hat diese Heimlichtuerei endgültig satt, dachte Harry. Hundertmal hatte sie gesagt, daß ihre Liebesgeschichte eine krumme und halbe Sache sei, nichts für die

Ewigkeit. Die Eröffnung kam für Harry nicht überraschend. Und doch, wenn man eine Steinplatte im Garten anhebt, erschreckt man, obwohl man weiß, daß darunter alles voller Asseln und Würmer ist.

»Es hat keinen Sinn am Telefon«, sagte Ines und besaß die fast schon grandiose Unverschämtheit, in diesem Augenblick darauf hinzuweisen, daß sie eigentlich kein bißchen Zeit habe. Sie sei noch nie so im Streß gewesen wie jetzt nach dem Urlaub. »Trotzdem«, sagte sie, »zu einem Kaffee wird es schon reichen. Kannst du in zwei Stunden vor der Klinik sein?«

Harry hatte Lust auf Sätze wie »Danke, nicht mehr nötig« oder »Was soll das noch bringen«, behielt sie aber für sich. Selbst in dieser Situation war Stilgefühl nötig. Mit Würde mußte man untergehen, nicht mit den Floskeln beleidigter Männer aus schlechten Filmen. »Ich meine, es muß ja nicht sein«, sagte Ines, »wenn es dir nicht paßt, dann nicht.« Harry sah sich von Kugeln durchsiebt. Ein Schwerverletzter kurz vor seiner Ohnmacht. »Nein«, sagte er, »nein, ich komme schon.« Er würde aufrecht zu seiner Hinrichtung gehen.

»Was ist mit dir los?« fragte Helene, nachdem ihr Harry eine Stunde später beim Suchen des Autoschlüssels »bis bald« zugerufen hatte.

»Was soll los sein?«

»Seit wann verabschiedest du dich so artig, wenn du das Haus verläßt?« Helene schüttelte vergnügt den Kopf. »Wo gehst du hin?«

»Seit wann fragst du, wo ich hingehe?«

»Seitdem du dich so artig verabschiedest.« Helene sah heute richtig pfiffig aus. Harry mußte lachen und hatte plötzlich das Gefühl, den Anschlag doch zu überleben.

»Das Übliche«, log er, »ein bißchen den Ausschuß beraten, und dann belohne ich mich für den Schwachsinn mit einer Platte.« Helene wußte noch nichts davon, daß er den Ausschußjob hingeschmissen hatte. Weiter einen Vorwand zu haben, das Haus jederzeit ohne Erklärung in

Richtung Ines verlassen zu können, war ihm wichtiger gewesen, als Helene die Heldentat zu berichten, wie er trotz winkender Bestechungs- beziehungsweise Erkenntlichkeitsgelder keinen Verrat geübt, niemanden denunziert, seine Mitarbeit bei einer Intrige standhaft verweigert hatte. Jetzt, wo es mit Ines zu Ende war, würde er keinen Vorwand und kein Alibi mehr brauchen, jetzt könnte er Helene die Geschichte vom Ende seiner Quatschberatertätigkeit im Ausschuß, von diesem ziemlich dissonanten Schlußakkord erzählen, dachte Harry und konnte sich nicht vorstellen, für den Rest seines Lebens jemals ein anderes Gefühl als Bitterkeit zu empfinden.

Als Ines ihn wie immer umarmte, machte sich Harry steif wie ein Brett. »Nun übertreib nicht«, sagte sie. Ihre versöhnliche Munterkeit war ihm zuwider. Bloß keine Tröstungen. Nach der ersten Tasse Kaffee in der Klinikkantine hatte es Harry endlich begriffen. Es war aus zwischen Ines und Fritz. »Es ist aus« – wie hatte er diese Worte auf sich beziehen können. Er verbarg sein ungeheuerliches Mißverständnis, so gut es ging und offenbar mit Erfolg. Aber er spürte kaum Erleichterung. Eben noch hatte er Ines wegen ihrer Erbarmungslosigkeit verachtet, jetzt verachtete er sich selbst, weil er ihr diese Erbarmungslosigkeit zugetraut hatte und weil er nach seiner spröden Reaktion in ihren Augen als der feinfühlige, mit Fritz leidende Bruder dastand, der er nun ganz und gar nicht war. Es war nicht der Augenblick, diesen Irrtum aufzuklären. Später einmal, dachte Harry, dem plötzlich klar war, daß Ines' neue Freiheit neue Probleme schaffen würde. Später einmal würde das komisch sein.

»Du brauchst keine Angst zu haben, daß ich jetzt mehr von dir will«, sagte Ines, und Harry wußte, daß er genau davor Angst haben mußte. Als Ines schleunigst in ihren schrecklichen Operationssaal aufbrach, versuchte er sie stürmisch zu küssen. »Wann sehen wir uns?« Zweifellos war das etwas gierig herausgekommen. Manchmal mochte Ines das. »Du scharrst wie ein Stier«, hatte sie einmal gesagt, zufrieden mit seiner dunklen Lust. Heute wehrte sie ihn ab. »Ich brauche Zeit«, sagte sie.

Harry verstand das sofort. Kaum war Ines im Lift verschwunden, verstand er nichts mehr. Warum freute sie sich nicht einfach darauf, in Zukunft mehr Zeit mit ihm verbringen zu können. Harry freute sich, auch weil endlich Schluß war mit der Geheimniskrämerei, jetzt, da Fritz, der eigene Bruder, nicht mehr geschont werden mußte. Hatte sich Ines nicht schon immer danach gesehnt? Harry hoffte, daß Rita und Helene seine Offenbarung großzügig hinnehmen würden. Ob Ines auf die Dauer hinnehmen würde, daß sie weiter Harrys Drittfrau war, obwohl er nun zu ihrem Erstmann aufgerückt war, blieb die Frage.

»Bitte«, sagte Ines drei Tage später, als er sie endlich telefonisch erreichte, »laß mich eine Weile in Ruhe.« Sie hatte einen Haufen Probleme. Die Trennung von Fritz, Schulsorgen mit den Kindern und dann der Plan einer beruflichen Veränderung. Sie wollte mit einem Kollegen zusammen eine Privatklinik eröffnen, interessantes Modell, Akupunktur zum Beispiel, nie wieder von früh bis spät in einem Operationssaal stehen. Weiß Gott, das verstand Harry. Und die größte Sorge, der finanzielle Berg. Hunderttausende müßten sie aufbringen, und ihre Abfindung aus der Scheidung lag in ungewisser Ferne. »Kannst du dir überhaupt vorstellen, was das alles für Probleme sind, Harry!« Zum erstenmal, seitdem er Ines kannte, schrie sie. Sie schrie ihn nicht an, sie schrie nicht in Not, sie schrie einfach nur ins Telefon, damit Harry es endlich begriff.

Harry schwieg. Er hatte ihr von dem amüsanten Abend mit dem Transplantations-Mr.-Peach erzählen wollen, ein kleiner Sketch zur Aufheiterung, statt dessen dieser Einblick in das tobende Leben.

»Ich will es nicht dramatisieren«, sagte Ines, die sich wieder beruhigt hatte. Harry nickte in den Telefonhörer: »Ruf mich an, wenn du mich brauchst.« Es war nicht der richtige Moment, ihr zu sagen, daß Julia Freudenhofer demnächst in ihrer Klinik als Krankenschwester auftauchen würde. Alles bedeutungslos.

Harry blickte auf seinen Silberoblaten-Merkzettel, den er immer im Portemonnaie trug, eine Liste von CDs, die bestellt waren, aber nie kamen und nach denen er sich seit Monaten sehnte. ›Your Feet's Too Big‹, wunderbar surrealistischer Blödsinn von Fats Waller, der 1938 mit Klavier und Rauchstimme einer Frau erklärt, daß sie wie ein Elefant dahergeht, daß er sie haßt, weil ihre Füße zu groß sind. Auf Platz zwei der Liste: ›September In The Rain‹, nicht wie üblich pomadig gesungen, vielmehr extrem modern für Harrys Geschmack, aber eben doch erlösend, was das nervöse Tenorsaxophon von Lester Young am 16. Januar 1951 aus der sonst etwas allzu selbstgefällig sich räkelnden Melodie herausholt. Auf Platz drei ein Stride Piano Blues von 1938 oder '39, ›Jesse James‹, aber eben nicht mit Albert Ammons stumpfsinnig virtuosem Piano solo, sondern mit Harry James dezent an der Trompete dabei. Vor einem Jahr im Radio gehört, versehentlich nicht aufgenommen, seitdem war Harry hinter der Aufnahme her, auch weil er hoffte, die Nummer irgendwann einmal mit Rita nachzuspielen.

Jetzt waren ihm all die begehrten Musikstücke einerlei. Er fuhr nicht in den Plattenladen, sondern nach Hause. »Was ist mit dir los«, fragte Helene, als er nicht mal die Zeitungen anrührte, »hast du einen Trauerfall in der Familie?«

Die Loire-Fahrt war ein Reinfall gewesen. Harry empfand keine Schadenfreude, sondern echtes Mitleid, obwohl er mit seiner Prognose recht gehabt hatte. »Es war noch viel schlimmer, als du prophezeit hast!« sagte Helene.

Die Loire-Schlösser waren langweilig gewesen, die französischen Touristen kein bißchen besser als die japanischen, amerikanischen und deutschen, es gab keine Radwege, dafür rücksichtslose Autofahrer, die Kinder waren an der Natur und den alten Schlössern noch desinteressierter als befürchtet, Fritz und Ines ein Horrorpaar, auch Sachtlebens eigentlich entsetzliche Leute, die ganze Gegend verbaut, zwischendurch auch noch Atomkraftwerke, das Essen teuer und auch nicht so, wie man sich das in Frankreich vorstellt. »Das einzige, was uns getröstet hat, war, daß du nicht dabei warst«, sagte Helene.

Fritz hatte sich zurückgezogen. Die Wochenenden im Eifelhaus waren leblos ohne Fritz und Ines. Harry durchbrach mutig die verordnete Kontaktsperre und rief bei Ines an. Sie verwirrte ihn mit dem Geständnis: »Ich sehne mich so nach dir.« Das hatte er in dieser klassischen Formulierung noch nie von ihr gehört. Sie teilte ihm das sonst immer eher wortlos mit. Mit tiefen Atemzügen. Kaum fing Harry an zu schmelzen, wurde Ines nüchtern. Wieder kam ihre Bitte um Aufschub und um Verständnis für die Bitte. »Nicht jetzt. Es geht nicht.« Sie mußte Ordnung in ihr Leben bringen.

»Du hast zehn Prozent deines Kapitals in mich investiert, und das genügt dir«, sagte Harry, »ich habe dreiunddreißig Prozent investiert, und das genügt mir nicht.« Harry hoffte, daß Ines widersprach, aber sie ging darauf nicht ein, und Harry vermutete, daß er richtig getippt hatte, was die unterschiedlichen Mehrheitsverhältnisse ihrer Gefühlsaktien betraf.

»Du willst mich, und du willst mich nicht«, sagte er. »Du kommst mir wie achtzehn vor mit deinem Hin und Her.«

»Du willst doch auch nie erwachsen werden«, sagte Ines.

»Voglio sentirti«, sagte Harry und legte auf. Ein Zitat. Die schöne Gräfin Waldburg hatte sich in einen italienischen Notar verliebt, oder er sich in sie, oder beide ineinander. Der entflammte Italiener rief jetzt immer bei ihr an: Voglio sentirti – ich möchte dich fühlen. Schön war die frische Liebe. Alle hörten das gern. Die Untreue, die die Gräfin hinter sich herzog, war für die anderen nur ein lustig flatternder Wimpel.

Am Abend, als Harry und Helene im Eifelhaus die Zeit totschlugen, wagte er einen Vorstoß. Er fragte, wie es zu dem Zerwürfnis zwischen Ines und Fritz gekommen war. Helene schilderte genüßlich die groteske Situation. Fritz hatte sich ein kleines Diktiergerät gekauft, in das er selbst beim Radfahren unentwegt hineinmurmelte. Jeder sollte sehen, daß er unter den Familienferien litt. Eines Abends lag er im Hotel in der Badewanne und rief nach Ines. Sie lief ins Bad in der Annahme, ihm den Rücken einseifen zu sollen, und war erleichtert, weil es seit Tagen das erste Wort war, das Fritz nicht in sein Diktiergerät gesprochen hatte. »Dann wurde es dramatisch«, sagte Helene. Ines sollte Fritz nämlich nur das Diktiergerät holen, auf den Hocker neben der Wanne stellen, auf »Aufnahme« drükken und dann verschwinden. Er wollte nicht, daß ihm jemand beim ungeordneten Sprechen zuhörte. »Was heißt jemand!« hatte Ines gerufen und das Diktiergerät zu ihm in die Wanne geworfen. Platsch. Danach war es aus gewesen. »Ich hasse ihn«, hatte Ines später zu Helene gesagt, »ich hasse seinen weißen, fetten Dichterrücken.« Das war gemein. Von diesem Wutausbruch zu hören, tat Harry gut. Sein Rücken war knochig oder muskulös, jedenfalls nicht fett, und im Sommer immer braun. Jetzt wußte er, warum Ines seinen Rücken schön fand und besonders zärtlich streichelte.

»Der Rest der Fahrt war ein Alptraum«, sagte Helene, »keine Bahnstation weit und breit, keine Möglichkeit, die Reise abzubrechen.« Fritz, jetzt ohne Diktiergerät, war der Dichter, der seine Gedanken nicht fixieren kann, besinnungslos vor Vorwurfsfülle. Sie mußten zu den Autos zurück, die drei Tagestouren entfernt waren. Sie mußten abends in die Hotels, wo sie Zimmer bestellt hatten, sie konnten sich nicht entgehen. Ines schlief bei Helene im Bett. Für Harry eine angenehme Vorstellung. »Ihr Armen«, heuchelte er, als Helene sich vom Sofa erhob, um schlafen zu gehen.

Rita, die aus Portugal zurückgekommen war, hörte

sich die immer wieder aufgewärmten Katastrophenberichte von der Radtour kommentarlos und mit jener fernöstlichen Höflichkeit an, die sie in den letzten Jahren doch abgelegt hatte. Neuerdings fuhr sie schon in aller Frühe zu ihrer Musikhochschule und kam erst spät abends zurück. Die Zeiten, da die Künstler bis zum Mittag im Bett lagen, waren vorbei. Am Sonntag spielte Rita unentwegt Klavier, leider lauter moderne klassische Stücke. So etwas hatte das Eifelhaus noch nie gehört. »Bis mir das gefällt, muß ich neunzig werden«, sagte Harry, und selbst die tolerante Helene beschwerte sich: »Kannst du diese furchtbare neue Musik nicht in der Bonner Wohnung üben?« Den Annäherungsversuchen, die Harry mehr aus Pflichtbewußtsein unternahm, entzog sich Rita geschickt. So pechschwarz und undurchdringlich hatte er ihre Augen nicht mehr in Erinnerung gehabt.

Durch die Trennung von Ines und Fritz war die Konstellation in Unordnung geraten. »Wir müssen unser Verhältnis neu definieren«, sagte Ines am Telefon, und Harry war von dem Mathematischen dieser Formulierung sofort wieder begeistert. Die Aussicht schien nicht schlecht, demnächst klarere, würdigere Verhältnisse zu schaffen. Die quasiinzestuösen Heimlichkeiten hinter dem dicken Dichterrücken von Fritz waren eine verdammte Notlösung gewesen und kein Dauerzustand.

Hatten Harry in letzter Zeit manchmal schon Scheidungsprozeßworte wie »Zerrüttung« verfolgt und die alttestamentarischen Drohrufe, andere Weiber nicht zu begehren, so klang ihm jetzt plötzlich der politische Slogan der Saison im Ohr: »Die Karten müssen neu gemischt werden.« Das Schlagwort benutzten neuerdings ständig die Leitartikelschreiber. Zusammenbruch der bilateralen Ordnung, Ostwestspannung passé, nix mehr Erektion US-sowjetischer Mittelstreckenraketen, keine Supermächte, die sich allen Ernstes mit der totalen Weltzerstörung bedrohen, alles durcheinander. Also: Karten neu mischen. Ein salopper Leitsatz, aber er traf auf die politischen

Verhältnisse ebenso zu wie auf das durch Ines beziehungsweise Fritz ausgelöste Gefühlsdurcheinander und die Notwendigkeit, eine neue Ordnung zu schaffen. Harry nahm sich vor, so bald wie möglich unter Aufbietung aller sittlichen und sinnlichen und intellektuellen Lebenserfahrung mit allen Beteiligten zusammen Investitionsbedingungen und Aktienanteile und in Gottes Namen Zollschranken und Strafzolltarife neu auszuhandeln und so sein dreibeiniges Verhältnis mit Rita, Ines und Helene zu stabilisieren. Das große Geschäft der Gefühle mußte wieder florieren.

Daß Harry zur Zeit keine Kassetten für Ines zusammenstellen durfte, weil sie selbst seine exquisite Musikauswahl in ihrem jetzigen Superstreß nicht haben wollte, nahm ihm den Spaß an der Musik, und je mehr seine Sucht verging, desto mehr sehnte er sich nach ihren belebenden Auswüchsen.

Julia Freudenhofer, von der Harry anfangs einige Probleme erwartet hatte, war verschwunden. Er rief bei ihrer Freundin an, die seltsam einsilbig, besoffen, bekifft oder depressiv Auskunft gab: Woher sie wissen soll, wo Julia ist. Sie weiß nur, daß sie am 1. September in der Klinik anfängt. Dann raffte sich die unfreundliche Stimme zu einer Vermutung auf: »Wahrscheinlich ist sie in der Türkei, noch etwas Urlaub machen.« Fremde, abweisende Welt. Keiner meldet sich ab, keiner gibt Bescheid. Harry hätte ja Lust haben können, mit Julia zusammen in die Türkei zu fahren. Und dann zu Ehren der homerischen Helden eine vierzehntägige Dauererektion an den Gestaden Kleinasiens, natürlich mit Hilfe aller verfügbaren indischen Liebesringe. Aber nein, weg war das Luder, und ohne ihn.

In der zweiten Augusthälfte, mitten im Hochsommer, war wie immer in der Eifel schon der Herbst zu spüren. Fritz war in Hamburg und schrieb mit einem Redakteur ein Drehbuch. Keiner hatte Zeit für Harry. Seine einzige Tätigkeit bestand darin, morgens an den einsamen Baggersee zu fahren, ausgiebig zu schwimmen und auf ein Lebenszeichen von Ines zu warten, damit endlich die Neuverteilung der Liebesanleihen besprochen werden konnte.

Das Verhältnis zu Helene war wieder einmal freundlich und spannungslos. Keine Stromstöße, keine Funkenbildung, aber auch kein Gezeter. Sie fragten nicht mehr nach den Gründen, sondern nahmen die Phasen hin wie die Jahreszeiten. Nach dieser geschwisterlichen Phase würde die Frust-Phase kommen, dann Gift und Galle, dann Spannung, dann Lust und Liebe. Im Augenblick übersetzte Helene eifrig ein neues französisches Buch. Ein Aidsschicksal. Sie fand es ergreifend, sagte aber, die Marktlükken seien langsam geschlossen. »Wenn du heute Aids kriegst«, sagte sie und sah Harry dabei so an, daß er sich sofort infiziert fühlte, »ist es rein schicksalsvermarktungsmäßig schon zu spät. Vor einem Jahr hätte man seine Autobiographie noch verkaufen können, jetzt interessiert sich dafür keiner mehr. Im Verlagsgewerbe ist Aids gelaufen.«

Immer, wenn von Aids die Rede war, sah Harry alle verrutschten Pariser seines Lebens in Zeitlupe vor sich und jedes Zahnfleischbluten. Dies allerdings gehörte dank der von Helene als Rentnerspleen belächelten Pflege der Zahnzwischenräume mit der Zahnzwischenraumspezialbürste längst der Vergangenheit an. Unglaublich, wie regenerierungsfähig der Organismus des Zivilisierten noch war. Innerhalb von wenigen Wochen war Harrys Zahnfleisch stramm geworden wie das eines bulgarischen Knoblauchfressers. Doch mußte Harry an die Nacht mit Julia denken, neulich, nach dem Essen mit Elizabeth und Mr. Peach. Ihre Tage, das Blut – lieber Gott, einen Pariser hatte er nicht benutzt. Der keimfreie Transplantationschirurg hatte eine derart immunisierende Ausstrahlung gehabt, daß alle Ansteckungsängste verschwunden waren. Im übrigen konnte eine Krankenschwester kein Aids haben, das war unmöglich. Dann fiel Harry die Stimme der Freundin ein, bei der Julia wohnte, diese weggetretene

Fixerinstimme. Prompt hatte er die Vorstellung, daß Julia, das Luder, sich schon mit sechzehn in Indien angesteckt hat und nun nur noch darauf aus war, sich an den Männern zu rächen und die Pest über die Welt zu verteilen.

Harry nahm sich vor, einen Test machen zu lassen. Es war noch zu früh, es mußten einige Wochen nach der verdächtigen Begegnung verstrichen sein. Ines hatte schon einmal auf einem Test bestanden, seitdem trieben sie es ohne Pariser, und das war etwas anderes.

Das Abscheuliche am Pariser war nicht, daß er dem Mann etwas Feingefühl wegnahm, das wäre noch zu verschmerzen gewesen. Bitter war, daß das schöne Herumgelutsche entfiel oder nur flüchtig praktiziert wurde, denn welche Frau hatte schon Lust auf den Geschmack von Gummi im Mund. Niemand wußte, ob ungeschützte Fellatio riskant war. Gummis mit Fruchtgeschmack waren ja wohl das Letzte. Wenn schon, dann Trüffel bitte oder wenigstens Pfifferling. Das gab es natürlich nicht. Das allerschlimmste an den Parisern aber war, daß der kultivierte Mehrphasenfick damit so gut wie unmöglich gemacht wurde. Das schöne am Vögeln waren doch die Phasen, die Pausen. Aufschub. Sich was erzählen, sich was zum Trinken holen, ans Telefon gehen, Ruhe vor dem neuen Sturm. Das sollte einem mal einer mit Parisern vormachen. Hier schweigt die Aidsberatungsstelle.

Mit Rita hatte Harry übrigens für Theorie und Praxis des Mehrphasenficks eine passende Sprache gefunden. Rita war es, die Harry einmal ein unerwartetes *accelerando* zugerufen hatte und damit um steigernde Wirkung durch Beschleunigung des Tempos bat. Bereit, sich bis zur Erschöpfung zu verausgaben, hatte Harry sofort gehorcht. Die Vorstellung, daß Rita diese Verständigungsform in einem anderen Bett gelernt haben könnte, erheiterte ihn. *»Rallentando«*, sagte Rita Gott sei Dank nach einer Weile, und der rasende Harry konnte das Tempo etwas drosseln. Von da an winkte Rita beim Klavierspielen Harry manchmal herbei und deutete auf die Noten: *Allegro ma non troppo*. Sie kicherte, und beide dachten an das eine. Schöne Zeiten.

*Im Tempo des Scherzos wild herausfahrend* – diese Satzbezeichnung aus einer Liszt-Sonate schlug Harry dann als passend für das Finale vor, aber da wurde die sonst so assimilationsbereite Rita ganz herb und feministisch und sagte, das sei ihr erstens zu deutsch und zweitens zu einseitig männlich, und es blieb bei den italienischen Bezeichnungen *presto*, *piano* und natürlich *fortissimo*. Nicht vergessen wurden die verfeinernden Zusatzbezeichnungen wie *più forte* und *con affetto* beziehungsweise *affettuoso*, zu deutsch etwa sehnsüchtig-herzbewegend, wie der Mittelsatz des 5. Brandenburgischen Konzerts, Bach-Werkverzeichnis 1050, sich in der Urschrift noch nannte. Rita tyrannisierte Harry, indem sie ein *Largo* haben wollte, was ihm zu andächtig vorkam. Das *Rondo* lag ihm mehr als das *Adagio*, das auf ihn vor allem in Verbindung mit einem *Grazioso* zu rokokoartig wirkte. Das *Scherzo* war Rita und Harry zu albernlaunig. Es bewährte sich neben dem erholsamen *Lento* naturgemäß das anschwellende *Crescendo*, und es konnte vorkommen, daß Rita um mehr Feuer bat: *con brio* per favore. Erstaunlich, was Rita alles verlangte. Das Kommandieren machte ihr richtig Spaß, vor allem das boshafte *da capo*, wenn nichts mehr zu machen war.

Diese Sprache hatten sie im Sommer vor einem Jahr eine Weile ungestört durchprobiert, während Ines zu Fritzens Entsetzen mit dem Vater ihrer Kinder und Nochehemann auf einer griechischen Insel Ferien machte und Helene wieder einmal an einem ihrer undurchschaubaren Übersetzertreffen teilnahm, in Ungarn diesmal, um den Osten mehr ins Geschehen einzubinden. Doch wie die Julia-Freudenhofer-Sprache, so hatte sich auch Ritas musikalische Tempobezeichnungssprache nicht durchgesetzt. Unmerklich war sie zu einer vergangenen Mode verebbt, an die man sich noch gelegentlich amüsiert erinnert.

Im Herbst danach hatte das ziemlich bedeutungslose

Abenteuer mit der Ägypterin stattgefunden, die mit unvergeßlicher Verachtung auf Harrys Gummihautüberziehprozedur starrte. Eine Frau, die öffentlich den reinen Fortschritt verkörpert, glaubt einfach nicht, daß es so etwas wie Aids gibt, hält das für eine CIA-Erfindung, für ein von den hysterischen Amerikanern in die Welt gesetztes Märchen und jeden Mann, der an das Märchen glaubt, für einen Schwächling. Harry hatte schon seit längerem keine Pariser mehr benutzt, und jetzt, im Bannstrahl ägyptischer Empörung, fielen ihm die maßlosen Nachteile des verdammten Gummis erst richtig auf. Der blöde Pariser hat wenig Sinn für ein gemütliches *Commodo* oder *Lento* oder gar ein gepflegtes *Ritardando con sentimento*, kein Verständnis für ein menschliches *Diminuendo* nach einem ausgiebigen *Fortissimo* und *Crescendo*. Eine verlängerte Pause zwischen den Sätzen nimmt er völlig übel. Ein kränkliches Jammerbild: Am dösenden Pimmel schlottert sinnlos und noch unerfüllt die künstliche Schutzhaut, fällt gar welk ab wie eine von Wespen ausgefressene Pflaume vom Baum.

Dieser ernüchternde Augenblick war eine Bestätigung für die Kondomverachtung der echt- und nochimmersozialistischen Ägypterin gewesen, die Aida genannt werden wollte, was Harry sekundenlang entzückte, bis ihm einfiel, daß durch den Austausch von nur einem Buchstaben aus Aida Aids werden konnte, was ihm in seinem Zustand der Schwäche wie eine seltsame irrationale Warnung erschien. Er nutzte dann seinen klaren, von keiner Lust vernebelten Kopf, um ganz in Aidas Sinn auf die Pariser zu schimpfen, die vielleicht eine Ausbreitung der Seuche verlangsamten, aber dafür die ganze Vögelkultur zerstörten, denn selbst der modernste und feinste Pariser verlangte das unproblematische dralle *Vivacissimo*, die stumpfsinnig sich steigernde Vögelei ohne Unterbrechung, er förderte die Bergsteigermentalität: Mit strammen Waden stur dem Gipfel entgegenstapfen und nazihaft alle Pausen als Schwäche verachten – so einer war der Pariser, ein Kollaborateur des Männlichkeitswahns, ein Reaktionär, ein Förderer des Sports, des primitiven Finish, ein Feind des musikalisch raffinierten Finales mit schöner *coda.* Ravels phantasieloser Sonntagskonzert-Bolero war die typische Begleitmusik für eine Pariservögelei. Die Industrie habe versagt, hatte Harry extra für die sozialistische Aida hinzugefügt, noch immer gebe es kein wirklich elastisches Latex-Material, das alle Zustände des Pimmels vom matten Zwerg bis zum harten Riesen geschmeidig begleitet.

Aida hatte im Hotelbett gesessen und so ausgesehen, als interessiere sie sich nicht für Harrys kulturpessimistische Kondom-Kritik. Sie erweckte eher den Eindruck, als sei sie eine Liebhaberin des von Harry geschmähten Boleros, und so war klar, daß die Geschichte mit Aida keine Zukunft haben konnte.

Als Harry an einem Vormittag vom Baden im Baggersee zurückkam und sich seinen zweiten Kaffee kochen wollte, machte ihm Helene ein Zeichen, sich leise zu verhalten. Das Fernsehen war da. Über Rita wurde für eine Frauensendung ein Film gedreht.

»Habe ich ganz vergessen«, sagte Harry.

»Typisch«, sagte Helene.

Rita saß von zwei Scheinwerfern angestrahlt auf dem Sofa. Die Redakteurin der Sendung behandelte Harry wie Luft. Als er sich weiter ins Wohnzimmer wagte, um ein Glas zu holen, warf sie ihm einen Blick zu, als zerstöre er ihr Filmkunstwerk, obwohl in diesem Augenblick gar nicht gedreht, sondern Ritas Stirn nachgepudert wurde.

Vierzehn Tage später wurde der Film gesendet. Diese Rüpelin vom Fernsehen hatte aus Rita eine richtige kleine Emanze gemacht. Aber vielleicht war sie es ja auch, und Harry hatte es nur noch nicht bemerkt. Rita schleuderte ihre glatten schwarzen Haare lässig nach hinten, was Harry noch nie bei ihr beobachtet hatte. Im Film wirkte sie größer, ihre Beine waren länger. Die resolute Redakteurin hatte Rita sogar dazu gebracht, eine Runde auf dem

Motorrad zu fahren. Das nahm Harry Rita übel. Er liebte es, hinter ihr auf der Maschine zu sitzen. Immer hatte er sie um eine Spritztour gebeten, jetzt, in diesem herrlichen Sommer, ein reines Vergnügen, immer hatte es Rita abgelehnt. Dieser Schnattergans vom Fernsehen war es gelungen, sie breitzuschlagen.

Donnernd kam Rita den Weg zum Eifelhaus hoch, spreizbeinig stieg sie sicher von dem imposanten Gefährt, eine Frau, die keine Handtasche, sondern einen Helm trägt, den sie dann lässig auf das Klavier stellt, dorthin, wo bei den musischen Bürgersgattinnen die Beethovenbüste steht. Noch im Motorradanzug begann Rita mit Chopins Revolutionsetüde, etwas faustdick, fand Harry. Alles gestellt, aber nicht schlecht. Geil sogar, doch ja, das mußte man sagen, irgendwie geil. Harry vermißte Fritz und Ines, ihre Kommentare, ihr Lachen. Es war furchtbar, daß die Eifelrepublik in Teilstaaten zerfiel.

Dann sah man Rita auf dem Sofa sitzen. Sie blätterte in einem Notenheft, und die resolute Stimme der Redakteurin sagte, dies sei eine Frau, die ihren Weg geht. »Man sieht ihr die Diplomatengattin nicht an.« Na gut, dachte Harry, soviel Differenzierung konnte man vom Fernsehen nicht verlangen. Rita als Frau eines suspendierten Diplomaten vorzustellen, hätte die Sache unnötig kompliziert. Dann wurde Ritas Frühlingssonaten-CD ins Bild gebracht. Die Schleichwerbung war eine Bedingung der schlauen Rita gewesen. »Diese Frau Beethoven spielen zu hören, ist ein Erlebnis«, sagte die Stimme der Redakteurin ohne Überzeugungskraft. Dann sagte Rita, daß sie als Ausländerin vor den zunehmenden Gewalttaten gegen Ausländer hier in Deutschland Angst habe, daß sie sich auf Deutschlands Straßen nicht mehr sicher fühle. Dann war der siebenminütige Film zu Ende, und die resolute Redakteurin saß in einem bunten, unglaubwürdigen Studio, schwieg einen Sekundenbruchteil und sagte dann: »Respekt vor dieser Frau, von der können wir alle etwas lernen.« Dann kam sie zu einem anderen Thema, arbeitslose

Kindergärtnerinnen in der ehemaligen DDR, und Helene machte den Fernseher aus.

»Ist das wahr«, fragte Harry, »fühlst du dich hier unsicher?«

Rita kicherte wie früher. Die Redakteurin hatte sie gebeten, das zu sagen. Könne ja nicht schaden, wenn man so etwas sagt. Andere hätten Grund, Angst zu haben. Für die habe sie eben gesprochen.

»Legitime Manipulation«, sagte Helene. An diese widerlichen Exzesse gegen Ausländer mochte Harry jetzt nicht denken. Aber es war schon zu spät, er dachte daran, und es war ihm anzusehen.

»Vorsicht«, sagte Helene, »Harry rastet gleich wieder aus.«

Vor wenigen Tagen hatten sie im Osten Deutschlands schon wieder johlend Ausländerheime angezündet. Und jetzt war immerzu von den »Bildern« die Rede. Nicht die Sache selbst, die Bilder waren es, die furchtbaren Bilder von Rostock, und vorher waren es die Bilder von einem Scheißkaff namens Hoyerswerda gewesen, von denen sich die Politiker oder Fernsehkommentatoren erschüttern ließen, als wären die Bilder schrecklicher als die Wirklichkeit. Aber auch hier im Eifelhaus hatten sie nur die Bilder gesehen. Die Bilder waren es, die Harry zum Kochen brachten.

Für Nichtpolitiker war die Bilderflut allerdings doppelt belastend, denn neben den Bildern des kreischenden Mördermobs bekam man auch noch die auf andere Art widerwärtigen Bilder der hilflos von den schrecklichen Bildern faselnden Politiker vor seine armen Augen. Man wußte schon gar nicht mehr, in welches Arschgesicht man zuerst eine belgische Fleischtomate schmeißen sollte. Derselbe Typus Politkanaille, der sofort nach Recht und Ordnung, nach Polizei und Staatsgewalt ruft, wenn verrückt gewordene Linksradikale herumballern, zuckte nun verlegen und ratlos mit den Schultern unter den grotesk ausgepolsterten Zweireiherjacketts. Peinlich bemüht, glaubhaft betroffen zu wirken, wurden Pannen beim polizeilichen Einsatz zugestanden, der allerdings so gut wie gar nicht stattgefunden hatte.

Helene wollte schon wieder auswandern, das war Harry, dem auch danach zumute war, dann doch zu übereilt. Fritz fehlte ihm, weil man sich mit der aufgeregten Helene nicht ruhig unterhalten konnte, wenn man selbst aufgeregt war. Möglicherweise hatten sich die Politidioten diesmal verrechnet. Sie hielten die Brände für eine schon lange schwelende Kampfansage des Wählervolks gegen das Fremde und stellten in ihrer maßlosen Sucht, wiedergewählt zu werden, eilfertig Gesetzesänderungen in Aussicht, um den Zustrom asylsuchender Ausländer zu bremsen. Damit leisteten sie dem Ruf der Rechten Vorschub, Deutschland gefälligst den Deutschen zu überlassen.

Das allerdings ging sogar dem Wählervolk zu weit. Auch Zeitungen, die noch bei Trost waren, reagierten erstaunlich wütend auf diese Form des vorauseilenden Gehorsams im Sinne des angeblichen Wählerwillens. Die daraufhin anschwellende Politikverdrossenheit hielt Harry für ein gesundes Mittel zur Stärkung des natürlichen Mißtrauens gegenüber jeglichen politischen Entscheidungen.

Schade, daß er seinerzeit das Angebot ausgeschlagen hatte, einen Job im Ministerium eines neuen Bundeslandes anzunehmen. Dann wäre er vielleicht verantwortlicher Obereinsatzleiter gewesen, und seine bestgehütete Menschenverachtung und Intoleranz diesen deutschnationalen Bettnässern gegenüber hätten ihn nicht lange zögern lassen, mittenrein zu ballern. Gut, man sollte sich demokratischerweise solche Phantasien verkneifen, obwohl die Vorstellung rein moralisch betrachtet nicht unangenehm ist, das Pack mit einem Schlag los zu sein. Auch die Abschreckungswirkung von soviel geballter Autorität auf die debilen Gesinnungsgenossen sollte man nicht unterschätzen. Aber angeblich erzeugt ja Gewalt nur Gegengewalt – eine Formel, die bei Gelegenheit einmal überprüft werden muß. Irgendwie war es schon mühsam, Leuten Würde und Gleichheit vor dem Gesetz zuzubilligen, die ihrerseits schwarze, gelbe oder obdachlose weiße Menschen für lebensunwerten Dreck halten. »Die Vorstellung«, sagte Harry, »so richtig schön autoritär die Gefängnisse mit diesen stolzen Deutschen vollzustopfen und sie lebenslang darin schmoren zu lassen, hat schon etwas Erhebendes.«

»Wissen wir alles«, sagte Helene, »vielleicht will dich ja auch der Innenausschuß als Berater, und du kannst denen deine Hardliner-Ideen vortragen.«

An einem Mittwoch, Ende September, saß Harry im Wohnzimmer. Egon war in den Sommerferien mit der Katalogisierung der Jazztitel doch nicht klargekommen, oder Harry kam mit der kleinen Diskette oder mit Helenes Computer nicht klar. Jedenfalls griff er nun doch reumütig auf das altertümliche Karteisystem zurück und legte von jedem Musikstück ein Kärtchen an, während Soriza um ihn herumputzte und er seine Füße kurz hochhob. »Viel Arbeit«, sagte Soriza und deutete auf die Karteikarten. Sie war die einzige, die vor Harrys Frührentnerbeschäftigungen Respekt hatte. Selbst das Ausschneiden von Zeitungsartikeln hielt sie für eine ernstzunehmende und anstrengende Tätigkeit. Dazu klingelte heute wie in einem Büro ständig das Telefon. Nach der Ausstrahlung des Rita-Porträts wollten sogar Menschen aus Amerika etwas von Rita wissen, die ungerührt von ihrer neuen Begehrtheit in der Kölner Musikhochschule unterrichtete.

»Wir brauchen einen Anrufbeantworter«, sagte Helene. Ines hatte schon zweimal vergeblich angerufen. Endlich kam sie durch. »Ich brauche dich!« sagte sie. Diese drei Wörter elektrisierten Harry. Ein Notruf. Er fuhr zu ihr nach Köln. Sie waren allein in der Wohnung, und sie hatte immer noch dieselben Probleme, über die sie nicht reden wollte. »Ich will dich einfach nur genießen«, sagte sie. »Ich brauche einfach hin und wieder eine Dosis.

Macht dir das was aus?« Stolz gab Harry, was er hatte. Erst als er ging, kam er sich etwas betrogen vor. Es war nicht so wie früher gewesen. Das mit der Dosis klang gut und heiß, aber auch ein bißchen herzlos. Warum erzählte sie nichts von sich, warum wollte sie nichts von ihm wissen? Ines hatte sich entfernt.

Harry nahm den Weg über den Kölner Bahnhof. Er liebte diese Ecke: ein breiter Fluß, eine schöne Brücke, viele Gleise mit Zügen hin und her und vis-à-vis das Museum. Daneben war der häßliche Dom auszuhalten. Er fand einen Parkplatz. Warum war er nicht Philosoph geworden. Die Philosophie des Parkplatzes wäre fällig. Der zentrale Schicksalsknotenpunkt in den beengten Industrienationen. Interdisziplinäres Forschen. Der Einfluß des Parkplatzsuchens auf die Anzahl der Scheidungen zum Beispiel. Wie viele Ehen mochten zerbrochen sein, weil sich kein Parkplatz fand für das rettende Telefongespräch. Harry rannte über den Vorplatz zum Museum. Es machte ihm Spaß, so schnell zu laufen, daß die Passanten sich umdrehten. Sie erwarteten, was auch Harry erwartet hätte, wenn mitten in der Stadt ein Mensch so schnell läuft, wie er kann: Ladendieb, von Kaufhausdetektiv verfolgt.

Im Museumsbuchladen griff er vor der Riesenwand mit den tausend Postkarten zu Anselm Feuerbachs abgewandter ›Nanna‹, zu Gustave Courbets sehnsüchtiger ›Dame auf der Terrasse‹ und zu einer alten Schwarzweißkarte, ›Selbstbildnis mit Frau‹, von einem ihm völlig unbekannten Wilhelm Steinhausen, ein Bild, auf dem ein Ehepaar 1896 so fatal aneinander vorbeisieht, daß alle Familiendramen von Ibsen und Strindberg dagegen eine Idylle sind. Mußte gekauft werden, mehrfach für alle Fälle. Dann wählte er noch eine neutrale holländische Flußlandschaft von Jan van Goyen aus, schön, aber nichts Besonderes. Doch war das friedliche Treiben am Ufer mit seinen Weiden und Erlen und Hunden und Herren mit Hüten und emsigen Frauen besser geeignet für die bezweckte Botschaft.

»Ich will mit Dir Kahn fahren und schwimmen«, schrieb er an Ines. Und dann: »Bin gerne Deine Dosis, nichts dagegen, daß Du mich reinziehst wie der Schnupfer seinen Koks und der Säufer den Schnaps. Mach bitte weiter Gebrauch von mir, aber auch von meiner Seele. Dein Harry.«

Dann nahm er die alte Schwarzweiß-Postkarte mit dem desolaten Ehepaar und der tückisch ins Leere blickenden Frau und schrieb an Fritz: »Così fan tutte.« Fritz, obwohl doch Dichter, hatte weder Ahnung von Musik noch von anderen Sprachen. Daher schrieb Harry die Übersetzung des Mozartschen Operntitels dazu: »So machen es alle. – Geh mir nicht verloren. Harry.«

Nachdem beide Karten eingesteckt waren, hatte Harry das angenehme Gefühl, an diesem Vormittag alles Menschenmögliche für sein Leben getan zu haben.

Als er am späten Vormittag ins Eifelhaus zurückkam, saßen Rita und Helene auf eine Art und Weise im Wohnzimmer, wie sie noch nie dagesessen hatten. Harrys erster Gedanke war: Fritz hat sich das Leben genommen. Oder Aids. Helene oder Rita hat Aids, alle haben Aids, alle sterben bald. Harry setzte sich.

»Rita verläßt uns«, sagte Helene.

»Was soll das heißen?« fragte Harry.

Helene sprang auf. »Kannst du kein Deutsch? Hast du keine Gefühle? Jemanden verlassen – weißt du nicht, was das heißt?«

Kein toter Fritz, kein Brudermord, bis jetzt offenbar auch kein Aids. Harry fühlte sich erleichtert und wandte sich Rita zu. »Was ist los? Kannst du es mir nicht selbst sagen?«

»Ich habe Helene alles gesagt.«

Helene ging auf und ab. »Weil man mit dir nicht reden kann! Niemand kann mit dir reden! Vielleicht kann ja Ines mit dir reden, was weiß ich!«

Jetzt schwammen Harry die Felle weg. Die Kehle tat weh. Es half kein Whisky mehr.

»Entschuldigt mich«, sagte er und stand auf. »Ich möchte allein sein. In zwei Stunden bin ich wieder da. Vielleicht kann dann jemand mit mir reden.« Harry nahm das Rad und brach Richtung Baggersee auf. »Zyniker«, rief ihm Helene nach. Was daran zynisch sein sollte!

Es war Anfang Oktober, herbstlich und kühl. Er fuhr schnell und begann zu schwitzen. Das Wasser im Baggersee war sehr kalt. Das tat jetzt gut. Die Kälte machte, daß seine Trauer hart und klein blieb. Sie konnte sich nicht ausdehnen. Nach einer halben Stunde schwamm er ans Ufer. Kein Mensch weit und breit. Er war so steif daß er kaum die Böschung hochkam. Langsam fuhr er zurück.

Rita packte bereits. Helene war nach Bonn gefahren, in die Universitätsbibliothek, wie Rita erklärte. Wollte Helene dem Mann, mit dem man nicht reden konnte, aus dem Weg gehen, oder wollte sie aus Taktgefühl bei der Abschiedsszene nicht stören?

Rita sah aus wie ein Au-pair-Mädchen. So jung. Sie packte sachlich, ohne Bedauern, als wäre eine schöne Zeit wie abgemacht zu Ende. Als beginne jetzt eine andere schöne Zeit. Als wäre alles gut so.

»Ich war ein schlechter Mann«, sagte Harry, »ich habe dich nicht genug geliebt. Ich habe dir zuviel zugemutet.«

Sorgfältig legte Rita ihre Wäschestücke in den Koffer. Unaufhaltsam.

»Ist es wahr, daß man mit mir nicht reden kann?« fragte Harry.

Rita hob ihre etwas hängenden Schultern. »Nicht so schlimm.«

»Du gehst doch nicht etwa wegen einem anderen Mann?«

Rita lachte europäisch. Sie kicherte kein bißchen asiatisch. Sie lachte ihn einfach aus.

»Hast du eigentlich in all den Jahren was mit anderen Männern gehabt?«

»Harry!« sagte Rita. Sie hielt sich prüfend eine Bluse an. »Was soll das. Du hast solche Fragen immer albern gefunden.«

»Mein Gott«, sagte Harry, »klassische Fragen, wenn Schluß ist, hat man ein Recht dazu.«

»Also gut«, sagte Rita, »natürlich, ein Sänger hier, ein Geiger da, was glaubst du denn!«

»Ich glaube gar nichts.«

»Eben«, sagte Rita, »du hast nie an mich geglaubt.«

Harry fand es richtig, eine Grenze zu ziehen. »Ich bin schließlich keine Frauensendung-Fernsehredakteurin, der kannst du so dramatisches Zeug erzählen – ›du hast nie an mich geglaubt‹.« Rita ließ sich nicht aus der Fassung bringen. »Für mich klingt das wie eine Arie von Verdi«, sagte sie.

Langsam füllte sich der Koffer. Rita nahm eine Bluejeans aus dem Kleiderschrank und hielt sie Harry hin, bevor sie sie zusammenfaltete und in den Koffer legte: »Erinnerst du dich? In der habe ich geheiratet.«

Rita ging nach Amerika. New York. Alle gingen nach New York. Pulsierendes kulturelles Leben angeblich. Neue Projekte.

»Wer spielt denn jetzt hier Klavier, das wird ja entsetzlich still«, sagte Harry und bekam feuchte Augen. Schon bei der Hochzeitshose hatten die Tränendrüsen gedrückt. Rita gab ihm eine zierliche koreanische Ohrfeige. »Siehst du, du hast mich immer nur als Klavierspielerin benutzt. Zu deiner Unterhaltung. Geliebt hast du mich nicht!«

Harry protestierte: »Das kann nicht dein Ernst sein.«

Rita war fertig mit dem Packen, und sie setzten sich ins Wohnzimmer nebeneinander auf das Sofa. »So haben wir noch nie zusammengesessen«, sagte Rita.

»Das war ein Fehler«, sagte Harry.

Rita nahm plötzlich sein Gesicht in ihre Hände: »Harry, bei dir bewegt sich nichts!«

Er stand auf und lief hin und her. »Das wird sich ändern! Ich mache wieder etwas!«

»Aber es war doch immer so«, sagte Rita, »auch als du Diplomat warst, war es so.«

Das hörte Harry nicht gern. Es mochte etwas dran sein. Aber nur etwas. Es klang nach Helene. Sie konnte Harrys Untätigkeit nicht mitansehen. Helene war tatendurstig. Ines war liebeshungrig. Und Rita hatte tatsächlich die Koffer gepackt.

»Dieses Leben mit Helene?« fragte Harry.

»War okay«, sagte Rita. »Helene ist die letzte, wegen der ich gehen würde.«

»Ines?«

»Du mit deiner Ines!«

»Mochtest du Ines? Ich meine, magst du sie?«

»Harry, was sollen diese Fragen! Ich gehe nach New York! Ich fange ein neues Leben an!«

»Ein neues Leben anfangen. Dieses Pathos!« sagte Harry verquält. Rita gab ihm einen Kuß, und Harry drückte sie fest an sich. Als er ihren Hintern fühlte, sagte er: »Bleib hier.«

»Komm doch mit!«

»Nach New York? Was soll ich in New York?«

»Siehst du«, sagte Rita, »besonders flexibel warst du noch nie.«

Am nächsten Morgen brachte Harry sie zum Flughafen. Vor der Paßkontrolle ließ Rita ihre Reisetasche von der Schulter gleiten. »Ehe ich's vergesse«, sagte sie. Das sagt man nicht, wenn man sich nie wiedersehen will, dachte Harry etwas erleichtert. Rita drückte ihm eine Tüte in die Hand. Die Videokassette mit der Aufzeichnung ihres Emanzipationsfilmporträts war darin und ein Vorausexemplar der neuen CD, die nun endlich auf den Markt kommen sollte.

»Ich habe das Gefühl, daß wir uns noch einmal begegnen«, sagte Harry.

»Kommt darauf an!« sagte Rita.

»Worauf?«

»Ob sich etwas bewegt.«

»Na schön.« Harry nickte. »Jedenfalls werden wir uns nicht vorm Scheidungsanwalt wiedersehen – oder?«

Rita schüttelte den Kopf. »Nein, so sind wir nicht!«

Langsam fuhr Harry nach Hause. Keine Lust auf Musik. Ein schlechtes Zeichen. Dann fiel ihm Ritas CD ein, die man im Japanerneuwagen abspielen konnte. Er hielt und lud den Apparat mit der Oblate. Sehr gut, die Interpretation von Beethovens italienischen Liebesliedern. Als er die Worte »addio, addio« hörte, fuhr er in eine Parklücke und blätterte im Textheftchen. Das Lied hieß ›La partenza‹ – Der Abschied. 1798. Den Text hatte ein Herr mit dem wuchernden Namen Pietro Metastasio geschrieben. Harry umrandete die deutsche Übersetzung mit rotem Kugelschreiber: »Das ist der grausame Augenblick! Leb wohl, meine Liebste, leb wohl! Wie werde ich ohne dich weiterleben? Wird sie an mich denken?« Die zweite Strophe hatten die Schlamper nicht übersetzt: »Io vivrò sempre in pene / Io non avrò più bene.« Harry schrieb die deutsche Übersetzung dazu und unterstrich sie doppelt: »In Pein werde ich immerdar leben, nicht allzu gut werde ich es haben!« Zwei Fotos waren in dem Heftchen. Eins zeigte Rita mit dem Sänger, das andere mit dem Geiger. An den Rand schrieb Harry: »Non avrò più bene! Deine feine Silberhostie ist wirklich ein ideales Abschiedsgeschenk. Was heißt, es bewegt sich nichts? Irrtum, ich bin bewegt, Primadonna mia – und zwar con brio ma non troppo. Dein Mann.«

In einem Laden an der Ecke kaufte Harry ein Kuvert und schickte das bekritzelte Heftchen per Expreß an Ritas vorläufige Adresse in New York. Dann umkreiste er die Klinik, in der Ines und Julia ihrer Wege gingen. Seit über einem Monat arbeitete Julia schon hier, und soweit Harry wußte, waren sich die beiden Frauen noch kein einziges Mal begegnet. Er kaufte einen Karton mit sechs Flaschen italienischem Rotwein. Dann korrigierte er: »Geben Sie französischen, bitte!« Der paßte besser zu der frankophilen Helene. Heute abend würde er sich ganz fürchterlich mit ihr betrinken.

Die Frühlingssonate war wunderbar. Er hatte sie lange nicht mehr gehört. Eigentlich brauchte man keine andere Musik. Wozu hatte er tausend Platten! Diese vier Sätze genügten vollkommen. Allegro – Adagio molto espressivo – Scherzo: Allegro ma non troppo – Rondo: Allegro ma non troppo.

## 11

*Wie Harry von Duckwitz über die kümmerliche Post nachdenkt, sich wie ein Pawlowscher Hund vorkommt und keine Lust hat, eine Bürgerinitiative zu gründen, obwohl ein bedrohlicher Umzug ins Haus steht. Ein Besuch bei der 95jährigen Tante Frieda in Bad Homburg, und wie Harry vor Helene ein Teilgeständnis ablegt, dessen Wirkung er nicht recht einschätzen kann. Wie sich Ines zunehmend als Prinzessin auf der Erbse gebärdet, Rita selbst am Telefon nichts mehr von Harry wissen will und bei Julia die Liebe fehlt. Großbürgerliche Wohnungswunschträume nebst Harrys Theorie der Geräumigkeit, ferner Tips, wie man als Landwirt Geld verdienen kann, was man als Raucher tut, wenn kein Aschenbecher vorhanden ist, und eine Erinnerung an den Großen Brachvogel und andere Wiesenbrüter.*

Als wie immer am Vormittag gegen zehn die Klappe des Briefkastens im Eifelhaus schlug und der Postbote sich pfeifend entfernte, legte Harry wie immer die Zeitung beiseite. Er spürte den Drang, sofort nachzusehen, doch wie immer zögerte er. Beim Klappern des Briefkastens mußte er an das Experiment von Pawlow mit dem Hund denken. Die Magensäfte des bedauernswerten Köters wurden bekanntlich aktiv, wenn die Glocke tönte, die das Fressen verhieß, egal, ob der Napf mit dem Futter kam oder nicht. So geriet auch Harrys Hormonsystem beim Klappern des Kastens in Gang. Klapper-Plumps-Raschel – und schon stellten sich unbenennbare Hoffnungen auf Unterhaltung, Abwechslung, Erlösung, auf überraschende neue Liebe ein. Um sich nicht völlig zum konditionierten Köter zu machen, verbat sich der nun schon seit fast zwei Jahren privatisierende Harry den sofortigen sozusagen schwanzwedelnden Sprung zum Briefkasten und das enthemmte Schnuppern, auch weil, von Pawlow abgesehen, Hunde und Briefträger schon immer ein kritisches Verhältnis zueinander hatten.

Es würde auch heute wieder keine echte Nahrung im Kasten sein. Ines schrieb nie, Rita würde vorläufig nicht schreiben, Elizabeth Peach antwortete nur auf Harrys Anfragen, und so waren es meistens Aufforderungen, bei der staatlichen Lotterie mitzumachen, Angebote, an Managerseminaren teilzunehmen, und dazu vielleicht noch eine Wurfsendung, die über Sonderangebote des örtlichen Heimwerkermarktes informierte. Die Ausbeute war in der Regel so dürftig, daß Harry eine zweite Beobachtung machte. Es konnte vorkommen, daß das Gefühl des Wartens auf Post nicht verging, obwohl der Briefträger bereits dagewesen war. Irgendeine Wahrnehmungspartie im Schädel weigerte sich offenbar, Abbuchungsbestätigungen und Hinweise auf einen Pizza-Heimservice als Post zu akzeptieren.

Schon bald nach seiner Suspendierung hatte Harry diese Ausfallerscheinung festgestellt. In der Hoffnung, daß auch Fritz und Ines, Rita und Helene solche oder ähnliche Störungen vertraut sein würden, hatte er es den anderen verraten, aber kein Verständnis, sondern nur Hohn geerntet. Was sich liebt, das verhöhnt sich. Vorbei die schönen Tage des gepflegten Geredes, das Eifelhaus war heute ausgestorben. Damals hatte Ines immer von Harrys »Brodersen« gesprochen, jener von ihr erfundenen, nach einer Romanfigur von Hamsun benannten angeblichen Suspendierungsspezialkrankheit. »Muß ich mir gleich notieren«, hatte sie gesagt, als Harry den seltsamen Blackout gestand, »typisches Symptom von Nichtstuern«.

»Ist etwas für mich dabei?« fragte Helene, die das Klappern des Briefkastens in ihrem Zimmer auch gehört hatte. Harry vergaß seinen Tick und sagte: »Ich seh nach!«

Der Brief war äußerlich unscheinbar. Wie eine Kaminkehrerrechnung sah er aus. Er stammte von einem Ingenieurbüro. Während Harry das Kuvert öffnete, vermutete er, daß es sich um so etwas wie ein Angebot für eine picobello hingestellte Blechgarage zu einem Sonderpreis handelte. Statt dessen enthielt der Brief die Mitteilung, das Bauunternehmen werde im Auftrag der Gemeinde am Westrand des Ortes eine Mülldeponie errichten. Voraussichtlicher Baubeginn im nächsten Frühjahr. Man bat um Verständnis für die unvermeidliche Belästigung durch Bauarbeiten. »Wir trachten danach, die Behinderungen so gering wie möglich zu halten«, stand da. Trachten! Wenn Ingenieure mit der Wahrheit rausrückten, verfielen diese Ärsche in die Gymnasiallehrersprache des vorigen Jahrhunderts.

Harrys erster Gedanke war: Jammer! Mühe! Auszug! Das Leben ist hart! Wohin mit den Sachen? Der zweite Gedanke: Gut, daß er Helenes Drängen widerstanden und das Haus nicht gekauft hatte. Das war jetzt nur noch die Hälfte wert – und unverkäuflich. Dritter Gedanke: Gut, daß er im Sommer die Läden nicht hatte streichen lassen. Vierter Gedanke: Wer sich nicht wehrt, lebt bekanntlich verkehrt, also müßte eigentlich Rechtsmittel eingelegt werden. Einstweilige Verfügung erwirken. Dann Gründung von Bürgerinitiative und tatkräftige Mitarbeit, also noch mehr Mühsal als der sang- und klanglose Auszug aus diesem ziemlich ungelobten Flecken Erde.

Weil sich Harry neben dieser unangenehmen, schon genug Bewegung bringenden Botschaft nicht auch noch Helenes heftiger Reaktion ausliefern wollte, sagte er zunächst nichts und holte Erkundigungen ein. Landräte und Bürgermeister zählten gute Gründe auf, warum sie dem Bau der Deponie zum Wohl der Gemeinde zugestimmt hatten. Die betroffenen Bauern waren nicht abgeneigt, mühelos um einiges reicher zu werden. Ein Bauer hatte das Programm zum Erhalt von Wiesenbrütern satt, in das er vor drei Jahren eingewilligt hatte. Er bekam Geld für jede nicht abgemähte Wiese, in der die Schnepfe und der Große Brachvogel nun in Ruhe brüten konnten. Aber niemand kontrollierte die Einhaltung des Wiesenbrüterschutzprogramms. So konnte man Wiesenbrüterschutzgeld kassieren und die Wiesen trotzdem mähen. »Schöne Vögel sind das schon«, sagte der Bauer dem recherchierenden Harry, »aber soll ich das Futter für die Kühe deswegen in der Apotheke kaufen?« Zuviel Streß war das mit den Wiesen auf jeden Fall. Die Mülldeponie war die saubere Lösung. Sie brachte mehr Geld, und er war die Angst los, daß die Sache mit dem Austricksen von Umweltschutzgeldern irgendwann aufflog.

Vermutlich war nicht einmal Bestechung im Spiel, gegen die man gerichtlich vorgehen könnte, nur das übliche Gemauschel. Natürlich ließ sich die Sache mit einer vitalen und prozeßfreudigen Bürgerinitiative ein bis zwei Jahre hinauszögern. Aber es gab, soweit Harry sah, keinen echten Gegner, kein echtes Schwein, keinen offensichtlichen Skandal für wirksame Protestaktionen. Es war ganz einfach Pech. Irgendwo mußte der Müll ja hin. Vielleicht war es auch ein Glück, endlich aus diesem Kaff verschwinden zu müssen.

Helene wurde blaß und still, als Harry ihr ein paar Tage später den Brief zeigte. Er hatte mit dem klassischen Aufschrei gerechnet: Du mußt etwas tun! Statt dessen wirkte Helene erschöpft. Erst am nächsten Abend sagte sie: »Und was gedenkst du zu tun? Natürlich nichts!« Daß sie die abfällige Antwort gleich selbst parat hatte, machte Harry wütend. Er habe keine Lust, seine Kräfte einer Bürgerinitiative zu opfern, sagte er gereizt, in Hinterzimmern herumzufragen, wer den Protokollführer macht, verschlafene Provinzjournalisten um engagierte Berichterstattung anzuflehen und auf halb kaputten Kopiergeräten Mißerfolgsmeldungen zu vervielfältigen.

»Hat auch keiner von dir erwartet«, sagte Helene in einem Ton, der nun doch einen Streit auslöste, in dem Harry schließlich seinen Trumpf ausspielte: »Wenn ich das Haus gekauft hätte, wäre die Lage wirklich fatal.« Helene drehte den Gedanken sofort um: »Dann würdest du jetzt kämpfen.« Aber der Streit verlief nicht wie in alten Zeiten, vital und zynisch, sondern irgendwie traurig und matt. Die Auflösung hatte mit Ritas Weggang begonnen. Oder mit der Trennung von Ines und Fritz. Die Konstellation war zerfallen. Nichts war wie früher. Die Streitereien über den Schutz der Amsel vor der Katze, über das Befreien angebissener Mäuse, über die Pflege des Komposthaufens und das Rausschmeißen oder Nichtrausschmeißen der serbischen Soriza waren erbittert gewesen und ideologisch aufgeheizt. Man stilisierte einander in zwei Lager: Harry, der konfliktscheue Appeasement-Politiker, der Amseln, Mäuse und Bosnier ihrem Schicksal überlassen wollte, und Helene, die interventionsbereite Kämpferin für die Schwachen. Aber am Ende, wenn sie den Anlaß ihrer Konfliktaustragerei bedachten, mußten sie immer lachen. Mein Gott, eine Putzfrau, eine Maus!

Jetzt war der Anlaß nicht zum Lachen. Eine Lebensveränderung war unausweichlich.

Zum Baden war es längst zu kalt, zum Zeitunglesen war er zu unruhig. Entschlossen kündigte Harry sämtliche Abonnements zum Jahresende. Obwohl das eine vernünftige Entscheidung war, tat sie weh. Ein Einschnitt. Auch die Musik wurde Harry zuviel. Mit dem Durchhören der 250 Musikkassetten, die Julia von irgendeinem Freund schließlich doch hatte nachschicken lassen, war er nicht weitergekommen. Lustlos blätterte er in der kleinen Musiktitelerfassungskartei. Noch nicht einmal hundert Kärtchen hatte er beschrieben. Ein paar tausend Titel harrten der Alphabetisierung. Arbeit von Wochen. Wenn er Helenes abschätzigen Blick spürte, genierte er sich, mit der Katalogisierung fortzufahren. Wo bist du, gute Soriza, abscheuliche Serbin, dachte Harry, die du meinen Schmarren wenigstens für Arbeit hältst.

Weil es nichts zu tun gab, fiel Harry Tante Frieda ein. Bad Homburg. Das hatte er nicht vergessen. Anmeldung war nicht nötig. Es war nicht anzunehmen, daß eine 95jährige Altersheimbewohnerin verreist sein würde. »Kommst du mit, es ist doch ganz in der Nähe von unserem alten Frankfurt«, sagte Harry mehr der Form halber.

Helene nahm das aufgesetzte Friedensangebot gar nicht zur Kenntnis.

Tante Frieda erkannte ihn sofort und reagierte so, als käme er sie jede Woche besuchen. Kein: Nein, wie lange ist das her! Kein: Wie siehst du deinem Vater ähnlich! Keine Floskeln. Tante Frieda fingerte nach ihren Zigaretten, schwere filterlose Pall Mall wie damals. »Wie damals«, sagte Harry gerührt. Er war es, der zu Floskeln neigte. »Natürlich«, sagte Tante Frieda und schminkte sich die Lippen feuerrot nach. Sie war halb blind, auch ihr kleiner Taschenspiegel war halb blind, die Finger waren ungelenk, und sie verschmierte den Lippenstift, leider. Die Asche ihrer Zigarette stippte sie zu Harrys Entzücken in ihre hohle, ledrige Greisenhand. »Laß nur«, sagte sie, als Harry sich in dem lieblosen Aufenthaltsraum nach einem Aschenbecher umsah, »gibt's hier nicht! Erzähl mal!«

Als Harry sagte, er habe den Diplomatenjob an den Nagel gehängt, lachte sie rauh und beifällig, bis sie einen Hustenanfall bekam. »Alles Schwätzer, die Diplomaten, war früher auch so!« Sie fingerte eine weitere Zigarette aus der Packung und zündete sich mit der Glut der alten die neue an. Die in der hohlen Kralle bewahrte Asche fiel bei dieser Prozedur zu Boden. Sie gab Harry den lippenstiftverschmierten Stummel und deutete mit einem Blick zum offenen Fenster an, ihn hinauszuwerfen. »Die Industrie reißt sich bestimmt um Leute wie dich!« Harry nickte. Tante Frieda merkte es sofort, als Harry nach einer Stunde heimlich auf die Uhr schielte. »Du hast schrecklich viel zu tun«, sagte sie, »laß dich nicht aufhalten von einer Halbtoten. Los, geh! Du sollst eine entzückende Frau haben. Kommt doch mal beide!«

Harry hatte auf die Uhr gesehen, weil im Radio um fünf eine Sendung begann, in der eine neue Billie-Holiday-10-CD-Box vorgestellt wurde. Harry war kein besonderer Fan von Billie Holiday, sie sang seit 1939 jedes Lied auf die gleiche Quengeltour. Hier sollte es sich um unveröffentlichtes Material handeln. Als er im Auto saß, lief die Sendung schon. »Comes a rainstorm, put rubbers on your feet, comes a snowstorm, you can get a little heat, comes love – nothing can be done.« Endlich wieder einmal die reine Wahrheit: Gegen alles kann etwas getan werden, gegen Hochwasser, Feuersbrünste, Zahnschmerzen, aber nicht gegen die Liebe. Schon lange hatte Harry nicht mehr einen so überzeugenden Song gehört. Begeistert, daß die alte Gier ihn packte wie in den besten Zeiten, fuhr er nicht auf direktem Weg Richtung Köln zurück, sondern nach Frankfurt und ging in den erstbesten großen Plattenladen. Diesmal machte er keinen Unfall, obwohl das ein Stück war zum In-den-Himmel-Fahren. Du glorreicher 4. Januar 1957! Nie war Ben Webster am Tenorsaxophon schmiegsamer, nie Barney Kessel an der Gitarre härter. 285 Mark im Frankfurter Plattenladen, da nur in der 10-CD-Gesamtausgabe erhältlich. Her damit!

»Was ist eigentlich mit deiner Ines los?« fragte Helene, als Harry am nächsten Tag überflüssigerweise schon wieder vor seinem kleinen Karteikasten herumsaß.

»Was heißt ›meine‹ Ines?« Harry war sofort mißtrauisch, entschloß sich aber zu einer halb- bis dreiviertelehrlichen Auskunft, sozusagen die Wahrheit unter Weglassung der schmerzhaften Auswüchse. Ines sei ziemlich durcheinander, sagte er so sorglos wie möglich, die Trennung von Fritz, die schleppende Scheidungsgeschichte, der Plan eines eigenen Klinikprojekts, die Kinder kommen zu kurz – alles nicht leicht.

»Warum hilfst du ihr nicht«, sagte Helene, »du hast doch Zeit.«

Harry war derart bemüht, heil aus diesem heiklen Verhör herauszukommen, daß er nicht einschätzen konnte, ob die Frage ironisch gemeint war oder nicht.

»Hast du eigentlich mal mit ihr geschlafen?« fragte Helene völlig überraschend.

Da war sie, die seit Jahren gefürchtete Frage, die so überraschend auch wieder nicht klang, als sie plötzlich im

Raum stand. Harry versuchte ein Armsünderlächeln. »Ja, ja, schon.«

»Oft?«

»Oh, nicht oft genug.« Das war diesmal die reine Wahrheit.

»Du bist dir nicht schofel vorgekommen.« Das war keine Frage, sondern eine Feststellung. Obwohl er Helene seit fünfundzwanzig Jahren kannte, wußte er nicht, warum sie so lässig über der Sache stand. Glaubte sie, die Geschichte mit Ines sei längst passé? Oder reagierte sie einfach nur souverän, so wie er es sich in dieser Situation immer gewünscht hatte? Jedenfalls erweckte sie den Eindruck, als messe sie dem späten Geständnis keine große Bedeutung bei, und Harry schöpfte sofort Hoffnung. Alles würde gut werden.

»Und du und Willfort?« Mit dieser Retourkutsche wollte er vor allem verhindern, daß Helene weitere Fragen nach Ines und dem augenblicklichen Stand der Dinge stellte, den er selbst nicht beurteilen konnte.

»Bist du verrückt?« sagte Helene. »Da bist du mir ja noch lieber.«

Harry rief Ines an. Es gab schließlich Neuigkeiten. Ines war kühl. »Du weißt doch, daß du mich in Ruhe lassen sollst, bis ich den Kopf wieder frei habe«, sagte sie und bedankte sich nicht einmal für seine Postkarte mit der Flußlandschaft, obwohl die doch eine waschechte Abhängigkeitserklärung enthielt. Harry ärgerte sich. Fritz, der gute, treue, von ihm so schamlos hintergangene Bruder, hatte sich für die Schwarzweiß-Kunstpostkarte mit dem aneinander vorbeiblickenden Ehepaar sofort bedankt. »It's only black and white but I like it«, hatte der alte Rolling-Stones-Fan geantwortet. »Du machst zwar alles selbst«, sagte Harry zu Ines ins Telefon, »und läßt dir nicht helfen, aber irgendwie bist du doch eine Prinzessin. Ich komme mir vor wie eine Erbse, die dich drückt, obwohl ein Stapel Matratzen zwischen uns liegt.«

»Nenn mich nie wieder Prinzessin!« rief Ines und legte auf.

Harry schrieb sofort eine ganz normale Karte. »Prinzessin! Helene weiß von uns. Das sollte Dich trotz Deiner 1001 Dauerprobleme nicht völlig unberührt lassen.«

Dann rief er Rita in New York an. Er hatte sich mit dem Zeitunterschied verrechnet und weckte sie. »Ich fange gerade an, mich einzuleben und wohl zu fühlen«, sagte sie freundlich und bestimmt. Sie wollte nicht, daß Harry hinter ihr hertelefonierte. Dann hätte sie gleich zu Hause bleiben können. Weder die Mülldeponie interessierte sie noch die Frage, was aus dem Flügel in der Bonner Wohnung und dem Klavier im Eifelhaus werden sollte. Die Frauen waren bodenlos.

Harry verabredete sich mit Julia Freudenhofer, obwohl er sich von dem Gedanken nicht frei machen konnte, daß sie die vierte Wahl war. »Das ist ja eine Überraschung«, sagte Julia. Sie trafen sich in ihrer Wohngemeinschaftsbleibe. Harry fühlte sich hier fehl am Platz. Es roch so, wie Julias drogenabhängig wirkende Wohngenossin sprach: penetrant. Penetrant nach was? Harry hatte Pariser und indische Liebesringe eingesteckt. Nun gingen sie erst mal ein Bier trinken. Julia lümmelte männlich an der Bar. Sie erzählten sich voneinander, sie hörten sich zu, aber es war keine Unterhaltung. Julia gähnte. »Deine Ines ist eine komische Frau«, sagte sie.

»Wieso komisch?«

»Weiß auch nicht, irgendwie komisch«, sagte sie und schilderte ihre erste kurze Begegnung auf dem Klinikflur. Ines hatte Julia an ihrem Nasenring offenbar sofort erkannt und sie angesprochen: »Wir haben einen gemeinsamen Bekannten.« Diese Bemerkung hatte Julia »leicht stressig« gefunden. Es war kurz vor elf. Julia gähnte wieder. Harry begleitete sie bis zur Haustür und war erleichtert, daß sich die Frage des Mithochkommens nicht stellte.

Von mehreren Whiskys ermutigt, rief er Ines an. Die

Telefonkarte, wie alle Neuerungen lange erbittert abgelehnt, leistete treue Dienste. Er hatte sich auf ein Donnerwetter gefaßt gemacht, aber Ines sagte weich: »Schön, daß du anrufst.« So war sie eben. Als sie hörte, daß er in Köln war, fragte sie, ob er nicht auf einen Sprung vorbeikommen wolle. Zehn Minuten später klingelte er an ihrer Wohnungstür. Ines zog ihn herein, wie man einen Verfolgten in Sicherheit zieht. Oder einen Heimkehrer.

Harry gelang es, den Spröden zu spielen. »Ich komme gerade von Julia«, sagte er.

»Macht doch nichts«, sagte Ines und knöpfte ihm das Hemd auf.

»Ich bin ziemlich ausgeschlenkert«, log er.

»Das wird schon«, sagte Ines und wollte Harry aufs Bett ziehen. Da kam Egon ins Zimmer. Das war noch nie passiert. Weder Egon, Erwin, Eugen, Edwin, Emil, Edgar, Erich oder wie die Söhne alle hießen, war jemals in einem solchen unpassenden Augenblick ins Zimmer geplatzt. Harry empfand das weniger als Störung, eher als einen natürlichen Vertrauensbeweis.

»Hallo, hallo«, sagte Egon, »was macht der I'm-Gonna-Sit-Right-Down-and-Write-Myself-A-Letter-Blues?« Harry lachte. In ihrer gemeinsamen Musiktitel-Computer-bestimmten Zeit im Eifelhaus hatte er einmal im Sender angerufen, um sich zu erkundigen, wer den irren Blues gesungen hatte. Die Ansage konnte seiner Ansicht nach nicht richtig sein. »Das war nie und nimmer Alberta Hunter«, sagte er, »ich kenne deren Stimme.« Soviel Selbstsicherheit hatte sich bei Egon offenbar eingeprägt. Jetzt machte er keine Anstalten, aus dem Zimmer zu gehen. Die Zeiten hatten sich geändert. Früher wäre der Mann in einer solchen Situation ungeduldig geworden, und die Mutter hätte ihr störendes Kind in Schutz genommen. Nun genoß Harry die Umkehrung der alten Naturgesetze. »Was sitzt du denn hier noch herum«, sagte Ines zu Egon in einem Ton, den Harry nicht an ihr kannte. »Immer hängst du nur rum, den ganzen Tag lang an diesem Scheißcomputer. Unternimm doch mal etwas, ein Junge in deinem Alter sollte ein Eroberer sein!«

Egon stand auf und legte wirkungsvoll die Fernsehzeitschrift beiseite. »Eroberer!« sagte er und zeigte seiner Mutter einen Vogel. »Ein Kolumbus, was? Hast du vergessen, was beim Erobern rauskommt?« Überlegen verließ er das Zimmer, nicht ohne Harry noch einen verschwörerischen Blick zuzuwerfen.

»Endlich«, sagte Ines und drängte Harry aufs Bett.

Mitten in der Nacht erzählte er ihr von der Mülldeponie. »Irgendwie paßt das«, sagte Ines. Wie sie das meinte, konnte sie nicht erklären. »Unsere Scheune«, jammerte Harry, »unsere Vögelscheune wird am Rand einer Mülldeponie stehen!« Aber Ines schlief schon.

Um halb zehn wachten sie auf. Noch nie hatten sie Gelegenheit gehabt, bis in den späten Morgen hinein zusammen zu schlafen. Ines hatte am Vormittag frei. »Du tust mir gut«, sagte sie.

Jetzt würde sich alles irgendwie ganz von selbst einrenken und stabilisieren, dachte Harry, als Ines plötzlich sagte, sie sehne sich nach einem Mann fürs Leben, nach den vielen halben Sachen. Sie sagte es so gut gelaunt, daß Harry keinen Schreck bekam. »Nimm mich!« schlug er vor. »Du gehörst zu Helene«, sagte Ines entschieden, »obwohl ich dich schon gern hätte.« Der wohltuende Nachsatz machte Harry glücklich und sicher. Spaßeshalber bot er an, ihr bei der Suche nach dem Mann ihres Lebens behilflich zu sein. Sie machten ein paar Witze darüber, wie der auszusehen hätte. »Noch dringender als einen neuen Mann suche ich allerdings eine neue Wohnung«, sagte Ines ganz locker, als sei das nicht eins ihrer schwierigen Probleme.

Erst als er auf der Straße war, merkte Harry, daß es Ines ernst war mit dem, worüber sie so leichthin gesprochen hatte. Seit ihrer Trennung von Fritz dachte Harry ungern darüber nach, daß sie mehr brauchte als eine gelegentliche Dosis Duckwitz. Ines brauchte tatsächlich einen Mann, der nur für sie da war. Aber er wollte sich mit dem Gedanken nicht abfinden, daß Ines ein Leben als von Helene geduldete Zweitfrau auf die Dauer ablehnen würde.

Auch Harry dachte an ein neues Domizil. Die Wohnung im halbtoten Bonn kam ohne die Fluchtburg Eifelhaus nicht mehr in Frage. Es gab nur eine Lösung, ein großes Haus für sie alle. Mit Rita und Helene war es doch all die Jahre gutgegangen, warum sollte es mit Ines und Helene nicht ebenso gut oder besser gehen? Helene konnte und wollte er nicht im Stich lassen, und auf Ines konnte er noch weniger verzichten. Das Imperium in der Eifel war nicht wegen der Vielweiberei zerfallen, nicht wegen der von Rita beklagten Bewegungslosigkeit, sondern wegen seiner Enge. Ein Vielvölkerstaat brauchte eine gewisse Größe.

Keine Eifel mehr in Zukunft, kein Bonn, sondern Licht und Leben. Helle, weite Räume mußten es sein. Auf anständigem altem Parkett wollte Harry hin und her gehen können. Kein Pseudoparkett vom Alternativschreiner. Ein luftiges, erhebendes Treppenhaus mußte her, die Treppen so breit, daß drei Frauen bequem nebeneinander hochsteigen konnten. Und der Flur so groß, daß man nirgends mehr anstieß. Aus dem Weg mußte man sich gehen können.

Harry fuhr ins Eifelhaus, das er ab sofort nicht mehr als sein Zuhause ansah, sondern als Behelfsunterkunft. Zum erstenmal seit Jahren prüfte er seine finanzielle Lage. Er mußte sich einarbeiten. Helene hatte das Geld geschickt angelegt. Der Ausschuß schuldete ihm noch einiges. Rechnung schreiben! Fünfhunderttausend würde er tatsächlich zusammenraffen können. Eine halbe Million! Das mußte man sich vorstellen! Hätte Harry vor dreißig Jahren auch nicht gedacht, daß er einmal halber Millionär sein würde. Damit könnte er sich Kredite für ein Haus von 1,2 bis 1,5 Millionen leisten. Die monatliche Pension von knapp viertausend würde nicht genügen. Zehntausend brauchte er, um die Kredite zu finanzieren, soviel war

Harry nach einer kurzen Berechnung klar. Ein Sechs-bis-Achttausend-Mark-Job bei der Industrie wäre unumgänglich. Daß der zu kriegen sein müßte, hatte sogar die halbtote und halbblinde Tante Frieda richtig gesehen. Als Außenhandelsberater für einen Konzern mußte man nicht zwangsläufig krumme Dinger drehen. Auch vernünftige Ratschläge waren gefragt. Das hatte Rita immer gesagt, als er sich vor zwei Jahren so vehement dagegen gewehrt hatte. Der Job würde Bewegung bringen. Rita würde zurückkommen. Er wäre viel auf Reisen. Große Räume, man sitzt sich nicht auf der Pelle, das war die Lösung. Bewegung für Rita, Bewegungsfreiheit für Harry. Genug Lärm und Leben durch Ines' Söhne. Das war das neue Modell des Duckwitzschen Imperiums, in dem auch Ritas Geiger oder Sänger und Helenes Willfort bei Bedarf ausreichend Platz hätten. Die Enge war der Tod der Liebe und des schönen Lebens.

Begeistert von seinen neuen Plänen machte sich Harry schon am nächsten Tag nach Köln auf und durchstreifte die Villenviertel, wo es sich leben lassen würde. Große stille Gärten, dichte gesunde Bäume, flache, behagliche Treppenaufgänge. Er sah bereits tiefe trockene Keller vor sich, die gut nach Äpfeln rochen, ein riesiges helles Wohnzimmer mit Glastüren zu einer verwunschenen Terrasse mit bemoostem Geländer, davor eine gewaltige Buche, ein Walnußbaum vielleicht. Der Flügel aus der Bonner Wohnung steht endlich frei im Raum. Keine herumliegenden Zeitungen mehr, in Gottes Namen auch eine Katze. In dieser feinen Gegend würden sogar die Katzen Manieren haben und keine lädierten Mäuse bringen, und wenn ja, würde er sie vornehm mit Äther einschläfern.

Leute aus der Computerbranche waren mit Mitte Dreißig bereits vielfache Millionäre und kauften Schlösser und Hollywoodbungalows, da würde sich Harry mit Ende Vierzig für seine erhabenen Zwecke doch wohl eine geräumige Villa leisten können. So etwas zu mieten war unvernünftig. Das mußte gekauft werden. Jetzt, wo er Kreditkarten, Telefonkarten, einen Walkman und neuerdings sogar einen CD-Wechsler für das Auto besaß, konnte er auch Villenbesitzer sein. Er war alt genug.

Vor wenigen Tagen war er unbemerkt siebenundvierzig geworden. Am 18. Oktober. Obwohl er sich nichts aus seinem Geburtstag machte, war er überrascht gewesen, daß weder Helene noch Ines ihn zur Kenntnis genommen hatten. Man mußte doch die Gelegenheit bekommen, Glückwünsche unwirsch abzuwehren. Julia hatte ihm eine Karte geschrieben. Sie hatte mit ihren 23 Jahren eine schrägliegende, spitze Großmutterschrift. »Eine Million Küsse«, schrieb sie. Im Augenblick wären ihm eine Million Mark lieber. Am Abend hatten Ingeborg Sachtleben und die schöne Gräfin Waldburg angerufen. Unglaublich, welche verhältnismäßig fremden Menschen seinen Geburtstag kannten und auf die Idee kamen zu gratulieren. Die beiden Frauen standen in einer Telefonzelle in Orvieto. Wunderbarer italienischer Oktober. Sie machten ohne ihre Männer Herbsturlaub. Sie hatten gut gegessen, waren angetrunken und albern. »Stimmt es, was man hört, daß Rita Sie verlassen hat?« fragte die schöne Gräfin. »Es sieht so aus«, sagte Harry. »Die kommt schon wieder«, sagte Ingeborg Sachtleben. »Im übrigen haben Sie ja genug andere Frauen!«

Harry kaufte sich die wichtigste Lokalzeitung, studierte die Immobilienanzeigen und suchte Makler auf. Für ein bis zwei Millionen war überhaupt nichts zu machen. Nur abscheuliche Häuser. Ab drei Millionen fing es an, interessant zu werden. Aber erst die Fünf-Millionen-Mark-Häuser kamen in etwa an die Vorstellungen heran, die sich Harry gemacht hatte. Er fuhr zu Ines, die immer reserviert war, wenn man sie ohne Voranmeldung heimsuchte. »Laß uns ein Geschäft machen!« sagte er und weihte sie in seinen Plan ein.

»Das ist kein Plan«, sagte sie, »das ist ein Traum.«

»Um so besser«, sagte Harry, »Pläne realisiert jeder Depp, Träume nur der Könner.« Er entwickelte seine

Theorie der Geräumigkeit, schilderte Ines die für sie vorgesehene riesige Wohnung im ersten Stock. Sie würde das Klavier aus dem Eifelhaus bekommen, unten der Flügel oder auch umgekehrt. Jedenfalls könnte sie drauflos Klavier spielen ohne Angst vor Ritas Profigehör. Sogar einen großen Hund für die Kinder wollte er anschaffen, »damit Egon den Arsch hochkriegt und wenigstens in den Garten geht«.

Ines hörte zu und lachte.

»Das ist die einzige Lösung«, sagte Harry. »Mit Helene verstehst du dich doch gut, oder?« In seiner Begeisterung gingen ihm Sprüche von den Lippen, wie sie Unternehmensberater gebrauchen, die eine Firma retten wollen. »Nichts ist unmöglich. Man muß nur wollen!« Das galt auch für die Finanzierungsprobleme, mit denen er nun herausrückte. »Wir brauchten eine Million Eigenkapital«, rechnete er vor. Er könnte die eine Hälfte aufbringen, die andere wäre mit dem Geld zu finanzieren, das sie nach der Scheidung zu erwarten hatte. Für die Tilgung der Kreditzinsen würde er seine Pension durch einen einträglichen Industrieberaterjob aufstocken, und sie könnte einen Teil ihres guten Gehaltes abzweigen. »Wir schmeißen alles zusammen, was wir haben«, sagte Harry euphorisch. »Für drei bis vier Millionen kriegen wir zwar keine hochherrschaftliche Villa, aber ein schönes geräumiges Haus mit Garten. Und mit Einliegerwohnung«, fügte er hinzu.

»Wozu denn das?« fragte Ines.

»Da quartieren wir Julia Freudenhofer ein«, sagte Harry, als sei das die natürlichste Sache von der Welt. Ines schien anderer Meinung zu sein oder ratlos. Sie schüttelte den Kopf.

»Julia wird für die Kinder kochen und ihnen abends Gesellschaft leisten, wenn wir weggehen«, sagte Harry aufmunternd. Aber erst als er den Einfall hatte, daß sie Julia, wenn sie beide alt und zittrig seien, endlich als Assistentin mißbrauchen könnten, die ihm beim Einfädeln hilfreich zur Hand ging, mußte Ines lachen.

»Na schön«, sagte Harry, »Julia muß nicht sein. Und sonst? Machst du mit?«

»Alles nicht so einfach«, sagte Ines. Die halbe Million, die vielleicht beim Scheidungsprozeß herauskäme, würde sie in die Privatklinik stecken. »Sorry, das ist mir doch wichtiger, als mit dir in eine noble Wohngemeinschaft zu ziehen.«

Harry war zu sehr in Schwung, um zu bemerken, daß Ines dabei war, seinen schönen Traum von einem neuen Leben in Frage zu stellen. Unverdrossen fuhr er ins Eifelhaus zurück und studierte weiter den Immobilienmarkt.

»Was machst du da eigentlich?« fragte Helene, der schon seit Tagen aufgefallen war, daß Harry nicht mehr in Jazzkatalogen und CD-Begleitheftchen blätterte, sondern in dem Immobilienteil der sonst so verachteten Lokalzeitung.

Harry weihte Helene ein. Schließlich gehörte sie mit in seinen Lebensplan. Ob sie sich das vorstellen könnte: Ein Landhaus mitten in der Stadt, für sie ein Arbeitszimmer so groß wie eine Seminarbibliothek, hinter einer Hecke im Garten drei perfekt angelegte Komposthaufen. »Alle Amselnester vor dem Zugriff der Katze geschützt«, schwärmte er, »und im ersten Stock wohnt Ines mit ihren Kindern, die für Leben sorgen.«

»Mit deiner Ines kannst du mir gestohlen bleiben«, sagte Helene hart und verschwand in ihrem Zimmer.

Harry ging ihr nach. Sie setzte sich an den Schreibtisch, ließ ihren Text auf dem Bildschirm zurücklaufen und tat so, als sei Harry Luft. Schließlich drehte sie den Gesundheitsschreibtischstuhl halb herum und sagte, ohne Harry anzusehen: »Das konnte ohnehin nicht so weitergehen.«

Natürlich hätte es unter besseren Umständen so weitergehen können. Es gab kein Naturgesetz, nach dem solche Konstellationen zusammenbrechen mußten. »Es war nur zu eng, das war alles«, sagte Harry.

Helene sah ihn mit einem Blick an, der nur bedeuten konnte: Ich habe das Leben an deiner Seite satt!

»Helene«, sagte Harry, »wir gehören zusammen!«

»Was redest du für einen Kitsch«, sagte Helene, »wir halten es zusammen aus, vielleicht meinst du das.«

»Zwischendurch lieben wir uns auch.«

»Alle viertel Jahre. Mir ist das zu wenig.« Helenes Worte klangen bitter.

Harry war jämmerlich zumute. Was tun? »Alle sechs Wochen«, sagte er zaghaft, als wäre damit etwas zu retten.

Helene bemerkte seine Hilflosigkeit und sagte erstaunlich weich: »Schon gut. Wenn ich mit meiner Übersetzung fertig bin, verschwinde ich.«

»Mein Gott, wohin?« fragte Harry.

»Mal sehn«, sagte Helene.

## 12

*Wie Harry von Duckwitz ein Ermittlungsverfahren an den Hals kriegt und es in München zu einer Gerichtsverhandlung kommt, die Harry zwar ehrenvolle Einladungen zu allerlei Podiumsdiskussionen einträgt, aber den Zerfall des Eifelimperiums nicht mehr aufhalten kann. Große Abschiedsszene mit Helene und Ines, und wie sich Harry seine eigene Beerdigung vorstellt. Hinweise auf die Ähnlichkeit zwischen Vivaldi und den Rolling Stones und auf den weisen Muddy Waters. Last not least ein dringender Aufruf an den Gesetzgeber, den § 90a endlich aus dem Strafgesetzbuch zu streichen, und wie dann am Schluß doch nicht die Möbel mit weißen Tüchern verhängt werden wie in einem Tschechow-Stück, sondern ein Blick in den Terminkalender Harrys Melancholie verscheucht.*

In der Bonner Wohnung waren die wenigen Topfpflanzen vertrocknet, als hätten die griechischen Nachbarn, die nach dem Rechten sahen, geahnt, daß Duckwitz hier auf Dauer nicht mehr leben wollte. Die zähe Palme, die Ines vor drei oder vier oder fünf Jahren mitgebracht hatte, als sie und Fritz zum erstenmal eingeladen waren, ließ sich vielleicht noch retten.

Die Griechen waren angeblich in Urlaub. Man wurde heutzutage sofort mißtrauisch. Hat unser Dreckstaat ihnen womöglich die Arbeitserlaubnis entzogen? Fürchten sie wegen der rechtsradikalen Brandstifter und der schlummernden Polizei um ihr Leben? Herrschen womöglich Weimarer Zustände? Tritt nun bald Hitler der Zweite auf die Bühne? Ziemlich hysterische Fragen, die zur Zeit in aufgeregten Fernsehtalkrunden und Zeitungsleitartikeln gestellt wurden. Dabei mußte jedes Schulkind den Unterschied erkennen. Von 1933 an hatte das ganze deutsche Mistvolk zugesehen, wie die nationalsozialistische Staatsgewalt jüdische Geschäfte zerstörte, Juden vertrieb, in KZs schickte und ermordete. Wenn heute ein

Ausländerheim angezündet wurde, ging ein Aufschrei der Empörung durch das Land. Regierung und Opposition reagierten ratlos, feige, träge, verlogen, falsch, langsam, täppisch. Man könnte den Politikern in den Hintern treten. Aber es war ihnen immerhin peinlich. Man konnte ihnen nicht unterstellen, daß sie das bewußt angezettelt hatten. Das Volk, das vor sechzig Jahren noch die Augen verschlossen hatte, war nun zigmillionenfach bereit, seine Wut, Trauer, Scham etcetera offen kundzutun und wartete nur noch auf einen Organisator für den reibungslosen Ablauf kultivierter Demonstrationen.

Costa, der gute Grieche, war Gott sei Dank nicht mitsamt Familie vor den neuen bösen Deutschen geflohen, er war zu seinem Zwillingsbruder nach Hannover gefahren, der eine bessere Krankenversicherung hatte. Dort spielte der Schlaufuchs seine lukrative Verwechslungskomödie und ließ sich gratis Zähne machen. Diese Auskunft erhielt Harry von Erol, jenem Türken, der im Schutz der multikulturellen Toleranz Frau und Kinder schlug. Bei Türken war man geneigt, Prügel als Spielart der Folklore zu tolerieren. Bei Erol brauchte man wenigstens nicht ständig das Bedürfnis zu haben, sich für die Untaten der deutschen Landsleute zu entschuldigen. Erol aus Ankara erinnerte einen eher daran, daß in der Türkei mit angeblichen Widersachern ungleich erbarmungsloser umgegangen wurde, ohne daß sich das türkische Volk deswegen empörte. Durfte man nicht laut sagen, durfte man nicht vergleichen, aber warum eigentlich nicht? Es war wieder einmal wie mit den Autos: So eine ziemlich intakte Demokratie glich einem Neuwagen, an dem jedes Beulchen lautstark beklagt wird, das bei einem klapprigen Auto kein Mensch mehr zur Kenntnis nimmt. »Der Vergleich stimmt hinten und vorne nicht«, hatte Helene gesagt, als sie noch miteinander redeten.

Die Post, die in die Bonner Wohnung kam, war noch langweiliger als das, was im Eifelhaus landete. Da Bonn Harrys erster Wohnsitz war, sammelte sich vor allem das amtliche Zeug an. Seit Jahren, schon zwischen der Kamerun- und Ecuadorzeit, hatte die sorgfältige Rita alle Einkünfte angegeben, die sie von der Kölner Musikhochschule bezog. Die Kirchensteuer hatte Harry nie überwiesen. Das Kirchensteueramt erinnerte alle halbe Jahre, erhob aber keine Mahngebühr. Mit dieser wahrhaft christlichen Methode würden sie vermutlich eines Tages auch bei Harry, dem Heiden, Erfolg haben. Diesmal allerdings noch nicht. Er legte die Zahlungserinnerung sofort zum Altpapier. Der Brief vom Polizeipräsidium hatte Zeit, vermutlich mußte hier Buße wegen einer Verkehrssünde getan werden. Die Polizei war strenger als die Kirche. Zunächst aber wollte Harry die Immobilienanzeigen lesen. Er war noch immer überzeugt, mit einem geeigneten Domizil die Frauen wieder um sich scharen zu können. Er überwand sich und meldete sich mit »Doktor Duckwitz«, da der akademische Titel bei der Wohnungssuche ein Pluspunkt war, der auch heute wieder nicht half und eine gut klingende Zwei-Millionen-Villa weder billiger machte, noch vom Stadtrand näher zum Zentrum rückte. Dann räumte Harry einen halbleeren Becher mit schimmeliger saurer Sahne und drei alte Eier aus dem Kühlschrank. Das vergammelte Zeug erinnerte ihn an den vergammelten Türkenschlitten. Der Bußgeldbescheid dürfte sich auf das letzte Verkehrsdelikt mit der Schrottmühle beziehen. Unglaublich, wie lange so etwas manchmal dauerte.

Es mußte kurz vor seiner Reise nach Wien gewesen sein. Drei Frauen im alten Ford. Schöne Zeiten, die Liebe noch im Gleichgewicht. Rita neben ihm, Helene und Ines im Fond. Rita wollte ein brausendes Vivaldi-Oratorium hören, ›Juditha Triumphans‹. Nicht übel. »Sede, sede, o cara dilecta!« keucht lüstern Holofernes, der Judith vernaschen will – setz dich, setz dich, du teure Auserwählte! Sie hielten an einer Ampel. Neben ihnen ein Cabriolet mit einem geschniegelten Jungmann, der die ersten Strahlen der Frühlingssonne ausnützte und mit offenem Verdeck fuhr.

Aus seinem gepflegten Wagen tönten die Plastikrhythmen einer Boutiquemusik, wie sie im Duckwitz-Clan einhellig gehaßt wurde. Harry drehte lauter, aber selbst mit dem feurigsten Vivaldi kam man dagegen nicht an. »Sede, sede, mea vivida rosa, mea fulgida fax!« fleht Holofernes kitschig und am Rande der Beherrschung – setz dich, meine lebendige Rose, mein strahlendes Licht! Man sah förmlich, wie er vor der scharfen Judith ungeduldig auf und ab stapft.

Helene beugte sich vor, drückte Vivaldi aus und die Rolling Stones ein. Statt Holofernes stöhnte nun Mick Jagger fast nahtlos weiter: »I just wanna make love to you, Baby, love to you.« Ob Holofernes oder Mick Jagger, es war doch immer und überall dasselbe. Alle wollen Liebe machen. Rita drehte den Lautsprecher voll auf und Ines öffnete die Autofenster. Mühelos übertönten die Rolling Stones das synthetische Gezirpe und die Piepsstimme einer Kindfrau. Alle drei Frauen streckten dem Jungmann die Zunge heraus. Der hatte keinen Sinn für die musikalische Zurechtweisung. Kaum war es Grün, startete er rasant und wollte Harry entkommen. »Gib's ihm, zeig's ihm!« schrien die drei Frauen, und Harry holte aus den ausgeleierten sechs Zylindern die allerletzten Kräfte.

Die nächste Ampel war schon rot, als sie Harry mit fast hundert Stundenkilometern überfuhr, an der übernächsten konnte der Diskoschnösel noch einmal gestellt und mit brüllender Rolling-Stones-Musik überwältigt werden. Bei dieser Verfolgungsjagd war Harry in eine Radarfalle getappt. Aber es hatte sich gelohnt. Es war ein Sieg über den schlechten Geschmack gewesen.

Harry tippte auf 180 Mark. Die wären im Plattenladen besser angelegt. Er mußte übrigens aufpassen, daß der angestrebte Hauskauf und die damit verbundenen finanziellen Anstrengungen ihn nicht zum Schallplattengeizkragen machten.

Das amtsgraue Kuvert des Polizeipräsidiums, das Harry im Eifer der Erinnerungen schon wieder vergessen hatte, enthielt keinen Bescheid über ein Bußgeld wegen Überschreitens der zulässigen Höchstgeschwindigkeit, sondern die Einladung zu einer Anhörung: »Sehr geehrter Herr von Duckwitz, bei der Staatsanwaltschaft München ist gegen Sie und andere ein Ermittlungsverfahren wegen Verunglimpfung des Staates und seiner Symbole anhängig. Nach dem Gesetz soll Ihnen die Möglichkeit gegeben werden, sich zu der Angelegenheit zu äußern, entlastende Tatsachen und Umstände vorzubringen und die vorliegenden Verdachtsgründe zu beseitigen. Wir bitten Sie deshalb, am Donnerstag, den 17. September 1992, um 9 Uhr im Kommissariat 144 vorzusprechen.« Unter einen Vordruck, der in Miniaturschrift über Rechte und Pflichten von Beschuldigten informierte und Harry seine beginnende Weitsichtigkeit wieder einmal unausweichlich vor Augen führte, hatte der Kriminalbeamte neben das rührend altmodische »Hochachtungsvoll« die Zeile getippt: »Falls Ihnen der genannte Termin nicht zusagt, bitte rufen Sie mich an!« Wie seltsam freundlich die Polizei sein konnte.

Verunglimpfung von Staatssymbolen? Das war wohl leider ein Irrtum. Harry legte den unverständlichen Brief neben das Telefon. Der Termin der Anhörung, von dem er keinen Gebrauch gemacht hatte, lag sechs Wochen zurück, vermutlich war die Sache längst eingestellt. Harry wollte aber doch wissen, worum es sich handelte, und rief im Polizeipräsidium an. Der Kriminalbeamte machte Mittag. Harry gab der Palme Wasser und sagte: »Wehe, wenn du es nicht schaffst!«

Die Erinnerung an die Autoverfolgungsjagd machte ihm Lust auf die damals gehörte Musik, aber Vivaldis ›Juditha Triumphans‹ und die Rolling-Stones-Platte waren im Eifelhaus. Von dem Stück der Stones gab es auch eine Originalversion von Muddy Waters aus den 50er Jahren, fiel ihm ein. Diese Platte stand hier sofort auffindbar im Regal. Vergessen waren Polizeipräsidium und irgendwelche Staatssymbole, als die schwarze Platte sich vertraut auf dem Teller drehte, der Tonarm sich behutsam senkte, der Diamant präzise in den Zwischenraum vor dem Stück traf, es erwartungsvoll knisterte und dann der alte Bluesbarde sein Liebesbekenntnis wie ein Löwe langsam und wuchtig herausbrüllte: »I don't want you to be no slave, I don't want you to wash my clothes, I just wanna make love to you.« Jahre vor der Frauenbewegung gab es hier von männlicher Seite einen Song gegen die Versklavung der Frau im Haushalt: Das Bett soll sie ihm nicht machen, ihr Geld will er nicht, nicht einmal treu zu sein braucht sie erstaunlicherweise, nur lieben will er und sonst gar nichts: »I don't want you to be true, I don't want your money too, I just wanna make love to you.« Na bitte! Wer in diesem Haushalt waschen sollte, wurde von Muddy Waters nicht geklärt. Trotzdem: Das waren die frohen Botschaften, die Harry, der Heide, anzunehmen bereit war. I don't want your money too. Er genierte sich, daß er Ines zur Realisierung seines Villen-Traums um Beteiligung gebeten hatte.

Um halb zwei hatte er den Kriminalbeamten im Bonner Polizeipräsidium am Telefon. Die Akte war wieder zurück nach München zur ermittelnden Staatsanwaltschaft gegangen, da Herr Dr. von Duckwitz sein Recht auf Anhörung habe verstreichen lassen. Der Beamte wußte nicht mehr genau, worum es sich gehandelt hatte. »Es gibt soviel Blöde auf der Welt«, sagte er, und es bestand kein Zweifel, daß er damit die Staatsanwälte meinte, die ihm nur unnötige Arbeit machten.

Der zuständige Staatsanwalt in München war nicht zu erreichen. Die Sache läge aber ohnehin schon beim Amtsgericht. Als Harry dort anrief, sagte man ihm, der Termin zur Verhandlung sei bereits festgelegt, Freitag, den 4. Dezember.

»Das ist ja bald«, sagte Harry, »wo bleibt meine Benachrichtigung?«

»Anklageschrift und Vorladung sind rausgegangen.« Harry fielen die gelben Zettel zwischen der Post ein.

Briefe vom Gericht mußte man sich persönlich bei der Post abholen.

Die Lösung des Rätsels war läppisch. In der Reportage über den Querkopf Duckwitz hatte der gehetzte Reporter Willibald Stich auch den Satz zitiert, der seinerzeit zu Harrys Suspendierung geführt hatte: »Mit einem schwarzrot-gelben Lumpen würde ich mir nicht einmal den Arsch ausputzen.« Nach § 90a tatsächlich noch immer eine Straftat, wenn die Äußerung der Öffentlichkeit zugänglich gemacht wird. Kurioserweise war der Reporter Mittäter, weil er sich dieser Verunglimpfung deutlich angeschlossen hatte. Harrys Zote hatte er mit den Worten kommentiert: »Eine Bemerkung, der sich der Schreiber dieser Zeilen mit inbrünstiger Solidarität anschließt, und die in jedes Deutschlesebuch gehört.«

Harry telefonierte mit dem Reporter, den die Vorfreude auf den Prozeß noch hektischer machte. Er versprach sich davon Aufsehen und Reklame für seine künftigen Publikationen. Irgendein treudeutscher Wehrmachtsoffizier war »seinen Pflichten als Staatsbürger nachgekommen«, wie er in seinem Brief an den Herrn Generalbundesanwalt schrieb, und hatte seine Anzeige juristisch so plausibel formuliert, daß der Staatsanwaltschaft offenbar nichts anderes übrig blieb, als zu ermitteln.

Willibald Stich deutete die Aktivitäten der Staatsanwaltschaft als bedrohliches Symptom einer politischen Klimaveränderung. Aufmüpfige sollten durch Gerichtsurteile ausgeschaltet werden. Er war enttäuscht, daß Querkopf Duckwitz seine finsteren Vermutungen nicht teilte. »Glauben Sie mir«, sagte Harry am Ende des halbstündigen Telefonats, »ich kenne doch den Laden, es spricht alles dafür, daß die Ermittlungen lustlos geführt werden.« Der rasende Reporter war nicht von seinem Verdacht abzubringen. »Die tun nur deswegen so zahm, weil sie uns nicht zu Märtyrern machen wollen.«

»Quatsch«, sagte Harry. Es war aussichtslos. Willibald Stich wollte nicht einsehen, daß der Staatsapparat nicht bösartig und gerissen war, sondern dumm, träge und hilflos.

Ein paar Tage später ging Harry nach der demütigenden Besichtigung einer 2,8-Millionen-Villa in Köln ins Kino. Der widerwärtige Makler hatte ihm gleich angesehen, daß ihm das schöne Haus zu teuer war. Helene war vor lauter Übersetzerendspurt und Abgabeterminverschiebereien ganz mürbe und entsprechend milde, hatte aber natürlich keine Zeit, ins Kino zu gehen. Mit Ines, die auf andere Weise überarbeitet war, wollte er die wenige Zeit, die sie füreinander hatten, nicht im Kino vergeuden. Auch früher, vor der Problemüberflutung, waren sie nur selten ins Kino, meist lieber ins Bett gegangen. Harry stellte fest, daß er häufig in der Vergangenheitsform an Ines und Helene dachte. Das sollte er nicht tun. Er sollte das Ende nicht auch noch herbeidenken. Er sollte es wegdenken. Rita war ihm bereits völlig entrückt.

Obwohl er Lust hatte, sich endlich einmal einen neuen reißerischen Ami-Film anzusehen, einen von der Sorte, die von Leuten, die nichts von Filmen verstanden, als »perfekt gemacht« gerühmt wurden, zwang er sich in einen alten italienischen Film von Antonioni. Ein Akt der Auflehnung gegen die amerikanische Unterhaltungsindustrie, ein Bekenntnis zu Europa. Lauter hohlköpfige Leute waren zu sehen, die ihre innere Leere bedeutungsvoll in der trostlosen Architektur der 60er Jahre vor sich hertrugen. Gut möglich, daß der Regisseur nichts begriffen hatte, daß er auch zu den leeren Leuten gehörte. ›Liebe 1962‹ hieß das Machwerk, dessen Wiederaufführung in der Zeitung von einem Filmkritiker euphorisch begrüßt wurde.

Als der Film zu Ende war, bemerkte Harry drei Reihen vor ihm Knesebeck. Schon zum drittenmal trafen sie sich im Kino. Einmal hatte Harry Ines dabeigehabt. Peinlich. Knesebeck war von dem Film begeistert. »Maßlos überschätzt«, sagte Harry, »unausgegorener Existentialistenkitsch.« Knesebeck war beleidigt, und Harry begriff, daß die Wertschätzung solcher Filme auch durch neue Erkenntnisse nicht nachlassen würde. Wie sich das düstere Tantenhaus nach seiner ernüchternden Besichtigung bald wieder zu einem Paradies zurückverklärt hatte, so würde der verheerende Eindruck dieses blöden Antonioni-Films schon in vierzehn Tagen verblaßt sein und als ergreifendes Kunstwerk in Erinnerung bleiben, das es niemals war. Und wenn das enge Eifelhaus und die staubige Bonner Wohnung erst aufgegeben waren, würden sie bald als Orte ungetrübten Glücks erscheinen.

Harry und Knesebeck gingen ein Bier trinken, und da Harry keine Lust hatte, mit Knesebeck weiter über den hohlen Film zu streiten oder mit ihm über die Resistenz der Verklärung und die Unangreifbarkeit positiver Vorurteile zu philosophieren, erzählte er dem Ex-Kollegen, der auch Jurist war, von seiner bevorstehenden Gerichtsverhandlung. Der linke Knesebeck fand das gar nicht komisch. Er sah darin nicht, wie Harry, die kuriose Reaktion einer sich verselbständigenden Justiz, sondern, wie Willibald Stich, ein Zeichen für den Rechtsruck. Er machte ein bedenkliches Gesicht und ging Harry auf die Nerven, weil er ihn ermahnte, die Verhandlung nicht auf die leichte Schulter zu nehmen.

»Haben Sie gehört, was mit Sachtleben ist?« fragte Knesebeck. Harry hatte keine Ahnung. Sachtleben war mit seiner Sekretärin, ohne die er nicht leben konnte, in den neuen Bundesländern abgetaucht. Er hatte dem Auswärtigen Amt ade gesagt und einen Job im sächsischen oder thüringischen Justizministerium angenommen. Immer wenn Harry solche Geschichten hörte, sah er sein Ideal der Polygamie in Frage gestellt. Er kam sich schwach und feige vor, weil er mit Ines nicht in Sizilien, mit Julia nicht in Indien untergetaucht war. Zum Glück hörte man oft genug, daß auch solche schönen ganzherzigen Entschlüsse zu Katastrophen führten. »Und wie ist es bei Ihnen«, fragte Harry den standhaften Knesebeck, »ist bei Ihnen noch alles in Ordnung?«

Helene hatte den Abgabetermin ihrer Übersetzung auf Ende Dezember verschieben können. Harry machte einen Versuch und fragte sie, ob sie ihn nach München zu der Verhandlung begleiten würde. »Das könnte dir so passen«, sagte sie, erschrak offenbar selbst über ihre Patzigkeit und erklärte: »Zu spät, mein Lieber, dein Angebot kommt zu spät und ist zu poplig.« Jahrelang habe sie darauf gewartet, daß Harry sie zu einer Reise nach Madrid, Rom, Athen oder wenigsten nach Amsterdam auffordere, in das halbseidene München könne er allein fahren.

Harry nahm den Zug. Kaum fuhren diese neuen Züge herum, die man eben noch als möchtegernutopistisch verachtet hatte, schon hatte man sich an sie gewöhnt. Man konnte die Fenster nicht mehr öffnen und winken, aber wann winkte man schon noch. Mit den guten alten Ritualen ging es dahin. Das einzige, was sich nicht veränderte, war Harrys Unentschlossenheit. Mit seinen siebenundvierzig Jahren wußte er noch immer nicht, ob er 1. oder 2. Klasse fahren sollte.

Willibald Stich hatte sich möglichst proletarisch angezogen, um seine Mißachtung auszudrücken. Das Amtsgericht München war in einem faden Neubau untergebracht. Die vermutlich fortschrittlichen Architekten hatten sich bemüht, das Gebäude, von dem aus täglich Menschen ins Gefängnis geschickt wurden, so wenig furchterregend wie möglich erscheinen zu lassen. Die Verhandlung fand in einem kleinen Raum statt, der die offizielle Bezeichnung »Sitzungssaal« nicht verdiente. Die Öffentlichkeit war zugelassen, wie es im Gerichtsdeutsch hieß, das heißt, zwanzig Stühle in zwei Reihen boten der Öffentlichkeit Platz, die sich in dichten Trauben allerdings nicht einfinden wollte. Ein paar Bekannte von Willibald Stich hatten sich Zeit genommen, eine halbe Schulklasse sollte praktischen Anschauungsunterricht in Staatsbürgerkunde bekommen. Hektisch reckte Herr Stich den Hals. Wichtige Presseleute hatten ihm angeblich ihr Erscheinen angekündigt, um ausgiebig über diesen skandalösen Fall zu berichten, und nun kamen sie nicht. Statt dessen war ein Volontär geschickt worden und ein steinalter Lokalreporter.

Harry erinnerte sich an seine Anwaltszeit. Mit Richtern verschätzte man sich fast immer. Die liberalsten Gesichter machten oft die brutalsten Urteile. Dieser hier nahm ständig seine Brille ab und rieb sich die Augen. Er wollte sich offenbar blind und gerecht wie Justitia machen. Wenn es eine symbolische Geste sein sollte, verfehlte sie ihren Zweck. Sie wirkte müde und uninteressiert. Die Staatsanwältin war eine junge Frau unter Dreißig. Sie hatte ihre blonden Haare zu einem kräftigen Zopf gebunden und erinnerte Harry an eine Ursünde: vor einem Vierteljahrhundert mit Helene in einem Studentenkino. Auch hier ein Fall von Überschätzung. Brasilianischer Filmemacher. Mußte man gesehen haben. Das allerdings hatte Harry schon damals nicht gemocht. Sauer dampfende Mischung aus brünstigem Christentum und Erzkommunismus. Prozessionen und gläubiger Singsang. Nicht auszuhalten. Vor ihnen hatte ein Mädchen mit eben solchem blonden Zopf gesessen, wie ihn jetzt die Staatsanwältin trug. Harry hatte zu Helene gesagt, er verstünde nicht, wie man heute noch mit so einer BDM-Frisur herumlaufen könne. Er hatte es leise gesagt, aber es war doch noch zu laut gewesen. Das Mädchen drehte sich um. Ein stummer, prüfender Blick, weder empört noch traurig. Vielleicht hatte sie ja nichts gehört und drehte sich nur zufällig um. Harry entschuldigte sich also nicht. Seit fünfundzwanzig Jahren schämte er sich für diese Bemerkung. Die Staatsanwältin war damals vermutlich ein Krabbelbaby. Harry spürte, wie in sein Gesicht ein um Verzeihung bittender Ausdruck kam, wenn er ihren Zopf ansah. So sollte man Staatsanwältinnen nicht ansehen. Sie schenkte ihm daraufhin den Anflug eines Lächelns. Harry war gespannt, ob sie plötzlich scharf dafür plädieren würde, vor diesem Staat, dessen Anwältin sie war, Respekt zu haben und seine Symbole nicht in den Dreck zu ziehen.

Nach der langweiligen Verlesung der Anklage, die Harry und Herrn Stich schon bekannt war, kam es zu der üblichen Befragung nach den persönlichen Verhältnissen, Beruf, Einkommen und so weiter. Es machte Harry Spaß, als Beruf »Rentner« anzugeben und die erstaunte Reaktion der Staatsanwältin zu beobachten. »Sie waren Diplomat«, korrigierte der Richter.

Bevor das Gericht zur Beweisaufnahme schritt, gab es ein Päuschen auf dem Gang. Harry hatte in seiner Anwaltszeit eine Haßliebe zu diesem Herumgestehe und Herumsondieren vor dem Sitzungssaal gehabt. Der Gang mit dem Teppichboden in Resozialisierungsgrün nahm den Räumlichkeiten tatsächlich allen Schrecken, aber auch alle Ernsthaftigkeit. Der Richter, der seine Robe abgelegt hatte, unterhielt sich leise mit der Staatsanwältin. Willibald Stich näherte sich Harry in anbiedernder Angeklagtensolidarität, gefolgt von seinem Anwalt. Sie wollten eine gemeinsame Verteidigungsstrategie absprechen. Harry lehnte ab. »Sie haben mich doch porträtiert«, sagte er zu dem Reporter. »Sie sollten wissen, daß ich Absprachen nicht mag und lieber improvisiere.« Nachdem der Richter mit der Staatsanwältin fertig getuschelt hatte, kam er zu den Angeklagten und machte den Vorschlag, das Verfahren gegen eine geringe Geldbuße einzustellen.

»Nein«, rief der ahnungslose Herr Stich, »das riecht ja nach Maffiamethoden.« Obwohl Harry ihn aufklärte, daß dies ein üblicher und durchaus vernünftiger Vorschlag sei, um den Verwaltungsaufwand so niedrig wie möglich zu halten, war der kämpferische Journalist zu keinem Kompromiß bereit.

Nach diesem Intermezzo wurde die Verhandlung mit der Beweisaufnahme fortgesetzt. Die halbe Schulklasse war inzwischen gegangen, die Zuschauerreihen hatten sich entsprechend gelichtet. Für Heiterkeit sorgte das Vorlesen des staatsverunglimpfenden Satzes, um den es in der Anklage ging. Harry bat das Gericht zu berücksichtigen, daß es sich um ein Selbstzitat handele. Er habe diesen

Satz schon vor ziemlich genau zwei Jahren öffentlich gemacht, was ihm die Beförderung in den einstweiligen Ruhestand eingetragen habe, also ein Disziplinarverfahren, aber keine strafrechtliche Verfolgung. Im übrigen sei das Zitat nicht korrekt wiedergegeben. Er habe damals von seinem »Arsch« gesprochen, den er sich mit einem schwarz-rot-gelben Lumpen nicht ausputzen wolle. Der Mitangeklagte Stich habe in seiner Reportage einen »Hintern« daraus gemacht, möglicherweise ein Akt der Zensur. Ihn selbst als Urheber bringe das in Verwirrung, er wisse nicht, ob er sich wegen seines Arsches oder seines Hinterns zu verantworten habe. Allgemeine Heiterkeit. Der Richter bat nicht um Ruhe. Schließlich sagte er, nachdem er die Brille abgenommen hatte: »Wir bleiben beim Hintern, den Arsch betrachten wir als verjährt.«

Dann begann die Staatsanwältin mit ihrem Plädoyer. Es waren einige flotte Sätze darin, die ihr Harry wegen des Zopfes nicht zugetraut hätte. So bedauerte sie zum Beispiel, daß es im Strafgesetzbuch den Paragraphen der »Ungezogenheit« nicht gäbe, den sie auf diesen Fall gern angewandt hätte. Dann sagte sie, noch sei die Bundesrepublik Deutschland ein Rechtsstaat, und Harry nahm sich vor, ihr nachher für dieses »noch« die Hand zu küssen, denn es klang nicht so, als wollte sie sagen: Noch herrschen hier Recht und Ordnung, und die lassen wir uns von solchen Chaoten wie den Angeklagten nicht kaputt machen. Harry hatte eher den Eindruck, als zielte ihr blondgezopftes »noch« in die andere Richtung – noch ist es nicht zu spät, die Demokratie vor dem Zugriff der Rechtsradikalen zu schützen.

Etwas bedauerlich, daß sie am Ende ihres Plädoyers den Hinweis durchblicken ließ, es sei billig, diesen Staat zu verhöhnen, wohl wissend, daß einem dabei nicht viel passieren könne. Es gebe bekanntlich genug Staaten, in denen man mit der Verunglimpfung staatlicher Symbole Folter und Tod riskiere. Die Verhöhnung eines Unrechtsregimes hätte sie mutiger gefunden als die unserer doch ziemlich intakten deutschen, demokratischen Republik. Das sagte sie tatsächlich, und zwar so, daß keiner auf die Idee kam, daß sie auf die ehemalige DDR anspielen wollte. Harry mußte schlucken. Gemein, seine Frechheit als Mangel an Mut serviert zu bekommen. Daß einen jetzt schon Frauen belehrten, die zwanzig Jahre jünger waren. Sie forderte zwölf Tagessätze à 100 Mark für Herrn von Duckwitz angesichts seiner Pension und sechs Tagessätze für den Freiberufler Stich. Eine lächerlich geringe Strafe, die sie da forderte, um das Gesicht der Staatsanwaltschaft zu wahren. Dementsprechend lächerlich war auch das eingelernte Murren der noch verbliebenen Zuschauer. Der Richter sah nicht einmal einen Grund, streng in den Gerichtssaal zu blicken.

Das Plädoyer von Willibald Stichs Anwalt war spitzfindig und sehr publikumswirksam. Von einem schwarz-rot-gelben Lumpen sei die Rede, nicht von einem schwarz-rot-goldenen, also stünde nicht »zweifelsfrei« fest, wie die Anklage behaupte, daß es sich um die Flagge der Bundesrepublik Deutschland handle, deren Gold ein unerläßlicher symbolischer Bestandteil deutscher Werte sei.

Der Richter notierte sich etwas. Die Protokollführerin, fand Harry plötzlich, könnte eine nasenringlose Schwester von Julia Freudenhofer sein. Der Anwalt hob die Stimme zum Schluß- und Höhepunkt seines Plädoyers. »Unterstellen wir einmal, es handle sich tatsächlich um die Flagge irgendeiner Phantasienation mit dem gleichlautenden Strafgesetzbuchparagraphen 90a, dann, selbst dann wäre der umstrittene Satz keine Straftat. »Denn«, fuhr er nach einer genüßlichen Pause fort, »die Bemerkung, sich mit der wie immer gefärbten Fahne den Hintern oder Arsch nicht ab- oder ausputzen zu wollen, ist ja gerade die Verhinderung einer Straftat.«

Beifallklatschen bei den aufgewachten Restzuhörern. Der Richter schien ein Schmunzeln zu unterdrücken und rief pro forma zur Ruhe auf. Die Staatsanwältin hielt den Kopf gesenkt.

Der Richter fragte Duckwitz, ob er sich dem Plädoyer anschließen wolle. Damit war ziemlich klar, daß er in seinem Hinterzimmer verschwinden, einen Freispruch fabrizieren, wiederkommen, den Freispruch verkünden und dann Mittag machen wollte.

»Keineswegs, Hohes Gericht«, sagte Harry. Der Richter nahm die ironische Anrede mit einem Augenaufschlag hin. »Ich sitze schließlich nicht zweimal sechs Stunden im Zug, nur um mich den Ausführungen irgendeines Menschen anzuschließen«, sagte Harry. Der Richter lehnte sich resigniert zurück, die Staatsanwältin schüttelte ihren Zopf. Harry fuhr unbeeindruckt fort. Er sei nicht mehr so wie früher, als er noch Anwalt war, bereit, mit Spitzfindigkeiten den Kopf aus der Schlinge zu ziehen. Selbstverständlich habe er die Fahne der Bundesrepublik Deutschland gemeint. Er freute sich darauf, deutlicher zu werden und hätte jetzt gern in einem Sitzungssaal mit 150 Zuhörern gestanden. »Es ist doch klar, was ich damit sagen wollte: Die deutsche Fahne ist weniger wert als Scheißhauspapier.«

Der Richter trommelte mit den Fingern auf den Tisch, die Staatsanwältin kratzte mit ihrem hübschen Daumen auf dem Einband des zugeklappten Strafgesetzbuches herum. Natürlich habe er ein Motiv für die Straftat, sagte Harry, und das wolle er dem Gericht zu Gehör bringen.

Dem Richter entfuhr ein kleines Stöhnen. Selbst die erstaunliche Staatsanwältin schien nicht mehr bei der Sache zu sein. Allein Willibald Stich war interessiert. »Wenn debile Nationalsozialisten schwarz-rot-gelbe oder meinetwegen – goldene Tücher schwenken und dazu ›Deutschland, Deutschland‹ grölen«, fuhr Harry fort, »dann ist das für mich eine echte Verunglimpfung, die straffrei ausgeht, obwohl sie bekanntlich die Ankündigung von Gewalttaten bedeutet. Ausländer werden bedroht, verjagt, geprügelt, verbrannt – im Namen eines schwarz-rot-goldenen Lumpens. Das ist der Grund für meine Äußerung. Ich will mit dieser Scheißfahne nichts mehr zu tun haben.«

So wie er vorhin wehrlos den Belehrungen der Staatsanwältin ausgeliefert gewesen war, so mußten sie und der Richter nun seine Predigt hinnehmen, die zwar verstiegen war, aber offenbar doch so überzeugend, daß ihn niemand unterbrach. Er wurde noch schärfer und griff die Staatsanwaltschaft an. Sie solle sich gefälligst um die wirklichen Kriminellen kümmern, das Deutschlandgeschrei der Rechten könne einwandfrei als Vorbereitung für Straftaten verfolgt werden, die Deutschland-Deutschland-Schreihälse könnten längst hinter Gittern sitzen wegen versuchten Mordes. »Solange das nicht passiert«, sagte Harry mit einem Blick auf das gesenkte Haupt der Staatsanwältin, »werde ich die Fahne verunglimpfen, wo ich nur kann, ob das nun mutig ist oder nicht.«

Der Richter bat Harry höflich, zur Sache zu kommen und hier keine politischen Reden zu halten, er brauche niemanden zu überzeugen.

»Gut«, sagte Harry, »in Anbetracht der nahenden Mittagspause komme ich zum Ende.«

»Für mich geht es ohne Mittagspause weiter«, sagte der Richter. Es war alles so menschlich. Menschliche Kriminalbeamte, eine menschliche Gerichtsverhandlung. Und trotz grölender Arschlöcher ein menschlicher Staat.

»In einer Zeit, in der fahnenschwenkende Gewalttäter frei herumlaufen, ist es ein Skandal, zwei Leuten den Prozeß zu machen, die sich abfällig über die Fahne äußern«, sagte Harry.

»Bitte«, sagte der Richter, »fangen Sie nicht schon wieder an.«

»Verzeihung«, sagte Harry höflich und kam zum Schluß. »Ich beantrage gegen mich die Höchststrafe wegen Verunglimpfung eines deutschen Staatssymbols, das sind drei Jahre Gefängnis ohne Bewährung.«

Spürbare Verunsicherung bei den Zuschauern. Die Staatsanwältin legte beide Hände vor ihr Gesicht, um ein Lächeln zu verbergen, vermutete Harry. Der Richter verschwand in seinem Stübchen. Der Anwalt erklärte Willibald Stich, Herr von Duckwitz strebe mit dieser Selbstanklage vermutlich eine Revision in höherer Instanz an. »Das wird Ihnen kaum gelingen«, rief er Harry munter zu. Plötzlich kam Unruhe von den Zuschauerreihen her, Stühlerücken, Aufspringen, einen Kreis bilden, leises Stöhnen dazwischen. Die Worte »Herzinfarkt« und »Schlaganfall« fielen, ein Notarzt wurde gerufen, die Urteilsverkündung verzögerte sich. Der vergreiste Lokalreporter hatte sofort herausbekommen, daß der wimmernde Mann, der auf dem Boden lag, derjenige war, der mit seiner Anzeige beim Generalbundesanwalt die ganze Angelegenheit ins Rollen gebracht hatte. Er sei Oberstleutnant im Rußlandfeldzug gewesen, wußte der nun gar nicht mehr greisenhaft wirkende Reporter aus unerfindlichen Quellen weiter zu berichten, Träger des Ritterkreuzes, heute Übersetzer französischer Lyrik, wohnhaft in Memmingen im Allgäu. »Den haben wir geschafft«, sagte Willibald Stich zu Duckwitz, der sich wunderte, daß immer noch Wehrmachtsoffiziere herumliefen. Hörte das denn nie auf? Die mußten doch langsam alle unter der Erde sein.

Dann kam der Richter, der, ungerührt von diesem Ereignis, erwartungsgemäß Freispruch verkündete. Alle setzten sich. Die Begründung war denkbar kurz. Die Spitzfindigkeiten der Verteidigung des Herrn Stich konnten das Gericht ebenso wenig überzeugen wie die Ausführungen des Herrn von Duckwitz. Da aber ein »verwerflicher Beweggrund« für den Hauptpunkt der Anklage, die Verunglimpfung eines deutschen Staatssymbols, nicht erkennbar war: Freispruch. Die Kosten gehen zu Lasten der Staatskasse.

Harry mußte mit seinem Ex-Mittäter und dessen Anwalt noch ein Bier trinken gehen. Er küßte der Staatsanwältin die Hand, was ihr nicht angenehm war, und er sagte: »Lieber würde ich mit Ihnen ein Bier trinken.« Sie lächelte nicht, und ihr Kostüm, das nun unter der Robe zum Vorschein kam, schien Harry etwas zu weit zu gehen in seiner Korrektheit.

An Willibald Stich nagte die Neugierde, was die Zeitungen wohl schreiben würden. Der Feuilletonchef der großen Tageszeitung am Ort hatte ihm versprochen, diesen Maulkorbprozeß, wie er sich aufgebracht ausdrückte, groß als Aufmacher herauszustellen. Es war kein einziger Kulturreporter dagewesen, und so war sich Willibald Stich nicht mehr so sicher.

Jetzt, Anfang Dezember, war es in München deutlich kühler als im Rheinland. Ein guter Anlaß, sich ein wärmeres Jackett für den Winter zu kaufen. Harry mied die besseren Geschäfte. Bloß keine Ratschläge von gelernten Verkäufern! Rita, Ines und Helene hätte er gern alle auf einmal dabei gehabt. Er liebte ihre Kommentare, wenn er neue Anziehsachen probierte. In einem Nobel-Laden in einer Nobel-Passage sah er ein Jackett, das 850 Mark kostete. Ein schönes Jackett. Mit dem würden ihn die Makler für voll nehmen. Aber so viel Geld durfte man nur für musikalische Delikatessen ausgeben. Wenig später sah er dasselbe Jackett bei C&A. Es kostete exakt ein Zehntel, 85 Mark. Sehr grün, aber ein schönes Grün. C&A liebte er schon deswegen, weil feine Leute die Nase über diesen Volkskleiderladen rümpften.

Kaufen kann glücklich machen. Glücklich ging Harry mit seinem feinen Billigjackett in eine kleine übersichtliche Gemäldegalerie. Lenbachhaus. Italienischer Villenstil. Kiesweg zum Eingang. Innen, neben rätselhaften modernen Sachen, wunderbare Voralpenlandschaften, die allesamt der Erinnerung an seine Kindheit mehr entsprachen als die wirkliche Natur. Seine frühesten Erinnerungen an das Tantenhaus am Alpenrand reichten bis 1950 zurück. Immerzu was mit Adenauer. 1963 hatte er es verlassen. Kennedymord. Wie war es möglich, daß er die Gegend so in Erinnerung hatte, wie sie 1820 gemalt worden war.

Auch Harry war neugierig, was die Presse schreiben würde. Er nahm ein Hotel. Am nächsten Tag griff er nicht ohne Hast zu den Zeitungen. Die Berichterstattung war kümmerlich. Die große Tageszeitung hatte den Prozeß tatsächlich nicht als überregionales Kulturereignis gefeiert, sondern im Lokalteil versteckt, und auch das nur, weil der Wehrmachtsoffizier und Ritterkreuzträger, der die Anzeige erstattet hatte, pikanterweise Opfer eines Schwächeanfalls geworden war. Das Boulevardblatt machte aus dem Schwächeanfall einen Herzinfarkt und aus dem Wehrmachtsgewimmer ein Röcheln. Die Überschrift war gut: »Freiherr schlägt zu – K.o. im Gerichtssaal!« Harry kaufte drei, dann vier Exemplare. Rita, Ines, Helene und Julia würde er den Ausschnitt schicken mit dem Kommentar: »So geht es jedem, der sich mit mir anlegt.« Sechs Exemplare. Noch eins für Elizabeth Peach und eins für seine eigene Sammlung.

Schlechte Zeiten für Gerichtsreportagen. Die ganze Stadt und alle Zeitungen interessierten sich in diesen Tagen nur für ein Ereignis. Eine Riesensuperwunderdemonstration gegen den Ausländerhaß war geplant. Man hatte das Wort »Lichterkette« dafür erfunden. In Berlin waren ein paar Wochen zuvor alle braven Bürger gegen den Fremdenhaß hunderttausendfach auf die Straße gegangen. Jede Menge prominenter Politiker waren mitgestiefelt, sie hatten den Bußgang für opportun und imagefördernd und deutschlandbildsäubernd gehalten. Das hatte natürlich die linken Krakeeler verrückt gemacht. Daß die Regierungs- und Oppositions-Arschgeigen plötzlich auf der Straße herumrannten, das sah zwar lieblich aus, war aber ziemlich dumm von denen gedacht, denn gewissermaßen demonstrierten sie gegen sich selbst und machten den echten Demonstranten sozusagen das Demonstrationsmonopol streitig. Als ahnten sie ihren gut gemeinten Fehler, machten die demonstrierenden Politiker ganz unglückliche Gesichter. Die ganze Sache konnte nicht gutgehen. Als der Präsident redete, wurde er mit Eiern beschmissen und als Heuchler beschimpft. Da drehten die Medien durch und berichteten mit einer Empörung über das Eigelb auf dem Mantel des Präsidenten, als wäre der arme Mann gelyncht worden. Und eben diese Empörung hatten sie vermissen lassen, wo sie angebracht gewesen wäre, nämlich bei der Berichterstattung über brennende Ausländerheime. Der Präsident nutzte die Gunst der Stunde und sprach das erste große Wort in seiner Präsidentenlaufbahn gelassen aus: »Sollen sie mich mit Eiern bewerfen«, sagte er, »das macht nichts, ich wische das ab und gehe weiter.«

Dieses Berliner Theater wollten die Münchner nicht, sie wollten die friedlichste und größte und schönste Demonstration aller Zeiten auf die Beine stellen. Überall waren Kerzen und Taschenlampen ausverkauft. Morgen abend sollte das durch und durch organisierte Spektakel stattfinden, und Harry verlängerte sein Hotel, denn ab und zu hatte auch er einmal Lust, irgendwo mitzumachen.

Zwei Tage lang nach dem Ereignis gelang es Harry noch, in Ruhe mit seinem neuen grünen Jackett in München herumzuspazieren, dann zog es ihn wieder dorthin zurück, wo er nichts verloren hatte. Zwei Telegramme lagen im Briefkasten der Bonner Wohnung, und bevor er das erste öffnete, klingelte bereits das Telefon. Ein Herr Henschel schwärmte von Harrys Auftritt vor Gericht, ein »Superauftritt«, ganz hervorragend, daß er nicht mit den üblichen juristischen Spitzfindigkeiten argumentiert hatte, genau die richtige Mischung aus Witz und Moral.

Harry hörte ihm gern zu. Endlich einmal wurde er so beurteilt, wie er sich selbst gern gesehen hätte. »Woher haben Sie das?« fragte er den schwäbischen Lobredner, »in der Zeitung hat das doch nicht gestanden?« Herr Henschel hatte seine Information von dem Volontär, der in der Verhandlung gewesen war.

»Und wieso schrieb der dann solchen Blödsinn in der Zeitung?«, fragte Harry.

»Weil die Wahrheit keiner drucken und keiner lesen will«, sagte Herr Henschel, »aber hören will man sie schon, und deswegen rufe ich an.«

»Ich höre«, sagte Harry.

Herr Henschel organisiert Podiumsdiskussionen. Da wird zugehört. Sonntag vormittag. Statt Kirche. Enormes Bedürfnis. Darum die Telegramme. Sind jetzt hinfällig. Enthalten nur Bitte um Rückruf. Aber einen Anrufbeantworter sollte sich Herr von Duckwitz anschaffen. Herr von Duckwitz ist der ideale Teilnehmer an Podiumsdiskussionen. Witz und Moral. Wie gesagt. Das ist es. Das kommt an. Das haut um. Ausländerfeindlichkeit, Rechtsradikalismus – die Welt ist voller Themen. Die Leute erwarten keine Antworten, aber intelligente Diskussionen. Aus allen Städten gibt es Anfragen. Theater und Bürgersäle stellen ihre Räumlichkeiten zur Verfügung. Bei dem Subventionsrückgang und Theatersterben wird es auf den Bühnen bald keine teuren Schauspielproduktionen zu sehen geben, sondern nur noch Podiumsdiskussionen. »Herr von Duckwitz«, beschwor die schwäbische Stimme von Herrn Henschel geduldig den skeptisch lauschenden Harry, wie man einen fassungslosen Lottogewinner beschwört: »Sie gehören vor ein großes Publikum, nicht vor zwanzig Leute im Gerichtssaal, zweihundert, zweitausend sollen Ihnen zuhören!«

Das war ein bißchen zu dick aufgetragen für Harrys Geschmack, aber nach einer halben Stunde fand er es nicht mehr so abwegig, in Braunschweig oder Mannheim oder sonstwo auf einem Podium zu sitzen und mit geltungssüchtigen Professoren und Politikern und Chefredakteuren herumzudiskutieren. Nach einer Stunde hatte er richtig Lust dazu.

»Sie werden mein Libero«, sagte Herr Henschel schon ganz siegesgewiß und war etwas irritiert, weil Harry nicht wußte, was ein Libero ist. »Interessieren Sie sich nicht für Fußball?«

Herr Henschel war kein Idealist, und genau das sprach dafür, daß sein Konzept funktionieren könnte. Bekleidungshäuser, Banken, Autofirmen, Feinkostgeschäfte, alle wollten Sponsor sein, wenn es darum ging, gegen die neue Fremdenfeindlichkeit zu protestieren. Gute Bürger zahlen gern Eintritt für eine Veranstaltung, die einer guten Sache dient. »Wer eine Lichterkette verpaßt hat, der kommt zu unserer Podiumsdiskussion.«

Herr Henschel versprach, sofort Unterlagen zu schikken.

»Aber rechnen Sie nicht mit Honoraren wie in der Werbebranche«, sagte er. »Aus Gründen der Glaubwürdigkeit müssen wir eventuelle Gewinne für den Wiederaufbau abgebrannter Asylantenheime spenden.«

Das klang alles ziemlich gerissen, aber vielleicht, dachte Harry, sollte er die »Provokationskapazität«, von der der fixe Herr Henschel gesprochen hatte, doch einmal öffentlich ausprobieren. Als Anwalt hatte er sie seinerzeit nicht einsetzen können, in Diplomatenkreisen war sie verpufft, möglicherweise könnte sie auf einem Podium tatsächlich sinnvoll eingesetzt werden.

Der Lockruf von Ines klang anders als sonst. Nicht so, als ob sie eine Dosis brauchte. Harry sollte kommen, in einer Stunde, pünktlich. Das war nicht ihre Art. Auch ohne Extrahinweis kam Harry nie zu spät. Sie nannte eine Adresse in einem ihm unbekannten Stadtteil von Köln. Er hoffte, daß sie die erschwingliche Traumvilla gefunden hatte, die er vergeblich suchte. »Ich muß Ines trösten gehen«, sagte er zu Helene. In ein paar Tagen sollte ihre Übersetzung fertig sein. Danach hatte sie ihr Verschwinden angekündigt. »Dann tröste mal schön«, sagte Helene. Seit Harry ihr die Geschichte mit Ines erzählt hatte, war eine Nüchternheit eingekehrt, die ihn nun auf andere Weise irritierte, als ihn zuvor die Geheimhalterei irritiert hatte. Die Wahrheit war kühler als die Lüge.

Ines stand verloren in der leeren, weiträumigen Hochhausluxuswohnung mit Dachterrasse und Blick über Köln. Der Dom sah klein aus. 190 Quadratmeter Wohnfläche, zwei Bäder. Also wirklich groß genug, dachte Harry. »Mein Stil ist das nicht«, sagte Ines unglücklich. Das einzig Gute sei das Stockwerk. »11. Etage. Eins eins, zackige Zahlen, nichts Abgeschlossenes.« Solche Bemerkungen gefielen Harry.

»Ich muß raus aus der alten Wohnung, muß neu anfangen«, sagte Ines und sah Harry mit feuchten Augen an. Sie hat es »nicht mehr gepackt« – »nicht mehr gerafft« – »nicht mehr auf die Reihe gekriegt«. Harry liebte diese Ausdrücke, wenn sie aus dem Mund von Ines kamen. Die Wohnung war zwar grotesk neuzeitlich, aber so schlimm, daß man sich dafür entschuldigen mußte, fand er sie auch wieder nicht. »Du verachtest mich«, sagte Ines. Harry lachte und erzählte von dem alten italienischen Film, den er neulich gesehen hatte, ›Liebe 1962‹, da seien die Frauen auch immer so tragisch in modernen Luxuswohnungen herumgelaufen. Antonioni hätte seine helle Freude an dieser Wohnung gehabt. »Jetzt ist Mitte Dezember«, sagte Harry, »wir haben noch zwei Wochen Zeit, ›Liebe 1992‹ zu spielen und dann ›Liebe 1993‹ und immer so weiter.«

»Harry«, sagte Ines, »du mit deinen Filmen, das hier ist die Wirklichkeit.«

»Der Teppichboden ist brutal«, sagte Harry. »Erinnert dich der an was?« Mit so einem ähnlichen Teppich war das Ruhezimmer der Ärzte in der Klinik ausgelegt. Nazibraun. Daß dieser Farbton nicht verboten war! Einmal hatten sie dort auf dem Boden gevögelt. Mußte alles mal sein. Das elektrisierende Kunstfaserzeug war dafür nicht geeignet. Nachher hatte Harry Schürfwunden an den Knien, die wie Brandmale aussahen. Zum Geburtstag bekam er von Ines Knieschoner geschenkt, wie sie die Fliesenleger benutzen. Fritz und Helene hatten den Kopf geschüttelt. Die symbolische Bedeutung dieser Gabe mußte ihnen leider verschlossen bleiben.

»Ich habe dir noch nicht alles erzählt«, sagte Ines und rückte endlich mit den Tatsachen heraus. Die Wohnung gehörte ihrem Immernochehemann. Das fand Harry nicht so schlimm. Drei Jahre hatte dieser Mensch gebraucht, um die Mieter wegen Eigenbedarfs herauszuklagen. »Aber wenn man auf Eigenbedarf klagt und keinen

Gebrauch davon macht, kann es problematisch werden«, erklärte Ines. »Allerdings«, sagte Harry, der einst ein mieterfreundlicher Anwalt war. »Warum sollte ich mit meinen drei Kindern die Wohnung nicht nehmen, schließlich bin ich ja noch seine Frau«, sagte Ines trotzig. Darüber hatte Ines Miller vor ein paar Tagen mit ihrem Millermann gesprochen, ganz nüchtern, ganz vernünftig, beim Essen in einem Nobelrestaurant. Dann hatte er sie nach Hause gebracht, und sie waren zusammen ins Bett gegangen.

»Kann vorkommen«, sagte Harry so souverän wie möglich. Was man sich selbst zugestand, mußte man auch anderen zugestehen. Erste Grundregel für alle Verfechter der Polygamie.

»Idiot«, sagte Ines. Jetzt erst hörte Harry den Kloß in ihrem Hals. »Wir haben beschlossen, es noch einmal miteinander zu versuchen.«

Harry konnte das nicht glauben. Auch wenn es glaubhaft klang, konnte es nicht wahr sein. Es paßte nicht zu Ines. Es sollte glaubhaft klingen. Eine Notlüge war es, aber vielleicht verzeihlich, um eine Weile vor Harry Ruhe zu haben. Das könnte sein. Das würde eher zu ihr passen. Ines trat auf die kahle Terrasse und blickte ziellos über die farblose Dezemberstadt. »Die ewigen halben Sachen mit dir und Fritz haben mich kaputt gemacht«, sagte sie, ohne sich nach Harry umzudrehen, der sich nicht vom Fleck gerührt hatte. »Die Kinder brauchen einen Vater, eine richtige Familie, und ich brauche einen Mann ganz für mich allein, keine Anteile.« Und nach ein paar tiefen Atemzügen fügte sie leise hinzu: »Ich werde auch nicht jünger.« Harry fand, das klang eingelernt.

Er mußte eine regelrechte Pilgerstrecke durch den riesigen Raum zurücklegen, bis er neben Ines vor der Betonbrüstung stand. Sie sahen sich schweigend an. Seit sich Harry hier in der seltsamen Wohnung befand, war er Signalen von Ines ausgesetzt, die nicht zu ihren Geständnissen paßten. Was sie nun wirklich im Schilde führte, wußte er nicht. Dieser zwei Millimeter geöffnete Mund aber und diese hin und her zuckenden Augen waren eindeutig. »Dein irrer Fickblick«, hatte Harry einmal geschwärmt und Ines war verlegen geworden. Jetzt sagte er nichts. Er hatte keine Lust, dem Signal zu folgen, auf das er sonst bedenkenlos reagierte. Jetzt eine Nummer auf dem Teppich hätte etwas von einem Abschiedsgeschenk. Harry wollte keinen Abschied. Zum erstenmal seit sie sich kannten, fand er ein Vergnügen daran, sich und Ines mit einem beleidigten Verzicht zu quälen. Der alte Machtkampf zwischen Lust und Stolz verwirrte ihn. Er hatte keine Übung darin. Es war bisher nie nötig gewesen. Er hatte das Bedürfnis, weich zu werden, und er hatte den Wunsch, hart zu bleiben. Solchen Situationen war er nicht gewachsen. Unglücklich, zu allem und nichts bereit, fast tückisch standen sie einander gegenüber.

»Es war ein Fehler«, sagte Ines, und Harry hatte das Gefühl, sie jetzt umarmen zu müssen. Jetzt nur nicht fragen, was mit dem rätselhaften Satz gemeint war. Sich einfach nur gehen lassen und endlich die alten Worte stammeln: Verlaß mich nicht! Ich werde dich ewig lieben! Laß uns für immer zusammenbleiben! Bisher war Harry ohne solche Worte ausgekommen. Nun war es an der Zeit, sie einmal zu gebrauchen.

In diesem Augenblick war vom Flur her das Geräusch eines sich im Schloß drehenden Schlüssels zu hören, dann das Öffnen der Wohnungstür. »Das ist mein Mann«, sagte Ines ohne hinzusehen. Harry kam sich tolpatschig vor, als er Ines von der Terrasse ins Wohnzimmer folgte. Er haßte es, nicht zu wissen, woran er war. Dem Millermann war er noch nie begegnet, wußte nur, daß er Chefarzt war und um einige Jahre jünger als er. Das Gesicht vom Erfolg entstellt, fand Harry befriedigt, als Ines ihn kurz vorgestellt hatte. »Das ist der Bruder von Fritz.« – »Aha«, sagte Herr Miller. Harry gönnte sich die Vision, wie der Chefarzt tot auf dem verfluchten Teppichboden lag und Ines und er die große schwere Leiche ratlos umstanden.

»Ich dachte, du bist in Zürich«, sagte Ines unfreundlich.

»Du weißt doch, daß ich die Reise verschoben habe.« Die Antwort war barsch. Das war nicht der Ton eines Ehepaars, das es noch einmal miteinander versuchen will. Harry war sich plötzlich sicher, daß sein Verdacht nicht das Resultat einer kindischen Hoffnung war, sondern wahrhaftig zutraf: Ines hatte ihm das Gespenst der Trennung nur deswegen vor Augen gehalten, um ungestört von den Ausbrüchen der Liebe mit ihren Kindern hier erst einmal Fuß zu fassen. Natürlich ohne ihren Millermann. So und nur so konnte es gewesen sein.

Als der Berserker nach der flüchtigen Begrüßung mit wichtigen Besitzerschritten in eins der luxuriösen Badezimmer eilte, um mit fanatischen Handgriffen die Wasserhähne zu überprüfen, kam Harry ein anderer, noch viel einleuchtenderer Verdacht, der sich in Windeseile zu einer schrecklichen Gewißheit verhärtete: Ines wollte gar keine Ruhe vor Harrys Liebe. Wozu denn? Sie wollte ihn ganz. Sie hatte ein Komplott geplant, in dem der Berserkerehemann das Opfer sein sollte und Harry der Mittäter, den sie nicht eingeweiht hatte, um ihn zu schonen. Der Plan war teuflisch gut eingefädelt. Deswegen ihre Bitte, Harry möge pünktlich sein. Das Timing war genau durchdacht. Die Nachricht von der geplanten Wiedervereinigung mit ihrem Mann würde Harry verletzen, aber im Verlauf einer Stunde würde er seinen Stolz vergessen und den Verlokkungen der Liebe nachgeben. Auf Harrys Lust war Verlaß. Und während sie beide wie in besten Zeiten auf dem Boden der leeren Wohnung vögelten und Harry schon die vertrauten Brandwunden an den Knien spürte, würde ihr Mann hereinplatzen und sie in flagranti ertappen. Obwohl ein Berserker, neigt er nicht zu Gewalttaten, er wird auch keine Pistole zücken, sondern einfach verschwinden, ein für allemal. Mit einer solchen Frau will es auch ein moderner Berserkerchefarzt nicht mehr versuchen. Endlich die

Scheidung, endlich die Abfindung, auch die Wohnung vielleicht, der gehörnte Ehemann läßt sich nicht lumpen. Ein raffinierter, ein himmlischer Plan von Ines, um endlich sorgenfrei mit Harry zu leben. Nach dem Aufgehen dieser grandiosen Rechnung würde er es sogar in dieser Wohnung mit ihr aushalten. Fünf Minuten Peinlichkeit und ein Leben lang Glück. Eine geniale Idee. Nur mit einem Knall waren die Probleme zu lösen, nicht mit Harrys Beschwichtigungen. Statt mit unbegreiflichem Interesse die Armaturen im zweiten Luxusbadezimmer zu überprüfen, könnte Professor Doktor Miller jetzt bereits in seiner vermutlich dunkelblauen Chefarztlimousine sitzen und auf Nimmerwiedersehen davonfahren, wenn nicht diese elende Stolzanwandlung so unnachgiebig über Harry gekommen wäre. Damit hatte Ines nicht rechnen können, das war nicht Harrys Art. Nun hatte er mit seinem unsäglichen Männerstolz die Chance seines Lebens vertan. Ein kleiner Fehler, und alles Glück war dahin wie in diesen antiken Schicksalstragödien, die Harry, der Mythenfeind, nicht ausstehen konnte. Einmal nicht auf die Stimme der Lust gehört, und schon war alles verloren. Ausgerechnet Harry, dem das sphinxartige Raunen vom fatalen Versäumnis schon immer lachhaft erschienen war, hatte es nun getroffen. Er sah sich Anlauf nehmen und durch die riesige Panoramascheibe springen. Er würde die Beine anziehen und sich klein machen, so wie man als Kind ins Wasser sprang, wenn man eine Bombe machen wollte.

Ab und zu, wenn Harry das Gefühl hatte, bei Ines und Helene mit seinen polygamen Friedensplänen nicht mehr weiterzukommen, hatte er sich tröstlichen Selbstmordvorstellungen hingegeben, die immer so ausgingen, daß am Genesungsbett Helene und Ines feierlich das Gelöbnis ablegten, sich Harry für den Rest des Lebens schwesterlich zu teilen. Nach diesem schicksalhaften Versäumnis aber, das ihn gerade ereilt hatte, war der Selbstmordversuch eine zu läppische Phantasie. Jetzt half nur noch die Vorstellung vom echten Tod, von dem, was übrig bleibt, wenn ein Mann, einsachtzig groß und knapp siebzig Kilo schwer, aus dem 11. Stock springt.

Wie leider nie schriftlich verfügt, aber oft genug im Scherz dahingesagt, tragen Rita und Helene zu Ehren des pellophilen Toten ihre berühmten schwarzen Lederhosen. Ines kommt in dem kirschroten Lieblingsrock. Julia Freudenhofer soll bitte keine Cowboystiefel tragen. Kein Geistlicher darf ihn begleiten, das ist ja klar. Musik natürlich, ›St. James Infirmary‹, der mit Abstand beste Song, den man sich zum Verlassen des Planeten wünschen kann. Bloß keine mittelmäßigen Musiker engagieren. Lieber ein letztes Mal die guten Silberoblaten erklingen lassen. Ein CD-Player wird beim Friedhof schon aufzutreiben sein. Am besten Louis Armstrongs begnadete Version einlegen. Egon weiß, wo die liegt, der kennt sich mit den Platten aus. 12. Dezember 1928. Man sollte den Schulkindern die Aufnahmedaten wichtiger Jazztitel beibringen. Der 14. Juli 1789 mit seinem Sturm auf die Bastille in Ehren, der 3. Oktober 1990 als neuer Tag der deutschen Einheit schon weniger – so oder so tragen gewisse Melodien mehr zur Verbesserung des Daseins bei als die Jubiläen der politischen Geschichte. Die Trauergemeinde kann sich auch für die unglaublich frivole ›St. James-Infirmary‹-Version von King Oliver vom 28. Januar 1930 entscheiden, mit der aalglatten Geckenstimme von Frank Marvin, die einem die Trauer sofort aus dem Herzen fegt, so eitel wie er seinen Tod besingt: »You'll never find a sweet man like me.«

Ines begleitete Harry nach unten und hakte sich bei ihm ein. Kein Anhaltspunkt, was sie wirklich vorhatte. Er würde es nie erfahren. Nach derart düsteren Plänen durfte man nicht fragen, wenn sie mißlungen waren. Vor dem Haus, ungefähr dort, wo seine Überreste jetzt liegen würden, wenn er aus dem Fenster gesprungen wäre, mußte er lachen. Dann zog er seinen Kalender aus der Tasche und blätterte darin herum. Es gefiel ihm, daß Ines mit hineinsah und ihr Kopf dabei seine Schulter berührte. Sie zeigte mit ihrem Mädchenfinger auf Sonntag, den 19. Januar 1993. »Freiburg, 10 Uhr 30 – ›Es kotzt mich an!‹« hatte Harry eingetragen. Ines fragte. »Podiumsdiskussion«, erklärte er, »Spätfolgen der Staatsverdrossenheit.«

Ines blätterte weiter. »Du bist ja ganz schön ausgebucht«, sagte sie.

Harry schlug den Dezember auf. »Da könnten wir uns treffen, dann ist unser Abschied ein Jahr her.« Er hatte mit ihrer Ablehnung gerechnet und war überrascht, als Ines »November« sagte. »Erste Novemberwoche, ja?«

»Wo?« fragte Harry.

»Palermo natürlich«, sagte Ines, und Harry trug das Zauberwort groß in den Kalender ein. »Also Montag«, sagte er, »den 1. November, mittags um zwölf vor der Kathedrale.«

Ines nickte, sachlich wie immer, als würden sie ein Treffen für die nächste Woche vereinbaren. Als wäre nichts geschehen. »In elf Monaten«, sagte sie. »Da kannst du bequem noch ein viertes Kind kriegen«, sagte Harry, »ich empfehle Edgar, so einen hast du doch noch nicht.« Bevor Ines ins Haus verschwand, winkte sie Harry zu. Seit er sie kannte, hatte sie selten gewinkt, und er hatte ihr Winken oft vermißt.

»Du siehst so zufrieden aus«, sagte Helene, als Harry eine Stunde später im Eifelhaus ankam. Tatsächlich war ihm zumute wie nach einem gelungenen Geschäftsabschluß. Als habe er eine Option in der Tasche.

Helene gelang es, den Abgabetermin ihrer Übersetzung auf Anfang Januar zu verschieben. Unglaublich, wie charmant sie mit ihren Verlagsleuten feilschen konnte. Da blieb für Harry nicht mehr viel übrig. Sie arbeitete Tag und Nacht, und Harry hatte Gelegenheit, an den Weihnachtsfeiertagen ausgiebig all die Zeitungen zu lesen, die er für das neue Jahr abbestellt hatte.

Dann war es soweit. Helene packte. Sie erinnerte ihn an Rita. Bevor sie ihre makellose schwarze Lederhose im Koffer verschwinden ließ, wedelte sie den Fetisch durch die Luft. »Die wird mir da unten gute Dienste leisten«, sagte sie und packte die Hose zu den anderen Sachen. Ein französischer Philosoph, dessen Buch Helene als nächstes übersetzen würde, hatte ihr sein Haus an der Côte d'Azur für ein halbes Jahr zur Verfügung gestellt. Helene hatte Fotos gezeigt. Harry war neidisch und eifersüchtig und wunderte sich über die Kraft der ordinären Urgefühle. Philosoph müßte man sein.

Harry fuhr Helene zum Kölner Bahnhof. Die Strecke war zu kurz für einen angemessenen Abschied. »Ich bringe dich bis nach Frankfurt«, sagte er. Aber ihr gutes altes Frankfurt war zu sehr mit Erinnerungen beladen an einträchtigere Zeiten, fanden beide vor der Autobahnabfahrt in die Stadt. »Heidelberg«, sagte Harry, aber in Heidelberg hielt der Zug nach Genf nicht. Also Karlsruhe. In Basel nahmen sie ein Hotel. Sie aßen und schliefen miteinander, verlegen, fast unbeholfen. Beim Frühstück am nächsten Morgen lachten sie über einen schmatzenden Japaner am Nebentisch. »Das war richtig anfängerhaft, gestern nacht«, sagte Harry, »das muß besser werden.«

»Ich will jetzt zum Zug«, sagte Helene, aber es wurde dann doch Bern, dann Genf, schließlich Grenoble. »Hier ist Schluß«, sagte Harry und fuhr zum Bahnhof. In einer halben Stunde ging ein Zug nach Nizza. Er hob Helenes drei schwere Koffer aus dem Auto. »Wie willst du dieses ganze Gepäck unterwegs schleppen«, sagte er und verstaute alles wieder im Kofferraum. »Nimm du den Wagen«, sagte er, »behalte ihn. Du hast ihn ja auch gekauft.«

Helene zögerte einen Moment, dann sagte sie: »Großzügig von dir. Was ist mit diesem CD-Apparat?«

»Es kann dir nicht schaden, ein paar Sachen zu hören«, sagte Harry, »der Chef des Hauses empfiehlt, mit ›After You've Gone‹ zu beginnen, zuerst mit der Louis-Armstrong-Version vom 26. Oktober 1929, danach, fünf Tage vorher aufgenommen, die von Jimmie Noone, mit Helen Savage vokal, die macht deinem Namen alle Ehre, dann die tobende Fassung von Lionel Hampton von 1937. Dann natürlich ›Lover Come Back to Me‹, erst von Billie Holiday 1952 und dann die unsentimentale Instrumentalversion mit Coleman Hawkins am Tenorsaxophon vom 18. Dezember 1943.« Schnell programmierte er die Titel, denn gleich würde der Zug nach Genf einfahren.

»Dein Geschmack wird immer moderner«, sagte Helene.

»So ist es«, sagte Harry, »man kann nicht behaupten, daß ich mich nicht entwickele.« Er holte seinen Kalender aus dem Jackett. Helenes Interesse war reservierter als das von Ines. Aber auch sie neigte den Kopf über seine Schulter, doch sie berührte ihn nicht. »Ein vielbeschäftiger Mann«, sagte sie.

»Wie wär's mit der zweiten Novemberwoche in Paris?« fragte Harry. »Montag, den 8. November, in zehn Monaten, um zwei Uhr am Eingang des Louvre. Halte dir die Woche für uns frei.«

»Na schön«, sagte Helene und deutete auf die Woche davor. »Da bist du in Palermo?«

»Ja«, sagte Harry, »dunkle Geschäfte.«

Helene schwieg. Früher hätte sie wissen wollen, was das für trübe Sachen waren.

»Denk mal ein bißchen über alles nach, bis wir uns wiedersehen«, sagte Helene. Solche Mahnungen machten das Leben mit ihr nicht leichter.

»Ich hoffe, du hast dir bis dahin solche naseweisen christlichen Bemerkungen abgewöhnt«, sagte Harry, »ich tue schon seit Jahren nichts anderes als über alles nachzudenken.«

Der Zug nach Genf fuhr ein. »Ach hier«, sagte Helene und steckte Harry ein kleines flaches Päckchen zu. Helenes Aufforderung zum Nachdenken hatte den Abschied kühl gemacht. Sie konnte damit nur gemeint haben, daß Harry endlich zu der Universalüberzeugung aller Verzagten gelangen möge, daß Liebe unteilbar sei. So weit würde er seinen Vorstellungen nie untreu werden. Er würde nicht zu Kreuze kriechen. Eher würde er Militärinterventionen bejahen. Liebe war teilbar, durch zwei, durch drei, durch vier. Sie wurde dadurch nicht weniger, sondern mehr. Weil das Teilen schwer war, hielten es die Leute für unmöglich. Er hatte Fehler gemacht. Er würde darüber nachdenken, wie die Liebe besser zu teilen war.

Das Päckchen enthielt eine Lesebrille. Eine Dioptrie. Ein Plastikding, wie man es heute für zehn Mark als raschen Ersatz beim Optiker bekommt. »Sieh weiter«, hatte Helene auf einen kleinen Zettel dazugeschrieben. Harry erinnerte sich. In seligen Tagen, als das Imperium noch nicht zerfallen war, hatte er versucht, die winzige Schrift in einem Silberoblatenbegleitheftchen zu entziffern, und Helene hatte gesagt: »Auch du wirst älter«. Dann hatten Ines und Helene gemeinsam eine Frauenzeitschrift durchgeblättert und sich über die neuen, angeklatschten Frisuren lustig gemacht. Schließlich hatten beide mit einem Blick auf Harry den Einfall, sich auch einmal modisch Gel in die Haare zu schmieren und sie dann gigoloartig nach hinten zu kämmen. »Wenn ihr das tut, ist es aus«, hatte Harry, der Modefeind, gerufen. Jetzt erschien ihm die Vorstellung plötzlich verlockend. Ines verändert in Palermo, Helene verändert in Paris.

Harry übernachtete in Genf und kaufte am nächsten Vormittag zwei Tuben Gel und zwei wattierte Kuverts. An Helene schrieb er: »Ich habe darüber nachgedacht, ich sehe jetzt weiter: Gel ist geil. Zweite Novemberwoche Paris.« An Ines schrieb er: »Helene hat mir zum Abschied eine Lesebrille geschenkt. Mit der steht mir unsere erste Novemberwoche noch klarer vor Augen. Gel ist geil, Harry.«

Spät abends kam er in Bonn an. Wolfstraße 10. Der alte vertraute Weg vom Bahnhof, als wäre nichts geschehen. Er sah Ines antonionifilmartig in der leeren Wohnung stehen. All die französischen Filme, die in Häusern an der Côte d'Azur spielten, vermischten sich dann zu einem

Bild mit Helene. Sie sah aus wie zwanzig, braungebrannt und ohne Angst vor irgendwelchen Ozonlöchern stieg sie behende die Felstreppen zum Meer hinunter und sprang ins Wasser.

Im Treppenhaus brannte kein Licht. Jeder war zu faul und zu geizig, Glühbirnen zu kaufen, Harry würde es morgen tun. In seinem Briefkasten klemmte ein Kuvert, das nicht durch den Schlitz gepaßt hatte. Oben in der Wohnung stellte Harry fest, daß es nicht frankiert war. Jemand mußte es vorbeigebracht haben. Er vermutete keinen Sprengstoff. Ein solches Ende hielt er für ausgeschlossen.

Das Kuvert enthielt die gleiche Billigbrille, wie sie ihm Helene geschenkt hatte. Zehn Mark. Eine Dioptrie. Auf der Rückseite des Kassenbons stand: »Es wird Zeit. Ines.« Harry steckte die beiden Zettel mit den Botschaften von Ines und Helene in sein Portemonnaie und warf einen Blick auf die Jazztitelwunschliste, die er in letzter Zeit vernachlässigt hatte. Dann setzte er sich an den Schreibtisch und überflog ein Blatt Papier, auf dem er »Tagesordnungspunkte« notiert hatte. Es waren Stichworte zu Themen, über die er mit den Frauen immer hatte reden wollen, »Krieg und Frieden« stand da, darüber hatten sie alle oft genug gestritten. »Rechts und links« – die Veränderungen des rechten und linken Denkens waren zu kurz gekommen. »Nationalscheiße« – erschöpfend abgehakt. »Leben ist inoffizielles Mitarbeiten« – das war wohl nicht ausreichend auf den Punkt gebracht worden. »Polygamie« – darüber konnte man nur mit Ines reden. »Theorie der Halbherzigkeit« – die verstand keiner außer ihm. Der Sinn mancher Stichwörter war Harry entfallen. »Lektürelüge« zum Beispiel. Erst nach einer Weile fiel ihm ein, was damit gemeint war. Hätte er gern noch mit Helene besprochen. Es ging um die alten Erzlinken, die früher wie die Irren Marx gelesen hatten und heute behaupteten, sie hätten da allenfalls mal kopfschüttelnd reingesehen. Und Harry, der damals wirklich nur kopfschüttelnd in die seltsamen Werke von Marx und Engels hineingesehen, aber linksherum geblufft hatte, galt heute als letzter echter Linker. Es gab Schlimmeres.

Harry rief Rita in New York an. Diesmal hatte er sie nicht aus dem Schlaf geholt. »Sie sind alle weg«, sagte er.

Rita war nicht überrascht. »Du überlebst das schon«, sagte sie.

Harry bat sie, ihren Kalender zu holen. Nicht nötig, sie hat alle Termine im Kopf. »Ich möchte dich gern in der dritten Novemberwoche in New York besuchen, geht das?«

Rita hatte nur in den ersten beiden Novemberwochen Zeit. »Unmöglich«, sagte sie mit dem vertrauten fernöstlichen Gleichmut, den ihr auch New York nicht hatte austreiben können.

»Dann machen wir es ein Jahr später«, sagte Harry und rief Elizabeth Peach in London an, die enttäuscht war, daß Harry, der Postkartenschreiber, telefonierte.

»Vielleicht interessiert es Sie zu hören, daß sie nun alle weg sind, die Bellas«, sagte Harry.

»O Harry«, sagte Elizabeth Peach, »die ganze Welt ist voller verlassener Männer. Sie sind wenigstens von drei Frauen verlassen worden, das ist etwas Besonderes, ich gratuliere.«

»So komisch ist es auch wieder nicht«, sagte Harry. Die gutgelaunte Reaktion von Elizabeth Peach ging ihm heute auf die Nerven.

In der Küche stand noch der Flachmann, den Harry vor einem dreiviertel Jahr in München gekauft hatte, um sich über Julia Freudenhofer hinwegzutrösten. Vielleicht sollte er den Versuch machen, demnächst mit ihr in irgendein warmes Land zu fahren, obwohl er sich nicht viel davon versprach. Der Flachmann war noch halbvoll. Er rauchte, und er trank nach wie vor zu wenig. Kein Hang zur Selbstzerstörung. Auf dem Plattenteller lag die alte Muddy-Waters-Blues-Platte, die er neulich gehört hatte, als

Ines und Helene noch nicht das Weite gesucht hatten. Er war gerührt, wie genau die Titel zu seiner Verlassenheit paßten: ›Goin' Home‹, ›I Want You To Love Me‹, ›All Aboard‹, ›Sittin' Here And Drinkin'‹, ›You Gonna Miss Me‹ – immer dasselbe. Sogar ein ›Long Distance Call‹ war dabei.

Als sich der Zusammenbruch der Eifelrepublik abzeichnete, hatte Harry einen Schluß wie in einem Tschechow-Stück vor sich gesehen. Alles findet sich im Wohnzimmer ein, die Koffer sind gepackt, die Möbel mit weißen Tüchern verhängt –, so wartet man auf die Kutsche, die einen zum Bahnhof bringen wird, zum Zug in die Hauptstadt. Was sich liebt, das kriegt sich nicht, der Traum vom schönen Leben wird vorsichtshalber auf die nächste Generation verschoben. Statt des abgeholzten Kirschgartens sorgt heute die Errichtung einer Mülldeponie für die Zerstörung der morschen Idylle.

Ganz schön traurig, dachte Harry. Aber das Leben war angenehmer als ein Theaterstück. Vielleicht nicht so dramatisch, dafür war das Ende weniger trostlos. Keine Lösung, alles war Übergang. Hamlet von Dänemark stirbt, Harry von Duckwitz lebt. Es war viel zertrümmert, es war nicht zu spät. Was die Liebe betraf, war nichts zu Ende, nur alles vertagt. Harry würde wegziehen, aber nicht in die Hauptstadt wie eine Tschechow-Figur. Nicht nach Berlin. Wiederaufbau war nichts für ihn. Keine Baufahrzeuge, keine Kräne, keine Spekulanten, keine moderne Architektur. Macht eure Gestaltungswettbewerbe ohne mich! Vielleicht sollte er nach Hamburg gehen. Warum nicht ab und zu Fritz treffen. Oder nach Frankfurt. Oder Wien. Oder Basel. Oder London. Egal, nur groß genug mußte die Stadt sein.

Harry blätterte in seinem Kalender und freute sich auf seine Auftritte, auch wenn die Diskussionsveranstaltungen die fürchterlichsten Namen hatten. »Wehret den

Anfängen!« oder »Was können wir tun?« Und dann im November Palermo und Paris. Bis dahin brauchte er ein neues Konzept. Es war nicht mehr lange hin. Am 14. Januar 1993 nachts um halb drei saß Harry in seinem staubigen Wohnzimmer und machte Pläne.

# Graham Greene im dtv

**Ein Mann mit vielen Namen**
Roman
dtv 11429

**Orient-Expreß**
Roman
dtv 11530

**Ein Sohn Englands**
Roman
dtv 11576

**Zwiespalt der Seele**
Roman
dtv 11595

**Das Schlachtfeld des Lebens**
Roman
dtv 11629

**Das Attentat**
Roman
dtv 11717

**Die Kraft und die Herrlichkeit**
Roman
dtv 11760

**Der dritte Mann**
Roman
dtv 11894

**Das Herz aller Dinge**
Roman
dtv 11917

**Jagd im Nebel**
Roman
dtv 11977

**Unser Mann in Havanna**
Roman
dtv 12034

**Der stille Amerikaner**
Roman
dtv 12063

# Erich Kästner im dtv

**Doktor Erich Kästners Lyrische Hausapotheke**
dtv 11001

**Bei Durchsicht meiner Bücher**
Gedichte
dtv 11002

**Herz auf Taille**
Gedichte
dtv 11003

**Lärm im Spiegel**
Gedichte
dtv 11004

**Ein Mann gibt Auskunft**
»Linke Melancholie« nannte Walter Benjamin diese Verse.
dtv 11005

**Fabian**
Die Geschichte eines Moralisten Berlin 1930. Ein arbeitsloser Reklamefachmann erlebt den Niedergang der Republik.
dtv 11006 / dtv großdruck 25069

**Gesang zwischen den Stühlen**
Gedichte
dtv 11007

**Drei Männer im Schnee**
Ein vergnügliches »Märchen für Erwachsene«, das durch seine Verfilmung weltberühmt wurde.
dtv 11008 / dtv großdruck 25048

Foto: Süddeutscher Verlag

**Die verschwundene Miniatur**
dtv 11009 / dtv großdruck 25034

**Der kleine Grenzverkehr**
Die Salzburger Festspiele lieferten den Stoff für diese heitere Liebesgeschichte.
dtv 11010

**Die kleine Freiheit**
Chansons und Prosa 1949–1952
dtv 11012

**Kurz und bündig**
Epigramme
dtv 11013

**Die 13 Monate**
Gedichte
dtv 11014

**Die Schule der Diktatoren**
Eine Komödie
dtv 11015

**Notabene 45**
Ein Tagebuch
dtv 11016

# Italo Calvino im dtv

»Calvino ist als Philosoph unter die Erzähler gegangen, nur erzählt er nicht philosophisch, er philosophiert erzählerisch, fast unmerklich.« (W. Martin Lüdke)

Foto: Isolde Ohlbaum

**Das Schloß, darin sich Schicksale kreuzen**
Erzählung
dtv 10284

**Die unsichtbaren Städte**
Roman
dtv 10413

**Wenn ein Reisender in einer Winternacht**
Roman
dtv 10516 / dtv großdruck 25031

**Der Baron auf den Bäumen**
Roman
dtv 10578

**Der geteilte Visconte**
Roman
dtv 10664

**Der Ritter, den es nicht gab**
Roman
dtv 10742

**Herr Palomar**
dtv 10877

**Abenteuer eines Reisenden**
Erzählungen
dtv 10961

**Zuletzt kommt der Rabe**
Erzählungen
dtv 11143

**Unter der Jaguar-Sonne**
Drei Erzählungen
dtv 11325

**Marcovaldo oder Die Jahreszeiten in der Stadt**
dtv 11415

**Das Gedächtnis der Welten**
Cosmicomics
dtv 11475

**Auf den Spuren der Galaxien**
Cosmicomics
dtv 11574

**Wo Spinnen ihre Nester bauen**
Roman
dtv 11896

**Heikle Erinnerungen**
Erzählungen
dtv 19026